녹정기

9

녹정기 9 – 주사위를 던지다

1판 1쇄 인쇄 2021. 01. 15.
1판 1쇄 발행 2021. 01. 30.

지은이 김용
옮긴이 이덕옥
발행인 고세규
편집 봉정하, 구예원 디자인 유상현 마케팅 김용환 홍보 반재서
발행처 김영사
등록 1979년 5월 17일 (제406−2003−036호)
주소 경기도 파주시 문발로 197(문발동) 우편번호 10881
전화 마케팅부 031)955−3100, 편집부 031)955−3200 | 팩스 031)955−3111

값은 뒤표지에 있습니다.
ISBN 978−89−349−8952−3 04820
　　　978−89−349−8943−1 (세트)

홈페이지 www.gimmyoung.com　　　블로그 blog.naver.com/gybook
인스타그램 instagram.com/gimmyoung　　이메일 bestbook@gimmyoung.com

좋은 독자가 좋은 책을 만듭니다.
김영사는 독자 여러분의 의견에 항상 귀 기울이고 있습니다.

일러두기

본문의 미주는 옮긴이의 주이다. 작품의 이해를 돕기 위한 김용 선생님의 작가 주는 ● 로 표기하고 미주 뒤에 수록한다.
단, 전체 내용에 대한 주일 경우 ● 없이 장만 표기한다. 외국 인·지명은 대부분 현대 우리말 표기에 맞추었다.

녹정기 鹿鼎記

김용 대하역사무협

이덕옥 옮김

주사위를 던지다

9

김영사

원제의 〈해연하청도 海宴河淸圖〉

원제元濟는 즉 석도石濤다. 청나라 초기 가장 숭앙받던 화가다. 숭정 13년경에 태어나 위소보보다 열여섯 살 정도 위다. 이 작품은 기이년己巳年, 즉 강희 28년에 그린 것이다. 같은 해에 러시아와 네르친스크 조약을 맺었다. 강희는 남순南巡(남부 순방)을 해 양주, 항주까지 내려갔다. 석도는 이 그림을 그려 강희에게 바쳤다. 다음과 같은 글을 써서 옛 성군 요순우탕堯舜禹湯에 비견해 강희를 칭송했다. "요인총향구가견堯仁總向衢歌見, 우회요종옥백정禹會遙從玉帛呈(요임금의 인덕이 온 거리에 노래로 퍼지고, 우임금이 멀리서 옥과 비단을 바치도다)." 위소보가 늘 말하는 '요순어탕堯舜魚湯'이 바로 '요순우탕'이다. 자고로 평론가들은 석도를 명明 황실의 화가로 분류하는데, 그의 그림에는 고국에 대한 향수가 묻어 있다. 그러나 당시는 태평성세를 구가하고 국태민안을 누렸기에 석도는 감동을 받았다. 하여 "신승원제구돈수臣僧元濟九頓首(신 원제가 머리 숙여 아홉 번 절한다)"라고 승복할 수밖에 없었다.

강희 황제의 중년 때 초상 (일부)

얼굴에 수반壽斑(검버섯)이 좀 있고, 백발이 약간 보인다. 원래 모습에 아주 가깝다.

〈만수공상도 萬壽貢象圖〉

강희의 50회 생일을 맞이해 전국적인 경축연이 있었
는데, 남방의 속국들이 코끼리를 바쳐 경하했다. 이
목각판화木刻版畫는 왕원기王原祁가 주축이 돼서 그린
장권長卷(긴 그림)을 바탕으로 제작한 것으로, 당시의
상황이 생생하게 묘사되어 있다.

강희 황제의 중년 때 초상

현재 뉴욕 메트로폴리탄미술관에 소장돼 있다.

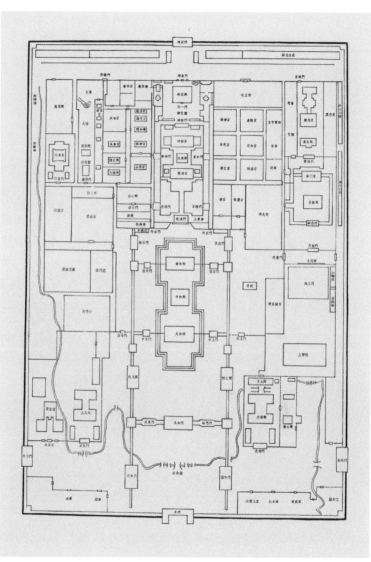

자금성의 각 궁전

有所聞見照先家摺奏聞

臣王鴻緒謹
奏恭請
皇上聖躬萬安

己後茅□□奏帖照南巡報例
在字中耳月素不免人知不必奏

京中有可□之事
鄉寡□□奏摺□達
安封内奏聞不
可令人知道倘有
洩漏甚有闗係
小心小心……

前歲南巡有許多不肖之人騙蘇州女子賺到家裡方知今年又

恐有如先行者仔細細打聽先有這等事觀乎蜜字寫來奏

闻年曾奏不可令人知道有人知道亦即不便矣

강희가 왕홍서王鴻緒의 상소문을 비준한 붉은 글

聖安伏乞

恩臺蕪州九月晴雨册進

呈

御覽　臨奏不勝悚惕瞻依之至

朕體安近日聞得南方有許多

閒言怎中作有議論大小事

朕無可以託人打聽尔等受

恩深重但有所問可以親手

書摺奏聞終好些話斷不可

叫人知道若有人知尔即

招禍矣

康熙四十八年十月　初二　日

이후李煦의 문안 올리는 글과 강희의 답글

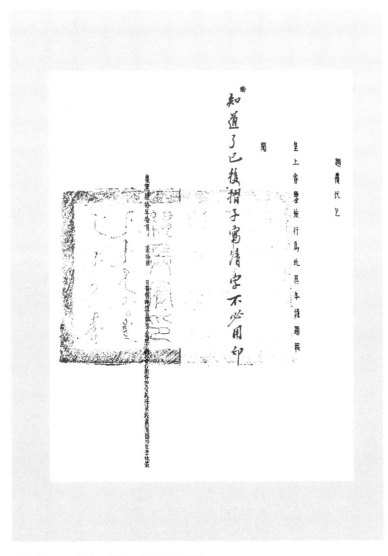

이림성李林盛의 상소문과 강희의 비준문

知道了此潘文尓未必尓自

能作也

摺奏

奏為遵

旨奏

署督陝甘豪瀾寧處地方總兵官右都督加壹級紀錄貳級戴罪圖功臣李林盛謹奏

만청滿淸의 갑옷으로 무장한 기병騎兵

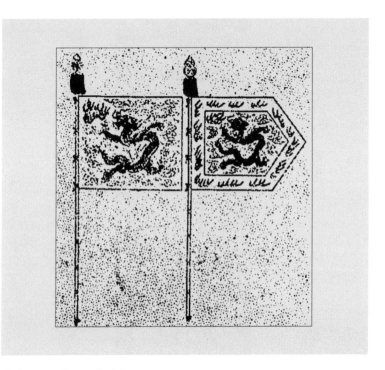

팔기八旗 도통 都統의 깃발

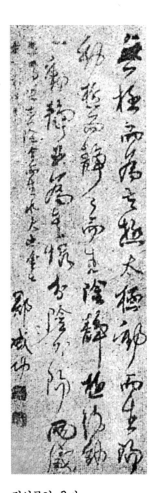

정성공의 글씨

정성공상

현재 대만성립박물관臺灣省立博物館에 소장돼 있다.

그러고는 갑자기 오른손을 내밀어 위소보의 뒷덜미를 잡아서 자신의 오른쪽으로 끌어왔다.

그러자 휙, 휙, 휙, 소리가 들리며 탁자에 있던 촛불 세 자루가 이내 꺼졌다.

이어서 맞은편 판자벽에서 탁, 탁, 탁, 빗발치는 듯한 소리가 들려왔다.

다음 날, 위소보는 병마를 대동해 오지영과 모동주를 압송할 겸 양주를 떠나서 북경을 향해 길을 재촉했다. 북경까지 가는 도중에도 많은 뇌물을 거둘 수 있는데 강희가 급거 상경하라는 통에 기회를 놓친 게 좀 아쉽기는 했다.

연도에서도 많은 소식을 접할 수 있었다. 오삼계가 병란을 일으키자 운남 제독 장국주張國柱, 귀주의 순무 조신길曹申吉과 제독 이본심李本深 등은 투항했고, 운남의 순무 주국치朱國治는 피살당했으며, 운귀雲貴 총독 감문혼甘文焜은 자결했다고 한다.

이날 산동성에 다다랐는데, 지방 관리가 경성에서 날아온 급문急文을 흠차대신에게 바쳤다. 역시 강희가 오삼계를 질책하는 조서詔書였다. 위소보는 사야더러 읽고 해석하라고 분부했다. 사야가 조서를 읽어 내려갔다.

역적 오삼계가 궁지에 몰려 위급해져서 귀순을 하자 세조께서는 그의 복종을 가상히 여겨 병권을 부여하고 왕에 봉하여 자손들에게도 세습하도록 은총을 베푸셨다. 그리고 전남滇南을 다스리게 하여 조정에 충성하도록 독려하였으니, 이와 같은 은총은 자고로 그 예를 찾아보기 드물다.

여기까지 들은 위소보는 고개를 끄덕이며 말했다.

"황상께서 그 역적을 잘 대해준 것은 틀림없는 사실이지. 나 위소보는 오롯이 황상께 충성을 해왔는데도 백작에 봉해졌을 뿐 친왕에 이르려면 아직도 까마득한데…."

사야가 계속 읽었다.

그런데 오삼계는 천성이 간교하고, 오랫동안 총애를 입어 자만해져서 역모를 꾀할 우려가 있는바, 올 7월에 스스로 번왕 자리에서 물러나겠다고 하였다. 짐은 그의 진심이라 믿고 윤허하여 편한 만년을 보내도록 배려했다. 아울러 그의 거처도 마련해주고, 대신을 보내 짐의 뜻을 전하였다. 짐은 오삼계에게 그렇듯 예우를 다하였는데, 근자에 천호川湖 총독 채육영蔡毓榮 등이 상소를 올려 오삼계가 조정이 베풀어준 은혜를 망각하고 역모를 꾸며 백성을 도탄에 빠뜨리려 한다니, 이는 도저히 용납할 수 없는 일이며 천인공노할 망거妄擧가 아닐 수 없다.

위소보는 듣는 대로 칭송을 아끼지 않았다.

"황상께선 워낙 너그러우셔서 오삼계에게 쌍욕을 하지 않은 것만도 정말 대단하신 거야!"

장용, 조양동, 왕진보, 손사극, 그리고 이역세 등도 옆에서 다 들었다. 그들의 생각도 비슷했다.

'황상은 정말이지 오삼계한테 더 이상 잘해줄 수가 없어. 오삼계의 배은망덕을 질책하면서도 만주 사람과 한인을 구분 짓는 말은 단 한마디도 하지 않고, 또한 그가 명 왕실을 모해한 것도 전혀 거론하지 않

았어. 그러면서도 만백성에게 그가 역모를 꾀한 것이 얼마나 나쁜 짓인지를 명확하게 알리고 있잖아.'

사야는 계속해서 읽어 내려갔다. 그 내용은 대략 다음과 같았다. 지방 관리들은 부화뇌동하지 말고, 설령 오판을 해서 역모에 가담했다고 해도 참회하고 귀순한다면, 지나간 잘못을 일절 묻지 않고, 가족과 친족들은 변함없이 계속 그 지방에서 벼슬과 생활을 영위할 수 있으니 걱정하지 말라는 것이었다.

사야가 마지막 부분을 읽었다.

기유능금오삼계투헌군전자其有能擒吳三桂投獻軍前者,

즉이기작작지卽以其爵爵之.

유능주박기하거괴有能誅縛其下渠魁,

급이병마성지귀명자효자及以兵馬城池歸命自效者,

논공종우취록論功從優取錄,

짐불식언朕不食言.

이어 해석을 덧붙였다.

"누구든 능력이 있어 오삼계를 잡아 관군에 바치는 자는 그가 누렸던 작위를 그대로 계승케 하며, 그를 죽이거나 그의 측근 협력자를 죽이거나 체포하고 귀순하는 군사들은 그 공로에 따라 포상이 있을 것이다. 짐은 이 약속을 반드시 지킬 것이다."

위소보는 사야의 해석을 통해 '오삼계를 잡는 자는 평서친왕에 봉한다'는 것을 알고 내심 의욕이 불타올랐다. 그는 이역세 등을 돌아다보며 말했다.

"우리가 오삼계를 사로잡아 평서친왕이 되면 정말 신나겠네요."

군호들은 고개를 끄덕여 그의 말에 찬동했다. 그러나 장용 등은 생각이 좀 달랐다.

'오삼계는 군사가 많아 그를 사로잡는다는 것은 결코 쉬운 일이 아닐 거야.'

이역세 등 군호들은 또 다른 생각을 했다.

'우린 오삼계가 한인들의 강산을 송두리째 만주 사람들한테 바쳤기 때문에 응징하려는 것이지, 오랑캐 황제를 도우려는 게 아니잖아? 하지만 위 향주가 만약 정말 평서친왕이 되어 운남의 병마를 이끌고 다시 반청복명을 한다면 그것도 좋은 일이지. 그럼 우리 천지회는 승리를 거머쥘 수도 있을 거야!'

위소보는 조서를 다 듣고 나서 즉시 길을 재촉하라고 명했다. 빨리 북경으로 달려가 군사를 이끌고 출정을 할 욕심이 앞섰다. 남들보다 먼저 오삼계를 잡아야만 평서친왕에 봉해질 수 있기 때문이었다.

이날 향하香河에 도착했다. 이제 경성은 멀지 않았다.

위소보는 장용더러 죄수 모동주를 잘 감시하면서 군사들을 이끌고 대기하라고 명했다. 그리고 자신은 천지회 군호들, 쌍아와 함께 오지영을 데리고 귀곡산장으로 향했다. 그를 장씨 문중 셋째 마님에게 내줘 복수를 하도록 함으로써 쌍아를 보내준 은혜에 보답하고자 했다.

저녁 무렵이 되자 일행은 귀곡산장에서 약 20리 떨어진 고을에 다다라 식당으로 들어가서 쉬기로 했다. 모두들 편복으로 갈아입었고,

오지영은 남의 이목이 있어 결박을 풀어준 대신 몇 군데 혈도와 특히 말을 할 수 없게끔 아혈啞穴을 찍었다. 일행은 식탁 두 개에 둘러앉았다. 아무도 오지영과 동석하려고 하지 않았는데, 쌍아는 행여 그가 달아날까 봐 감시할 겸 그와 한자리에 앉았다.

요리와 식사가 나와 다들 맛있게 먹고 있는데, 10여 명의 관병이 식당 안으로 들어왔다. 앞장선 자는 수비守備(무관의 직위 중 하나)로 보였다. 식당 밖에서 말 울음소리가 계속 들리는 것으로 미루어 몇 명은 말에게 사료와 물을 먹이는 모양이었다. 관병들은 큰 소리로 떠들어대며 요리와 술을 시켰다. 급한 공무로 북경까지 가야 하니 음식을 서둘러달라고 재촉했다. 주인장은 연신 굽실거리며 직접 상을 닦고 그들을 깍듯이 모셨다.

관병들이 자리를 잡고 앉자마자 밖에서 말발굽 소리가 요란하게 들리더니 식당 문전에서 멎었다. 이어 몇몇 사람이 안으로 들어왔다.

일행 중 먼저 들어온 사람은 건장한 두 사내였다. 그 뒤에 나타난 사람은 병색이 완연한 젊은이였다. 몸집이 왜소하고 양 볼이 쏙 들어가 광대뼈가 유난히 튀어나와 보였다. 얼굴은 혈색을 찾아볼 수 없을 정도로 누리끼리하고 가무잡잡했다. 그리고 두어 걸음 옮길 때마다 콜록콜록 기침을 해댔다.

그의 뒤로는 백발이 성성한 노인과 노부인이 나란히 걸어들어왔다. 얼핏 보아도 나이가 일흔은 넘은 것 같았다. 노인도 체구가 왜소한데 흰 수염을 가슴까지 늘어뜨리고 얼굴은 불그스름하니 윤기가 흐르는 게, 꽤나 깐깐하게 생겼다. 그리고 노부인은 키가 노인보다 약간 크고 허리가 빳빳하니, 눈에선 형형한 광채가 뿜어져나왔다.

맨 뒤에 있는 두 사람은 스무 살 남짓의 젊은 부인네였다.

일곱 명의 차림새로 추측해보건대, 병약한 젊은이는 옷이 화려해 어느 부잣집 공자 같고, 사내 둘과 젊은 여인 둘은 하인과 하녀로 보였다. 그리고 노인과 노부인은 질이 별로 좋지 않은 청색 무명옷을 입고 있는데, 아주 깨끗했다. 그들의 신분은 짐작이 가지 않았다.

노부인이 말했다.

"장張 아줌마, 어서 뜨거운 물을 가져와 도련님이 약을 복용하시도록 해야지."

하녀가 대답을 하고 가져온 바구니에서 사발을 꺼내 식당에 있는 구리주전자에서 뜨거운 물을 따라 그릇을 몇 번 데우더니, 물을 반 사발 정도 따라서 병약한 사내 앞에 가져다주었다. 그러자 노부인이 품속에서 자기병을 꺼내 마개를 열고 붉은 알약 하나를 쏟아내 병약한 사내의 입 가까이 대주었다. 사내가 입을 벌리자 노부인은 그 알약을 혀 위에 얹고 물로 약을 넘기도록 해주었다. 병약한 사내는 약을 복용하자 연신 기침을 해대며 숨을 몰아쉬었다.

노인과 노부인은 연민이 가득한 눈빛으로 그 병약한 사내를 응시하다가 기침이 좀 잦아들어 숨이 안정되자, 길게 안도의 숨을 내쉬었다. 병약한 사내가 눈살을 찌푸리며 말했다.

"아버지, 어머니! 제가 곧 죽을 것도 아닌데 왜 그렇게 빤히 쳐다보세요?"

노인은 '흥!' 하고 코웃음을 치며 고개를 돌려버렸다. 노부인이 웃으며 말했다.

"죽느니 사느니 하는, 그런 소린 하지 마라. 넌 100세까지 장수할 수 있어."

위소보는 그들을 지켜보며 속으로 투덜댔다.

'저 싸가지 없는 녀석은 옥황상제의 영단靈丹을 먹어도 아마 얼마 살지 못할 거야. 이제 보니 저 노부부는 그의 부모였군. 부모가 좀 쳐다본다고 성질을 부리는 것으로 봐서, 어릴 적부터 너무 애지중지 키워서 버르장머리가 없어졌구먼!'

노부인이 말했다.

"장 아줌마와 손孫 아줌마는 주방에 가서 도련님의 인삼탕을 데우고 식사를 따로 준비해주게."

두 하녀가 대답을 하고 제각기 바구니를 든 채 주방 쪽으로 갔다.

그때 관병 중에 그 수비가 주인장에게 북경으로 가는 가까운 길을 물었다. 주인이 대답했다.

"여기서 30리쯤 가면 고을이 나올 겁니다. 거기서 하룻밤을 묵고 내일 아침 일찍 출발하면 오후쯤에 경성에 들어갈 수 있을 거예요."

수비가 말했다.

"우린 밤을 새워 길을 재촉해야 하는데 어떻게 하룻밤을 묵겠소. 주인장, 지금부터 아마 1년 내에 이 집은 장사가 번창해 큰돈을 벌게 될 거요. 그러니 나중에 허둥대지 말고 미리미리 식재료를 많이 준비해놓으시오."

주인장은 헤벌쭉 웃으며 말했다.

"말씀만으로도 고맙습니다. 하지만 저희 집은 평상시 별로 손님이 없어요. 오늘처럼 이렇게 손님이 많은 날은 한 달에 며칠 안 됩니다. 다 여러 어르신들이 도와주신 덕분이죠. 매일 이렇게 손님이 많을 리가 있겠습니까?"

수비가 웃으며 말했다.

"주인장, 내 말을 잘 들어요. 지금 오삼계가 병란을 일으켜 호남까지 쳐들어왔어요. 우린 그 군정 문서를 전하러 경성으로 가는 길이오. 이번 싸움은 모르긴 몰라도 3~4년은 지속될 거요. 그럼 군정을 전하러 가는 행렬이 연일 이곳을 지날 테니 돈을 안 벌고 배기겠소?"

주인장은 연신 고맙다고 인사를 했지만 속으로는 투덜댔다.

'이런 제기랄! 네놈들 같은 관병 따위를 상대로 해서 무슨 돈을 벌어? 실컷 때려처먹고 나서 심보가 고약하지 않으면 푼돈 몇 푼을 쥐어주고, 아니면 욕지거리나 해대면서 엉덩이를 툭툭 털고 그냥 갈 게 뻔한데! 3~4년은 고사하고 아마 1년도 못 돼서 우리집은 거덜이 나고 말 거다, 이놈아!'

위소보와 이역세 등은 오삼계가 호남까지 쳐들어왔다는 말에 모두 놀랐다.

'아니, 놈이 그렇게 빨리 진격해왔단 말인가?'

전노본이 나직이 말했다.

"내가 가서 자세히 알아볼까요?"

위소보가 고개를 끄덕였다.

전노본은 얼굴에 웃음을 잔뜩 띠고 그 수비에게 다가가 포권의 예를 취했다.

"어이구, 장군 나리께서 방금 오삼계가 이미 호남까지 쳐들어왔다고 말씀하셨는데, 소인의 가족이 호남 장사長沙에 있습니다. 어떻게 됐는지 정말 걱정이 되는데, 장사는 괜찮을까요?"

수비는 자신을 '장군 나리'라고 부르자 괜히 우쭐대며 대꾸를 해주었다.

"장사가 어떻게 됐는지는 알 수가 없고, 그 오삼계는 부하 장수 마보를 시켜 귀주에서 호남으로 쳐들어왔어요. 원주沅州는 이미 함락됐고, 총병 최세록崔世祿은 놈들에게 붙잡혀갔죠. 지금 오삼계의 부하 장국주, 공응린龔應麟, 하국상은 세 갈래로 나뉘어 동진東進하고 있어요. 그리고 또 한 명의 장수 왕병번王屛藩은 사천四川으로 진격해갔다는데, 그 기세가 만만치 않은가 봐요. 천상川湘 일대의 백성들은 모두 피난길에 올랐다고 하더군요."

전노본은 잔뜩 우려하는 표정을 지으며 말했다.

"그럼… 정말 큰일이 났네요. 하지만 대청의 군사들도 만만치 않으니 오삼계가 승리를 장담할 순 없겠죠?"

수비가 말했다.

"원래는 다들 그렇게 말했어요. 한데 원주 일전을 치르고 보니, 오삼계의 병마를 막기가 쉽지 않나 봐요. 휴… 결과가 어떻게 될지 아무도 장담 못해요."

전노본은 다시 공수의 예와 함께 고맙다는 인사를 하고 자리로 돌아왔다. 천지회의 군호들은 나름대로 생각했다.

'오삼계 그 매국노 놈이 황제가 돼서는 안 되는데….'

또 다른 생각을 하는 사람도 있었다.

'오삼계가 북경까지 쳐들어가 오랑캐 군사들과 서로 맞붙어 양패구상兩敗俱傷, 다들 만신창이가 됐으면 좋겠구먼!'

관병들은 서둘러 식사를 하고 술을 마셨다. 수비가 일어나며 주인장에게 말했다.

"주인장, 내가 좋은 소식을 알려줬으니 오늘 우리가 먹은 것은 주인장이 한턱 쓰는 걸로 합시다!"

주인장은 억지로 웃어 보이며 몸을 숙여 굽실거렸다.

"아, 네! 네… 당연히 그래야죠. 그럼 나리들, 천천히 가십시오."

수비가 웃으며 말했다.

"천천히 가라고요? 그럼 앉아서 한턱 더 먹고 갈까요? 하하…."

주인장은 어색하게 웃으며 아무 말도 하지 못했다.

수비는 문 쪽으로 걸어가며 노부부를 지나 그 병약한 사내 앞으로 지나가려는데, 사내가 느닷없이 왼손을 쓱 뻗어 그의 멱살을 잡았다.

"북경으로 무슨 문서를 전달하러 가는 거지? 나도 좀 보자고!"

수비는 몸집이 우람했다. 그런데 사내가 멱살을 잡자 바로 몸이 반으로 꺾였다. 그는 대뜸 성난 호통을 쳤다.

"빌어먹을! 뭐 하는 짓이야?"

얼굴이 빨갛게 상기되어 상대방의 손을 뿌리치려 했는데, 꼼짝도 하지 않았다. 사내가 오른손으로 찌익 수비의 옷깃을 찢자, 큼지막한 문서 봉투가 떨어졌다. 사내가 왼손을 살짝 밀자, 수비는 무서운 기세로 뒤로 밀려나 식탁 두 개를 박살내면서 내동댕이쳐졌다. 와장창, 요란한 소리와 함께 탁자 위에 놓여 있던 식기가 바닥에 떨어져 깨졌다. 떠나려던 관병들이 일제히 호통을 쳤다.

"이런 무엄한 놈을 봤나!"

그들은 일제히 무기를 뽑아들고 그 병약한 사내에게 덮쳐갔다. 그러자 사내와 함께 온 하인인 듯한 두 사람이 나서서 관병들을 상대했다. 주먹을 뻗고 발을 걷어차는 사이에 관병들은 순식간에 여기저기 다 쓰러져버렸다.

병약한 사내가 겉봉을 뜯어 문서를 읽자, 수비는 대경실색해서 소리를 질렀다.

"그건 황상께 올리는 상소문이야! 감히… 감히 조정의 공문을 훼손하다니… 이런… 대역무도한…."

병약한 사내가 공문을 읽으며 말했다.

"호남 순무가 오랑캐 황제더러 군사를 증파해 평서왕을 치라는 공문이군! 흥, 100만 군사를 더 보내도 역시… 콜록콜록… 평서왕에게 모조리 전멸하고 말 거야!"

말을 하면서 공문을 구겨 두 손으로 싹싹 비볐다. 말을 끝내고 두 손을 떨치자, 공문이 우수수 조각조각 나 마치 나비인 양 허공을 날아 사방으로 흩어졌다.

천지회의 군호들은 그의 무서운 내공을 보자 모두 대경실색했다. 그리고 그의 정체에 대해 저마다 추측했다.

'말투를 들어보니 오삼계의 부하인 것 같은데….'

수비는 간신히 몸을 일으켜 허리에 찬 칼을 뽑아들었다.

"조정의 공문을 찢어발기다니! 난 어차피 죽을 목숨이니 네놈과 같이 죽겠다!"

그러고는 다짜고짜 그 병약한 사내의 머리를 향해 칼을 내리쳤다. 사내는 여전히 자리에 앉은 채 잽싸게 오른손을 뻗어 수비의 아랫배를 살짝 밀었다. 마치 소란을 피우지 말라고 손짓을 하는 것 같았다. 그런데 수비는 칼을 쥐고 들어올렸던 팔이 갑자기 천천히 내려지면서 동시에 몸도 솜처럼 스르르 풀려 바닥에 주저앉고 말았다. 그는 입을 크게 벌린 채 숨을 내뱉을 뿐 들이켜지는 않았다.

앞서 쓰러졌던 관병들 중 몇몇은 이미 기어서 일어났지만 멀찌감치 떨어져 맥없이 소리를 지를 뿐, 감히 다가와서 상사를 도와주는 사람은 없었다.

그때 하녀 한 사람이 뜨거운 탕을 한 사발 갖고 나와 병약한 사내 앞에 내려놓았다.

"도련님, 인삼탕 드세요."

노부부는 좀 전에 있었던 싸움을 아예 보지 못한 듯 관심도 갖지 않고, 오로지 아들에게만 시선이 집중돼 있었다.

서천천이 나직이 말했다.

"저 사람들은 정말 요상하니 우린 그냥 가는 게 좋겠어요."

고언초가 식대를 치르고 일행은 밖으로 나갔다. 노부인이 인삼탕을 받쳐들고 입으로 후후 불어가며 아들에게 먹이고 있었다.

위소보 등은 고을을 빠져나가자 비로소 그 병약한 사내의 정체에 대해 의논이 분분했다. 서천천이 말했다.

"그자는 공문을 손으로 비벼 쇄편으로 만들었는데, 그런 내공은 정말이지… 아주 보기 드문 거요."

현정 도인도 한마디 했다.

"그가 무관의 아랫배를 살짝 밀었는데 언뜻 보기엔 아주 평범한 것 같지만 피하기가 쉽지 않았을 거예요. 풍 형제, 형제 같으면 어떻게 했 겠소?"

풍제중이 말했다.

"그에게 석 장 이내로 접근하면 안 될 것 같아요."

군호들은 고개를 끄덕이며 수긍했다. 그가 살짝 밀었을 때 피하든 막든 석 자 밖에서나 가능했다는 것이다. 그 이상 접근하면 피할 수도, 막을 수도 없을 것이었다.

서천천이 다시 말했다.

"내가 그의 손목을 잡으면…."

말을 끝맺기도 전에 고개를 절레절레 흔들었다. 상대방의 내공이 워낙 강해 설령 손목을 잡았다고 해도 그가 손을 뒤집어서 비틀면 자신의 손가락 혹은 손목뼈가 부러질 수도 있었다.

군호들은 그 병약한 사내가 오삼계와 한통속이라고 생각했다. 그가 경우 없이 사람에게 손상을 입히는 것을 지켜보면서도 감히 나서서 제지하지 못했다. 물론 피해를 입은 사람이 오랑캐 군관이라 해도 의협심을 중시하는 그들로서는 부끄러운 일이 아닐 수 없었다. 기분이 영 찜찜해서 잠시 이야기를 나누다가 금세 그만두었다.

몇 리 정도 달렸을까, 갑자기 등 뒤에서 말발굽 소리가 들려왔다. 두 필의 말이 급히 달려오고 있었다. 지금 그들이 가고 있는 길은 귀곡산장으로 향하는 좁은 길이라 두 필의 말이 나란히 달릴 수는 없었다. 군호들은 기분이 별로 좋지 않은 상태라 뒤에서 말이 급히 달려오는 소리를 듣고도 풍제중과 쌍아만 옆으로 비켜줬을 뿐, 다른 사람들은 양보할 생각을 하지 않았다.

두 필의 말은 순식간에 군호들 바로 뒤까지 달려왔다. 고개를 돌려보니 뜻밖에도 그 병약한 사내의 두 하인이었다. 그중 한 명이 소리쳤다.

"우리 도련님께서 잠깐만 기다리라는데요, 물어볼 말이 있대요."

비록 아주 무례한 말투는 아니지만 안하무인으로 느껴졌다. 군호들은 모두 기분이 언짢았다. 현정 도인이 언성을 높였다.

"우린 지금 급한 볼일이 있으니 기다릴 수 없어. 서로 아는 사이도 아닌데 뭘 묻겠다는 거지?"

하인이 말했다.

"우리 도련님의 분부니 기다리는 게 좋을 겁니다. 괜히 서로 얼굴 붉힐 이유는 없잖아요!"

말투가 은근히 위협조였다. 전노본이 물었다.

"댁의 주인은 오삼계의 부하요?"

하인이 대꾸했다.

"풰! 우리 주인님의 신분으로 어떻게 평서왕의 부하가 될 수 있단 말이오?"

군호들은 눈살을 찌푸렸다.

'오삼계를 평서왕이라고 하는 걸 보면 그놈과 인연이 있기는 한 것 같은데….'

바로 이때 수레바퀴 소리가 들리며 마차 한 대가 달려왔다. 그 하인이 소리쳤다.

"주인님께서 오셨습니다."

그러고는 말 머리를 돌려 마차를 맞이했다. 군호들은 그냥 가자니 그 병약한 사내를 일부러 피하는 것 같아 역시 말을 멈췄다.

마차를 몰고 온 사람은 하녀였다. 또 한 명의 하녀가 마차의 휘장을 젖혔다. 그 병약한 사내가 마차 한가운데 앉아 있고, 그 뒤에 노부부가 앉아 있었다.

병약한 사내는 군호들을 한번 노려보더니 바로 다그쳤다.

"왜 이 사람의 혈도를 찍은 거요?"

그러면서 오지영을 가리켰다. 그리고 다시 물었다.

"뭐 하는 사람들이오? 지금 어디로 가는 중이오?"

음성이 날카롭고 말투가 아주 오만했다.

현정 도인이 되물었다.

"그렇게 묻는 댁은 뉘시오? 우린 서로 모르는 사이고, 아무 상관이 없는데 왜 꼬치꼬치 캐묻는 거요?"

사내는 코웃음을 날렸다.

"당신은 내 이름을 물을 자격이 없소! 내가 방금 두 마디를 물었는데, 못 들었소? 왜 대답을 하지 않는 거요?"

현정 도인은 화가 났다.

"내가 이름을 물을 자격이 없다면 그쪽도 우리의 일을 물을 자격이 없지! 오삼계 놈이 지금 병란을 일으켜 나라를 혼란에 빠뜨렸는데, 그런 놈을 평서왕이라 칭하는 것을 보니 한통속인가 보지? 몸도 성치 않은 모양인데 어서 집으로 가서 잠이나 주무시오. 자꾸 찬바람을 쐬다가 오한이라도 걸리면 큰일을 치를 수도 있소."

그 말에 천지회의 군호들이 껄껄 웃었다.

그 순간, 별안간 한 줄기의 사람 그림자가 번뜩이는가 싶더니, 철썩하는 소리와 함께 현정 도인이 왼쪽 뺨을 호되게 얻어맞고 바로 이어서 옆구리에 장풍을 맞아 말에서 떨어졌다. 그 연이은 두 가지 공격이 그야말로 전광석화같이 빨라, 현정 도인이 말에서 떨어진 후에야 군호들은 공격을 전개한 사람이 바로 그 노부인이라는 것을 알았다.

노부인은 현정 도인에게 연타를 전개한 후 발끝으로 땅을 살짝 찍더니 붕 날아올라 다시 마차 안으로 들어갔다.

군호들은 일제히 호통을 치며 마차를 향해 덮쳐갔다. 그러자 병약한 사내가 마차를 몰고 온 하녀의 등을 살짝 끌어당겼다. 순식간에 하녀를 마차 안으로 끌어들이고 자신이 마부석에 바꿔앉은 것이다.

이때 마침 전노본이 쌍장을 뻗어냈다. 그 병약한 사내는 왼손으로 주먹을 쥐어 떨쳐내 쌍장을 맞이했다. 쌍장과 주먹이 맞닥뜨렸는데 아무런 소리도 들리지 않았다. 오히려 전노본이 엄청난 힘줄기가 뻗쳐오는 것을 느끼며 몸이 절로 뒤로 날아가 공중제비를 돌며 땅에 떨어졌다. 땅에 떨어지면서 몸을 세우려 했는데, 갑자기 무릎의 힘이 풀려 그 자리에 무릎을 꿇을 것 같았다. 그는 기겁을 하며 뒤로 튕겨 적에게 무릎을 꿇는 수모를 간신히 모면했다.

전노본이 그렇게 뒤로 자빠지자 풍제중이 바로 덮쳐갔다.

그 병약한 사내는 좀 전과 같이 다시 주먹을 뻗어냈다. 풍제중은 그와 정면대결을 하지 않고 도중에 오른손의 방향을 꺾어 상대의 목을 베어갔다. 병약한 사내는 그것을 보고 '잇?' 소리를 토했다. 생각보다 뛰어난 상대의 무공에 약간 의아해하는 것 같았다. 그는 오른손 엄지로 중지를 눌렀다 튕기며 풍제중의 손바닥을 노렸다. 풍제중은 즉시 손을 거두면서 오른발로 마차를 끌고 온 노새의 등을 밟았다.

고언초와 변강은 두 남자 하인을 향해 공격해갔다. 하인들은 두 사람을 상대하지 않고 말을 몰아 피하면서 소리쳤다.

"도련님이 너희를 처리할 거다!"

고언초와 번강은 상대방의 하인을 공격하는 게 께름칙했는데, 알아서 뒤로 피하자 잘됐다 싶어 바로 몸을 솟구쳐서 그 병약한 사내의 왼쪽을 공격했다. 그 순간 노새가 갑자기 처절한 비명을 내지르면서 푹석 주저앉았다. 그러자 마차도 덩달아 균형을 잃고 옆으로 기웃했다. 풍제중이 노새의 등을 밟았을 때 암암리에 내공을 가했기 때문에 등뼈가 부러진 것이었다.

병약한 사내는 발을 튕기지 않았고 몸을 솟구친 것 같지도 않은데 어느새 땅에 서서 기침을 하고 있었다. 마차 안에 있던 노인과 노부인은 제각기 하녀 한 사람씩을 들고 마차 밖으로 뛰쳐나왔다. 병약한 사내와 노인, 노부인은 별로 서두른 것 같지도 않은데 어느새 마차에서 벗어났고, 바로 그 직후에 마차가 전복되었다.

전노본과 서천천은 노인과 노부인을 향해 덮쳐갔다. 그러자 노부인은 왼손을 흔들면서 오른손으로는 병약한 사내를 가리켰다.

"너희들도 내 아들이랑 놀아봐!"

그러면서 입가에 미소를 띠었다. 마치 전노본과 서천천이 자기 아들에게 얻어맞는 것을 지켜보며 즐기겠다는 심보 같았다.

서천천은 그 노인의 머리를 향해 주먹을 내리쳐갔다. 상대방의 무공이 만만치 않다는 것을 알면서도 나이가 워낙 많아 행여 한 주먹에 때려죽일까 봐 소리를 질렀다.

"받아라!"

주먹에다 3할의 공력밖에 주지 않았다. 그는 실수로 백한송白寒松을 죽여 목왕부와 갈등을 빚은 이후로 공격에 늘 신중을 기해왔다.

노인은 뜻밖에도 피할 생각을 하지 않고 손을 쭉 뻗어 그의 주먹을 움켜쥐었다. 노인은 체구가 왜소한데 손은 엄청나게 컸다. 그의 주먹을 움켜쥐고는 태연하게 말했다.

"저쪽 가서 놀아라!"

서천천은 비록 이 노인에 비하면 나이가 훨씬 아래지만 역시 백발이 성성한 늙은이였다. 그런데 이 노인은 마치 어린애를 구슬리는 듯한 말투였다.

서천천은 힘껏 오른쪽 주먹을 빼며 왼쪽 주먹을 날렸다. 그가 전개한 초식은 청룡백호로, 원래는 상대방을 겁주기 위한 일종의 허초虛招였다. 다시 말해, 왼쪽 주먹은 상대를 가격하겠다는 의도보다는 상대로 하여금 손을 놓고 뒤로 물러나게 하려는 목적이었다. 하지만 상대가 손을 놓지 않으면 주먹이 콧잔등을 가격하게 될 터였다.

노인은 팔을 길게 뻗으며 손을 놓았다. 순간, 서천천은 한 갈래의 무지막지한 힘줄기가 몰아쳐오는 것을 느꼈다. 자신은 왼쪽 주먹을 뻗어냈기 때문에 오른쪽에서 힘이 몰아쳐오자 이내 몸이 회오리치듯 돌아가며 그 병약한 사내 쪽으로 접근해갔다.

병약한 사내는 풍제중, 고언초, 변강, 이역세 네 사람과 공방전을 펼치고 있었는데, 서천천이 빙그르르 돌면서 접근해오자 손뼉을 치며 웃었다.

"재미있다, 재밌어!"

네 사람의 권각拳脚이 질풍노도처럼 그에게 공격을 퍼붓고 있는데 그는 손뼉을 치며 환호하는 여유를 부린 것이다. 그러고는 손을 획 휘저었다. 그러자 오른쪽으로 돌면서 접근해오던 서천천이 이내 방향을 바꿔 왼쪽으로 돌면서 빠른 속도로 그 노인을 향해 날아갔다.

병약한 사내는 다시 웃으며 소리쳤다.

"아버지, 정말 재미있어요. 그를 다시 이쪽으로 돌려주세요!"

현정 도인이 있는 힘을 다해 그에게 덮쳐갔다. 사내는 손을 뻗고 돌리고, 다시 돌리고 뻗었다. 그 동작이 반복되는 가운데 현정 도인과 고언초, 번강, 이역세의 몸이 다 빙글빙글 돌기 시작했다. 단지 풍제중만 몸이 돌아가지 않았는데, 가슴속에서 기혈이 끓어올라 황급히 뒤로 세 걸음 물러나 두 손으로 가슴을 호위했다.

천지회의 호걸 다섯 명이 계속 빙글빙글 돌고 있었다. 공력을 끌어올려 몸을 멈추려 해도 뜻대로 되지 않았다. 만약 어느 누구의 도는 속도가 느려지면 그 병약한 사내가 다시 손을 뻗고 휘둘러 도는 속도를 높였다.

이 광경은 마치 어린아이들이 탁자 위에서 동전 돌리기 놀이를 하는 것 같았다. 동전은 계속 빙글빙글 돌면서 엎어지지 않고, 엎어질 것 같으면 다시 손가락을 튕겨 돌게 만드는 그런 모습과 흡사했다.

위소보는 그 모습을 지켜보며 눈이 휘둥그레지고 입이 딱 벌어졌다. 놀라움을 금할 수 없었다. 쌍아는 가슴이 조마조마해 그의 곁에 바싹 붙어서서 지켜주었다. 위소보가 나직이 말했다.

"빨리 토끼자!"

쌍아가 말했다.

"장가莊家로 가요!"

위소보가 고개를 끄덕였다.

"맞아, 장가는 대길대리大吉大利야! 장가는 운만 좋으면 다 싹쓸이할 수 있어!" ('장가'는 노름에서 선을 잡은 사람을 뜻하기도 한다.)

말을 뱉자마자 바로 몸을 돌려 도망쳤다. 쌍아가 오지영을 끌고 바싹 뒤를 따랐다.

한편, 그 병약한 사내는 돌리기 놀이에 신이 났는지 연신 싱글벙글 웃었다. 한 쌍의 노부부도 입가에 미소를 띤 채 아들이 노는 것을 지켜봤다. 네 명의 하인은 한쪽에 물러서서 손뼉을 치며 주인을 응원했다.

병약한 사내는 풍제중이 돌지 않고 제자리에 서서 왼손을 높이 들고 오른손을 낮춰 고송교립세古松矯立勢를 취하자, 바로 몸을 번뜩여 다가가서 오른쪽 어깨를 후려쳐갔다. 풍제중은 오른발을 뒤로 한 걸음 물리면서 어깨를 비틀어 살짝 피할 뿐 반격을 하지 않았다. 그러자 사내가 대뜸 화를 냈다.

"나쁜 사람이군! 왜 돌지 않아?"

다시 손을 뻗어 오른쪽 어깨를 후려쳐갔다. 풍제중은 다시 뒤로 물러났다. 그런데 뜻밖에도 뒤에서 한 갈래의 엄청난 힘줄기가 밀려와 이내 몸의 중심을 잃었다. 사내의 웃음소리가 들리는 가운데 급히 천근추千斤墜를 전개해 몸을 고정시키려는데, 사내가 허리 뒤쪽에 힘을 가해오는 바람에 몸이 돌기 시작했다.

오지영은 병약한 사내가 자신의 적과 싸워 우위를 점하고 있는 것을 보자, 살아날 수 있다는 희망이 한 가닥 생겼다. 그는 비칠비칠 앞으로 몇 걸음 옮기다가 일부러 고꾸라졌다. 쌍아가 힘껏 끌어당겨도 움직이지 않았다. 위소보는 다급해졌다. 행여 상대방이 그를 구해가 모든 진상을 알아낼까 봐 왼손으로 오지영의 턱을 받치고 억지로 입을 벌렸다. 그리고 신발 속에서 비수를 꺼내 그의 입안을 한번 휘저었다. 그 즉시 오지영은 혀의 태반이 잘려 극심한 고통으로 그만 기절하고 말았다.

쌍아는 그가 오지영을 죽인 줄 알고 소리쳤다.

"상공, 도망가요!"

두 사람은 앞을 향해 내달렸다. 1리 정도 달려갔을 즈음, 뒤에서 말발굽 소리가 들리며 누군가 쫓아오는 것 같았다. 위소보는 왼쪽에 보이는 바위투성이 산등성이를 가리켰다. 두 사람은 곧 좁은 산길에서 벗어나 그 바위와 돌무더기가 난립해 있는 쪽으로 달려들어갔다.

뒤를 쫓아온 사람은 뜻밖에도 하인 한 사람과 그 병약한 사내였다. 말이 더 이상 바위투성이 쪽으로 들어갈 수 없게 되자 하인은 말에서 내려 소리쳤다.

"얘들아, 겁내지 마! 우리 주인님께서 함께 놀고 싶어서 그래! 어서 돌아와!"

위소보가 소리쳤다.

"팽이 돌리기를 하려고? 난 싫어!"

그러면서 더 빨리 달아났다. 하인은 바위와 돌무더기 속으로 쫓아왔지만 위소보와 쌍아의 걸음이 빨라 거리가 좁혀지지 않았다. 그러자 병약한 사내가 소리쳤다.

"술래잡기를 하자는 거냐? 재밌다, 재밌어!"

그도 말에서 내려 연신 기침을 해대며 남쪽으로 돌아서 쫓아왔다.

위소보와 쌍아는 몸을 돌려 동북 방향으로 달아나게 되었는데, 공교롭게도 그쪽이 바로 하인이 쫓아오는 방향이었다. 하인은 몸을 날려 위소보와 쌍아를 붙잡으려 했다. 위소보가 구난에게 전수받은 신행백변神行百變을 전개해 몸을 살짝 비틀자 하인은 그를 놓치고 앞으로 고꾸라졌다. 쌍아는 잽싸게 그의 허리 뒤쪽을 가격해갔다. 하인은 쌍아가 아직 어려 대수롭지 않게 생각했는지 막을 생각을 않고 오히려 쌍아의 오른팔을 낚아채왔다. 순간, 팍 하는 소리가 들리면서 쌍아가 정확하게 그의 허리 뒤쪽을 내리쳤다.

"앗!"

하인은 아파서 짤막한 비명을 질렀다. 그와 동시에 쌍아는 그의 오른쪽 손목을 잡아 비틀었다. 으드득 하는 소리와 함께 그의 손목 관절이 부러졌다.

병약한 사내는 그 모습을 보고 약간 놀란 듯 '잇!' 하고 소리를 지르더니 서 있던 바위 위에서 다른 바위 위로 몸을 솟구쳤다. 그렇게 몇 번 솟구친 후 쌍아 앞에 내려섰다. 그리고 왼손을 살짝 휘두르자 쌍아가 쓰고 있던 모자가 벗겨져 땅에 떨어졌다. 치렁치렁한 머리카락이 그대로 풀어헤쳐졌다. 사내는 의외인 듯 웃었다.

"낭자였구먼!"

그러면서 손을 뻗어 쌍아의 긴 머리를 낚아잡았다.

쌍아는 아파서 비명을 질렀다.

"앗!"

그녀는 잽싸게 팔꿈치를 뒤로 뻗어 쌍회룡雙迴龍의 초식을 전개했다. 병약한 사내는 웃으며 소리쳤다.

"좋아!"

그는 왼손을 왼쪽에서 오른쪽으로 살짝 떨쳐, 쌍아의 두 손을 낚아잡아 등 뒤로 돌렸다. 그러고는 오른손으로 긴 머리채를 잡더니 그녀의 두 손목을 두어 번 휘어감아 묶어버렸다. 그러고는 뭐가 그리 재미

있는지 깔깔 웃어댔다.

자신의 머리채로 두 손이 뒤로 묶인 쌍아는 다급해져서 울음이 터졌다.

"상공! 빨리 달아나요!"

병약한 사내는 그녀의 허리께에 가볍게 손가락을 튕겨 혈도를 찍고는 웃으며 말했다.

"그는 달아나지 못해!"

그러더니 쌍아를 놔두고 위소보를 쫓아갔다. 삽시간에 거리가 좁혀졌다. 위소보는 돌무더기 사이로 다람쥐처럼 이리저리 피했다. 사내가 몇 번이고 그를 잡을 것 같았는데 그때마다 위소보가 신행백변을 전개해 용케 피했다.

사내가 웃으며 말했다.

"술래잡기 실력이 제법인데!"

위소보는 아무래도 기력이 딸려 얼마 도망치지 못하고 숨을 헐떡거리기 시작했다. 이대로 가다가는 곧 붙잡힐 게 뻔했다. 그래서 소리를 질렀다.

"날 잡지 못했으니까 이번엔 내가 널 잡을 차례야! 잡으러 갈 테니 빨랑 도망가!"

그러면서 몸을 돌려 그 사내를 향해 달려갔다. 사내는 히히 웃더니 정말 몸을 돌려 달아나기 시작했다. 그도 역시 돌무더기 사이로 이리저리 돌았다. 위소보는 이미 상대방을 파악했다. 무공은 비록 고강하지만 약간 모자란 데가 있어, 나이는 서른 안팎으로 보이는데 행동거지는 어린애와 같았다.

사내는 분명히 동쪽 돌무더기 안으로 들어갔는데, 눈 깜박할 사이에 서쪽에서 나타났다. 그 신속함이 마치 유령 같았다. 위소보는 놀라면서도 탄복하지 않을 수 없었다. 그가 소리쳤다.

"틀림없이 붙잡고 말 거야! 어서 달아나지 못해!"

그는 일부러 쫓아가는 척하면서 쌍아 곁으로 달려가 그녀를 일으켰다. 그리고 다시 소리쳤다.

"난 한 사람을 안고도 널 잡을 수 있어!"

사내는 깔깔 웃으며 소리쳤다.

"용용 죽겠지! 나 잡아봐라, 콜록콜록… 잡아봐, 약올라 죽겠지?"

위소보는 쌍아를 안고 일부러 쫓아가는 척하면서 갈수록 간격을 넓혔다. 사내가 소리쳤다.

"한심하구나! 넌 날 잡지 못할 거야… 콜록…."

그러면서 오히려 위소보 쪽으로 몇 걸음 뛰어왔다.

위소보가 다시 소리쳤다.

"웃기는 소리 하지 마라! 내가 정말 널 못 잡을 것 같으냐? 넌 그 기침 때문에 더 달아나지 못할걸!"

그러면서 그에게 덮쳐가는 척했다.

이때 멀리서 노부인의 성난 호통이 들려왔다.

"이런 생쥐 같은 녀석! 내 아들을 기침하게 만들다니!"

휙 하는 파공음이 들리더니 작은 돌멩이 하나가 날아왔다. 아주 작은 돌이지만 날아오는 속도는 엄청났다. 위소보는 깜짝 놀랐다.

"어이구…!"

그는 몸을 숙여 피하려 했지만 역시 늦고 말았다. 종아리에 돌을 맞고 바로 무릎이 꺾이며 쓰러졌다. 그 바람에 안고 있던 쌍아도 한쪽에 내동댕이쳐졌다.

노부인이 말했다.

"가서 잡아와!"

하인 하나가 몸을 날려 다가오더니 위소보와 쌍아의 등을 낚아채 노부인 앞으로 데려가서 무릎을 꿇렸다.

병약한 사내는 낄낄 웃으며 손뼉을 치면서 좋아했다.

"쌤통이다! 용용 죽겠지? 약올라… 콜록콜록… 메롱!"

위소보는 깜짝 놀라는 동시에 화가 치밀었다. 서천천과 풍제중 등은 모두 줄줄이 밧줄에 묶여 쓰러져 있었다. 하녀 하나가 긴 밧줄을 손에 쥐고 있었는데, 심지어 오지영까지 맨 뒤에 묶여 있었다. 군호들은 하나같이 고개를 가슴까지 떨어뜨린 채 눈을 감고 있는 것으로 미루어 정신을 잃은 듯했다.

노부인이 심각하게 물었다.

"남장을 한 계집은… 흥! 그 분근착골分筋錯骨 수법을 어디서 배웠느냐? 그리고 남자애는 신행백변을 누구한테 배운 거지?"

위소보는 내심 다시 놀랐다.

'저 할망구는 보는 눈이 아주 예리한데! 이 무공의 이름을 어떻게 알았지?'

어쨌든 상대방이 어떤 무공인지 알아냈으니 자신의 신행백변이 어느 정도 경지에 도달한 것 같아 의기양양해서는 웃으며 말했다.

"방금 신행백변이라 했소? 내가 신행백변을 할 줄 안단 말입니까?"

노부인은 코웃음을 쳤다.

"흥! 그 강아지처럼 펄쩍펄쩍 뛰고 게처럼 옆으로 기어가는 것이 무슨 놈의 신행백변이란 말이냐?"

위소보는 바닥에 주저앉으면서 말했다.

"할머니 스스로 신행백변이라고 말한 거지, 내가 한 말이 아니잖아요? 난 신도神跳백변인지 신파神爬백변인지, 모르거든요."('신도'는 펄쩍펄쩍 뛴다는 뜻이고, '신파'는 기어다닌다는 뜻이다.)

그의 말에 병약한 사내는 손뼉을 치며 좋아했다.

"우아! 신도백변도 할 줄 알고 신파백변도 할 줄 안다니, 정말 재밌겠다!"

그러면서 손가락으로 위소보의 등 뒤를 살짝 찍었다. 그러자 위소보는 한 갈래의 뜨거운 기운이 몸 안으로 들어와 사지가 개운해지는 것을 느낄 수 있었다. 그래서 몸을 일으키며 말했다.

"우아, 혈도를 푸는 솜씨는 정말 알아줘야겠군!"

사내가 말했다.

"어서 기어봐. 신파백변이라고 했으니까 기어서 100가지 변화를 보여줘야 해. 자라처럼 기고 게처럼 기다 보면 100가지 변화를 구사할 수 있을 거야."

위소보가 생뚱맞게 그의 말을 받았다.

"난 신파백변을 잘 할 줄 모르는데… 혹시 할 자신이 있으면 한번 기어보시지!"

사내는 난색을 표했다.

"나도 잘 몰라. 아버지가 그러는데, 무학의 대가는 남의 것을 잘 배워야 할 뿐 아니라, 스스로 새로운 것을 만들어내야만 진정 '대종사

大宗師'라 불릴 자격이 있댔어."

그러고는 노인에게 고개를 돌렸다.

"아버지, 무학 중에 신파백변이란 무공이 있나요?"

노인은 눈살을 찌푸리며 고개를 내둘렀다.

위소보가 말했다.

"당신은 무학의 대종사니 천하에 그런 무공이 없다면 스스로 만들면 되잖아요. 지금이라도 '신파문神爬門'을 만들어…."

그의 말이 끝나기도 전에 누군가 엉덩이를 걷어찼다. 노부인이었다. 호통이 뒤따랐다.

"헛소리하지 마!"

노부인은 걱정이 가득한 눈빛으로 아들을 힐끗 쳐다보았다. 아들이 행여 이 엉뚱한 녀석의 말을 곧이곧대로 믿고 그 무슨 신파백변을 만들까 봐 걱정이 되는 모양이었다. 그는 아들이 이 일을 더 이상 생각하지 못하게 얼른 화제를 돌려 위소보에게 물었다.

"네 이름이 뭐냐? 사부는 누구지?"

위소보는 속으로 머리를 굴렸다.

'이 두 노요괴老妖怪와 한 소요괴, 아니… 중요괴지. 다들 무공이 엄청 높아. 난 도저히 적수가 될 수 없으니 속임수를 쓸 수밖에! 오삼계와 인연이 깊은 것 같으니 내가 오삼계와 친하다고 하면 몰아붙이지 못할 거야!'

그는 오지영을 힐끗 훔쳐보고 바로 좋은 생각이 떠올랐다.

"난 오가예요. 이름은 오지영, 호는 현양이라 하고 양주부 고우현 사람이죠. 저 거시기, 나의 숙부 평서왕이 곧 북경까지 쳐들어갈 겁니다. 만약 나를 건드리면 평서왕이 가만있지 않을 거예요."

그 말에 노부부와 병약한 사내는 서로 마주 보며 모두 크게 놀라는 눈치였다. 사내가 말했다.

"거짓말이야! 평서왕에게 어떻게 너 같은 조카가 있어?"

위소보는 천연덕스레 말했다.

"왜 거짓말이라는 거지? 그럼 평서왕 집안에 대해 하나하나 다 물어봐요. 내가 한 가지라도 틀리게 말하면 당장 죽여도 좋아요!"

사내가 고개를 끄덕였다.

"좋아! 그럼 평서왕이 가장 아끼는 게 뭐지?"

위소보가 주저 없이 대답했다.

"물건이오, 사람이오? 가장 아끼는 사람은 전에는 진원원이었는데, 그녀가 나이 드니까 '사면관음四面觀音'이라는 미인을 좋아했어요. 그리고 지금 가장 좋아하는 사람은 '팔면관음'이죠."

사내가 말했다.

"미인이 도대체 뭐가 좋다는 거야? 난 그가 가장 아끼는 물건을 물은 거야."

위소보가 바로 대꾸했다.

"평서왕이 가장 아끼는 보물이 세 가지 있어요. 첫 번째는 백호白虎 가죽이고, 두 번째는 비둘기 알만 한 홍보석紅寶石, 세 번째는 호랑이무늬의 대리석 병풍이에요."

사내가 그 대답을 기다렸다는 듯 우쭐대며 웃었다.

"하하… 정말 잘 아는군. 자, 봐라!"

그러고는 옷의 단추를 풀더니 왼손으로 장포의 옷깃을 풀어헤쳤다.

그러자 안에 입고 있는 가죽조끼가 드러났다. 바로 백호의 가죽으로 만든 것이었다. 위소보는 놀라는 한편 이상하게 생각했다.

"아니… 저건… 평서왕이 가장 아끼는 백호 가족인데 어떻게… 어떻게 훔쳐왔지?"

사내는 의기양양했다.

"뭘 훔쳐왔다는 거야? 평서왕이 나에게 준 거라고!"

위소보는 고개를 내둘렀다.

"그 말은 믿지 못하겠는데… 자형인 하국상의 말을 들어보니…."

사내가 얼른 물었다.

"하국상이 너의 자형이라고?"

위소보는 거침이 없었다.

"그래요, 사촌 자형이죠. 사촌누나 오지… 오지방吳之芳이 그에게 시집갔어요. 자형은 군사작전에 능해 평서왕 휘하에서 총병을 하고 있다고요!"

사내는 고개를 끄덕였다.

"그건 맞는 얘기야. 평서왕이 나의 부모님을 초청했는데 가기 싫다고 해서 나 혼자 갔어. 평서왕이 직접 접대를 했지. 그 자리에 10대 총병이 다 배석을 했는데, 너의 자형이 그중에 으뜸이더군."

위소보가 말했다.

"그렇다니까요. 그리고 마보 대형과 왕병번 대형은 무장 중에서도 위풍당당하고 살기충천, 일기당천… 아주 대단하죠."

사내가 다시 물었다.

"너의 자형이 백호 가죽에 대해 뭐라고 했는데?"

위소보는 일단 그의 환심을 살 필요가 있다고 느꼈다. 그래서 거짓 말과 허풍을 섞어 한껏 떠벌렸다.

"자형의 말에 의하면, 지난날 진원원이 가장 총애를 받을 때 오한 에 걸려 기침을 했는데, 사흘 동안만 그 백호 가죽을 덮고 자면 낫는다 는 얘기를 주워듣고는 오… 평서왕에게 간청을 했더니, 평서왕이 완곡 하게 말했대요. '며칠간 빌려주는 건 좋지만 줄 수는 없어. 이건 천하 에서 가장 길상한 보물이야. 800년 동안 단 한 마리만 나타나고, 설령 나타난다고 해도 과연 잡아서 가죽을 벗길 수 있을지 장담할 수 없어. 이 백호 가죽을 집 안에 두면 잡귀들이 보자마자 바로 줄행랑을 치기 마련이야. 그리고 병이 생기면 약을 복용할 필요 없이 이 가죽을 이불 삼아 며칠만 덮고 자면 말끔히 나아. 도박판에서도 좌문左門은 청룡이 라 하고 우문右門은 백호라고 하듯이, 청룡의 가죽과 백호의 가죽은 그 야말로 가격을 따질 수 없는 무가지보無價之寶야.'"

노부인은 위소보가 침을 튀겨가며 그럴싸하게 이야기를 늘어놓자 얼이 빠졌다. 그의 유일한 관심사는 바로 아들의 병이었다. 백호의 가 죽을 덮고 자면 병이 낫는다는 말은 썩 믿을 만한 게 못 되지만 그렇 게 되길 바라는 마음은 굴뚝같았다. 그래서 아들에게 말했다.

"얘야, 평서왕이 그 백호 가죽을 너한테 줬다는 건 정말 고마운 일 이지. 네가 총명하니까 그것으로 조끼를 만들어 입었구나. 만약 정말 그 백호 가죽으로 병이 치유된다면…."

사내는 노부인의 말을 끝까지 듣지도 않고 눈살을 찌푸렸다.

"난 아무 병도 없는데 왜 자꾸 그런 말을 하는 거예요?"

노부인이 얼른 웃으며 말했다.

"아, 그래, 그래! 넌 생룡활호生龍活虎나 다름없어. 저 강호의 고수들을 팽이 돌리듯 재밌게 갖고 놀았잖니."

그 병약해 보이는 사내는 하하 웃었다. 그 웃음에도 기침이 섞여나왔다. 노부인이 말했다.

"밤에 잘 때도 그 백호 가죽을 입고 자거라."

사내는 들은 척도 하지 않고 고개를 돌려버렸다.

그때 노인이 풍제중 등을 가리키며 위소보에게 물었다.

"저 사람들은 평서왕의 부하냐?"

위소보는 속으로 생각했다.

'내가 평서왕의 조카라고 사기를 치는 것은 상관없지만, 서 삼형 등이 오삼계의 부하라고 하면 길길이 날뛸지도 몰라. 그럼 바로 뽀록이 날 수도 있지.'

그래서 힘주어 말했다.

"저들은 저의 부하입니다. 우린 평서왕의 의거義擧 소식을 전해듣고 경성에 있는 부마와 공주가 혹시 위험에 처할까 봐 걱정이 됐죠. 특히 오응웅 형님은 저와 친형제 이상으로 친하기 때문에 저 친구들을 데리고 부마를 구하러 북경으로 가는 중이었습니다. 물론 이번 일은 그리 쉽지 않겠죠. 하지만 아무리 흉험해도 다들 의리를 중요시하기 때문에 목숨을 바칠 각오가 돼 있습니다. 빙산화해冰山火海, 지옥과 연옥이 가로막고 있다고 해도 우린 반드시 뚫고 나갈 겁니다!"

그는 격앙된 어조로 한껏 호기를 부렸다.

노인은 그의 말을 듣고는 고개를 끄덕끄덕하더니 앞으로 걸어가 두 손으로 밧줄을 몇 번 잡아당겼다. 그러자 풍제중 등을 묶었던 줄이 다

끊어졌다. 이어 각자의 등을 살짝 두 번씩 두드리고 추나를 몇 번 해서 혈도를 풀어주었다. 하녀 하나가 자신의 머리채로 손이 뒤로 묶여 있는 쌍아도 풀어주었다.

노인이 위소보에게 말했다.

"너의 일방적인 말을 그냥 곧이곧대로 믿을 순 없어. 워낙 중차대한 일이니까. 네가 평서왕의 조카라는 무슨 다른 증거라도 있느냐?"

위소보는 태연하게 웃으며 말했다.

"어르신, 그건 좀 난처하죠. 제가 뭘 증명하기 위해 부모님을 늘 모시고 다닐 수는 없잖아요. 이렇게 하죠. 우리가 함께 상경해서 부마를 만나 대질을 해봅시다. 만약 부마가 황궁에 잡혀갔다면 건녕 공주를 만나면 돼요. 공주는 틀림없이 제가 진짜배기 오지영이라고 증언을 해줄 겁니다."

그러면서 속으로는 콧방귀를 뀌었다.

'흥! 이놈들아, 경성에 가면 네놈들이 설 자리가 있을 줄 아느냐? 진짜 건녕 공주를 만나러 가면, 내가 옥황상제라고 우겨도 공주는 그렇다고 할 거다!'

노인은 노부인과 서로 눈빛을 교환했다. 긴가민가하는 눈치였다.

위소보는 홀연 뇌리에 떠오르는 게 있었다.

"아, 있습니다. 지금 난 평서왕이 직접 쓴 가신家信를 갖고 있어요. 다른 사람들에게 이 편지를 보여주면 난 목이 달아나고 멸문을 당할 텐데, 여러분은 평서왕의 친구라니 보여줘도 상관없겠죠."

그러고는 품속으로 손을 넣어 사이황이 써준 가짜 편지를 꺼내서 노인에게 건넸다.

노인은 서신을 꺼내 기울어가는 석양빛을 빌려 읽기 시작했다. 위소보는 행여 그가 이해를 하지 못할까 봐 설명을 늘어놓았다.

"참백사斬白蛇, 창대풍가唱大風歌, 뭐 그런 것은 주원장朱元璋을 말하는 거고…."

입을 다물고 있으면 중간치라도 갈 텐데, 아는 척을 하다가 유방의 고사를 주원장으로 착각해 잘못 이야기한 것이다. 다행히 노부인과 노인은 서신에 정신이 팔려 그가 뭐라고 말하는지 별로 주의를 기울이지 않았다.

노부인이 서신을 다 읽고 나서 고개를 끄덕였다.

"틀림이 없구먼. 평서왕은 한 고조 또는 명 태조가 되려 하고, 그더러 장자방 또는 유백온이 되라는 거네. 여보, 평서왕은 명 황실을 부흥하기 위해 의거를 일으켰다고 하던데, 서신의 내용으로 봐서는 그게 아니라… 흥! 너무 과욕을 부리는 것 같아요!"

이어 위소보를 힐끗 쳐다보며 말했다.

"나이도 어린 것이…."

다음 말을 잇지 않았지만 속으로 뭐라고 했는지는 뻔했다.

'네깟 놈이 장자방, 유백온이 되겠다는 거냐? 가소롭구나!'

노인은 편지를 잘 접어서 봉투 안에 넣어 위소보에게 돌려주었다.

"정말 평서왕의 조카로구먼. 좀 전에 우리가 결례를 범했다면 널리 양해해주게."

위소보는 웃으며 말했다.

"원, 별말씀을요. 몰라서 그랬는데요, 뭐…."

이때 서천천 등이 다 깨어났다. 그들은 위소보가 오삼계의 조카로

자처하고, 상대방이 그것을 굳게 믿는 것을 보고 모두 크게 의아해했다. 그러나 위 향주가 해온 일들이 워낙 상상을 초월할 만큼 기상천외한 것이 많았던지라 아무도 입을 열지 않았다.

위소보는 속으로 생각했다.

'이 어르신은 몽골의 털보 한첩마를 상대로 오삼계의 아들 행세도 해봤어. 이번에는 조카인데 무슨 상관이 있겠어? 다음엔 오삼계의 아버지로 위장할 거다! 손해를 안 보고 본전을 찾을 수만 있다면 무슨 짓인들 못하겠냐?'

날이 어두워지기 시작했다. 다들 야산에 서 있으니 바람도 무척 세찼다. 사내는 기침이 더 심해졌다. 위소보가 물었다.

"한데 어르신과 노마님은 존성대명이 어떻게 되십니까?"

노부인이 대답했다.

"우린 귀歸가네."

위소보는 속으로 투덜댔다.

'하고많은 성 중에서 하필이면 귀가냐? 거북이 '귀龜' 자라, 정말 웃기는구나.'

그는 무식해서 돌아갈 '귀歸' 자를 거북이 '귀' 자로 생각한 것이다.

노부인이 아들을 쳐다보며 말했다.

"날이 어두워졌으니 다른 일은 천천히 이야기하도록 하고, 우선 유숙할 곳을 찾아야겠는데…."

위소보가 바로 대꾸했다.

"아, 네! 아까 산등성이를 넘어오면서 저쪽에 연기가 피어오르는 것을 봤어요. 민가가 있는 모양인데, 거기 가서 하룻밤 신세를 지는 게 어떨까요?”

그러면서 귀곡산장 쪽을 가리켰다. 사실 이곳에서 귀곡산장까지 가려면 아직 10여 리가 남아 있고, 산등성이가 막혀 민가의 연기는 볼 수 없었다.

남자 하인이 말 두 필을 끌고 와 병약한 사내와 노인 부부를 태웠다. 노부인은 사내와 함께 말을 타고 뒤에서 아들을 꼭 껴안았다. 위소보 등은 원래 타고 온 말이 있어 각자 말에 올랐다. 하인 넷은 걸어갔다.

어느 정도 가자 위소보가 쌍아에게 큰 소리로 말했다.

“쌍아, 네가 먼저 빨리 말을 몰고 달려가서 앞쪽에 마을이 있으면 좀 큰 집을 찾아들어가 유숙을 청하고, 서둘러 물을 끓여놔. 도련님께서 따뜻한 인삼탕을 마셔야 하고, 다른 사람들도 씻고 나서 밥을 먹을 수 있도록 은자를 넉넉하게 드려.”

그가 한 마디를 할 때마다 쌍아는 바로바로 대답했다. 위소보는 품속에서 은자를 많이 꺼내 그 몽한약 봉지와 함께 쌍아에게 건네주었다. 쌍아는 그것을 받고는 말을 몰아 쏜살같이 달려나갔다.

노부인의 표정이 아주 흐뭇해졌다. 먼저 물을 끓여 아들에게 인삼탕을 먹여야 한다는 위소보의 말이 마음에 쏙 든 것이다.

다시 몇 리쯤 가자 쌍아가 말을 몰고 되돌아왔다.

“상공, 앞쪽에는 마을이 아니라 커다란 장원莊園만 있어요. 그 집 안주인의 말로는 남정네들이 다 출타해서 손님을 받을 수 없대요. 은자를 줘도 받지 않던데요.”

위소보가 꾸짖었다.

“이런 멍청한 것, 손님을 받든 말든 일단 가면 되지!”

쌍아가 대답했다.

"네!"

노부인도 한마디 했다.

"우린 그냥 하룻밤만 유숙하겠다는 건데… 남정네들이 없다고 못된 짓을 할까 봐 그러나?"

일행은 귀곡산장에 도착했다. 하인이 문을 두드리자 한참 후에야 나이 지긋한 노파가 나타났다. 그녀는 귀가 잘 안 들리는지 한참 얘기를 했는데도 그저 집에 남자가 없다는 말만 되풀이했다.

그 병약한 사내가 웃으며 말했다.

"남자가 없으니 여기 남자가 많이 왔잖아요."

그러고는 무턱대고 노파를 한쪽으로 밀치며 안으로 들어갔다. 그러자 일행도 뒤를 따라 대청으로 들어가 자리를 잡고 앉았다.

노부인이 말했다.

"장 아줌마, 손 아줌마! 가서 물을 끓이고 밥을 짓도록 하게. 이 집 주인은 손님을 달가워하지 않으니 스스로 할 수밖에!"

두 명의 하녀가 대답을 하고 부엌 쪽으로 갔다.

서천천 등은 전에 이곳에 와본 적이 있고, 나중에 위소보를 통해 이 집안의 내력을 알았다. 지금 위소보가 무슨 감언이설을 늘어놨는지 몰라도 무공이 어마어마한 고수들을 이곳으로 유인해왔으니 내심 좋아했다. 그들은 가능한 한 그 병약한 사내와 위소보에게서 멀리 떨어져 돌계단 아래 앉았다. 행여 들통이 날까 봐 조심해야만 했다.

노인이 오지영을 가리키며 위소보에게 물었다.

"저기 입에서 피를 흘리는 사람은 누구지?"

위소보가 천연덕스럽게 대답했다.

"저놈은 조정의 관리예요. 길에서 만났는데 행여 관아에 밀고를 할까 봐 부득이… 혀를 잘라버렸어요."

노인은 좀 멀리 떨어져 있었지만 줄곧 의아하게 느끼고 있었다. 지금 위소보의 설명을 듣고도 반신반의하며 오지영에게 가까이 다가가 직접 물었다.

"조정의 관리가 맞나?"

오지영은 고통 때문에 죽을 지경이라 바로 고개를 끄덕였다. 그러자 노인이 또 물었다.

"누가 모반을 꾀하는 것을 알고 가서 밀고를 하려고 했나?"

오지영은 부인할 수 없었다. 그저 이 노인이 자기를 구해주기만 바랐다. 그래서 연신 고개를 끄덕였다.

위소보가 나서서 물었다.

"남부 지방의 병권을 쥐고 있는 무장이 모반을 꾀하는 것을 알았죠? 그의 성은 오씨고, 일단 들고일어나면 큰일이 난다고 했죠?"

그가 말한 오씨는 오삼계가 아니라 오육기였다.

오지영이 빨리 대답을 하지 않자 노인이 다시 물었다.

"이 사람이 방금 한 말이 맞나?"

말을 할 수 없는 오지영은 연신 고개를 끄덕였다.

노인은 더 이상 의심할 여지가 없었다. 위소보에 대한 믿음이 더 깊어졌다. 그는 의자로 돌아가 앉아서 위소보에게 물었다.

"오 형제의 무공은 어느 사부님께 배운 건가?"

위소보는 내심 당황했지만 겉으로는 태연하게 말했다.

"사부님이 여러 분입니다. 첫째, 둘째, 셋째… 모두 세 분인데, 저는… 워낙 아둔해서 무공을 제대로 배우지 못했습니다."

노인은 속으로 중얼거렸다.

'네가 무공을 제대로 배우지 못한 걸 내가 모를 것 같으냐?'

그러나 위소보가 구사한 그 신행백변은 비록 엉성했지만 의심할 여지가 없었다. 신법과 보법, 틀림없는 신행백변이었다. 그래서 다시 물었다.

"그럼 경공은 누구한테 배웠지?"

위소보는 속으로 잽싸게 생각을 굴렸다.

'경공을 누구한테 배웠냐고 따져묻는 걸 보면 구난 사부님과 원한이 있는 게 분명해. 절대 말해선 안 돼! 오삼계와 한통속이면 서장 혹은 몽골 쪽과도 교분이 있을 거야.'

그는 얼렁뚱땅 둘러댔다.

"대라마가 한 분 계세요, 상결桑結이라고. 곤명 평서왕부의 오화궁五華宮에서 만났는데, 제 무공이 형편없다면서 도망치는 방법을 가르쳐주겠다고 했어요. 며칠 동안이나 가르침을 주셨고, 저도 열심히 익혀다 배운 줄 알았는데, 어르신과 저기 신체 건장하고 정신백배精神百倍이신 귀댁 도련님을 만나니 아무 쓸모가 없네요."

노부인은 그가 아들을 '신체 건장하고 정신백배'라고 하자 그 어떤 아첨의 말보다 듣기가 좋았다. 절로 눈가에 웃음꽃이 피었다. 아들을 바라보면서 아주 흐뭇해했다. 그녀가 노인에게 말했다.

"영감, 얘가 요즘 정신이 또렷또렷해진 것 같죠?"

노인이 가볍게 고개를 끄덕였다. 아들이 자는 듯 마는 듯 맥없이 의자에 파묻혀 있는 것을 보며 안타까움을 금치 못했다. 그는 위소보에게 말했다.

"그렇구먼, 어쩐지…."

노부인이 물었다.

"상결이 어떻게 철검문鐵劍門의 경공을 알죠?"

노인이 말했다.

"철검문의 옥진자玉眞子가 서장에 오래 있었어."

노부인이 고개를 끄덕였다.

"아, 그렇군요. 옥진자는 목상木桑 도장의 사제니, 왕년에 그가 서장에서 남에게 전수해준 모양이네요."

그녀는 고개를 돌리더니 이번엔 쌍아에게 물었다.

"그럼 낭자의 무공은 누가 전수해준 거지?"

노부부는 쌍아를 뚫어지게 응시했다. 쌍아의 사문師門이 그들에겐 아주 중요한 문제인 것 같았다.

쌍아는 그들의 날카로운 눈초리에 당황했다.

"저… 저는…."

그녀는 거짓말을 잘 못해 뭐라고 대답해야 좋을지 몰랐다.

위소보가 거들고 나섰다.

"그녀는 내 하녀예요. 상결 대라마가 그녀에게도 무공을 조금 전수해줬어요."

노부부는 일제히 고개를 내두르더니 단호하게 말했다.

"절대 그럴 리가 없어!"

그들의 표정은 아주 심각했다.

이때 병약한 사내가 갑자기 또 기침을 하기 시작했는데, 갈수록 더 심해졌다. 노부인은 얼른 그에게 다가가 등을 가볍게 두드려줬고, 노인도 고개를 돌려 아들을 쳐다보았다. 부엌으로 갔던 두 하녀가 인삼탕을 들고 다시 들어온 것도 이때였다. 그녀들은 사내 앞으로 다가가 기침이 멎기를 기다렸다가 탕을 먹였다. 그리고 끓여온 차를 모두에게 한 사발씩 나눠주었다. 심지어 서천천 등에게도 몫이 돌아갔다.

노인이 차를 마시고 나서 다시 쌍아에게 물으려는데, 쌍아는 이미 뒤쪽 후당으로 들어가버렸다.

노인이 갑자기 벌떡 일어나더니 손 아줌마에게 물었다.

"차를 다린 물은 어디서 났지?"

위소보는 가슴이 철렁했다. 속으로 '아뿔싸, 야단났다'를 연발했다. '어이구, 이거 큰일이 났구먼! 저 늙은이가 알아차린 모양이야!'

손 아줌마가 대답했다.

"저랑 장 아줌마가 함께 끓인 건데요."

노인이 다그치듯 다시 물었다.

"그 물이 어디서 났냐 말이다!"

손 아줌마가 대답했다.

"부엌 항아리에 있는 물을 썼어요."

장 아줌마도 덧붙였다.

"자세히 봤는데 아주 깨끗해서…."

그녀의 말이 끝나기도 전에 쿵, 꽈당 하는 소리가 들리며 두 명의 하인이 그 자리에 쓰러졌다. 눈이 까뒤집힌 것으로 보아 정신을 잃은 것 같았다. 이어서 노부인이 벌떡 몸을 일으키더니 휘청휘청 머리를 감싸면서 소리쳤다.

"차에 독이 들었어!"

서천천 등은 아직 차를 마시지 않았는데 서로 눈짓을 교환하더니 일제히 고꾸라져 기절한 척했다. 그들이 들고 있던 찻잔이 바닥에 떨어져 연신 쟁그랑 소리가 들렸다. 위소보도 덩달아 소리를 질렀다.

"어이구…!"

그도 바닥에 쓰러지면서 눈을 감았다.

장 아줌마와 손 아줌마는 당황해하며 입을 모았다.

"물은 우리가 끓인 것이고, 부엌에 아무도 오지 않았는데…"

노부인이 나름대로 단정을 내렸다.

"그 항아리에 있던 물에 미리 독을 탄 거야!"

얼른 아들에게 물었다.

"얘야, 괜찮니?"

병약한 사내가 말했다.

"괜찮아요, 저…"

말을 잇지 못하고 고개가 옆으로 꺾이며 기절했다.

손 아줌마가 말했다.

"인삼탕에는 그 물을 넣지 않았어요. 우리가 끓여온 것을 데웠을 뿐인데…"

노인이 말했다.

"데울 때 김이 들어갔으니 그게 문제지."

노부인이 말했다.

"그래, 얘는 몸도 허약한데 어쩌면…."

그러면서 아들의 이마를 짚었는데, 그 손이 심하게 떨렸다.

노인은 체내의 독이 더 이상 발산되지 못하도록 억제하기 위해 운기조식을 하며 말했다.

"어서 가서 대야에다 찬물을 떠와라."

두 하녀는 차를 마시지 않았다. 그녀들은 눈앞에서 벌어진 이상한 상황에 놀라고 당황해 허겁지겁 안쪽으로 달려들어갔다.

노부인이 중얼거리듯 말했다.

"이 집은 좀 이상해…."

그녀는 무기를 갖고 있지 않아, 몸을 숙여 하인의 허리춤에서 칼을 뽑았다. 그런데 고개를 숙이는 순간 천지간이 빙빙 도는 것 같아 그 자리에 주저앉고 말았다. 힘을 쓸 수 없어 손에 쥐었던 칼도 놓쳤다.

노인은 왼손으로 의자 등받이를 짚고 눈을 감은 채 숨을 몰아쉬었다. 몸이 약간 흔들거렸다.

위소보는 바닥에 누워 주위 상황을 놓치지 않고 지켜보았다.

이때 쌍아가 한 무리의 여인들과 함께 나타났다. 순간, 노인이 느닷없이 장풍을 뻗어내 한 백의 여인을 강타했다. 그 여인은 즉시 1장 밖으로 날아가 쓰러지면서 의자 하나를 박살냈다.

서천천 등이 대갈일성과 함께 일제히 일어나 노인에게 달려들었다. 그러나 노인은 이미 기절해 정신을 잃었다. 풍제중이 그의 혈도를 찍었고, 이어 노부인과 그 병약한 사내의 혈도도 찍었다.

위소보는 벌떡 일어나 헤헤 웃으며 소리를 질렀다.

"셋째 마님! 안녕하세요?"

그러면서 한 백의 여인에게 몸을 숙여 인사를 올렸다. 바로 장씨 문중의 셋째 마님이었다. 그녀는 얼른 답례를 하며 말했다.

"위 공자, 불구대천의 원수를 잡아와줘서 고마워요. 이 은혜를 어떻게 보답해야 좋을지 모르겠군요. 하늘이 무심치 않아 우리에게 복수할 기회를 준 것 같아요. 위 공자, 우리 사부님을 소개해드릴게요."

그녀는 위소보를 황색 장삼을 입은 여인 앞으로 데려갔다.

그 황삼黃衫 여인은 좀 전에 노인의 기습을 받아 부상당한 여자를 보살피고 있었다. 그 여인의 등을 주무르자 우웩, 한 모금의 선혈을 토해냈다. 그러고는 다시 또 피를 토했다. 황삼 여인이 빙긋이 웃으며 말했다.

"이젠 괜찮을 거야."

음성이 아주 아름다웠다.

위소보가 보기에 그 황삼 여인은 나이가 적지 않았다. 그런데 음성은 마치 소녀 같았다. 그리고 차림새가 아주 독특했다. 머리에 금환金環을 쓰고 맨발인 데다가 허리엔 꽃이 수놓인 띠를 두르고 있었다. 머리카락이 희끗희끗한데도 얼굴은 뽀얗고 살결이 매끄러웠다. 단지 눈기에 주름이 잡혀 있을 뿐이었다. 도무지 나이가 어느 정도인지 짐작이 가지 않았다. 머리카락을 보면 분명 쉰 줄은 넘은 것 같고, 얼굴과 살결을 보면 서른 안팎이었다.

어쨌든 그녀가 셋째 마님의 사부라니, 위소보는 얼른 그녀 앞에 무릎을 꿇고 절을 올렸다.

"파파婆婆 누님, 위소보의 절을 받으세요."

여인이 웃으며 물었다.

"나더러 지금 뭐라고 불렀지?"

위소보는 일어나면서 대답했다.

"셋째 마님의 사부라니 파파라고 불러야 하는데, 용모로 보면 기껏해야 저의 누나뻘이에요. 그래서 파파 누님이라고 했어요."

여인은 까르르 웃었다.

"기껏해야 너의 누나뻘이라고? 그럼 너의 누이동생이 될 수도 있단 말이냐?"

위소보가 너스레를 떨었다.

"만약 옆방에서 음성만 들었다면 정말 파파 누이동생이라고 부를 뻔했어요."

여인은 배꼽을 잡고 아주 요란하게 웃었다.

"요런 깜찍한 것, 정말 재밌네. 입에다 사탕을 발랐나, 듣기 좋은 말만 골라서 하는군. 그러니 나의 귀 사백님처럼 신중한 대영웅도 너한테 그만 깜박 당하고 말았지!"

그 말에 다들 대경실색했다.

위소보가 그 노인을 가리키며 물었다.

"저… 서 어르신이 파파 누님의 사백님인가요?"

여인이 웃으며 말했다.

"왜 아니겠니? 그 어르신을 뵙지 못한 지 30년이 돼서 나도 처음엔 잘 알아보지 못했어. 좀 전에 그 설횡진령雪橫秦嶺 초식을 전개하는 바람에 비로소 알아봤지. 중원에서 그런 고심막측高深莫測한 무공을 전개할 수 있는 사람은 그 어르신네뿐이야."

위소보는 눈살을 찌푸렸다.

"그렇다면 한 식구인데… 어떡하죠?"

여인은 고개를 내두르며 가볍게 웃었다.

"나도 어떡해야 좋을지 모르겠구나. 사부님이 이 일을 알면 틀림없이 날 호되게 욕할 거야."

몇몇 아낙이 굵은 밧줄을 들고 한쪽에 대기하고 있는 것을 보고는 웃으며 위소보에게 말했다.

"저들을 묶으려면 네가 직접 명령을 내려라. 난 개입하고 싶지 않으니까. 분명히 말하지만, 난 감히 사백님을 묶을 수 없어. 하지만 묶지 않고 깨어나면 난 당할 수가 없단다. 소형제, 넌 당해낼 수 있겠니?"

위소보는 내심 크게 기뻐하며 빙긋이 웃었다.

"저는 더더욱 당해낼 수 없겠죠."

여인은 단지 이 일에 직접 개입하지 않으려 할 뿐, 사백을 보호할 생각이 없다는 것을 분명히 했다. 위소보는 얼른 서천천 등에게 말했다.

"저 몇몇 사람은 오삼계와 한패거리니 좋은 사람이 아녜요. 우리 천지회가 그들을 묶어도 파파 누나와는 아무런 상관이 없어요."

서천천 등은 그 병약한 사내에게 조롱을 당했다. 그건 도저히 잊을 수 없는 큰 치욕이었다. 그런데 앙갚음을 할 기회가 생기자 얼른 밧줄을 받아 노인과 노부인, 그리고 병약한 사내, 두 명의 남자 하인을 전부 다 꽁꽁 묶어버렸다.

황삼 여인이 물었다.

"귀 사백님이 어떻게 오삼계와 한패가 됐지? 그리고 너는 또 어떻게 만난 거야?"

위소보는 곧 식당에서 노인 일행을 만나 우여곡절에 휩싸인 경위를 대충 이야기해주었다. 서천천 등이 그 병약한 사내에게 조롱당한 대목은 물론 말하지 않았다. 단지 그 사내의 무공이 엄청 높아서 다들 그의 적수가 못 되었다고만 했다.

황삼 여인이 말했다.

"귀 사제의 목숨은 나의 사부님이 구해준 거야. 어릴 적부터 아주 병약했어. 지금은 많이 나아진 편이지. 사백님 부부는 그를 목숨보다 더 중히 여기시지."

그러고는 노인을 힐끗 쳐다보고 나서 말을 이었다.

"사백님은 아주 정의로운데 어떻게 오삼계, 그 매국노와 한통속이 됐지? 만약 그게 사실이라면 사부님도 날 욕하지 못할 거야, 헤헤…."

그녀는 사부를 아주 무서워하는 것 같았다.

위소보가 거들었다.

"누구든 오삼계를 도우면 죽어 마땅해요. 누님의 사부님도 이 일을 아시면 아마 칭찬을 해줄 거예요."

여인은 웃으며 물었다.

"그래?"

그녀는 노부부를 쳐다보며 잠시 생각을 굴리는 듯하더니 그 병약한 사내에게 다가가 호흡을 확인했다. 그러고는 셋째 마님에게 말했다.

"사백님이 깨어나면 틀림없이 노발대발하실 거야. 절대 그를 죽여선 안 돼. 이렇게 하지. 저들을 여기 남겨놓고, 우린 다 떠나자고. 그럼 누가 자기네들을 묶었는지 영원히 알지 못할 거야. 내 생각이 어때?"

셋째 마님이 공손하게 대답했다.

"사부님의 분부에 따르겠습니다."

그러나 오랫동안 살아온 이 집을 갑자기 떠나자니 아쉬움이 남았다. 그리고 여러 가지 물건도 다 옮겨야 하니, 절로 난감해하는 기색이 드러났다. 그러자 백의 노부인이 나섰다.

"원수를 잡아왔으니 가서 제를 올리고 영위를 다 불태워 없애자."

셋째 마님이 고개를 끄덕였다.

"그게 좋겠네요."

모두들 영당靈堂으로 몰려갔다. 잡아온 오지영을 영전靈前에 무릎 꿇렸다. 셋째 마님은 제사상 위에 있는 책 한 권을 집어 오지영에게 보여주며 물었다.

"오 대인, 이게 무슨 책인지 잘 알겠죠?"

오지영이 전에 달달 외웠던 책이었다. 책의 두께와 모양새만 봐도 바로 자신이 출세하는 데 결정적인 도움을 준 책이라는 것을 대번에 알 수 있었다. 아니나 다를까, 표지에 뚜렷하게 '명서집략明書輯略'이란 네 글자가 적혀 있었다. 오지영은 고개를 끄덕였다.

셋째 마님이 다시 물었다.

"자세히 좀 보세요. 여기 모셔진 영령들을 모두 잘 알고 있죠?"

오지영이 영패에 적혀 있는 이름을 확인했다. 장윤성莊允城, 장정롱莊廷鑨, 이영석李令晳, 정유번程維藩, 이환李煥, 왕조정王兆禎, 모원명茅元銘… 그 이름이 100여 명이나 되었다. 하나같이 자신이 밀고해서 '명사明史' 사건으로 처형된 사람들이었다.

오지영은 열 사람의 이름도 채 확인하지 못하고 이미 혼비백산했다. 그는 혀가 잘려 계속 피를 흘린 탓에 이미 죽은 목숨이나 다름없었다. 몸이 솜처럼 풀리며 그 자리에 쓰러져 사시나무 떨 듯 부들부들 떨었다.

셋째 마님이 차갑게 말했다.

"넌 부귀영화를 누리기 위해 이 많은 사람을 죽음으로 몰았다. 옥에 갇혀 갖은 고초를 겪다가 죽은 사람이 있는가 하면, 능지처참을 당해 몸이 갈기갈기 찢기는 고통을 받은 분도 많다. 우리도 만약 사부님이 구해주지 않았다면 역시 네 손에 죽었을 것이다. 오늘 널 단칼에 죽이는 건 자비를 베푸는 것과 다름없다. 하지만 우린 너처럼 잔인하지 못하니, 고통 없이 죽고 싶다면 스스로 목숨을 끊어도 좋다."

그러면서 그의 혈도를 풀어주고 챙, 짧은 금속성과 함께 단도 한 자루를 그의 앞에 던져주었다.

오지영은 바들바들 떨면서 단도를 집어 자결하려 했지만 그럴 용기가 나지 않는지, 별안간 몸을 돌려 영당 밖으로 달아나려 했다. 그러나 한 걸음을 떼자마자 백의 여인들이 앞을 가로막았다. 그는 목구멍에서 끄르륵 끄르륵 이상한 소리를 내더니 쓰러져 경련을 일으켰다. 그러고는 움직이지 않았다.

셋째 마님이 그의 몸을 뒤집어보니 이미 숨이 끊어져 있었다. 얼굴은 온통 피로 뒤범벅되었고, 눈을 크게 부릅뜬 채 공포에 질린 모습이었다. 그녀가 한숨을 내쉬며 말했다.

"인과응보라고, 사악한 자가 결국 죄의 대가를 받았군."

그녀는 영전에 무릎을 꿇고 말했다.

"이제 여러분의 원수를 갚았으니, 저승에서 편히 눈을 감으십시오."

여인들이 일제히 바닥에 엎드려 방성통곡을 했다.

위소보와 천지회 군호들도 영전에 절을 올렸다. 그 황삼 여인은 한쪽에 서서 눈살을 가볍게 찌푸린 채 아무 말도 하지 않았다.

여인들은 한바탕 울고 나서 위소보에게 무릎을 꿇고 원수를 잡아와 준 것에 대해 감사를 표했다. 위소보도 얼른 절을 올려 답례했다.

"저는 그저 해야 할 일을 했을 뿐입니다. 만약 또 무슨 원수가 있다면 말씀해주십시오. 제가 다 잡아오겠습니다."

셋째 마님이 말했다.

"간신 오배도 위 공자가 죽여줬고, 이번에 오지영까지 잡아와 원수를 갚게 해줬어요. 이제 원수를 다 갚았으니 더 이상 원수는 없어요."

여인들은 서둘러 영위를 치우고 영패를 불태웠다.

황삼 여인은 다들 분주하게 움직이자 하릴없이 왔다 갔다 하다가 묶여 있는 세 사람을 보러 갔다. 위소보도 따라갔다. 노부부와 병약한 사내는 여전히 깨어나지 않았다.

황삼 여인이 미소를 지으며 위소보에게 말했다.

"꼬마야, 독을 쓰려면 제대로 써야 해."

위소보는 멋쩍어하며 말했다.

"네, 네… 저는 어쩔 수 없어 몽한약을 쓴 겁니다. 저들은 무공이 너무 고강해서 그 수를 쓰지 않았으면 제 모가지가 부러지고 말았을 거예요. 사실 그런 비열한 수법은 강호 호한들의 비웃음을 사기에 충분하죠. 저도 잘 알아요. 다음엔 쓰지 않을게요."

황삼 여인은 빙긋이 웃었다.

"뭐가 비열한 수법이냐? 살인은 그냥 살인이야. 칼로 사람을 죽여도 살인이고, 주먹으로 때려죽여도 살인이지. 그리고 독으로 사람을 죽이

는 것도 그냥 살인일 뿐이야. 강호 호한들이 비웃는다고? 흥! 그들이
뭔데 비웃는다는 거야? 오지영만 하더라도 조정에 밀고를 해서 수백
명을 죽게 만들었어. 그는 독을 쓰지 않았으니까 비웃음을 받지 않아
도 된다는 거냐?"

그 말을 듣자 위소보는 구름을 타고 하늘을 나는 듯 정말 기분이 좋
았다. 절로 환하게 웃으며 말했다.

"파파 누님, 정말 듣던 중 반가운 소리네요. 저는 어릴 때 궁지에 몰
린 사람을 도와주려고 상대방의 눈에다 석회 가루를 뿌렸어요. 결국
그 사람을 구해줬는데, 나중에 제가 비열한 수법을 썼다고 오히려 뺨
을 때리더라고요. 그때 파파 누님이 곁에 있었다면 그 사람을 혼내줬
을 텐데, 아쉽네요."

황삼 여인이 그의 말을 받았다.

"하지만 넌 나의 사백님한테 독을 썼으니 나도 네 뺨을 때려줘야겠
는걸!"

위소보는 얼른 손사래를 쳤다.

"안 돼요! 당시는 파파 누님의 사백인 줄 몰랐잖아요."

그녀가 다시 말했다.

"그럼 나의 사백님이라는 걸 알고, 그가 네 모가지를 비틀어버리려
고 한다면, 독이 있는데도 쓰지 않을 거니?"

위소보는 헤벌쭉 웃으며 말했다.

"그거야 뭐… 목숨이 달린 일인데, 결례를 범할 수밖에 없죠."

그녀가 웃으며 말했다.

"솔직해서 좋구나. 상대방이 네 목숨을 노리는데, 너라고 상대의 목

숨을 노리지 말라는 법이 있느냐? 내가 뺨을 때려야겠다고 한 것은 네가 너무 겁 없이 설쳤기 때문이야. 상대방은 천하가 다 아는, 대명大名이 쟁쟁한 '신권무적神拳無敵' 귀신수歸辛樹, 귀 어른이야. 공력이 얼마나 심후한지 아니? 네가 갖고 있는 그 개똥 같은 몽한약 따위는 저 어르신에겐 그저 후춧가루에 불과해. 먹어봤자 끄떡도 안 할 거야."

위소보는 고개를 갸웃했다.

"하지만 분명히…."

황삼 여인이 설명했다.

"그 어설픈 몽한약을 차에 타면 70년 넘게 살아온 노련한 강호인이 멋모르고 그냥 마실 거라고 생각했니? 그건 남의 재물을 노리고 장난을 치는 모리배들이나 하는 짓이야. 이왕 독을 쓰려면 남들이 감쪽같이 속을 최고의 독을 써야지."

위소보는 비로소 감을 잡고 놀라워하면서도 좋아했다.

"우아, 이제 보니… 파파 누님께서 그 몽한약을 최고의 독으로 바꿔치기해줬군요?"

황삼 여인은 시치미를 뗐다.

"당치 않아! 난 바꿔치기를 하지 않았어. 사백님과 저들이 신심이 지친 나머지 고열 때문에 갑자기 정신을 잃고 쓰러진 거겠지. 나하고 무슨 상관이 있다는 거냐? 한 사람은 골골하는 환자고, 두 사람은 나이가 일흔이 넘은 노인네야. 갑자기 어지러워서 쓰러졌는데… 흔히 있을 수 있는 일 아니냐?"

그녀는 아주 진지한 말투로 이야기하면서도 눈에는 짓궂은 장난기가 배어 있었다. 그녀가 행여 사백님이 깨어나서 문책을 할까 봐 잡아

떼고 있다는 것을, 위소보는 눈치챌 수 있었다. 그는 이 황삼 여인에 대해 말할 수 없을 정도로 호감을 느꼈다. 바로 특기를 살릴 때가 온 것이다. 그는 즉시 무릎을 꿇고 큰절을 올렸다.

"파파 누님, 사부님으로 모시겠습니다. 저를 제자로 거둬주십시오. 앞으론 사부 누님이라 부르겠습니다."

황삼 여인은 까르르 까르르 웃으며 왼팔을 내밀어 그의 아래턱을 쓱 만졌다. 순간, 위소보는 차갑고 딱딱한 물체가 턱에 와닿는 느낌이 들었다. 그건 절대 사람의 손이 아니었다. 얼른 고개를 숙여 확인해보고는 깜짝 놀랐다. 그건 가무잡잡하고 윤기가 나는 쇠갈고리였는데, 그 끝은 매의 발톱처럼 날카로웠다.

황삼 여인이 웃으며 말했다.

"자세히 보아라."

그녀는 오른손으로 왼쪽 소매를 걷었다. 그러자 백옥처럼 희디흰 팔뚝이 드러났다. 손목에서부터 잘려나가 손이 없고, 그 쇠갈고리를 손 대신 부착한 것이었다.

그녀가 다시 말했다.

"내 제자가 되고 싶다면 안 될 것도 없지. 대신 손목을 잘라야 해. 갈 고리는 내가 만들어줄게. 어떠냐?"

이 황색 장삼을 입은 여인은 바로 그 천하에 유명한 오독교五毒教의 교주 하철수何鐵手였다. 나중에 원승지를 사부로 모셔 이름을 하척수何惕守로 바꿨다. 명나라가 망하자 그녀는 원승지와 함께 바다 건너 멀리 떠났다. 그리고 그해에 사부의 명을 받고 처리할 일이 있어 중원에 들어왔다가 우연히 장씨 문중의 셋째 마님 등 많은 과부들을 구하고 무공을 전수해준 것이었다.

이번에도 오랜만에 다시 중원으로 들어왔는데, 쌍아가 몽한약을 가져온 것을 보고, 그 이유를 묻게 됐다. 그녀는 비록 상대방이 누군지는 알지 못했지만 무공이 고절하다는 이야기를 듣고 일반 몽한약을 써봤자 소용이 없을 거라고 생각했다. 그래서 다른 약물을 항아리의 물에 타놓은 것이다.

하척수가 독을 쓰는 실력은 그야말로 천하무적이라고 해도 과언이 아닐 정도로 타의 추종을 불허했다. 사연이 있어 화산파華山派에 귀의한 후로는 독에 대해 잊고 지내왔는데, 누가 항아리에다 독을 풀려 한다는 이야기를 듣고, 옛날 생각이 나 손이 근질근질했다. 그래서 약간의 실력을 발휘한 건데, 비록 약간의 실력이라지만 따라올 사람이 누가 있겠는가? 만약 그렇지 않았다면, 귀신수의 내공은 그녀의 사부인 원승지보다도 심후하니, 그깟 어전 시위에게 얻어온 몽한약 따위로 어떻게 쓰러뜨릴 수 있었겠는가?

그 병약한 사내의 이름은 귀종歸鍾이었다. 그는 어머니 배 속에서부터 질병을 얻었다. 원래는 제대로 키우기가 어려웠는데 사숙인 원승지가 빼앗아온 진귀한 영약을 많이 복용해 겨우 목숨을 부지할 수 있었다. 그러나 몸과 뇌에 이미 손상을 입어 아직도 일반인처럼 건강하진 못했다.

귀신수 부부는 이 하나밖에 없는 아들을 목숨보다 더 아꼈다. 그래서 어릴 적부터 병마에 시달리는 게 안타까워 오냐오냐 키우다 보니 버르장머리가 없어졌다. 귀종은 비록 부모님으로부터 고강한 무공을 익혔지만 나이가 서른이 되도록 지능은 열 살 정도의 어린아이와 같았다.

하척수가 처음 독을 쓸 때는 상대가 누군지 몰랐다. 나중에 귀 사백일가라는 것을 알게 되자 가슴이 조마조마했다. 그러나 이미 엎어진 물이니 그냥 모르는 척할 수밖에 없었다. 그리고 위소보가 하는 말이 당돌하면서도 귀여웠다. 아주 마음에 쏙 들었다. 그동안 자신이 살아온 바다 저 멀리에서는 이렇듯 영악하고 환심이 가는 개구쟁이를 본적이 없었다.

위소보는 한쪽 손을 잘라야만 그녀를 사부로 모실 수 있다는 말에 자신의 손을 보면서 고개를 갸웃했다. 손목을 자르자니 너무 아플 것 같고, 한 말을 주워담자니 쑥스러워 몹시 겸연쩍어했다.

그 모습을 본 하척수가 웃으며 말했다.

"사부로 모실 필요 없다. 그리고 너한테 무공을 전수해줄 시간도 없어. 대신 날 '사부 누님'이라고 부른 것이 헛되지 않게, 재미있는 암기暗器를 한 가지 선물하지."

위소보는 바로 또 따리를 붙였다.

"사부 누님은 그냥 아무렇게나 부른 게 아녜요. 설령 무공을 전수해주지 않고 선물을 주지 않는다 해도 선녀처럼 아름다운 여인을 사부 누님이라 부르면, 저 자신이 괜히 기분이 좋아져요."

하척수는 다시 까르르 웃었다.

"요 원숭이 같은 것이 입에다가 정말 사탕을 발랐나, 이 할머니한테 못하는 소리가 없네!"

그녀는 원래 묘족苗族 출신이다. 한인들처럼 예의범절에 대해 그렇게 따지지 않았다. 위소보가 자신의 미모를 치켜세우자 겸연쩍기는커

넝 오히려 기분이 좋았다. 그녀가 웃으며 말했다.

"그래, 다시 한번 불러봐라."

위소보는 웃으며 소리를 높였다.

"누님! 예쁜 누님!"

하척수는 배를 움켜쥐었다.

"어이구… 갈수록 말도 안 되는 소릴 하네!"

그러고는 갑자기 오른손을 내밀어 위소보의 뒷덜미를 잡아서 자신의 오른쪽으로 끌어왔다. 그러자 휙, 휙, 휙, 소리가 들리며 탁자에 있던 촛불 세 자루가 이내 꺼졌다. 이어서 맞은편 판자벽에서 탁, 탁, 탁, 빗발치는 듯한 소리가 들려왔다.

위소보는 놀라고도 기뻐하며 얼른 물었다.

"이게 무슨 암기인데요?"

하척수는 뒷덜미를 잡았던 손을 놓고 웃으며 말했다.

"네가 가서 직접 확인해봐라."

위소보는 다과상 위에 놓여 있는 촛불을 들고 판자벽으로 가까이 다가갔다. 수십 개의 강침鋼針이 벽에 깊이 박혀 반짝이고 있었다. 절로 감탄이 나왔다.

"누님, 움직이지도 않았는데 어떻게 이 많은 강침을 발사했어요? 이런 암기라면 세상에 그 누가 피할 수 있겠어요?"

하척수가 웃으며 말했다.

"지난날 난 이 함사사영含沙射影 암기로 사부님을 공격했는데 단 하나도 맞지 않고 전부 다 피했어. 하지만 사부님 말고는 피할 수 있는 사람이 별로 없을 거야."

위소보가 말했다.

"누님의 사부님께서는 암기의 위력을 시험해보려고 미리 방비를 했겠죠. 그렇지 않고 갑작스레 암기를 썼다면 아무리 무공이 고강해도 이런 귀신이 곡할 암기를 무슨 수로 피하겠어요?"

하척수가 다시 말했다.

"당시 난 사부님과 서로 대립해서 정말로 싸움이 붙었어. 암기를 시험한 게 아니라 사전에 전혀 모르고 있었단 말이지."

위소보가 다시 말했다.

"그렇잖아요, 사부님은 정신을 집중해 대비를 했기 때문에 피한 거예요. 만약 당시 손가락으로 동쪽을 가리키며 '잇? 저게 누구지?' 하고 소리쳤으면 사부님은 그쪽을 봤겠죠. 그때 암기를 발사했으면 틀림없이 명중했을 거예요."

하척수는 한숨을 내쉬었다.

"글쎄, 네 말이 맞을 수도 있겠지. 이 강침에는 극독이 묻어 있어. 당시 사부님이 맞았다면 바로 죽었을 거야. 하지만 난 사부님을 죽일 생각은 없었어."

위소보가 지레짐작으로 말했다.

"사부님을 사랑했나 보죠, 그렇죠?"

하척수는 얼굴이 약간 붉어져서 눈을 흘기며 말했다.

"당치 않아. 말을 함부로 하지 마. 사모께서 들으면 네 혀를 잘라버릴지도 몰라!"

비록 수십 년 전에 있었던 일이지만 다시 떠올리자 얼굴이 화끈해졌다. 그녀는 얼른 사슴 가죽으로 만든 골무 두 개를 꺼내 오른손 엄지와 식지에 끼우고 판자벽에 박혀 있는 강침을 하나하나 뽑았다. 이어 옷깃을 젖혀 쇠로 만든 얇은 띠를 풀었다. 그 띠에 강철로 된 합이 하나 부착돼 있는데, 그 강합鋼盒에 작은 구멍이 많이 뚫려 있었다.

위소보는 비로소 뭔가 깨닫고 손뼉을 치며 좋아했다.

"우아! 누님, 그 암기는 정말 아주 절묘하네요. 이제 보니 옷 안에 숨겨져 있잖아요. 그 쇠띠에 장치된 단추를 누르기만 하면 강합 속의 독침이 발사되는 거죠?"

그녀가 자기에게 한 가지 암기를 선물하겠다고 했는데 바로 이것이라 짐작되어 떨 듯이 좋아했다. 하척수가 웃으며 말했다.

"제아무리 위력적인 암기라 해도 손의 힘과 정확도가 따라줘야 해. 한데 넌 무공이 너무 약해서 이 함사사영 외에는 다른 암기가 있어봤자 소용이 없어."

그녀는 곧 강침을 하나하나 합 속에 도로 꽂아넣었다. 그리고 위소보의 옷자락을 젖히더니 그 쇠띠를 몸에 둘러주었다. 강합이 있는 부분이 가슴께에 오도록 조절했다. 이어서 암기를 발사하는 기관장치의 사용 방법과 독약, 해약을 만드는 방법까지 일일이 전수해주었다.

"합 속에 있는 강침은 다섯 번 사용할 수가 있어. 다 쓰고 난 후에 다시 장착하면 돼. 나의 사부님께서 당부했듯이, 절대 무고한 생명을 해치면 안 된다. 암기에는 원래 극독을 묻혀놓는데, 지금은 치명적인 독이 아니라 다른 용도의 독이야. 일단 침을 맞으면 아주 가렵고 힘을 전혀 쓸 수 없게 되지. 그래도 함부로 사용하면 안 된다."

위소보는 그야 두말할 나위가 없다며 꼬박꼬박 대답하고, 무릎을 꿇어 다시 큰절로써 감사를 표했다. 하척수가 말했다.

"저 세 사람을 부축해 의자에 앉혀라."

위소보는 대답을 하고 우선 귀신수를 부축해 의자에 앉혔다. 이어 귀종을 부축하려는데 허리께에 뭔가 불룩하니 둥그런 표주박 같은 것이 묶여 있는 게 느껴졌다. 장포 자락을 젖혀보니 가죽주머니였다. 그는 호기심에 그 가죽주머니의 매듭을 풀어 안에 뭐가 들어 있는지 확인해봤다. 순간, 소스라치게 놀라 비명을 질렀다.

"으아악! 죽은 사람의 머리가… 두 눈을 부릅뜨고 나를 쳐다보고 있어요…."

하척수도 이상한 생각이 들었다.

"대체 무슨 중요한 사람을 죽였기에 머리를 허리에 차고 다니는 거지? 어서 꺼내봐라."

위소보가 주문을 외우듯 말했다.

"사자死者여, 꺼내줄 테니 날 깨물면 안 돼…."

그러고는 주머니 안으로 손을 집어넣어 그 수급의 변발을 잡고 들어올려 탁자에 내려놓았다. 촛불의 빛을 빌려 자세히 보니, 수급은 눈을 커다랗게 부릅뜨고 있는데 텁석부리였다. 그의 얼굴을 확인하는 순간 위소보는 기절초풍하며 뒤로 두세 걸음 물러났다. 절로 비명이 터져나왔다.

"아! 이 사람은… 오 대형이야!"

하척수도 약간 놀란 모양이었다.

"아는 사람이냐?"

위소보가 대답했다.

"그는… 우리 회의 형제예요. 오육기 대형이라고…."

오육기의 수급을 보자 슬픔이 북받쳐 바로 대성통곡을 했다.

그가 울고불고 난리를 치자 천지회의 군호들이 일제히 달려왔다. 그리고 오육기의 수급을 보고는 다들 경악을 금치 못했다. 비통함에 얼굴이 일그러지며 약속이나 한 듯 칼을 뽑아들고 하척수를 무섭게 노려보았다. 그녀가 오육기를 죽인 것으로 안 것이다.

이어 쌍아도 달려왔다. 위소보는 그녀의 손을 잡고 수급을 가리키며 울부짖었다.

"쌍아! 저… 쌍아의 의형 오육기 대형이야! 그가… 이놈한테 죽음을 당했어!"

그러면서 귀종에게 달려가 발로 몇 차례 걷어찼다. 그리고 서천천 등에게 말했다.

"오 대형의 수급을 이놈 몸에서 찾아냈어요!"

군호들이 다시 수급을 살펴보니 피는 벌써 말라 있고, 목이 잘린 부분은 부패되지 않도록 석회와 약물로 처리한 것 같았다. 쌍아는 수급을 어루만지며 대성통곡했다.

이역세가 나섰다.

"일단 찬물을 끼얹어 이 새끼를 깨워서, 왜 오 대형을 죽였는지 물어봐야겠어!"

군호들이 일제히 찬동했다.

그때 하척수가 차갑게 소리쳤다.

"그는 나의 사제니 솜털 하나라도 건드려선 안 돼!"

그러면서 그 갈고리 손으로 탁자 위에 놓여 있는 촛불을 향해 몇 번 휘젓더니 안채로 들어갔다.

현정 도인이 화를 참지 못하고 소리쳤다.

"사제가 아니라 사부라 해도 난도질을 해서 이 원한을…."

그의 말이 끝나기도 전에 풍제중의 입에서 놀란 외침이 터졌다.

"아니…!"

그가 왼손 두 손가락으로 여덟 치가량 되는 초를 들어올렸는데, 촛대에 꽂혀 있던 그 초는 어느새 예닐곱 토막으로 잘려 있었다. 한 토막의 길이가 한 치를 넘기지 않았다. 그 토막들이 나란히 겹쳐서 무너지지 않고 그대로 서 있었던 것이다. 좀 전에 하척수가 손을 휘저어 만들어낸 결과물이었다. 군호들은 그녀의 절세무공에 안색이 크게 변해 경악하지 않을 수 없었다.

현정 도인은 바로 칼을 뽑아줬었다.

"난 이놈을 죽여 오 대형의 복수를 할 테니, 그 여자더러 날 죽이라고 해!"

이역세가 말렸다.

"잠깐! 우선 경위를 물어보고 나서 셋 다 함께 죽입시다!"

위소보가 말했다.

"맞아요! 그 파파 누님은 사백님만 두려워해요. 사백하고 사백 마누라까지 다 죽여버리면 오히려 아무 일 없을 거예요."

이어 쌍아에게 말했다.

"쌍아, 어서 대야에다 물을 떠와. 부엌 항아리에 있는 물은 독을 풀어서 안 돼."

쌍아가 물을 떠오자 서천천이 받아 귀종의 머리 위에다 천천히 부었다. 그러자 귀종은 재채기를 몇 번 하더니 서서히 눈을 떴다. 그는 몸을 움직이려 했으나 손발이 묶여 있고 허리께 혈도를 찍혀 옴짝달싹도 하지 못했다. 화가 치미는지 소리를 질렀다.

"누구야? 누가 나한테 이런 장난을 했어?"

현정 도인이 칼등으로 그의 얼굴을 살짝 두드리며 욕을 했다.

"그래, 이 새끼야. 네 할아버지가 장난을 쳤다!"

그러고는 오육기의 수급을 가리키며 단도직입적으로 물었다.

"이 사람을 네가 죽였느냐?"

귀종은 바로 시인했다.

"그래, 내가 죽였어. 엄마, 아빠! 어디 있어?"

고개를 돌려 부모도 묶여 있는 것을 확인하고는 놀라서 울음이 터질 듯했다. 그는 한시도 부모 곁을 떠난 적이 없고 뭐든지 원하는 대로, 자기 멋대로 행동해왔다. 시련을 겪어본 적이 없는데 지금 같은 상황을 어떻게 받아들일 수 있겠는가? 완전히 울상이 됐다.

"지금… 뭐 하는 거야? 내가 더 센데, 어떻게… 날 묶었지? 왜 울 엄마와 아빠를 묶었어?"

서천천은 냅다 그의 뺨을 찰싹 후려쳤다. 호통이 이어졌다.

"이 사람을 어떻게 죽인 것이냐? 빨리 말해봐! 조금이라도 거짓말을 하면 당장 눈깔을 후벼파버릴 거다!"

귀종은 혼비백산해서 계속 기침을 했다.

"그래… 말할게. 제발… 눈을 후비지 마. 눈이 없으면 안 보여… 아무것도… 안 보여… 콜록콜록… 평서왕이 그러는데, 오랑캐 황제는 나쁜 놈이래. 우리… 우리 강산… 대명 강산을… 빼앗아갔대. 나더러… 오랑캐 황제를 죽이라고 해서…."

군호들은 서로 마주 보며 비슷한 생각을 했다.

'그래, 그건 맞는 말이야….'

위소보만은 생각이 달랐다. 그는 욕을 해댔다.

"뭔 놈의 개소리야? 빌어먹을 오삼계 그 자라새끼가…!"

귀종이 말했다.

"평서왕은 너의 숙부잖아. 그가… 자라새끼면… 너도 자라새끼야?"

위소보는 그의 몸에 발길질을 하며 다시 욕을 했다.

"개소리하지 마! 오삼계는 매국노야! 그놈이 왜 내 숙부야? 네놈의 숙부겠지!"

귀종이 소리쳤다.

"네가 그랬잖아! 너 왜 딴소리를 해? 그럼 안 놀 거야, 안 놀아!"

그가 횡설수설하자 이역세가 눈살을 찌푸리며 물었다.

"오삼계가 너더러 오랑캐 황제를 죽이라고 했는데 왜 저 사람을 죽였지?"

그러면서 오육기의 수급을 가리켰다.

귀종이 대답했다.

"그 사람은 광동의 큰 관리야. 평서왕은 그가 매국노라고 했어. 오랑캐 황제를 돕고 있대. 평서왕이 의거를 해서 광동을 치려면 우선 그를 죽여야 된다고 했어. 평서왕은 나한테 기침을 치료하는 보약을 많이 줬고, 백호 가죽도 줬어. 엄마가 그러는데, 매국노는 죽여야 한대. 콜록… 저 사람도 무공이 높아. 나랑 엄마가 힘을 합쳐 겨우 죽였어. 어서 날 풀어줘! 엄마랑 아빠도 풀어줘. 우린 북경에 가서 오랑캐 황제를 죽여야 돼! 그럼 큰 공로를 세우는 거라고 했어…."

위소보가 다시 욕을 했다.

"황제를 죽인다고? 네깟 놈이 무슨 수로 황제를 죽여? 여러분, 셋 다 당장 죽입시다! 그 파파 누님한텐 내가 얘기할게요!"

이때 장원 밖에서 수십 명이 와자지껄 고함치는 소리가 들려왔다.

"놈은 이 집안에 있다! 나와라!"

"썩 나오지 못하겠느냐? 오 대형을 위해 복수하러 왔다!"

"여기 있는 걸 안다! 냉큼 나와라!"

장원 앞과 뒤, 지붕 위… 여기저기서 고함 소리가 들렸다. 모름지기 많은 사람들이 장원을 완전히 포위한 것 같았다.

천지회의 군호들은 상대방이 오육기를 위해 복수하러 왔다는 말에, 자기네 편이라는 것을 알고 모두 반색을 했다.

전노본이 큰 소리로 외쳤다.

"명복청반明復淸反, 모지부천母地父天! 지금 밖에 있는 친구들은 어느 쪽 배요?"

천지회의 구호는 원래 '천부지모, 반청복명'이다. 그러나 상대방의 신분이 확실하지 않을 때는 그 여덟 자를 거꾸로 읽는다. 만약 천지회의 형제라면 그 구호에 맞춰 응답을 할 것이고, 아니어도 이쪽의 신분이 노출될 우려가 없기 때문이다.

장원 밖에서는 이내 여러 사람들의 응답이 들려왔다.

"지진고강地振高岡, 일파계산천고수一派溪山千古秀!"

대청에 있는 군호들도 바로 뒤이어 외쳤다.

"문조대해門朝大海, 삼하합수만년류三河合水萬年流!"

그러자 지붕 위에서 누군가가 물었다.

"어느 당의 형제들이오?"

전노본이 대답했다.

"청목당 형제들이 여러분을 환영하오! 어느 당의 형제들이오?"

그의 말이 떨어지기 무섭게 문이 열리더니 한 사람이 들어오며 소리쳤다.

"소보야! 여기 있느냐?"

키가 훤칠하고 위풍당당하게 생긴, 바로 천지회의 총타주 진근남이었다. 위소보는 뛸 듯이 좋아하며 앞으로 달려나가 무릎을 꿇고 소리쳤다.

"사부님! 사부님!"

진근남이 말했다.

"그래, 다들 잘 있었소? 한데 애석하게도…."

그는 탁자 위에 올려져 있는 오육기의 수급을 보고는 달려가 탁자 모서리를 짚고 통곡했다. 눈물이 주르르 주르륵 흘러내렸다.

대문 밖에서 많은 사람들이 줄지어 들어왔다. 그중에는 광서 가후당家后堂의 향주 마초흥馬超興, 귀주 적화당赤火堂의 향주 고지중古至中 등도 있었다. 그들은 오육기의 수급을 보자, 약속이나 한 듯 무기를 뽑아들었다. 20여 명은 광동 홍순당洪順堂의 형제들인데, 그들은 더더욱 비분을 금치 못했다.

진근남이 몸을 돌려 위소보에게 물었다.

"소보야, 이들 세 명의 악적惡賊을 어떻게 잡았느냐?"

위소보는 그간의 경위를 대충 이야기해주었다. 물론 서천천 등이 귀종에게 수모를 당하고, 자신이 오지영으로 둔갑한 민망스러운 일은 생략했다. 그리고 마지막에 덧붙였다.

"이들은 워낙 무공이 뛰어나 저희들은 도저히 상대가 안 됐어요. 다행히 파파 누님이 도와줘서 겨우 생포한 거예요. 한데 파파 누님은 그 노인네가 자기 사백이라면서 죽이면 안 된다고 했어요."

진근남은 눈살을 찌푸렸다.

"파파 누님이 누구냐?"

위소보가 대수롭지 않게 대답했다.

"나이는 많은데 용모는 누나 같아서 파파 누님이라고 불렀어요."

진근남이 물었다.

"그는 지금 어디 있지?"

위소보가 대답했다.

"사백과 대면하기 싫어서 뒤에 숨었어요. 그런데… 사부님, 고 대형, 마 대형! 여긴 웬일이세요?"

진근남이 말했다.

"저 악적이 오 대형을 죽였다는 소식을 전해듣고 우린 사면팔방에서 그를 추적해온 것이다."

청목당의 형제들은 다른 당 군호들과 일일이 인사를 나눴다. 산동, 하남, 호북, 호남, 안휘 등 각 당의 형제들도 이번에 동참했다. 그들은 지금 대부분 장원 밖에서 포위망을 구축해 주위를 감시하고 있었다.

고지중과 마초흥이 입을 모았다.

"위 형제는 이번에 또 큰 공을 세웠군. 오 대형은 저승에서도 이 은혜에 깊이 감사할 거요."

위소보가 겸손을 떨었다.

"별말씀을… 오 대형이 저한테 얼마나 잘해줬습니까. 그를 위해 복수하는 건 당연한 일인데, 무슨 공로라고 할 수 있겠습니까?"

이역세가 나섰다.

"총타주님, 이놈은 방금 오랑캐 황제를 죽이러 상경할 거라고 말했습니다. 그리고 반청복명에 관한 말도 했는데, 그 자세한 내막은 아직 모릅니다."

위소보가 말했다.

"무슨 내막이 있겠어요? 우리가 죽일까 봐 겁먹고 헛소리를 하는 거겠죠. 그가 몸에 입고 있는 백호 가죽도 오삼계가 준 거예요. 오삼계와 친한데 좋은 사람일 리가 있겠어요? 빨리 저 세 사람의 가슴을 도려 오 대형의 복수를 해야 해요!"

진근남은 신중을 기했다.

"일단 셋 다 깨워서 자세히 물어봐야겠다."

쌍아가 물을 떠와 이번엔 귀신수 부부를 깨웠다.

귀이랑歸二娘은 깨어나자마자 욕을 해댔다. 독을 쓰는 것은 강호의 도의에 어긋나는 비열한 짓이라면서 핏대를 올렸다. 귀신수는 아무 말도 하지 않았다.

진근남이 차분하게 물었다.

"보아하니 예사로운 사람들이 아닌 것 같은데, 이름이 뭐죠? 그리고 우리 오육기 대형과는 무슨 원한이 있소? 왜 그를 죽인 거요?"

귀이랑이 화를 내며 말했다.

"미약迷藥을 쓰는 파렴치하고 비열한 잡것들이 감히 우리의 이름을 물을 자격이 있느냐?"

고지중이 칼을 떨치며 위협했지만 귀이랑은 워낙 성질이 불같아 더욱 심하게 욕을 했다.

결국 위소보가 나섰다.

"사부님, 저들은 귀가예요. 자라 '귀' 자인가 봐요. 두 마리는 늙은 자라고, 한 마리는 새끼자라예요. 제가 새끼자라부터 죽일게요!"

귀이랑은 위소보가 아들을 죽인다는 말에 기겁을 해 소리쳤다.

"이 생쥐 같은 놈아! 죽일 거면 날 죽여라! 내 아들은 솜털 하나도 건드리지 마!"

위소보는 약을 올렸다.

"난 새끼자라를 죽이고 싶은데!"

그는 비수를 들고 가 귀종의 목을 살짝 긁었다. 그러자 이내 피가 흘러내렸다. 귀종은 겁을 집어먹고 소리를 질렀다.

"으악… 엄마! 날… 날 죽이려고 해!"

귀이랑이 소리쳤다.

"안 돼! 제발… 내 아들은 죽이지 마!"

위소보가 말했다.

"좋아, 그럼 나의 사부님이 뭘 묻든 바로바로 대답해야 해. 폐병쟁이 아들은 일단 살려줄게."

귀이랑은 다시 화를 냈다.

"내 아들은 멀쩡해! 너야말로 폐병쟁이다!"

그러나 아들을 살려주겠다는 위소보의 말에 일단 마음이 놓였다.

위소보는 일부러 기침을 해대며 귀종의 말투를 그대로 흉내 냈다.

"엄마야, 나… 콜록콜록… 날… 죽일 거야. 엄마, 빨리… 사실대로 말해… 콜록콜록… 콜록… 난 폐병쟁이가 아니야. 모가지가 달아나는 병에 걸렸어… 콜록… 칼로 내 목을 베고… 몸을 난도질하는 병에 걸렸어… 콜록….”

귀이랑은 모골이 송연해져서 악을 쓰듯 소리쳤다.

“그만! 그만… 내 아들을 흉내 내지 마….”

위소보는 아랑곳하지 않고 계속 흉내를 냈다.

“엄마야, 솔직히 대답하지 않으면 난… 콜록… 배를 가를지도 몰라… 그럼 오장육부가 다….”

그러면서 귀종의 옷자락을 젖혀 앙상한 갈비뼈와 배에다 비수를 들이대고 긋는 시늉을 했다.

귀이랑은 더 이상 견딜 수 없어 소리쳤다.

“그래, 말할게! 우린 화산파다! 내 남편은 신권무적 귀신수 대협이다. 왕년에 강호에서 위명을 떨칠 때 너희 같은 잡것들은 아직 세상에 태어나지도 않았어!”

진근남은 그들이 바로 그 명성이 쟁쟁한 신권무적 귀신수 부부라는 이야기를 듣자 절로 숙연해졌다. 그리고 무공이 뛰어난 오육기가 왜 당했는지 비로소 조금은 납득이 갔다. 당시 현장을 목격한 홍순당 형제들의 말에 의하면, 한 쌍의 노부부와 병색이 완연한 사내가 나타나 삽시간에 10여 명의 홍순당 고수들을 쓰러뜨리고, 둘이서 오육기를 협공해 죽음에 이르게 했다는 것이었다. 그리고 그의 수급을 베어서 가져갔다고 했다.

신권무적 귀신수는 강호에서 자취를 감춘 지 수십 년이었다. 그런데 무슨 연유로 이번 참화에 개입하게 됐는지, 필경 무슨 중대한 사연이 있을 거라고 생각했다.

진근남은 곧 귀신수 앞으로 다가가 정중히 포권의 예를 취하고 나서 말했다.

"이제 보니 화산 신권무적 귀 대협 부부시군요. 결례가 많았습니다. 저는 진근남이라고 합니다."

그러고는 팔을 뻗어 귀신수의 밧줄을 풀어주었다. 그리고 등과 허리를 몇 번 주물러 혈도를 풀었다. 이어서 몸을 돌려 귀이랑과 귀종의 결박도 풀어주었다.

그것을 보고 위소보가 다급하게 소리쳤다.

"사부님, 안 돼요! 그 세 사람은 아주 무서워요. 놔줘선 안 돼요."

진근남은 빙긋이 웃었다.

"귀이랑은 우리더러 미약을 썼다고 하는데, 그건 강호 잡배들이나 하는 비열한 짓거리다. 우리 천지회에는 미약이나 독약이 없다. 설령 있어서 귀 대협 부부에게 썼다고 해도 그따위 파렴치한 수법에 당할 두 분이 아니다."

위소보가 맞장구를 쳤다.

"네, 그래요. 우리 천지회에는 미약이나 독약이 없어요."

그는 속으로, 이번 약은 파파 누나가 쓴 거지 천지회하고는 상관이 없다고, 그러니 천지회는 책임이 없다고, 더구나 그 약은 몽한약이 아니라고 중얼거렸다.

귀신수는 아내와 아들의 등을 한번 쓱 건드려 혈도를 풀어주었다. 그 수법은 진근남에 비해 훨씬 빨랐다. 그는 고개를 끄덕이며 말했다.

"일반 몽한약이 아니라 아주 지독한 약물이었어."

그러면서 아들의 맥을 짚어보았다. 그러자 귀이랑이 남편의 표정을 살피며 물었다.

"어때요?"

귀신수가 대답했다.

"아직은 괜찮아."

그는 정신을 잃기 직전에 누구와 일장을 맞닥뜨린 일이 떠올랐다. 상대는 비록 공력이 미천하지만 그 내공신법은 화산파가 분명했다. 그리고 쌍아가 돌무더기 사이에서 이리 뛰고 저리 뛰던 신법 또한 화산파의 신법이 분명했다. 그는 주위를 한번 훑어 사람들 틈에 섞여 있는 쌍아를 발견했다.

쌍아는 그의 형형한 눈빛과 마주치자 절로 겁을 먹고 위소보 등 뒤로 몸을 움츠렸다. 귀신수가 그녀에게 말했다.

"애야, 너 이리 와봐라. 넌 화산파의 제자가 맞지?"

쌍아가 대꾸했다.

"싫어요, 난 안 가요! 당신은 나의 의형을 죽였으니 복수할 거예요! 그리고 난… 그 무슨 화산파가 아녜요!"

하척수가 지난날 장씨 문중 셋째 마님과 쌍아 등에게 무공을 전수해주면서 정식으로 제자로 받아들인 게 아니었다. 그리고 자신의 문파에 대해서도 언급을 하지 않았다. 그러니 '화산파'라는 세 글자는 쌍아로서도 처음 듣는 것이었다.

귀신수는 상대가 어린 낭자라 더 이상 캐묻지 않고, 단전의 진기를 끌어올려 낭랑하게 외쳤다.

"풍난적馮難敵의 제자와 도손徒孫들은 모두 나와라!"

그의 음성은 비록 크지 않았으나 진기가 실려 있어 쩌렁쩌렁 울렸다. 대들보 위에 쌓여 있던 먼지가 부스스 떨어졌다. 그는 나름대로 생각했다. 사형제 세 사람 중 원승지와 그의 제자들은 멀리 바다 건너에 가 있고, 대사형 황진黃眞은 이미 세상을 떠난 지 오래였다. 화산파는 지금 황진의 수제자 풍난적이 장문을 맡고 있다. 장원 안에 화산파의 제자가 있다면 틀림없이 풍난적 계열일 것이었다. 그런데 한참을 기다려도 장원 안쪽에선 아무런 반응이 없었다.

진근남이 말했다.

"지난해 천하의 영웅들이 하간부河間府에 모여서 매국노 오삼계를 제거하기 위해 결맹을 했습니다. 당시 영令 사질 풍난적 선배께서도 참석해 그 살계대회를 주최했습니다. 그런데 귀 선배님은 어이하여 오삼계와 손을 잡고 폐회의 의사義士인 오육기 형제를 죽였습니까? 이는 그야말로 '친자소통親者悲痛, 구자통쾌仇者痛快(친한 사람에게는 비통하고, 원수에게는 통쾌하다)'할 일이 아니겠습니까?"

진근남은 비록 점잖게 말했지만 상대를 질타하는 뜻이 역력히 담겨 있었다.

귀이랑이 그를 흘겨보며 코웃음을 쳤다.

"흥! 항간에 나도는 이야기로는 '평생 진근남을 모르면 영웅이라 해도 헛되도다' 하던데, 귀하가 세상에 태어나기도 전에 우리 부부는 천하를 종횡했소. 그렇다면 귀하가 출생한 이후에만 우린 영웅으로 자처할 수 있다는 뜻이오? 흐흐… 정말 가소롭구먼, 가소로워!"

진근남이 정중하게 말했다.

"저의 무공은 두 분에 비하면 일고의 가치도 없습니다. 강호 친구들이 저를 업신여기지 않는 것은 시시비비를 확실히 하고, 적과 아를 분명히 구분하며, 사악한 무리와 결탁하지 않기 때문입니다!"

귀이랑은 대뜸 화를 냈다.

"그럼 우린 시시비비를 분간하지 못하고 사악한 무리와 결탁했다는 뜻이오?"

진근남이 간단하게 잘라 말했다.

"오삼계는 매국노요!"

귀이랑도 지지 않았다.

"그 오육기는 오랑캐 밑에서 대관을 하고 사악한 무리들과 결탁해 죄 없는 우리 한인 백성들을 핍박해왔소! 그런데 당신들은 말끝마다 그를 '대형, 대형'이라 칭하고 있지 않소? 그게 바로 적과 아를 구분 못하고 사악한 무리와 결탁한 게 아니고 뭐겠소?"

마초홍이 언성을 높였다.

"오 대형은 신재조영심재한身在曹營心在漢이오! 몸은 오랑캐 조정에 있었지만 마음은 우리 천지회 홍순당의 홍기향주였소! 광동의 병권을 쥐고 유사시 바로 출병해 오랑캐를 몰아낼 준비가 돼 있었단 말이오! 홍순당의 형제들이여, 내 말이 맞소?"

홍순당의 형제 20여 명이 일제히 대답했다.

"옳소!"

마초홍이 다시 말했다.

"가슴을 풀어헤쳐 저 두 대영웅에게 보여주시오!"

20여 명은 일제히 옷깃을 풀어헤쳐 가슴을 드러냈다. 가슴 깊숙이 새겨져 있는 글이 뚜렷이 보였다.

天父地母 反清復明

'천부지모, 반청복명.' 여덟 글자가 너무도 선명했다.

귀종은 줄곧 아무 말도 없이 눈을 꿈벅꿈벅하며 지켜보다가 지금 20여 명이 일제히 가슴을 풀어헤쳐 선명한 여덟 글자를 보여주자 손뼉을 치며 웃었다.

"우아! 재미있다. 재밌어!"

천지회의 군호들은 모두 그를 무섭게 노려보았다.

진근남이 귀신수에게 말했다.

"영랑令郎은 재미있다고 하는데, 두 분의 생각은 어떻습니까?"

귀신수는 풀이 팍 죽어 고개를 절레절레 흔들며 귀이랑에게 말했다.

"사람을 잘못 죽였어."

귀이랑도 안색이 변했다.

"네, 사람을 잘못 죽였어요. 오삼계 그놈한테 당한 거예요!"

그녀는 손을 쭉 뻗더니 마초흥이 허리에 차고 있는 단도를 뽑아 다짜고짜 자신의 목을 베어갔다.

진근남이 소리쳤다.

"안…"

그는 잽싸게 오른손을 뻗어 그녀의 왼쪽 손목을 낚아잡았다. 귀이랑은 오른손을 떨쳐냈고, 진근남은 왼손으로 맞받았다. 두 사람 모두 몸이 휘청거렸다. 진근남은 그 순간 왼손 두 손가락으로 칼등을 향해 짚어갔다. 귀이랑은 다시 오른손으로 일장을 전개해 그의 가슴을 공격했다.

진근남이 만약 상대방의 공격을 피하기 위해 뒤로 물러나면 칼을 빼앗아올 수 없었다. 그럼 귀이랑은 스스로 목숨을 끊게 될 터였다. 바로 직전에 그는 상대방과 일장을 맞닥뜨려 그녀가 고령이라 공력이 전만 못하다는 것을 간파했다. 그러나 출수하는 속도는 전광석화같이 빠르고 장법도 아주 정교했다. 물러날 수 없는 상황이라 진근남은 가슴을 앞으로 내밀었다. 퍽 하는 소리와 함께 그녀의 일장을 그대로 맞은 것이다.

귀이랑이 예상치 못한 상황에 멍해 있는 순간, 진근남은 왼손 두 손가락을 이용해 칼을 가로챈 뒤 뒤로 두 걸음 물러났다. 그러고는 울컥 피를 토해냈다.

귀이랑이 자결하려는 순간, 귀신수가 출수했다면 능히 막을 수 있었을 것이다. 그러나 오육기를 잘못 죽인 것을 깨닫고 그 자책감에 스스로도 자결할 생각을 했다. 그래서 아내의 행동을 말리지 않았던 것이다. 그런데 진근남이 목숨을 잃을 위험을 무릅쓰고 아내의 칼을 빼앗아온 것을 보고 더욱 죄책감을 느꼈다. 그는 워낙 말주변이 없는 터라 그저 고개를 숙인 채 나직이 말했다.

"진근남이 당세의 호걸이라더니, 역시 명불허전이군!"

진근남은 탁자를 짚고 잠시 숨을 고른 후에 입을 열었다.

"부지자부죄不知者不罪라고, 당시 진실을 몰랐기 때문에 오 대형을 해친 것이지요. 따지고 보면 진짜 원흉은 바로 그 오삼… 오삼…"

그는 말을 잇지 못하고 다시 피를 토했다. 귀이랑은 나이가 많아 공력이 예전만 못했지만, 진근남은 칼을 빼앗아야 한다는 일념으로 운기호체運氣護體할 겨를이 없어 일장을 맞은 충격이 만만치 않았다.

귀이랑이 말했다.

"진 총타주, 내가 만약 또 자결을 한다면 그건 진 총타주의 성의를 저버리는 거나 다름이 없으니… 우리 부부는 우선 오랑캐 황제를 죽이고 다시 오삼계 그 악적을 없애버리겠소!"

진근남이 말했다.

"오육기 대형은 줄곧 신분을 숨겨왔습니다. 내막을 모르는 강호 영웅들은 다 그를 욕하고 질타했죠. 두 분도 분명 매국노를 처단한다는 생각으로 그랬을 겁니다. 한데 안타깝게도… 애석하게도…."

말을 잇지 못하고 다시 눈물을 흘렸다.

귀신수 부부는 입술을 깨물며 같은 생각을 하고 있었다. 일단 오랑캐 황제를 죽이고, 다시 오삼계를 처단하고 나서 스스로 목숨을 끊어 오육기에게 사죄하리라 다짐했다. 지금 그 생각을 드러내지 않을 뿐이었다. 그들은 동시에 진근남에게 포권의 예를 취했다.

"진 총타주, 그럼 이만 작별을 고할까 합니다."

그러고는 바로 몸을 돌렸다.

진근남이 그들의 뒤를 향해 말했다.

"잠깐만요, 드릴 말씀이 있습니다."

귀씨 부부는 아들을 데리고 나가려다가 몸을 돌렸다.

진근남이 다시 말했다.

"오삼계가 운남에서 출병을 했으니 천하는 곧 일대 혼란에 빠질 겁니다. 이때가 바로 우리 한실漢室의 강산을 되찾을 절호의 기회입니다. 많은 영웅호걸들이 조만간 경성에 모여 대책을 상의할 겁니다. 다들 뜻을 함께하고 있으니 두 분도 북경에 가서 동참하시는 게 어떻겠습니까?"

귀신수는 자괴감 때문에 다른 사람을 만나는 걸 원치 않았다. 그는 고개를 설레설레 흔들더니 다시 걸음을 옮겼다.

위소보는 이들이 황제를 죽이려 한다는 걸 들어서 알고 있었다. '이 자라 세 마리는 무공이 엄청 높으니, 소황제가 미리 방비를 하지 않으면 위험에 처할 수도 있다'고 생각했다. 그래서 얼른 소리쳤다.

"이건 천하 대사예요. 아드님께서 얼렁뚱땅, 어리바리, 흐지부지해서 이번에도 또 일을 망쳐놓는다면 세 분이 설령 함께 자결을 한다고 해도 결국 취기… 취기만년臭氣萬年할 거예요!"

원래는 '그 더러운 오명이 만년간 계속된다'는 뜻의 사자성어 유취만년遺臭萬年인데, 위소보는 전에 남한테 그 말을 여러 번 들었지만 잘 기억이 나지 않아 그냥 '취기만년'이라고 했다.

그가 엉터리로 말했지만 귀신수 부부는 그 뜻을 알아들었다. 귀신수는 자신이 비록 무공은 고강하지만 행동거지가 신중하지 못하다는 것을 자각하고 있었다. 그렇지 않고서야 오삼계의 일방적인 말만 믿고 그런 큰 과오를 저질렀을 리가 없다. 지금 위소보의 말을 듣자 가슴이 철렁했다.

'그래, 황제를 죽이는 것은 국가 운명을 좌우하는 중대사지….'

위소보가 다시 말했다.

"지금의 황제는 나이가 어려서 뭘 모르니까 오삼계 같은 놈이 들고 일어나 세상을 엉망진창으로 만든 거예요. 만약 두 분이 지금의 어린 황제를 죽여 나이가 많고 아주 무서운 오랑캐가 새로운 황제가 된다면, 우리 한인의 강산은 결국 두 사람 손에 의해 망가지게 되는 거라고요!"

귀신수는 천천히 고개를 끄덕이더니 몸을 돌렸다.

진근남이 정중하게 말했다.

"이 아이는 아직 어려서 말에 두서가 없고, 웃어른께 버릇없이 말을 함부로 한 점, 너그럽게 양해해주십시오."

그러면서 공수의 예로써 가볍게 사과한 다음 말을 이었다.

"그러나 그의 우려도 전혀 근거가 없는 말은 아닙니다. 나라의 대사이니만치 서로 머리를 맞대고 상의를 한 후에 결정을 내리는 게 어떻겠습니까?"

귀신수가 생각해도 일리가 있는 말이었다. 또다시 일시적인 비분悲憤을 못 이겨 만고의 죄인이 되는 일은 없어야 했다. 그는 고개를 끄덕였다.

"좋소이다! 진 총타주의 분부에 따르도록 하죠."

진근남이 얼른 말했다.

"분부라니, 당치 않습니다. 내일 아침이면 다들 북경에 당도할 테니, 밤에 이 아이의 거처에 모여 대사를 상의하도록 합시다. 두 분의 의견은 어떻습니까?"

귀신수가 고개를 끄덕이자, 진근남이 위소보에게 물었다.

"너 혹시 거처를 옮겼니?"

위소보가 대답했다.

"이 제자는 아직도 동성東城 동모자銅帽子 골목에 살고 있습니다."

진근남이 귀신수에게 말했다.

"그럼 내일 밤 북경 동성 동모자 골목, 이 아이의 자작부에서 두 분을 뵙도록 하겠습니다."

위소보가 얼른 말했다.

"사부님, 노여워하지 마세요. 지금은 백작부입니다."

진근남의 눈이 커졌다.

"잇? 또 승진을 했군."

'자작부'니 '백작부'라는 말에 귀이랑이 위소보를 노려보며 물었다.

"너는 오삼계의 조카인데, 그럼 너도 '신재조영심재한'이고 대의멸
친大義滅親이냐?"

위소보가 웃으며 대답했다.

"저는 결코 오삼계의 조카가 아닙니다. 오삼계가 저의 손자새끼입
니다요."

진근남이 꾸짖었다.

"대선배님께 그게 무슨 무례냐? 어서 무릎 꿇고 사과드려라."

위소보가 대답했다.

"아, 네!"

그러고는 무릎을 꿇는 자세를 취하며 느릿느릿 시간을 끌었다.

귀신수는 휙 손을 저으며 아내와 아들, 하인들을 데리고 밖으로 나
갔다. 지금 나가면 유숙할 곳도 없고, 끼니를 굶어야 하는 것을 뻔히
알면서도 천지회 군호들을 대할 면목이 없어 떠날 수밖에 없었다.

귀종은 어릴 적부터 함께 놀아줄 친구가 없었다. 그는 위소보가 말
도 자박자박 잘하고, 비록 나이는 어리지만 아주 재밌어서 그에게 손
짓을 하며 말했다.

"꼬마야, 나랑 함께 가자. 가서 재밌게 놀자!"

위소보가 쏘아붙였다.

"넌 내 친구를 죽였어. 같이 안 놀아!"

순간, 획 하는 소리와 함께 한 줄기의 사람 그림자가 번뜩였다. 귀종이 어느새 몸을 날려서 위소보의 뒷덜미를 낚아잡아 문 쪽으로 데려갔다. 그야말로 전광석화처럼 빨랐다. 진근남은 조금 전에 내상을 입었고, 위소보와의 거리가 멀었다. 나머지 천지회 군호들은 어느 누구도 귀종을 막지 못했다.

귀종은 하하 웃으며 소리쳤다.

"나랑 같이 가서 술래잡기 하자! 아주 신나게 놀아보자고!"

귀신수가 얼굴을 찡그리며 호통을 쳤다.

"어서 갤 내려놔!"

귀종은 아버지가 화를 내자 감히 거역하지 못하고 위소보를 내려놓았다. 입을 삐쭉거리며 바로 울음이 터질 것 같았다. 귀이랑이 그를 달랬다.

"애야, 가서 서동書僮을 구해줄 테니 개네들이랑 실컷 놀거라."

귀종이 말했다.

"서동은 재미없어! 저 꼬마가 맘에 드니 데려가게 엄마가 사줘."

귀신수는 아들이 자꾸 민망한 꼴을 보이자 손목을 잡고 성큼 밖으로 걸어나갔다.

군호들은 서로 마주 보며 절로 한숨이 나왔다. 오육기는 한 시대를 풍미한 영웅호걸인데 얼토당토않게 한 백치의 손에 죽었으니 이보다 원통한 일이 또 어디 있단 말인가! 너무나 억울했다.

위소보가 말했다.

"사부님, 제가 가서 파파 누님을 불러와 여러분에게 소개할게요."

그는 쌍아와 함께 후당으로 갔는데, 하척수는 이미 떠나고 없었다. 그리고 셋째 마님은 부녀자라 군호들을 만나기 거북하다면서 그냥 아낙들을 시켜 주안상을 푸짐하게 차려 대접하라고 일렀다.

위소보는 손을 호랑이 발톱처럼 하고, 손가락으로 금나수법의 힘을 운용해 붓대를 잡았다.

그러고는 먹물을 잔뜩 묻혀 붓을 들자, 팍 하는 소리와 함께 먹물이 종이 위에 떨어졌다. 위소보는 '소' 자 밑에다 동그라미를 하나 그렸다.

그리고 동그라미 아래에 장대 같기도 하고, 편담扁擔 즉 멜대 같기도 한 것을 그린 다음, 다시 지렁이 한 마리가 그 멜대를 뚫고 들어가는 모양을 그렸다.

다음 날 위소보는 셋째 마님 등에게 작별을 고하고 진근남 등과 함께 경성으로 향했다. 진근남이 말했다.

"소보야, 귀 대협 부부가 몰래 입궐해 황제를 죽이기로 했다. 세부적인 것은 우리와 만나 상의한 후에 결정할 것이다. 북경에 도착한 후 너는 절대 이 일을 황제에게 미리 알려 방비하게 해서는 안 된다. 내 말뜻을 알겠지?"

위소보는 그렇지 않아도 얼른 입궐해 강희에게 모든 것을 말해줄 생각이었는데, 사부가 자기의 마음을 꿰뚫어보는 듯 정곡을 찌르자 얼른 대답했다.

"네, 그야 당연하죠. 오랑캐가 우리 한인 강산을 빼앗았어요. 제가 조정에서 관리로 있는 것도 사부님이 시켜서 하는 건데, 황제를 진짜 감싸줄 리가 있겠어요?"

진근남이 다시 말했다.

"그래야지. 네가 만약 딴마음을 품고 모두에게 죄가 되는 일을 한다면, 이 사부가 먼저 용서하지 않을 테니 명심해라!"

위소보가 다시 말했다.

"100번하고도 20번 더 염려 붙들어매세요. 절대 그런 일은 없을 겁니다."

그러고는 속으로 중얼거렸다.

'120번이 아니라, 119번만 붙들어매세요. 사실 나 자신도 좀 염려가 돼요….'

그는 쌍아와 서천천 등 천지회 군호들과 장용, 조양동 등 관병들을 대동하고 모동주를 결박해 북경으로 돌아왔다.

일단 동모자 골목으로 돌아온 그는 즉시 입궐해 강희를 만나보려 했다. 그의 생각은 단순했다.

'소황제는 나랑 절친한 친구야. 어떻게 그 자라 세 마리 손에 죽게 내버려둘 수 있겠어? 그래, 방법이 있다! 입궐해서 어전 시위들을 시켜 개미 한 마리도 들어오지 못하게 경계를 단단히 하라고 일러야지! 황제한테 말하지 않기로 사부님에게 약속했으니, 남아일언중천금이야! 말은 하지 않으면서 그 자라 세 마리가 목적을 달성하지 못하게 하면 되는 거잖아!'

막 문을 나서려는데, 진근남이 이미 고지중과 마초흥을 대동해 나타났다. 위소보는 내심 아뿔싸 하며 투덜댔다.

'어이구, 왜 이렇게 빨리 왔지?'

얼른 딴생각을 접고 접대를 서둘렀다.

얼마 후, 천지회의 군호들이 줄지어 달려왔다. 목왕부의 목검성도 '철배창룡' 유대홍, '요두사자' 오입신, '성수거사' 소강 등을 이끌고 나타났다. 목왕부 사람들은 이미 북경에 와 있었기 때문에 소식을 전해듣고 바로 모임에 동참하게 된 것이다.

일행이 식사와 술을 마치고 한참 기다리자 귀씨 세 사람이 비로소 모습을 나타냈다. 위소보가 따로 상을 차리라고 분부하자 귀이랑이 담담하게 말했다.

"우린 밥을 먹었네."

귀종은 이리 두리번거리고 저리 두리번거리더니 입을 열었다.

"꼬마야, 이게 네 집이라는데 평서왕이 사는 오화궁과 엄청 비슷하네! 그래, 네 말이 맞는 것 같아. 오삼계가 정말 숙부구나!"

위소보가 그의 말을 받았다.

"그래요, 오삼계는 바로 너….

여기까지 말하고는 얼른 입을 다물었다. 비꼬는 말을 해서 본전을 찾을 생각이었는데, 그럼 틀림없이 사부님에게 꾸중을 들을 게 뻔했다. 그래서 말을 바꿨다.

"세 분께서 식사를 하셨다면 동청東廳으로 가서 차를 마시죠."

다들 동청에 이르자 차와 다과가 올라왔다. 위소보는 일단 시종들을 물렀다. 진근남은 10여 명을 시켜 주위를 단단히 감시하도록 분부하고 문에 빗장을 건 후에야 대사 논의에 들어갔다.

진근남은 우선 귀신수 부부에게 목왕부 사람들을 소개했다. 오육기에 관한 일은 일절 언급하지 않았다. 귀신수 부부는 비록 강호에서 은퇴한 지 오래됐지만 유대홍과 오입신 등은 그 명성을 들어 익히 알고 있었다. 당연히 그들을 정중하게 공대했다.

귀이랑이 단도직입적으로 말했다.

"오삼계는 대군을 이끌고 호남, 사천까지 쳐들어왔고 파죽지세로 계속 진격해오는 모양이오. 그는 비록 지난날 오랑캐에 투항해 대명 강산을 송두리째 바친 대역무도한 죄인이지만, 어쨌든 우리 한인임에는 틀림없어요. 귀 대협의 의견으로는… 일단 우리가 황궁으로 들어가 오랑캐 황제를 죽여 오랑캐로 하여금 우두머리를 잃고 자중지란에 빠지도록 만드는 게 좋을 것 같소. 여러분의 의견은 어떻습니까?"

목검성이 말했다.

"물론 오랑캐 황제를 죽여야 하지만, 그렇게 되면 매국노 오삼계를 돕는 결과가 될 게 아닙니까?"

귀이랑이 그의 말을 받았다.

"오삼계가 지난날 목 왕야를 해쳤으니 목 공자는 어떻게든 그를 처단하고 싶겠죠. 그러나 만주 사람과 한인을 분명히 해두는 게 더 중요합니다. 우선 만청 오랑캐들을 모조리 없앤 후에 오삼계를 처단하는 게 순서겠죠."

유대홍이 나섰다.

"오삼계가 출병을 해서 승리를 거머쥐고 스스로 황제가 된다면, 그땐 그를 처단하기가 쉽지 않을 겁니다. 후배의 의견으로는… 일단 오삼계와 오랑캐가 서로 끝까지 잔살殘殺하도록 만들어야만 우리가 어부지리를 얻을 수 있지 않겠습니까? 그래서 후배는 오랑캐 황제를 죽이는 것을 뒤로 미루는 게 좋을 듯싶습니다."

그는 비록 백발이 성성하지만, 귀씨 부부는 오래전부터 명성이 전해왔기 때문에 스스로 '후배'로 자처했다. 목왕부는 오삼계와는 불구대천의 원수라서 그부터 없애는 것이 급선무였다.

귀이랑이 말했다.

"오삼계는 지금 흥명토만興明討滿의 기치를 내걸고 있소. 주삼태자朱三太子가 새롭게 등극하도록 보필하겠다는 뜻을 밝혔어요. 여기 오삼계가 출병하면서 내건 방문榜文이 있으니 다들 읽어보세요."

그러고는 몸에서 커다란 종이를 꺼내 탁자 위에 펼쳐놓았다.

진근남이 즉시 읽어 내려갔다.

"본인은 원래 산해관을 지키는 총병이었고, 지금은 성지를 받들어 천하 수로水路와 육로陸路를 통솔하는 대원수 겸 홍명토만대장군이 되어 천하 모든 관리와 군민에게 고하노라. 본인은 대명의 은혜를 입어 산해관을 지키고 있던 차에…."

방문은 원래 어려운 문자로 쓰여 있는데, 진근남은 군호들이 문묵文墨이 짧다는 것을 알고 이해하기 쉽게 풀어서 읽어주었다. 다음은 이자성이 어떻게 북경을 공략하여, 숭정 황제가 귀천歸天했으며, 그 자신은 군주를 위해 복수하려고 만청의 도움을 받아 이자성을 물리쳤다는 내용이었다.

진근남이 다시 읽어 내려갔다.

"다행히 괴수를 토벌하여 새로운 군주를 내세워 대통을 이어나가도록 했다. 그런데 교활한 오랑캐들은 하늘의 뜻을 저버리고 본인이 방심한 틈을 타서 연경을 차지했다. 그들은 우리 선조들의 신기神器를 가로채고 중화中華의 의관衣冠까지 바꿔놓았다. 호랑이를 몰아내려다가 늑대를 끌어들인 결과가 되었다. 나중에 그 과오를 깨달았으나 이미 때가 늦었으니 실로 후회막급이었다."

귀이랑이 덧붙였다.

"그는 뒤늦게 만청의 군사를 빌린 게 잘못임을 깨달았으나 이미 늦었다는 겁니다."

유대홍이 코웃음을 쳤다.

"흥! 그 간교한 매국노가 말은 그럴싸하게 늘어놨는데, 다 거짓말입니다!"

귀이랑이 진근남에게 말했다.

"계속 읽어주세요."

진근남이 대답하고 이어서 읽었다.

"본인은 피를 토하는 심정으로 과오를 만회하고 오랑캐를 몰아내기 위해 북벌을 감행하던 차에 우연히 선황의 삼태자를 만나게 되었다. 태자는 당시 나이가 세 살이었고, 몸에 문신을 남겨 타인에게 맡겨졌지만 종묘사직을 이어갈 희망이 아닐 수 없었다. 하여 본인은 은인자중隱忍自重, 때를 기다리며 군사를 훈련시켜 종실 부흥에 이바지해온바, 어언 30년이 지났다."

여기까지 들은 유대홍은 또 참지 못하고 화를 내면서 탁자를 팍 내리쳤다.

"개똥 같은 소리요! 당치 않소! 그놈은 천벌을 받아 마땅할 짐승만도 못한 매국노요! 만약 대명을 부흥할 마음이 조금이라도 있었다면 지난날 왜 영력 황제와 태자를 죽였죠? 이는 천하가 다 아는 엄연한 사실인데, 이렇게 발뺌을 하겠다는 겁니까?"

군호들은 유대홍이 눈을 부라리며 핏대를 세우는 것을 보고, 목 왕야에 대한 그의 충정에 경의를 표하지 않을 수 없었다. 오삼계가 지난날 곤명에서 영력 황제 부자를 교살絞殺한 것은 결코 변명의 여지가 없는 사실이었다.

귀이랑도 고개를 끄덕였다.

"네, 그래요. 오삼계는 절대 충신의사가 아니에요. 그건 세 살 먹은 어린애도 아는 사실이죠. 우리가 오랑캐 황제를 죽이려는 것은 반청복명을 위한 것이지, 오삼계가 황제가 되도록 도우려는 게 아닙니다."

진근남이 말했다.

"이 방문을 다 읽고 나서 구체적인 대책을 논의해봅시다."

그러고는 계속 읽어 내려갔다.

"오랑캐 황제는 혼용무도昏庸無道하여 사악한 무리들이 창궐하고 학식이 높은 선비들은 도외시되어, 결국 도의道義는 땅에 떨어져 무능한 잡배들이 높은 벼슬에 올라…."

여기까지 읽고는 위소보를 향해 빙긋이 웃으며 말했다.

"소보야, 네 이야기도 나오는구나."

위소보는 사부의 말에 귀를 기울이며 알 듯 모를 듯 그저 흥미진진해했는데, 오삼계의 문장 속에 자기가 거론됐다는 말을 듣고는 깜짝 놀라면서도 한편으론 흐뭇했다. 그가 얼른 물었다.

"사부님, 오삼계가 뭐라고 했는데요? 틀림없이 나쁘게 썼겠죠?"

진근남이 말했다.

"학식 높은 도덕군자는 배척되어 작은 벼슬을 하고, 실력 없는 것들이 큰 벼슬에 올랐다고 했는데, 바로 너를 두고 한 말이 아니겠느냐?"

위소보는 꿀리지 않았다.

"그럼 그 자신은 어떻고요? 저보다 더 높은 벼슬에 앉았잖아요. 저보다 더 실력이 없다는 거네요?"

그의 말에 다들 웃었다.

"그래요, 그래. 조정 관리 중에 평서왕보다 관직이 더 높은 사람은 없지!"

방문의 마지막 부분은 다음과 같았다.

산참수수山慘水愁,

부호자읍婦號子泣.

이치혜성류손以致彗星流損,

천노어토天怒於土.

산붕토렬山崩土裂,

지원어하地怨於下.

본진앙관부찰本鎭仰觀俯察,

시성벌폭구민是誠伐暴救民,

순천응인지일順天應人之日.

원복갑인지년정월원단爰卜甲寅之年正月元旦,

공봉태자恭奉太子,

제고천지祭告天地,

경등대보敬登大寶.

건원주자建元周咨.

진근남이 다 읽고 나서 해석을 해주었다.

"산도 비참해하고 물도 슬퍼하노라. 부녀자들의 통곡과 자식들의
울음소리 그칠 날이 없도다. 그리하여 혜성이 땅에 떨어지고 하늘이
노해 땅을 벌하니, 땅은 갈라지고 그 원성이 천하를 뒤덮는다. 본인은
고개를 들어 천기天機를 관찰하고 머리 숙여 지기地氣를 통찰해 포악한
무리를 몰아내고 만백성을 구제하라는 하늘의 뜻을 받들기로 했다. 하
여 갑인년甲寅年 정월 초하루를 기해 태자를 모시고 하늘에 제를 올려
보좌에 등극시키고 국호國號를 주周로 정하기로 하였노라."

주위에 모인 사람들 중 진근남과 목검성 말고는 글공부를 많이 한 사람이 없었다. 원문을 들을 때는 뭐가 뭔지 뜻을 잘 몰랐는데, 진근남의 해석을 들어보니 아주 논리정연한 것 같으면서도 왠지 석연치 않은 면도 있었는데, 딱히 꼬집어서 말할 수는 없었다.

목검성이 잠시 생각을 하는 듯하더니 말했다.

"진 총타주, 그는 주삼태자를 보좌에 앉힌다고 했는데, 왜 대명의 국호를 회복하지 않고 국호를 '주'로 정하기로 한 거죠? 거기에 무슨 숨겨진 음모가 있는 게 아닐까요? 더구나 주삼태자가 누굽니까? 그가 실제로 존재하는지도 모르고, 들어본 사람도 없습니다. 난데없이 얼토당토않게 그런 사람이 튀어나온 겁니다. 모름지기 오삼계가 어리바리한 자를 주삼태자로 내세워 민심을 끌어들이려는 게 아닌가 싶습니다. 실체가 없는 허수아비일 수도 있어요."

사람들이 모두 고개를 끄덕이며 그의 말에 동조했다.

귀이랑이 자신의 의견을 말했다.

"오삼계가 주삼태자를 허수아비로 내세우는 것은 의심할 의지가 없어요. 그러니 그가 실제 인물인지 아닌지는 중요하지 않죠. 하지만 만약 주삼태자가 실제 인물이라면, 선황이 순국했을 당시에는 어린애였겠지만 세월이 흘렀으니 지금은 서른 살이 넘었을 겁니다."

위소보가 얼른 그녀의 말을 받았다.

"서른이 넘어도 어리바리하고 철부지 같은 이도 있어요. 헤헤…"

그러면서 귀종을 힐끗 쳐다보았다. 군호들 중 몇몇은 웃음을 참지 못했다.

귀이랑은 눈을 부라리며 막 뭐라고 하려다가 참았다. 위소보가 한 말이 전혀 틀린 건 아니었다. 보배 같은 자기 아들은 서른 살이 넘었지만 여전히 철부지다. 그녀는 절로 한숨이 나왔다.

논의는 한참 동안 계속되었다. 강희의 힘을 빌려 일단 오삼계를 제거하고 나서 복명을 하자는 사람이 있는가 하면, 오삼계는 비록 간악하나 어쨌든 한인이니 그를 도와서 오랑캐를 몰아내 한인의 강산을 되찾은 후에 죽이자는 주장도 있었다. 갑론을박, 좀처럼 결론이 나지 않았다. 결국 거의 모든 사람의 시선이 진근남에게 쏠렸다. 그가 다지다모多智多謀하다는 것을 다 알기 때문에 분명 고견을 제시할 거라고 생각했다.

진근남이 드디어 입을 열었다.

"우린 천하의 백성을 우선 생각해야 합니다. 만약 지금 강희를 죽이면 오삼계는 세력이 더 강대해지겠죠. 하지만 대만의 정 왕야도 해협을 건너 복건과 절강으로 진병해서 강소까지 진격해올 수 있습니다. 그렇게 동서에서 협공을 펼치면 오랑캐는 무너지지 않을 수가 없습니다. 그때 가서 오삼계가 황제 자리에 오를 망상을 한다면 정 왕야의 병력과 목왕부, 그리고 천지회가 가세해 그를 제압할 수 있을 겁니다."

목왕부의 소강이 그의 말을 받았다.

"진 총타주의 그 말은 대만 정왕부의 입장을 대변하는 겁니까?"

진근남은 의연하게 말했다.

"정 왕야의 충의는 천하가 다 아는데, 소 형은 믿지 못하겠다는 것입니까?"

소강이 말했다.

"진 총타주 충용忠勇과 협의俠義는 다들 존경하고 있지만, 정 왕야

곁에는 교활하고 비겁한 소인배도 적지 않습니다."

여기까지 들은 위소보가 갑자기 나섰다.

"네, 그건 맞는 말이에요. 그 무슨 '일검무혈' 풍석범이나 정 왕야의 작은아들 정극상만 하더라도 다 못돼먹었어요."

진근남은 그가 자신의 의견과 상충되는 말을 하자 약간 당혹스러워했다. 그러나 가만히 생각해보면 그의 말이 영 틀린 것은 아니라 절로 한숨이 나왔다. 귀이랑이 말했다.

"가장 중요한 것은 오랑캐를 몰아내는 거예요. 나중에 누가 황제가 되든 우린 상관하고 싶지 않아요. 아무튼 반청은 반드시 해야 하고, 복명은 나중에 천천히 논의해도 될 겁니다. 따지고 보면, 대명의 숭정 황제도 별로 좋은 사람은 아니었어요."

진근남과 목왕부, 그리고 천지회는 줄곧 명나라에 충성해왔다. 지금 귀이랑의 말을 듣자 모두 안색이 변했다. 목검성이 말했다.

"그럼 주씨 후손을 옹립하지 않고 오삼계, 그 간악한 놈을 보좌에 앉히자는 겁니까?"

잠자코 듣고만 있던 귀종이 갑자기 입을 열었다.

"오삼계는 좋은 사람이에요. 나한테 백호 가죽옷도 줬어요. 한번 구경해볼래요?"

그러면서 겉옷을 젖혀 안에 입고 있는 백호 가죽조끼를 보여주며 의기양양 자랑했다. 귀이랑이 그를 꾸짖었다.

"무슨 엉뚱한 소리냐? 함부로 나서지 마라!"

소강이 냉소를 날렸다.

"귀 공자께선 그깟 호피옷이 우리 한인들의 강산보다 더 소중한가

보죠?"

귀이랑이 화를 내며 소리쳤다.

"당장 그 옷을 벗어!"

귀종은 깜짝 놀랐다.

"왜 그래?"

귀신수가 손을 뻗어 아들이 허리에 차고 있는 검을 쓱 뽑았다.

다음 순간, 흰 광채가 번뜩이는가 싶더니 귀신수의 손에 쥐여져 있던 장검이 아들의 몸을 향해 전후좌우로 베어갔다. 주위 사람들은 그가 아들을 죽이려는 줄 알고 소스라치게 놀라 일제히 자리를 박차고 일어났다. 그런데 귀신수는 검을 번개처럼 휘둘러 아들이 입고 있던 그 조끼를 열예닐곱 조각으로 베어버렸다. 그 조각들이 주위에 떨어지면서 귀종의 비단속옷이 드러났다. 귀신수의 검법이 얼마나 빠르고 정교한지 아들이 입고 있는 조끼만 베어버렸을 뿐, 그 안에 입고 있는 비단속옷은 조금도 건드리지 않았다. 그것을 확인한 군호들은 자신도 모르게 절로 갈채를 보냈다.

귀종은 너무 놀라 연신 기침을 해대며 곧 눈물을 흘릴 것 같았다.

"콜록… 아빠, 콜록… 왜… 콜록…."

귀신수는 검을 검집에 넣고 자신의 비단장포를 벗어 아들의 몸에 걸쳐주었다.

"어서 입어라."

귀이랑은 조각난 백호 가죽을 주섬주섬 주위 활활 타고 있는 난로에다 던져넣었다. 이내 불길이 세게 일며 누린내가 진동하더니 백호 가죽은 삽시간에 재로 변해버렸다.

위소보가 혀를 찼다.

"아깝군, 아까워…."

귀신수가 무뚝뚝하게 말했다.

"가자!"

그러고는 아들의 손을 잡더니 밖을 향해 걸어나갔다.

진근남이 그의 등 뒤에 대고 말했다.

"귀 대협께서 지금 큰일을 행하러 가신다면 우리도 거기에 따라 보조를 맞추겠습니다."

귀신수는 담담하게 말했다.

"그건 알아서 하시오!"

그러면서 문 가까이 걸어갔다.

위소보는 그들이 바로 궁으로 잠입해 행동을 개시할 거라고 생각했다. 그럼 황제에게 사실을 알릴 겨를이 없으니 일단 귀신수의 행동을 늦춰야만 했다. 그가 큰 소리로 외쳤다.

"황궁에 집채가 만 개는 안 돼도 5천 개는 넘는데, 황제가 어디 있는지 아세요?"

걸어나가던 귀신수는 그 말에 멍해졌다. 일리가 있는 말이었다. 그는 고개를 돌려 물었다.

"그럼 넌 알고 있느냐?"

위소보는 고개를 내둘렀다.

"그걸 아는 사람은 없어요. 자객들이 오랑캐 황제를 여러 번 노렸기 때문에 날마다 자는 곳을 바꿔요. 어떨 때는 장춘궁長春宮에서 자고, 어느 때는 경양궁景陽宮에서 자고, 또 함복궁咸福宮, 연희궁延禧宮, 어쩌면 여경헌麗景軒, 우화각雨花閣, 육경궁毓慶宮에서 잘 수도 있어요."

그가 단숨에 예닐곱 궁각을 거명하자 귀신수는 다 기억도 못하고 눈살만 찌푸렸다. 위소보가 다시 말했다.

"황제를 가까이서 모시는 내관과 시위들도 황제가 오늘 밤 어디서 자는지 알지 못해요."

귀신수가 다시 물었다.

"그럼 무슨 수로 황제를 찾아내지?"

위소보가 대답했다.

"아침 조회 때는 문무백관이 황제를 만날 수 있어요. 하지만 조회가 끝나고 내궁으로 들어가면 황제는 다른 사람을 찾을 수 있어도, 다른 사람들은 황제가 있는 곳을 몰라요."

사실은 그렇지 않았다. 강희가 수시로 침궁을 옮긴다는 것도 거짓 말이었다. 그러나 귀신수 부부는 초야에서 살아온 무인武人이라 궁궐의 법도와 규칙에 대해서는 전혀 알지 못했다. 위소보의 말을 듣고 황제는 자객을 피하기 위해 늘 그러는 줄 알았다. 절로 망설여질 수밖에 없었다.

위소보는 귀신수가 난처한 표정을 짓자 속으로 의기양양했다. 그가 생뚱맞게 물었다.

"귀 어르신, 황제의 후궁이 몇 명인지 아시나요?"

귀신수는 눈을 부라리며 '흥!' 코웃음을 칠 뿐 대꾸를 하지 않았다. 그러자 위소보가 스스로 말했다.

"설화 선생들은 늘 황제는 삼궁육원三宮六院에, 후궁과 미인이 3천 명이라고 하는데, 오랑캐 황제는 사실 그렇게 많지는 않아요. 3천 명은 아니지만 800~900명은 될 겁니다. 오늘 351번째 후궁한테 가서 자고, 내일 밤이면 다시 634번째 미인을 찾아갈 수도 있어요. 그러니까 황후나 황비도 황제가 오늘 밤 누구한테 가서 잘지 알지 못해요. 3~4년을 기다려도 황제를 보지 못하는 경우가 허다하대요."

진근남이 입을 열었다.

"소보야, 넌 궁에 오래 있었고 황제를 가까이 모시니 황제를 찾아낼 방법을 알고 있겠지?"

위소보가 퉁명스럽게 대답했다.

"낮에는 찾기가 쉬운데, 밤에는 도저히 찾아낼 수 없어요."

진근남이 말했다.

"그럼 내일 낮에 우리가 변장을 하고 널 따라 궁으로 들어가면 되겠구나. 전 형제와 오 이형도 네가 궁으로 데리고 들어가지 않았느냐?"

그러면서 전노본과 오입신, 두 사람을 가리켰다.

위소보가 말했다.

"전 대형은 황궁 어선방御膳房에만 와봤고, 오 이형 등은 궁에 들어오자마자 바로 어전 시위들에게… 발각됐어요. 황제를 만난다는 건 어림없는 일이죠. 전 대형, 오 이형! 말해보세요, 그렇지 않았나요?"

전노본과 오입신이 고개를 끄덕였다. 두 사람은 황궁에 들어가봤지만 황제가 있는 곳을 찾는다는 게 마치 바다에서 바늘을 찾는 것만큼 어렵다는 것을 잘 알고 있었다.

위소보가 다시 말했다.

"방법이 아주 없는 건 아니에요."

진근남이 물었다.

"무슨 방법인데?"

위소보가 대답했다.

"제가 내일 황제를 만날 건데, 그는 틀림없이 오삼계를 상대할 대책을 거론할 거예요. 그럼 제가 대포를 보러 가자고 할게요. 일단 궐 밖으로 나오면 손을 쓰기가 한결 수월할 겁니다. 성공하면 물론 좋고, 실패하더라도 토낄 수가 있으니까, 그만큼 위험부담이 줄어들겠죠."

귀이랑은 냉소를 날렸다.

"네가 뭔데 황제가 네 말을 듣겠느냐? 그가 3년이고 5년이고 궐 밖으로 나오지 않으면, 우리더러 그때까지 기다리라는 것이냐? 자꾸 이 핑계 저 핑계 대는 걸 보니 우리한테 협조할 뜻이 없는 것 같군!"

목검성이 나섰다.

"우리도 궁에 들어가 황제를 죽이려 했는데, 부끄럽게도 우리 목왕부는 많은 형제들을 희생시켰습니다. 제 누이동생과 방 사매, 그리고 오 사숙과 두 사제도 궁에서 잡혀 죽을 뻔했는데 다행히 위 향주께서 의롭게 도와줘 살아나왔습니다. 우리가 두려워서 그러는 게 아니라, 황제를 죽이는 일은 그만큼 쉽지 않습니다."

귀이랑이 위소보를 차갑게 노려보며 말했다.

"네 실력으로 그들을 구해줬다고?"

오입신이 그녀의 말을 받았다.

"위 향주는 비록 나이는 어리지만 누구보다도 인의仁義를 중시하며 지혜롭고 총명합니다. 위 향주가 도와주지 않았다면 저는 벌써 궁에서 죽었을 겁니다."

귀이랑은 자신의 뜻을 굽히지 않았다.

"목왕부가 실패했다고 해서 우리도 안 된다는 법은 없지!"

유대홍이 자리에서 벌떡 일어났다.

"두 분은 신권무적이니 물론 우리 목왕부보다 백배 낫겠죠! 자, 지금 당장 입궐하십시오. 우린 좋은 소식이 있기만 기다리겠습니다!"

그때 천지회 홍순당 소속의 형제 한 명이 입을 열었다.

"위 향주, 아무래도 함께 입궐하는 게 좋을 것 같습니다. 귀씨 세 식구가 전부 붙잡히면 위 향주가 구해줘야 되잖아요?"

그는 귀씨 일가가 오육기를 죽였기 때문에, 비록 총타주 앞이지만 비꼬는 말을 서슴지 않았다. 위소보는 속으로 시부렁댔다.

'저 자라 세 마리가 붙잡히면, 날 때려죽인대도 절대 구해주지 않을 거야!'

겉으로는 웃으며 말했다.

"세 분이 시위들에게 붙잡힐 리가 있겠어요? 황궁에 시위가 8천 명쯤 되지만 귀 공자가 기침만 몇 번 해도 아마 다 놀라자빠져 일어나지 못할 겁니다."

천지회와 목왕부 사람들 중 몇몇은 웃음을 금치 못했다.

귀종이 웃으며 말했다.

"그게 정말이야? 그럼 아주 재밌겠는데! 그들은 내가 콜록, 콜록… 기침하는 걸 겁내나 보지? 콜록, 콜록…."

귀씨 부부는 화가 치밀어 아들의 팔을 끌어잡고 밖으로 나갔다.

진근남이 얼른 말했다.

"노여워하시지 말고 우선 제 말을 좀 들어보십시오."

귀이랑은 진근남에 대해서만큼은 어느 정도 믿음을 갖고 있었다.

그래서 몸을 돌려 다음 말을 기다렸다.

진근남이 말을 이었다.

"두 분은 워낙 무예가 출중해 가히 천하무적입니다. 그러나 험지險地로 들어가면 아무래도 중과부적이니 만반의 대책을 세우고 나서 행동으로 옮기는 게 좋을 듯…."

귀이랑이 그의 말을 잘랐다.

"난 또 진 총타주가 무슨 고견을 갖고 있는 줄 알았는데… 흥!"

바로 몸을 돌려 문 앞에 이르렀다. 그러자 유대홍과 오입신이 갑자기 몸을 날려 문 앞을 가로막았다. 유대홍이 말했다.

"두 분께서 정녕 오삼계를 도우러 갈 거면 우선 저의 형제들부터 죽이고 가십시오!"

귀이랑이 눈꼬리를 치켜올렸다.

"우리가 언제 오삼계를 도우러 간다고 했소?"

유대홍이 다시 말했다.

"두 분이 설령 오삼계를 도울 뜻이 없다고 해도, 만약 오랑캐 황제를 먼저 죽이면 오삼계의 성세聲勢가 더욱 막강해져 도저히 제압할 수 없게 될 겁니다!"

귀신수는 더 이상 듣고 싶지 않은 듯 나직이 말했다.

"비키시오!"

그러면서 성큼 앞으로 한 걸음 내디뎠다. 유대홍은 다시 두 팔을 뻗어 문 앞을 가로막았다. 그러자 귀신수가 왼손을 쏙 내밀어 그의 가슴을 낚아채갔다. 유대홍이 그것을 막자 퍽 하는 소리와 함께 쌍방의 손이 맞부딪쳤다. 곧 유대홍의 몸이 휘청거리며 얼굴이 창백해졌다.

귀신수가 말했다.

"난 5할의 공력밖에 쓰지 않았소."

오입신이 고개를 내두르며 그의 말을 받았다.

"그럼 10할의 공력을 써서 우리 형제들을 다 죽여보시오!"

이번에는 귀종이 나섰다.

"10할, 좋지!"

그러면서 손을 쭉 뻗었다. 오입신이 팔을 뻗어 맞받으려 했다. 그러자 귀종은 내밀었던 손을 쏙 거둬들였다. 그 바람에 오입신의 손은 허공을 스쳤다. 귀종은 그가 빗나간 손을 거둬들이려는 순간, 전광석화같이 빠르게 두 손을 뻗어내 가슴의 요혈要穴을 움켜잡았다.

진근남이 황급히 달려나가 싸움을 말렸다.

"다들 친구니 손을 거두시오."

위소보가 끼어들었다.

"자꾸만 이렇게 티격태격하면 언제 결말이 나겠어요? 이렇게 하죠! 차라리 주사위를 던져서 결정을 지읍시다. 만약 귀 어르신이 이기면 우린 입궐을 막지 않을뿐더러 제가 궁 안의 상황을 자세히 말씀드리겠습니다."

귀이랑이 물었다.

"네가 이기면 어떡할 건데?"

위소보가 대답했다.

"그럼 입궐하는 것을 잠시 미뤄주십시오. 오삼계를 죽인 후에 황제를 죽이기로 해요."

귀이랑은 속으로 생각했다.

'목왕부에서 입궐을 반대하고 있으니 우리가 바로 황궁으로 들어간다면 오랑캐에게 밀고할지도 몰라. 그럼 일이 어렵게 될 테니까, 일단 저 꼬마 녀석의 말대로 하지.'

그녀는 남편에게 물었다.

"여보, 어때요?"

귀신수가 위소보에게 다짐을 받았다.

"지고 나서 떼를 쓰면 안 돼!"

위소보는 여유 있게 웃었다.

"대장부일언중천금, 한번 내뱉은 말은 아무 말도 쫓아가지 못해요. 오랑캐 황제가 내 아비도 아닌데 내가 감싸줄 이유가 없잖아요? 대신 이기면 영웅호걸답게 정정당당하게 이기고, 지더라도 화끈하게 져야 합니다. 이기든 지든 서로를 원망하지 말아야 해요."

진근남은 그가 마지막으로 한 말이 마음에 들었다.

"이번 일은 아주 중요합니다. 어떤 방법으로 반청복명을 해야 하는지 결론을 내리기 어렵다면, 모든 것을 하늘에 맡기고 주사위로 깨끗하게 결정을 짓는 것도 좋을 듯싶습니다. 그럼 서로 얼굴을 붉히지 않고 하늘의 뜻에 따르게 될 테니까요."

귀이랑이 아들에게 말했다.

"얘야, 어서 손을 놔라."

귀종은 고개를 내둘렀다.

"싫어!"

그러자 귀이랑이 부드럽게 말했다.

"저 소형제가 너랑 주사위놀이를 하자는데!"

그 말에 귀종은 크게 좋아하며 얼른 손을 놓아 오입신의 혈도를 풀어주었다. 오입신은 가슴이 빠개지는 듯한 아픔에 숨을 쉬기조차 어려워하면서 연신 고개를 내둘렀다.

위소보가 말했다.

"귀 공자, 주사위를 꺼내시오. 귀 공자의 주사위로 합시다."

귀종은 멍해져서 물었다.

"주사위? 난 없는데, 넌 있어?"

위소보가 대답했다.

"나도 없는데…."

그러고는 주위를 둘러보며 물었다.

"주사위를 갖고 있는 사람 있나요?"

다들 고개를 내둘렀다. 그들의 생각은 다 같았다.

'노름꾼도 아닌데, 누가 주사위를 갖고 다녀?'

귀이랑이 나섰다.

"주사위가 없으니 동전으로 하는 게 어때?"

위소보가 반대했다.

"역시 주사위로 하는 게 에누리 없이 공정하고, 노소 할 것 없이 정확해요. 귀 공자가 노老고 난 소小니, 주사위가 제격이에요. 친위병들 중에 주사위를 갖고 있는 사람이 있을 테니 내가 가서 물어볼게요."

그러면서 성큼성큼 밖으로 걸어나갔다.

그는 동청을 나서자마자 바로 대청으로 들어가 주머니 속에서 주사위 여섯 알을 꺼냈다. 이건 그가 늘 갖고 다니는 보물이었다. 만약 동청에서 직접 이 주사위를 꺼냈다면 귀씨 부부는 틀림없이 의심을 했을 것이다.

그는 대청에 잠시 앉아 있다가 동청으로 돌아가 웃으며 말했다.

"주사위를 구해왔어요."

귀이랑이 물었다.

"승부를 어떻게 정할 거지?"

위소보가 천연덕스럽게 말했다.

"사실 난 주사위에 대해 별로 아는 바가 없어요. 귀 공자, 어떻게 할까요?"

귀종은 주사위 두 알을 집더니 태연하게 말했다.

"누가 더 정확한지 겨루면 되지!"

그는 이내 손가락으로 주사위 두 개를 튕겼다. 휙, 휙 하는 소리가 들리는가 싶더니 주사위 두 알이 허공을 가로지르며 촛불 두 개를 끄고는 팍, 팍 판자벽에 박혀버렸다. 그것을 본 군호들의 입에서 절로 감탄이 터졌다.

"우아, 대단하군!"

위소보는 입을 삐죽거렸다.

"주사위를 던져 점수 내기를 해야지, 암기 수법을 겨루자는 게 아니잖아요!"

귀이랑이 그의 말을 받았다.

"그래! 각자 한 번씩 던져서 점수가 많이 나오는 쪽이 이기는 걸로 하지."

위소보는 속으로 생각했다.

'단 한 번만 던지면 녀석이 운이 좋아서 36점이 나올 수도 있어.'

그래서 말했다.

"그러지 말고 각자 세 번 던져서, 3판2승으로 하죠."

귀종은 많이 던질수록 더 재미있을 것 같았다.

"아니야. 우리 서로 300번 던져서 200번 이기는 사람이 이기는 걸로 하자!"

귀이랑이 말렸다.

"뭘 그렇게 많이 던져? 각자 세 번이면 돼!"

서천천이 가서 판자벽에 박힌 주사위를 뽑아 탁자 위에 내려놓았다. 위소보가 말했다.

"귀 공자, 먼저 던지시죠."

귀종이 좋아서 헤벌쭉 웃으며 주사위를 들고 막 던지려는데, 귀이랑이 제지했다.

"잠깐!"

그녀는 유대홍과 목검성에게 고개를 돌려 물었다.

"이번에 주사위로 겨뤄 우리가 이기면 목왕부도 따를 거요?"

유대홍은 좀 전에 귀신수와 일장을 맞닥뜨리면서 끓어올랐던 기혈이 아직도 가라앉지 않았다. 그런데도 상대방은 절반, 5할의 공력밖에 쓰지 않았다고 했다. 귀신수는 자타가 공인하는 선배 고인高人이라 자신의 실력을 과장하거나 거짓말을 할 리가 없었다. 그가 정말 황궁으로 잠입해 황제를 죽이려 한다면 무슨 수로 말리겠는가?

그는 고개를 끄덕이며 말했다.

"하늘의 뜻이 정 그러하다면, 주사위의 결정에 따르겠소."

귀이랑이 말했다.

"좋아요!"

이어 귀종에게 고개를 돌렸다.

"던져라! 점수가 많을수록 좋은 거야."

귀종은 주사위를 자세히 살펴보았다.

"가장 많은 것은 여섯 점이고, 가장 적은 것은 두 점이네. 그리고 큰 구멍이 하나 파여 있어."

귀이랑이 가르쳐주었다.

"그 큰 구멍이 1점이야."

귀종이 고개를 갸웃했다.

"이상하네, 이상해! 4점은 다 빨간색이야."

그러고는 오른손을 휘두르더니 팍 하고 주사위를 탁자에다 내리꽂았다. 여섯 알의 주사위가 다 탁자에 깊숙이 박혔는데, 위쪽으로 나온 면은 다 6점이었다. 그는 주사위를 손바닥에 올려놓고 1점을 다 아래로 향하게 한 후 탁자에다 주사위를 박은 것이다. 그러니 점수가 다 6점이 나올밖에!

둘러서서 그 모습을 지켜본 사람들은 웃으면서도 크게 놀랐다. 바람만 세게 불어도 곧 쓰러질 것 같은 이 병약한 사내가 보여준 심후한 내공에 놀라지 않을 수 없었다. 그러나 세상천지에 이런 방식으로 주사위놀이를 하는 법은 없었다.

귀이랑이 또 나섰다.

"얘야, 그렇게 하는 게 아니야."

그러면서 손바닥으로 탁자를 팍 치자, 주사위 여섯 알이 전부 튕겨져나왔다. 군호들의 입에서 다시 감탄이 터졌다. 귀이랑은 주사위를 집어 아무렇게나 탁자 위에다 던지며 말했다.

"이렇게 던져서 위로 나오는 숫자를 합친 게 바로 점수야. 자기 뜻대로 되는 게 아니란다."

귀종은 고개를 끄덕였다.

"아… 그렇군!"

그는 어머니가 하던 대로 주사위를 집어 탁자 위에다 던졌다. 주사위가 데구루루 구르다가 멈췄는데 그 합이 20점이었다. 여섯 알의 합이 20점이면, 승산이 비교적 높은 점수였다.

위소보는 주사위를 집어 새끼손가락으로 몇 번 뒤섞었다. 그 과정에서 이미 속임수가 들어갔다.

"싹쓸이!"

소리를 지르며 주사위를 던졌다. 주사위 다섯 알이 데구루루 구르다가 멈췄는데, 그 합이 17점이었다. 나머지 한 알은 계속 데구루루 굴렀다. 그는 이 주사위에다 수작을 부려놓았기 때문에 6점이 나올 거라고 확신했다. 그럼 23점이 되니, 상대방의 20점을 이기게 된다.

그런데 굴러가던 주사위가 갑자기 탁자에 파여 있는 작은 구멍 안으로 쏙 빠져들어갔다. 바로 조금 전에 귀종이 주사위를 내리꽂아 만든 작은 구멍이었다. 주사위는 약간 기웃하더니 멈췄고, 위쪽을 향한 점수는 1점이었다. 앞서 다섯 알에서 나온 합이 17점이니 결과적으로 18점이 된 것이다. 결국 귀종이 던져낸 20점에 지고 말았다.

위소보는 이대로 승복할 수 없었다.

"탁자에 구멍이 났으니 이건 파투예요!"

그가 주사위를 집어 다시 던지려 하자 진근남이 고개를 내두르며 말렸다.

"그것도 하늘의 뜻이니 이번 판은 진 거야."

위소보는 배알이 꼴렸지만 스스로를 위로했다.

'그래, 아직 두 판이 남았어. 두 판을 다 이기면 되지!'

그는 주사위를 귀종에게 넘겨주었다.

한 판을 이긴 귀종은 의기양양해서 아무렇게나 주사위를 던졌다. 그 합이 겨우 9점밖에 되지 않았다. 목왕부 사람들은 이번엔 귀씨 가족이 틀림없이 질 거라고 생각해 일제히 환호성을 질렀다.

위소보는 주사위를 가지고 여섯 개의 구멍이 파여 있는 곳에서 가능한 한 멀리 벗어났다. 주사위 여섯 알은 구멍과 상관없는 곳에 떨어졌는데, 그중 네 알은 모두 6점이고, 나머지 두 알은 5점이 나왔다. 합이 34점이었다. 상대방이 9점이니, 그 어떤 두 알의 합만 갖고도 이길 수 있었다. 그야말로 일방적인 한 판이었다.

양쪽이 제각기 한 판씩 이겼으니 세 번째 판에서 승부가 갈리게 되었다.

귀종이 먼저 주사위를 던졌고, 여섯 알이 데구루루 한참 구르다 멎었는데, 그 합이 31점이었다. 승산이 매우 높은 점수였다. 목왕부 사람들의 표정이 어두워졌다. 31점을 이기려면 운이 상당히 좋아야만 했다.

위소보는 전혀 걱정하지 않았다.

'좀 전에 했던 대로 34점이 나오면 널 이길 수 있어.'

새끼손가락을 이용해 주사위의 위치를 가늠해놓고 살짝 던졌다.

주사위 여섯 알이 탁자 위에서 구르다 차례로 멈췄다. 6점, 5점, 5점, 6점⋯ 멈춘 네 알은 모두 큰 점수였다. 그 합만 해도 22점이었다. 다섯 번째 주사위도 멈췄다. 위소보가 의도했던 대로 6점이었다. 그럼 합은 28점이 된다.

이제 남은 것은 마지막 여섯 번째 주사위였다. 주사위는 계속 데구루루 굴러갔다. 만약 3점이 나오면 양쪽이 모두 31점이니 비기게 된다. 그럼 다시 주사위를 던져 승부를 겨뤄야 한다. 그리고 만약 1점 혹은 2점이 나오면 위소보가 지고, 4점 이상이 나오면 이긴다. 이길 수 있는 확률이 6할이었다. 위소보는 여유만만했다.

'설령 3점이 나와서 비긴다고 해도, 다시 던지면 넌 또 31점이 나오기는 어려울 거야.'

여섯 번째 주사위가 계속 구르다가 막 6점이 되려고 하자, 위소보는 신이 나서 소리쳤다.

"이겼다!"

그런데 주사위는 그의 생각대로 멈추지 않고 다시 굴러갔다.

위소보는 깜짝 놀라 다시 소리쳤다.

"환장하겠네!"

곁눈질로 슬쩍 보니, 귀신수가 주사위를 향해 알게 모르게 입김을 불어내고 있었다. 그래서 주사위가 계속 굴러간 것이고, 멈추자 1점이 나왔다. 군호들은 일제히 탄식을 내뱉었다.

위소보는 놀랍기도 하고 화도 났다. 주사위노름에서 속임수를 쓰는 사람은 많이 봐왔지만 입김을 불어 점수를 맘대로 조작하는 사람은 한 번도 본 적이 없었다. 이 노인네는 어찌나 내공이 고강한지 입김을 일직선으로 불어내 6점을 1점으로 만들었다. 뿐만 아니라 어쩌면 좀 전에 귀종이 던져낸 31점도 그의 진짜 운이 아니라 아비가 입김을 불어내 도와준 결과일지도 몰랐다.

위소보는 얼굴이 빨갛게 상기돼 언성을 높였다.

"어르신! 이건… 이건… 입으로… 훗, 훗, 훗!"

그러면서 입술을 오므려 입김 불어내는 흉내를 냈다.

그의 항의에 귀신수는 미동도 하지 않고 담담하게 말했다.

"29점, 네가 졌어!"

그가 그 여섯 번째 주사위를 집어 엄지와 식지에 끼고 살짝 힘을 주자, 주사위는 깨져버리고 그 속에서 흘러나온 수은水銀이 탁자에 떨어져 바로 수백 개의 자잘한 은구슬로 변해 이리저리 굴러다녔다.

그것을 본 귀종이 손뼉을 치며 좋아했다.

"우아! 정말 재밌다, 재밌어! 저게 뭐지? 물 같기도 하고, 은 같기도 한데!"

위소보는 주사위 속에 수은을 넣은 속임수가 들통나자, 상대방이 입김으로 점수를 조작한 것에 대해 더 이상 이의를 제기할 수 없었다. 일부러 놀라는 척하면서 너스레를 떨었다.

"우아, 주사위에 수은이 들어 있다는 것을 어르신 덕분에 처음 알았네요. 전에는 은에다 물을 넣어 수은을 만드는 줄 알았어요. 주사위는 소뼈로 만들었다는데, 소뼈다귀 속에도 수은이 있군요. 황소는 논밭도 갈고 수은도 만드니 정말 대단하네요, 대단해!"

귀이랑은 그의 헛소리를 아랑곳하지 않고 말했다.

"자, 이젠 다들 이의가 없겠죠? 위 형제, 황궁 안 상황을 자세히 말해주게."

위소보가 사부를 쳐다보자, 진근남은 고개를 끄덕였다.

"이게 하늘의 뜻이라면 따라야지. 어서 두 분 대선배님께 솔직하게 다 말씀드려라."

그는 제자가 영악해서 또 무슨 잔꾀를 부릴까 봐 일부러 '솔직하게' 말하라고 강조한 것이다.

위소보는 내심 잽싸게 생각을 굴려 계책을 마련했다.

"내기에서 졌으니 정정당당하게 패배를 인정해야 합니다. 사내대장부로서 상황에 따라 훔치고 빼앗고 속이는 것은 간혹 있을 수 있어도, 노름에서 지면 절대 생떼를 써선 안 되겠죠. 그런데 황궁은 너무 넓고 집들이 많으니 그냥 몇 마디로 설명을 드릴 순 없어요. 제가 지도를 그려드릴게요. 서 삼형, 전 대형! 저는 가서 지도를 그릴 테니, 수고스럽지만 저 대신 손님을 잘 좀 모셔주세요."

그는 모두에게 공수의 예를 취하고 나서 동청을 빠져나와 서재로 향했다.

이 백작부는 강친왕이 선물로 준 것이다. 서재에는 책이 잔뜩 진열돼 있고 책상과 문방사우가 다 갖춰져 있었다. 위소보는 책하고는 위낙 거리가 먼 사람이라 평소 서재를 이용하는 경우가 거의 없었다. 지금 서재로 들어와 의자에 앉아서 일단 차를 한잔 마신 후 소리쳤다.

"묵을 갈아라!"

대기하고 있던 하인이 바로 시중을 들었다.

백작 대인께서 글을 쓰는 걸 본 적이 없는 시종은 처음엔 약간 의아하게 생각했으나 곧 정신을 바싹 차리고 한쪽에 놓여 있던 벼루를 탁자 위에 올려놓았다. 그것은 저 옛날 명필로 명성이 자자했던 왕희지王羲之가 사용했다는 반룡자석蟠龍紫石 벼루였다. 그 벼루에다 물을 붓고, 지난날 당나라 때 명필 저수량褚遂良이 쓰다 남긴 송연향묵松煙香墨을 손에 쥐고 숨을 죽인 채 진하게 먹물을 만들었다. 그리고 다시 필통에서 조맹부趙孟頫가 만든, 최고의 붓으로 알려진 호주湖州 은양반죽銀鑲斑竹 양털붓을 대령했다. 이어 그가 책상에 깔아놓은 종이 또한 예사 종이가 아니라, 송나라 휘종徽宗이 만들었다는 금화옥판전金花玉版箋이었다. 그리고 위衛 부인[1]이 글을 쓸 때 피웠다는 용뇌온사향龍腦溫麝香을 피웠다.

시종은 이 모든 준비를 마치고 백작 대인의 일필휘지一筆揮之만을 기다렸으니, 그야말로 어마어마한 허세가 아닐 수 없었다. 이것만 보면 '종왕구저안유조鍾王歐褚顏柳趙, 개참난비위소보皆慚難比韋小寶', 즉 '종회鍾會, 왕희지, 구양순歐陽詢, 저수량, 안진경顏眞卿, 유송권柳公權, 조맹부 등 역대 명필들을 다 합쳐도 위소보만 못하다'라고 해도 과언이 아닐 듯싶었다.

위소보는 손을 호랑이 발톱처럼 하고, 손가락으로 금나수법의 힘을 운용해 붓대를 잡았다. 그러고는 먹물을 잔뜩 묻혀 붓을 들자, 팍 하는 소리와 함께 먹물이 종이 위에 떨어졌다. 금화옥판전이 먹물로 인해 이내 지저분하게 얼룩졌다.

그 모습을 본 시종은 속으로 생각했다.

'백작 대인께서는 글을 쓰려는 게 아니라 양해梁楷[2]의 발묵화潑墨畵를 흉내 내려는 거군.'

위소보는 다시 붓에 먹물을 묻혀 왼쪽에서 곧장 긁어내려 구불구불한 나뭇가지 모양을 그렸다. 그리고 그 왼쪽에 살짝 점을 하나 찍었다.

그것은 북종北宗 이사훈李思訓의 부벽준斧劈皴 같기도 하고, 또한 남종南宗 왕마힐王摩詰의 피마준披麻皴 같기도 했다.[3] 언뜻 보기에 남북 이종의 장점을 한데 모은 것도 같았다.

이 시종은 주로 서재에서 일해왔기 때문에 배 속에 먹물이 좀 들어 있었다. 그가 막 감탄을 하려는데 백작 대인이 갑자기 입을 열었다.

"내가 쓴 이 '소小' 자가 어때? 잘 썼나?"

시종은 깜짝 놀랐다. 그는 비로소 백작 대인이 '소' 자를 썼다는 사실을 깨달았다. 당연히 칭찬을 아끼지 않았다.

"대인의 서예는 좌우를 넘나들고, 그야말로 독창적이며, 하늘이 내린 기재奇才라 아니할 수 없습니다."

위소보가 말했다.

"가서 장 제독을 좀 불러오게."

시종은 대답을 하고 나가면서 속으로 궁금해했다.

'대인께서 소 자 밑에 쓴 것은 무슨 글자지?'

도저히 짐작이 가지 않았다. 아마 만 번을 더 생각해도 알아내지 못할 것이었다.

위소보는 '소' 자 밑에다 동그라미를 하나 그렸다. 그리고 동그라미 아래에 장대 같기도 하고, 편담扁擔 즉 멜대 같기도 한 것을 그린 다음, 다시 지렁이 한 마리가 그 멜대를 뚫고 들어가는 모양을 그렸다. 위소보 나름대로 그것은 '자子'였다.

처음 쓴 것은 '소' 자고, 그다음은 동그라미, 그리고 '자' 자니, 세 글자를 연결하면 강희의 이름인 '소현자小玄子'가 되는 것이다. 그는 '현' 자를 쓸 줄 몰라 동그라미로 대신했다.

지난날 청량사에서 승려 생활을 할 때, 강희가 그림 성지를 보낸 적이 있다. 위소보는 그 그림을 보고 정말 감탄을 금치 못하며 얼마나 부러워했는지 모른다. 지금 상황이 긴박해지자 그도 그림으로 상소문을 쓰기로 마음먹은 것이다.

일단 소현자의 이름을 쓰고 나서 다시 검을 그렸는데, 그 검 끝이 동그라미를 찌르는 모양으로 돼 있었다. 다른 사람이 보면 그것이 검인지 잘 알지 못할 것이다. 그래도 위소보는 그것을 그리느라 비지땀을 흘렸다. 막 그림 상서를 완성하자 장용이 나타났다.

위소보는 금화옥판전을 잘 접어 봉투에 넣고 밀봉해 장용에게 주면서 나직이 말했다.

"이건 아주 중요한 상주문上奏文이니 즉시 궁으로 달려가 황상께 전해주시오. 나의 밀주密奏라고 하면 시위 태감이 바로 안내해줄 거요."

장용이 바로 대답을 하고 상주문을 받아 막 품 안에 넣으려는데, 서새 밖에서 친위병의 호통이 들려왔다.

"누구냐?"

이내 쾅 하는 소리와 함께 문이 열리면서 세 사람이 뛰쳐들어왔는데, 바로 귀씨 부부와 귀종이었다. 귀이랑은 장용의 손에 상주문이 들려 있는 것을 보고는 대뜸 빼앗으면서 위소보를 다그쳤다.

"오랑캐 황제에게 밀고하려는 거지?"

위소보는 너무 놀라 말을 떠듬거렸다.

"아… 아녜요, 아니…."

귀이랑이 겉봉을 찢어 종이를 꺼냈다. 그리고 거기에 이상한 그림이 그려져 있는 것을 확인하고는 눈이 휘둥그레졌다.

"자, 봐요!"

종이를 남편 귀신수에게 건네주며 위소보에게 물었다.

"뭘 그린 거지?"

위소보가 잽싸게 생각을 굴리면서 말했다.

"손님들에게 대접할 경단을 만들라고 주방에 분부했는데… 큰 경단 말고 작은 경단을 만들어 칼로 꽃을 새기라고 했어요. 한데… 잘 알아듣지 못해서 그림으로 그려준 거예요."

귀신수와 귀이랑은 모두 고개를 끄덕이며 표정이 한결 부드러워졌다. 두 사람이 보기에, 위소보의 말대로 칼로 경단에 꽃을 새기라는 그림이지, 황제에게 밀고할 상주문은 절대 아니었다.

위소보가 장용에게 손을 내둘렀다.

"빨리 가요, 빨리!"

장용은 얼른 서찰을 갖고 몸을 돌렸다.

위소보가 그의 등 뒤에 대고 소리쳤다.

"사람을 좀 더 많이 붙여서 빨리빨리 서두르라고 해요! 먹는 일은 목숨보다 더 중요한 일이에요! 다들 먹어야 하니 한시도 지체해선 안 돼요!"

장용은 문 앞에서 다시 대답을 하고 서재를 빠져나갔다.

귀이랑이 말했다.

"먹는 건 급하지 않아. 위 형제, 황궁의 지도는 다 그렸나?"

위소보는 커다란 금화옥판전을 가져와 탁자에 펼쳐놓고, 붓을 귀이랑에게 건네주었다.

"난 그림을 잘 못 그려요. 내가 말로 할 테니 직접 그리세요."

귀이랑은 붓을 받아쥐고 의자에 앉았다.

"좋아, 그럼 말해보게."

위소보는 굳이 숨길 이유가 없다고 생각해 오문午門에서부터 황궁의 지리를 읊어나갔다.

오문을 지나 북쪽 금수교金水橋로 가서, 다시 서쪽으로 방향을 꺾어 홍의각弘義閣을 지나면 태화太和·중화中和·보화保和의 세 대전大殿이 나온다. 계속 가서 융종문隆宗門을 거치면 어선방이 나오는데, 이곳은 위소보가 거쳐간 곳이다. 그곳에서 다시 동쪽으로 건청문乾淸門을 지나면 건청궁乾淸宮, 교태전交泰殿, 곤녕궁坤寧宮, 어화원御花園, 흠안전欽安殿이 나온다.

그리고 어선방에서 북쪽으로 가면 남고南庫, 양심전養心殿, 영수궁永壽宮, 익곤궁翊坤宮, 체화전體和殿, 저수궁儲秀宮, 여경헌, 수방제漱芳齋, 중화궁重華宮이 있다. 그곳에서 남쪽으로는 함복궁, 장춘궁, 체원전體元殿, 태극전太極殿이 있고, 서쪽으로는 우화각, 보화전保華殿, 수안궁壽安宮, 영화전英華殿이 있다.

다시 남쪽으로 가면 서삼소西三所, 수강궁壽康宮, 자령궁慈寧宮, 자령화원慈寧花園, 무영전武英殿이 있다. 그 무영전의 무영문을 나와 다리를 건너서 동쪽으로 가 희화문熙和門을 지나면 다시 오문으로 돌아온다. 이것이 자금성紫禁城의 절반, 서쪽일 뿐이다.

귀씨 부부는 정신을 바짝 차리고 한참 동안 위소보의 말에 귀를 기울였는데, 이제 겨우 황궁의 서쪽에 불과하다니 기가 막혔다. 그 많은 궁전과 누각을 일일이 다 기억하기가 벅차 절로 한숨이 나왔다. 다행히 귀이랑이 궁전과 문의 이름을 다 종이에다 적었다.

위소보는 이어서 황궁 동쪽 각처의 궁전과 문에 대해 차례대로 열거했다. 그의 기억력 하나만은 알아줘야 했다. 평상시 하릴없이 황궁 여기저기를 돌아다녔기 때문에 머릿속에 다 박혀 있어 다행이었다.

귀이랑은 한참 긁적여 겨우 황궁 안에 있는 9당堂 48처處의 위치를 다 적었다. 그녀는 비로소 붓을 내려놓고 우선 숨을 길게 들이켠 다음 입가에 미소를 지었다.

"위 형제는 정말 기억력이 좋군. 아무튼 고맙네."

그녀는 위소보가 모든 궁전과 문의 이름을 추호의 망설임도 없이 줄줄 늘어놓는 것을 보고, 전부 다 사실이라고 믿었다. 만약 함부로 날조를 했다면 이름이 중복됐을 것이다. 그리고 위소보가 절대 그 정도로 주도면밀할 리는 없다고 생각했다.

위소보가 웃으며 말했다.

"나한테 고맙다고 할 필요 없습니다. 이건 다 귀 공자께서 주사위를 잘 던져 이긴 덕분이니까요."

이어 다시 말했다.

"어전 시위들은 평상시 거의 다 동화문東華門 옆에 있는 난여위鑾輿衛 일대에서 대기하고 있습니다. 하지만 지금은 오삼계가 출병을 했기 때문에 오랑캐 황제는 신변의 위험을 느껴 경계를 보강했을 거예요. 그러니 자금성 48처마다 시위들이 다 지키고 있을지도 모르죠."

그는 속으로 시부렁댔다.

'우선 이렇게 포석을 깔아놔야 해. 소현자가 내 밀주를 받으면 시위들로 하여금 경계를 보강하도록 할 텐데, 내가 밀고한 것을 이 자라 세 마리가 의심하지 못하게 해야지.'

귀이랑이 고개를 끄덕였다.

"그야 당연하겠지."

위소보가 말을 이었다.

"궁에는 비록 시위들이 많지만 무공 고수들은 별로 없습니다. 그저 조무래기들에 불과하죠. 하지만 만주 사람들은 궁술이 제법 뛰어나더라고요. 물론 세 분이야 별로 개의치 않겠지만요."

귀이랑이 말했다.

"여러모로 고마웠네. 그럼 우린 이만 작별을 하지."

위소보는 너스레를 떨었다.

"경단을 드시고 가시죠. 배불리 먹어야만 기운을 내서 일을 잘할 수 있어요."

그는 문 쪽으로 가서 큰 소리로 외쳤다.

"여봐라! 먹을 것을 좀 가져와라!"

문밖에 대기하고 있던 시종이 대답했다.

"네!"

그러자 귀이랑이 사양했다.

"됐네!"

그리고는 아들의 손을 잡고 귀신수와 함께 서재를 나섰다.

두 부부의 생각은 거의 같았다.

'그 꽃을 새긴 경단에 십중팔구 무슨 수작을 부렸을 거야. 아니고서야 경단에 꽃을 새길 필요가 뭐 있어? 지난번에 한 번 속았는데, 두 번 속지는 말아야지!'

그들 세 사람은 위소보의 집에 와서는 신중에 신중을 기하면서 처음부터 끝까지 차나 물 한 모금도 입에 대지 않았다.

위소보는 그들을 대문까지 배웅하면서 공수의 예를 취했다.

"이 후배는 좋은 소식이 있기를, 귀를 쫑긋이 세우고 기다리고 있겠습니다."

귀신수는 대문 입구에 놓여 있는 돌사자의 머리에 냅다 일장을 가했다. 그 즉시 돌가루가 사방으로 흩날렸다. 그는 흐흐 냉소를 짓더니 횡하니 떠나갔다.

위소보는 돌사자를 쳐다보며 잠시 멍해졌다.

'제기랄! 그 일장이 내 머리에 떨어졌다면 그야말로 죽을 맛이었겠군. 자기네들의 일을 방해하지 말라는 경고겠지. 조금이라도 방해하면 저 돌사자처럼 될 거라는… 빌어먹을!'

그도 귀신수를 흉내 내서 돌사자의 머리에 일장을 내리쳤다.

"으앗!"

순간적으로 비명을 지르며 펄쩍 뛰었다. 손바닥에 극심한 통증이 느껴졌다. 돌사자의 머리는 원래 매끄럽게 다듬어져 있었는데, 좀 전에 귀신수가 일장을 내리치는 바람에 들쭉날쭉 쪼개져 있었던 것이다. 등롱불 아래 손을 비춰보니 다행히 피는 나지 않았다.

위소보가 동청으로 돌아와보니, 진근남 등은 술을 마시고 있었다. 그는 사부한테 귀씨 부부에게 자금성 내부의 지리를 상세히 말해주었으며 방금 배웅하고 돌아오는 길이라고 말했다. 진근남은 고개를 끄덕이며 한숨을 내쉬었다.

"귀씨 부부는 설령 오랑캐 황제를 죽인다고 해도 무사히 돌아오진 못할 거야."

군호들은 묵묵히 술잔을 기울였다. 제각기 마음이 착잡해, 간혹 한두 마디 하는 사람이 있어도, 그 말을 받아 잇는 사람은 별로 없었다.

약 반 시진쯤 지났을까, 문밖에서 한 사람이 아뢰었다.

"백작 대인, 장 제독께서 드릴 말씀이 있답니다."

위소보는 내심 좋아하며 딴전을 부렸다.

"야심한데 무슨 중요한 일이 있겠나? 난 이미 잠들었으니 내일 보고하라고 전해라!"

그 사람이 공손히 대답했다.

"네!"

그러자 진근남이 나직이 말했다.

"가봐라. 혹시 황궁에서 무슨 소식이 왔을지도 모르니…"

위소보는 대답을 하고 대청으로 갔다. 조양동, 왕진보, 손사극 세 사람이 서서 기다리고 있었다. 모두 당황하고 놀란 표정이었다. 그런데 장용의 모습이 보이지 않았다. 위소보는 멍해져서 물었다.

"장 제독은…?"

왕진보가 대답했다.

"대인께 아룁니다. 장 제독이 사고를 당해 백작부 문밖에 기절해 있기에 저쪽 상방廂房으로 옮겼습니다."

위소보는 깜짝 놀랐다.

"아니… 왜 기절했죠?"

얼른 상방으로 달려가보니, 장용은 눈을 감은 채 숨을 거칠게 몰아쉬고 있는데, 안색이 창백했다. 위소보가 소리쳤다.

"장 제독! 이게 어떻게 된 거요?"

장용은 천천히 눈을 떴다.

"저… 저는…."

더 이상 말을 잇지 못하고 눈을 까뒤집으며 다시 정신을 잃었다.

위소보는 황급히 그의 품속으로 손을 넣어 그 상주문을 꺼냈다. 봉투 안에는 자신이 심혈을 기울여 작성한 그 '걸작'이 들어 있었다. 아뿔싸, 가슴이 철렁했다.

손사극이 말했다.

"좀 전에 순시를 돌던 병사가 달려와 백작부에서 100여 걸음쯤 떨어진 곳에 한 군관이 정신을 잃고 쓰러져 있다고 보고해서 달려가보니 장 제독이더라고요. 그래서 서둘러 옮겨온 겁니다. 장 제독의 뒤통수에 피가 말라 있는 것으로 미루어 기절한 지 꽤 된 것 같습니다."

위소보는 나름대로 생각했다.

'기절한 지 한참 됐고, 밀주를 그대로 갖고 있는 것으로 보아 문을 나선 지 얼마 안 돼 변을 당한 모양이군. 혹시 그 자라 세 마리가 집 밖에 미리 사람을 매복시켰다가, 내가 밀고를 할까 봐 장 제독에게 기습을 전개한 게 아닐까?'

이때 장용이 다시 천천히 눈을 떴다. 왕진보가 얼른 술주전자를 가져와 따끈하게 데운 술을 먹였다. 손사극과 조양동은 술을 그의 손에 발라 열심히 주물렀다. 장용은 비로소 어느 정도 회복이 됐다.

"제가 죽을죄를 지었습니다. 대문을 나서 100여 걸음쯤 갔을까… 갑자기 가슴이… 가슴팍을 칼로 후비는 듯한 고통이 밀려와… 더는… 걷지 못하고 눈앞이 캄캄해지며 정신을 잃고 말았습니다. 대인께서 분부한 일을 아직… 지금 당장이라도 가서…."

그러면서 억지로 일어서려고 했다. 위소보가 얼른 말렸다.

"장 대형, 누워서 편히 쉬세요. 일은 이 세 사람한테 시킬게요."

그러고는 밀주를 왕진보에게 내주고 조양동, 손사극과 함께 시위들을 대동해 급히 입궐해서 황제께 전하라고 일렀다.

그는 몹시 다급해졌다.

'귀씨 세 자라가 떠난 지 이미 한 시진 가까이 됐어. 소현자가 벌써 위험에 처했을지도 몰라. 그래도 최선을 다해봐야지!'

왕진보 등 세 사람은 명을 받고 바로 떠났다.

장용이 입을 열었다.

"대인, 서재에 있던 그 늙은이… 그 늙은이의 무공은 정말 무섭습니다. 제가 서재를 나설 때 제 등을… 등을… 콜록… 살짝 한 번 밀었는데… 당시에는 아무렇지 않았어요. 한데 그때 이미 내상을 입은 것 같습니다. 대문을 나서 얼마 뒤에 바로… 발작을 해서… 대인의 중대한 일을 그르치고 말았습니다…."

위소보는 비로소 어떻게 된 영문인지 대충 파악을 했다. 귀신수는 비록 그 그림이 밀주가 아니라고 생각했지만 그래도 마음이 놓이지 않아, 만약의 경우에 대비해 장용에게 암수를 썼던 것이다.

위소보는 장용이 매우 송구스러워하는 것을 보고 위로했다.

"장 대형, 안심하고 요양을 하세요. 이번 일은 장 대형의 잘못이 전혀 아니에요. 빌어먹을! 그 늙은 자라가 암수를 쓴 것이니 우리도 가만있을 수 없죠!"

그는 다시 위로의 말을 몇 마디 더 해주고 나서 사람을 시켜 인삼탕을 달여오게 하고 의원을 불렀다.

잠시 후, 동청으로 돌아온 위소보가 사부에게 말했다.

"궁에서 소식이 온 게 아닙니다. 그보다 장 제독이 귀 대협에게 맞아 목숨이 위태롭습니다."

모두들 깜짝 놀라며 물었다.

"왜 장 제독을 공격했죠?"

위소보는 고개를 내둘렀다.

"잘 모르겠어요. 장 제독이 밖에서 순찰을 돌고 있다가 그들 세 사람이 나오는 것을 보고 다가가 인사를 하자 귀 대협이 바로 일장을 내리친 모양입니다."

모두들 고개를 끄덕이며 수긍했다.

'일개 평범한 무관이 무슨 수로 신권무적의 일장을 견뎌낼 수 있단 말인가…?'

위소보는 내심 후회가 됐다.

'장 제독이 독수를 당할 거라고는 미처 생각하지 못했어. 밀주가 미리 소현자 손에 들어가지 못할 것을 알았다면, 자라들에게 궁내 상황을 그렇듯 세세하게 가르쳐주지 않았을 텐데! 그냥 동서남북, 동남서북으로 마구 뛰어다니게 만들었어야 하는데! 아니, 오히려 반대로 황극전皇極殿은 수안궁으로 옮겨놓고, 중화궁은 문화전文華殿으로 바꿔말해, 그 자라새끼들이 빙글빙글 돌게 만들어서 정말 돌아버리게 했어야 하는 건데….'

군호들은 침묵을 지키며 마냥 기다렸다. 어느덧 밖에서 사경四更을 알리는 딱따기 소리가 들려왔다. 다시 얼마간 시간이 흐른 후, 골목 저 멀리서 개 짖는 소리가 요란하게 들려오자, 군호들은 일제히 무기를 뽑아들고 몸을 일으켜 귀를 기울였다. 개들은 잠시 짖어대다가 차츰 조용해졌다.

다시 한참 동안 기다렸지만, 주위는 쥐 죽은 듯이 조용한 가운데 닭 울음소리가 희미하게 들려왔다. 이어 닭 울음소리가 요란해지더니 창문에 서서히 서광이 비치기 시작했다. 아침 여명이 밝아온 것이다.

위소보가 말했다.

"날이 밝았군요. 저는 궁에 들어가 소식을 알아볼게요."

진근남이 말했다.

"만약 귀씨 부부가 불행하게 붙잡혔다면 무슨 수를 써서라도 구해 내야 한다. 그들이 오육기 대형을 죽인 것은 오해에서 비롯된 일이니 나무라서는 안 된다. 사적인 감정보다 대의를 먼저 생각할 줄 알아야 해. 비록 우리한테 다소 교만하게 굴었지만 절대 마음에 두지 마라."

위소보가 그의 말을 받았다.

"사부님의 분부를 이해 못하는 바가 아닙니다. 하지만… 하지만 그들이 만약 소황제를 죽였다면 제 목숨을 바친다고 해도 결코 구해내지 못할 겁니다."

그는 소황제가 이미 세 사람한테 변을 당했을 가능성이 높다고 생각해 절로 가슴이 저려왔다. 자신도 모르게 눈물이 주르르 흘러내렸다. 그가 울먹이면서 말했다.

"원통하게도 오 대형은…."

그는 오육기를 핑계 삼아 흐느껴 울었다.

목검성이 나섰다.

"귀씨 부부의 성패 여부를 떠나 오늘 북경성 안에서 필시 대란이 일어날 거요. 밖에 적지 않은 친구들이 있으니 어서 가서 분산하거나 피신하라고 일러야겠어요. 일단 이번 풍파를 피하고 봐야죠."

진근남도 그의 말에 동의했다.

"맞는 말이오. 천지회 형제들은 성안 곳곳에 산재해 있으니 다들 사방으로 흩어져 아는 강호 친구들에게 피신하도록 알려야겠소. 화는 일단 피하고 보는 게 상수죠. 오늘 밤 유시西時 무렵에 다시 이곳에 모여 차후 대책을 논의합시다."

군호들이 일제히 대답했다. 우선 천지회 형제 넷을 밖으로 내보내 주의에 아무런 이상이 없는 것을 확인한 연후에 차례로 백작부를 떠났다.

위소보가 막 문을 나서려는데 마침 손사극이 돌아왔다. 세 사람이 궁으로 달려가 문지기에게 부총관 위 대인의 밀주라고 말하자, 즉시 보고하러 달려갔다고 한다. 세 사람은 문밖에서 새벽이 될 때까지 기다렸지만 아무 소식이 없어, 왕진보와 조양동 두 사람은 여전히 기다리고 있고, 자신은 위소보가 걱정할까 봐 미리 보고하러 돌아왔다고 했다. 위소보는 고개를 끄덕였다.

"좋아요, 수고했어요. 장 제독을 잘 좀 보살펴줘요."

그는 한시가 급해 친위병들을 시켜서 가짜 황후 모동주를 가마에 태워 궁으로 향했다.

궁문 밖에 이르자 주위는 조용했다. 10여 명의 시위들이 앞으로 달려와 위소보에게 문안을 올렸다. 모두 얼굴에 희색이 가득했다.

"부총관님, 정말 수고 많으셨습니다. 양주로 가서는 재밌게 놀았습니까?"

위소보는 마음이 놓였다.

'간밤에 궁에서 무슨 일이 벌어졌다면 양주에서 재밌게 놀았느냐고 묻진 못할 거야.'

그는 미소를 지으며 고개를 끄덕였다.

"그동안 다들 별일 없었죠?"

시위 한 명이 대답했다.

"부총관님 덕분에 다들 잘 있었습니다. 단지 오삼계가 모반을 일으키는 바람에 황상께서 너무 분주해졌습니다. 삼경 야밤에도 대신들을 소집해 국사를 논의하시곤 합니다."

위소보는 더욱 마음이 놓였다. 다른 한 시위가 말했다.

"부총관께서 돌아와 황상을 보필할 것이니 황상께서도 이젠 좀 한가해지시겠죠."

위소보가 웃으며 말했다.

"알랑방귀 뀔 필요 없어요. 양주에서 넉넉하게 가져왔으니 나중에 형제들에게 골고루 다 나눠줄게요."

시위들은 얼씨구나 좋아하며 일제히 몸을 숙여 거듭 인사를 했다.

위소보가 작은 가마를 가리키며 말했다.

"저 가마 안에는 태후마마와 황상께서 원하시는 죄인이 실려 있으니 확인해봐요."

친위병들이 가마의 휘장을 젖혀 시위들로 하여금 확인케 했다. 시위들은 상례로 가마 안에 손을 넣어 무기류 같은 흉기가 없는지 확인하고 나서 웃으며 말했다.

"부총관님이 또 큰 공을 세우셨군요. 저희는 또 승진주를 얻어마시게 됐네요."

위소보가 궁 안으로 들어가 건청문 내반內班 당직자에게 물어보니, 황상은 어젯밤부터 지금까지도 양심전에서 대신들과 국사를 논의하고 있다고 했다. 그 말에 위소보는 크게 기뻐했다.

'황상께선 밤새 잠을 자지 않고 대신들과 국사를 논의했군. 그렇다면 주위 경계가 당연히 삼엄했겠지. 양심전 사방에 등롱불이 수백 개 걸려 대낮처럼 환했을 텐데, 귀씨 세 자라가 무슨 수로 황상한테 접근했겠어? 만약 소현자가 일찍 잠자리에 들고 주위가 어두컴컴했다면 정말 큰일이 날 뻔했지. 이것만 봐도 황상은 역시 홍복제천洪福齊天이란 말이야! 밤을 새워가면서 국사를 논하느라 화를 면했으니, 어떻게 보면 오삼계 덕인지도 몰라.'

그는 곧 양심전 밖으로 가서 조용히 기다렸다. 그는 비록 강희의 총애를 한 몸에 받고 있지만 황제가 대신들과 국가 대사를 논의할 때는 감히 마음대로 들어갈 수 없었다.

반 시진쯤 기다렸을까, 내반 당직 시위가 양심전의 문을 활짝 열었다. 그러자 강친왕 걸서, 병부상서 명주, 색액도 등 대신들이 한 사람씩 밖으로 나왔다. 그들은 위소보를 보자 모두 미소를 지으며 공수의 예를 취할 뿐, 말을 건네는 사람은 없었다.

태감이 통보하자 강희는 즉시 위소보를 불러들였다.

위소보는 대전 안으로 들어가 일단 무릎을 꿇고 절을 올린 후 몸을 일으켰다. 강희는 어좌에 앉아 있는데 신색이 밝았다. 위소보는 무척 반가웠다.

"황상, 황상을 뵈오니 소인은… 너무 기쁩니다."

그는 밤새 강희를 걱정하다가 무사한 모습을 보자 너무 기쁜 나머지 눈물이 주르르 흘러내렸다. 강희가 웃으며 물었다.

"왜 갑자기 우는 거야?"

위소보가 훌쩍이며 대답했다.

"소인은 너무 기뻐서 우는 겁니다."

강희는 그가 진심으로 우는 것을 알고 다시 웃으며 말했다.

"그래, 좋아, 좋아! 오삼계 그놈이 기어코 모반을 일으키고 말았어. 몇 군데에서 승전을 했다고 내가 두려워서 자기 아들을 죽이지 못할 거라고 생각하는 모양인데… 빌어먹을! 어젯밤에 오응웅의 모가지를 쳐버렸어!"

위소보는 깜짝 놀랐다.

"네?"

그로서는 뜻밖의 일이었다.

"오응웅을 죽였다고요?"

강희가 말했다.

"그렇다니까! 대신들은 다 오응웅을 죽여선 안 된다고 나를 말렸어. 만약 전세가 불리해지면 오응웅을 인질로 삼아 오삼계와 협상을 해야 한다는 거야. 번왕의 직위를 박탈하지 않고 영원히 운남을 다스리게 해주겠다고 말이지. 그리고 오응웅을 죽이면 오삼계는 더 이상 마음에 걸리는 게 없어 더 흉악해질 거라고 하더군. 흥! 다들 겁쟁이야!"

위소보가 힘주어 말했다.

"황상께선 역시 영명하셔서 과감한 결단을 내린 겁니다. 제가 본 창극 〈군영회群英會〉 중에 이런 대목이 있습니다. 주유와 노숙이 손권에게 말하길, '우리 같은 신하들은 조조에게 투항하면 벼슬자리를 얻을 수 있어도 주공께서는 절대 투항하면 안 됩니다'라고 했습니다. 지금 우리의 상황과도 마찬가지죠. 왕공대신들은 오삼계와 협상을 할 수 있어도 황상께서는 끝까지 밀어붙여야지, 절대 협상을 해선 안 됩니다."

그 말에 강희는 매우 흐뭇해하며 탁자를 탁 내리치고는 자리에서 일어났다.

"소계자, 좀 일찍 와서 대신들에게 그 말을 들려줬다면 감히 내게 협상 운운하지 못했을 거야. 흥! 그들은 오삼계한테 투항하면 여전히 상서니 장군이니 한자리 차지할 테니 손해 볼 게 없잖아?"

그는 위소보가 비록 학식은 짧지만 여느 대신들처럼 자기 욕심을 채우려는 사심이 없다는 것을 다시 확인했다. 위소보의 손을 잡고 커다란 탁자 앞으로 가서 큰 지도를 펼치고, 이곳저곳 가리키며 말했다.

"난 이미 사람을 보내 정예군을 이끌고 형주荊州부터 상덕常德으로 가서 지키라 했고, 무창武昌에서 악주岳州로 이동해 대기하라고 명했어. 그리고 순승군왕順承郡王 늑이금勒爾錦을 영남정구寧南靖寇 대장군에 봉해, 군사들을 이끌고 난적들을 소탕하도록 조치해놓았지. 조금 전에는 다시 형부상서 막락莫洛을 경략經略에 봉해 서안西安을 지키도록 했어. 오삼계가 설령 운남, 귀주, 사천을 손아귀에 넣고 호남으로 진격해 온다고 해도 이미 방어선이 구축돼 있기 때문에 두려울 게 없어."

위소보가 간청했다.

"황상, 저에게도 군사들을 이끌고 오삼계를 칠 기회를 주십시오."

강희는 빙긋이 웃으며 고개를 내둘렀다.

"행군 전투는 결코 어린애들의 장난이 아니야. 그냥 궁에서 내 곁에 있어줬으면 좋겠어. 그리고 이번에 출전한 군사들은 거의 다 만주 출신이라 어쩌면 너의 명에 순순히 따르지 않을지도 몰라."

위소보는 군말 없이 대답했다.

"네."

그러고는 속으로 중얼댔다.

'오삼계가 천하의 한인들을 부추겨 오랑캐를 치고 있으니, 가짜 오랑캐인 나를 전적으로 믿진 않겠지.'

그의 심중을 꿰뚫어봤는지 강희가 부드럽게 말했다.

"넌 줄곧 나에게 충성해왔으니 누구보다도 믿고 있어. 소계자, 오삼계는 그동안 군사들을 엄하게 훈련해왔기 때문에 그 위력이 만만치 않아. 네가 3~5년, 아니 7~8년 동안 군사들을 열심히 훈련시킨다고 해도 그를 당해낼 수 있다는 보장이 없어. 우린 얼마 동안 그에게 밀리며 고전을 면치 못할 거야. 이번 싸움에서 우리는 고진감래, 선패후 승을 하게 될 거야. 지금은 전세가 불리한데 넌 패배를 맛보고 싶으냐, 아니면 나중에 승리를 쟁취하고 싶으냐?"

위소보가 대답했다.

"당연히 승리를 거머쥐고 싶죠. 투구와 갑옷을 버리고 줄행랑을 치는 꼴은 보이고 싶지 않아요."

강희가 웃으며 말했다.

"너의 충심을 잘 알기 때문에 패배의 쓴잔을 마시게 하지 않으려는 거야. 앞부분 3~5년 동안의 그 쓴잔은 다른 사람이 마시도록 할게.

나중에 오삼계가 기진맥진해 대세가 결정되면, 그때 널 운남으로 보내 직접 그 늙은 놈을 잡아오도록 조치할 거야. 내가 토역칙서討逆勅書에서 무엇을 약속했는지 아느냐?"

위소보는 짐작 가는 바가 있어 환하게 웃었다.

"황은이 망극할 따름입니다."

강희가 다시 웃으며 말했다.

"난 칙서로 천하 백성들에게, 누구든 오삼계를 잡는 자에게 그가 누렸던 직위를 전부 부여하겠다고 약속했어. 소계자, 네가 어떻게 하느냐에 달렸어. 빌어먹을! 한데 아무리 봐도 넌 평서왕 같은 면모가 전혀 보이지 않으니, 어쩌지? 하하… 하하…."

강희는 고개를 삐딱하게 꼬고 위소보의 얼굴을 잠시 유심히 뜯어보더니 웃으면서 말했다.

"지금은 그저 천덕꾸러기 원숭이처럼 생겨가지고 도저히 왕이 될 재목이 아니란 말이야. 6~7년이 지나 네가 스무 살쯤 됐을 때 왕야에 봉하면 그땐 아마 어느 정도 틀이 갖춰지겠지. 하하…."

위소보도 덩달아 웃었다.

"평서왕이 무슨 큰 벼슬인지는 잘 몰라도 저는 아마 그런 복이 없을 것 같습니다. 하지만 황상께서 저를 대장군에 봉해 대군을 이끌고 운남으로 쳐들어가 오삼계를 잡아오라고 한다면 정말 좋겠어요. 대장군의 깃발을 높이 들고 위풍당당하게 손에 장팔사모丈八蛇矛, 긴 창을 쥐고 대갈일성을 해야죠. '오삼계, 무릎을 꿇어라!' 그보다 더 신나는 일이 어디 있겠어요? 오삼계가 일찍 죽지 않도록 하늘에 빌어야겠네요. 제가 직접 잡아와 황상 앞에 무릎 꿇고 큰절을 올리게 만들겠어요."

강희는 흐뭇하게 웃었다.

"그래! 좋아, 좋아!"

이어 정색을 하고 말했다.

"소계자, 우린 초반에 계속 고전을 면치 못할 거야. 싸움에서 패하는 것은 병가지상사兵家之常事라지만 혼란이 생겨서는 안 돼. 비록 전투에서 밀릴망정 좌절하지 않고 평상심을 유지하는 게 아주 중요해. 절대 자중지란이 일어나도록 해서는 안 되지. 그래야만 비로소 대장군의 재목이라 할 수 있어. 솔직히 말해 너는 용장勇將도 아니고 명장名將도 아니며 더더욱 대장大將감은 아니야. 넌 그야말로 복을 가져다주는 복장福將이지. 휴, 애석하게도 조정에는 대장감이 없는 것 같아."

위소보가 말했다.

"황상이 바로 대장이죠. 황상은 초장에 전세가 밀리는 것을 알면서도 전혀 흔들리거나 당황하지 않잖아요. 패구牌九노름에 비유하면, 황상은 선을 잡은 겁니다. 선은 초장에 예닐곱 번 연거푸 졌다고 해도 전혀 개의치 않습니다. 본전이 두둑하니까 만회할 기회는 얼마든지 있거든요. 돈을 잃어도 그냥 잠시 남에게 빌려준 거라고 생각하면 돼요. 나중에 우린 인패人牌, 지패地牌, 천패天牌, 지존보至尊寶… 계속 좋은 패가 나오면 몽땅 싹쓸이를 할 수 있어요. 결국 오삼계는 말에서 떨어질 거고, 빈털터리가 돼서 땅바닥에 벌렁 나자빠질 겁니다. 다시 패를 잡아봤자 망통밖에 안 나오겠죠!"

강희는 껄껄 웃으면서 속으로 생각했다.

'그래, 조정에 대장감이 없으면 내가 대장이 될 수밖에! 그 말은 틀리지 않아. 패할망정 당황하지 않는다! 그것을 이 조정에서 나 말고 누

가 해낼 수 있단 말인가?'

그는 서랍에서 위소보가 보낸 밀주를 꺼냈다.

"누가 날 해치려고 하니 각별히 조심하라고?"

위소보가 고개를 끄덕였다.

"네, 그래요. 당시 상황이 워낙 다급하고 저는 감시를 당하고 있는 입장이라 사야를 불러 주장奏章을 쓸 수 없어 부득이 이 그림을 그렸어요. 황상께서 그것을 알아봤으니 역시 영명하시군요. 그 자객은 그림을 봤는데도 전혀 무슨 뜻인지 몰랐어요. 황상께서는 홍복제천이니 역도들은 결국 다 망하게 될 겁니다."

강희가 물었다.

"자객은 어떤 역도냐?"

위소보가 대답했다.

"오삼계가 경성으로 보낸 자객입니다."

강희가 고개를 끄덕였다.

"오삼계가 병란을 일으키자마자 난 시위를 세 배로 늘렸어. 그리고 어젯밤에 네 밀주를 받고는 더욱 경계를 보강했지."

위소보가 말했다.

"이번에 오삼계가 경성으로 보낸 자객은 무공이 엄청 고강해요. 황상께서는 물론 천신千神의 가호를 받고 있지만, 더욱 각별히 조심해야 합니다."

그는 홀연 생각나는 일이 있어 얼른 말했다.

"황상, 저에게 보의寶衣가 하나 있는데, 몸에 입고 있으면 창칼이 뚫지 못해요. 지금 벗어드릴 테니 입고 계세요."

강희는 빙긋이 웃으며 물었다.

"오배의 가산을 몰수할 때 찾아낸 거구나?"

위소보는 깜짝 놀랐다. 아무리 낯가죽이 두껍다고 해도 겸연쩍어서 얼굴이 붉어졌다. 얼른 무릎을 꿇었다.

"소인이 죽을죄를 지었습니다. 뭐든지 황상을 속일 순 없군요."

강희가 웃으며 말했다.

"그 금사배심金絲背心은 명나라 궁에서 나온 거야. 당시 오배는 큰 공을 세웠고, 전투를 치르느라 몸에 많은 상처를 입었어. 그래서 섭정왕이 그에게 하사한 거지. 오배의 가산을 몰수하라고 널 보냈을 때 몰수한 항목에 그 금사배심이 없더구나."

위소보는 헤벌쭉 웃으며 멋쩍은 상황을 얼버무렸다.

강희가 다시 말했다.

"오늘 그것을 벗어 내게 준다는 걸 보니 너의 충심을 알 수 있겠구나. 그러나 난 궁에 있고 수많은 시위들의 보호를 받고 있으니 자객이 근접하지 못할 거야. 그 조끼는 필요하지 않아. 오히려 네가 날 위해 밖에서 분주하게 오가면서 간혹 위험한 상황에 처할지도 모르니 그 조끼를 내가 하사한 걸로 생각하면 돼. 황제를 속이고 슬쩍 집어삼킨 죄명도 없애주마."

위소보는 다시 무릎을 꿇고 황은에 감사했다. 그래도 등에 식은땀이 배었다.

'《사십이장경》을 훔친 일은 절대 몰라야 하는데….'

강희가 웃음기를 거두고 말했다.

"소계자, 나에 대한 충심은 잘 알고 있다. 그러나 앞으로는 매사에 정도를 지켜야 해. 나중에 만약 너의 가산을 몰수하는 일이 생겨서 누가 그 금사배심을 꿀꺽하면 안 되잖아?"

위소보는 황급히 머리를 조아렸다.

"아, 네! 네… 황상의 충고를 항상 명심하겠습니다."

이번에는 이마에서도 땀이 흘러내렸다. 다시 큰절을 몇 번 올리고 나서야 몸을 일으켰다. 강희가 말했다.

"양주에 갔던 일은 나중에 얘기하도록 하자."

그러면서 하품을 했다. 밤새 잠을 자지 못한 탓에 아무래도 피곤한 모양이었다. 위소보가 말했다.

"네… 참, 태후마마와 황상의 은덕을 입어 그 사악무도한 화냥년을 잡아왔습니다."

그 말을 듣자 강희는 언성을 높였다.

"그래? 어서 데려와라, 어서!"

위소보는 밖으로 나가 시위 넷을 시켜 모동주를 끌고 와 강희 앞에 무릎을 꿇렸다. 강희가 그녀 앞으로 다가가 호통을 쳤다.

"고개를 들라!"

모동주는 약간 망설이더니 고개를 쳐들고 강희를 응시했다.

강희는 그녀의 창백한 얼굴을 보자 갑자기 슬픔이 북받쳤다.

'이 사람은 나의 친생모친을 해치고 부황을 상심에 빠뜨려 출가하게 만든 장본인이야. 그로 인해 나는 부모를 다 잃었어. 그리고 태후를 수년간 가두고 온갖 학대를 했으니, 세상에 이보다 더 사악한 자는 없을 거야. 하지만… 하지만… 내가 어려서 부모를 잃고 의지할 곳이 없을 때 줄곧 날 키워줬어. 그동안 친어머니처럼 날 자애롭게 대해준 것도 사실이야. 이 깊은 궁궐 안에서 진심으로 날 위해준 사람은 아마 지금 눈앞에 있는 이 여인과 교활하고 영악한 소계자밖에 없을 거야.'

그가 늘 품어온 생각이 있었다.

'만약 이 여인이 동악비董鄂妃와 동비董妃의 아들 영친왕榮親王을 죽이지 않았다면, 동악비를 각별히 아꼈던 부황께서는 틀림없이 대위를 영친왕에게 물려줬을 거야. 난 황제가 되는 건 고사하고 어쩌면 목숨을 잃었을지도 모르지. 그렇게 본다면 이 여인은 내게 공이 있다고도 할 수 있어…'

몇 년 전만 하더라도 강희는 나이가 어려 세상에서 가장 한스러운 일은 부모를 잃은 거라고 생각했다. 그러나 나중에 국정을 맡게 되자, 만약 보좌를 빼앗겼다면 모든 것을 잃었을 거라는 사실을 깨달았다. 그때부터 황제의 권위가 부모의 친정자애親情慈愛보다 더 중요하다는 것을 알았다. 단지 그런 생각을 입 밖에 내지 않았을 뿐이다. 아니, 생각을 하는 것만으로도 불효막심한 일이 될 수 있었다.

모동주는 그의 안색이 자꾸 변하는 것을 지켜보며 길게 한숨을 내쉬었다.

"황상, 오삼계가 모반을 일으켰지만 너무 심려하지 마세요. 무엇보다도 용체 보중이 더 우선이에요. 매일 아침에 복령연와탕茯笭燕窩湯을 드셨는데, 지금도 드시고 있겠죠?"

강희는 깊은 생각에 잠겨 있던 차에 그녀가 묻자 절로 대답했다.

"네, 매일 먹고 있어요."

모동주가 말했다.

"난 중대한 죄를 지었어요. 그러니… 친히 날 죽여주세요."

강희는 가슴이 아려와 고개를 흔들며 위소보에게 말했다.

"어서 자령궁의 태후마마께 데려가라. 태후마마께서 직접 처리하시도록 해!"

위소보는 오른쪽 무릎을 구부려 대답했다.

"예!"

강희가 손을 휘둘렀다.

"어서 가봐!"

위소보는 품속에서 갈이단과 상결이 써준 상서를 꺼내 앞으로 두 걸음 나서 강희에게 바쳤다.

"황상, 기뻐하십시오. 서장과 몽골의 병마는 모두 오삼계에게 등을 돌리고 황상께 충성하기로 했습니다."

강희는 그렇지 않아도 연일 군사작전을 구상하며 행여 서장과 몽골이 오삼계에게 호응할까 봐 걱정을 했는데, 지금 위소보의 말을 듣고는 놀라움과 기쁨이 교집됐다.

"그게 사실이냐?"

그는 상서를 펼쳐 읽어보더니 더욱 기쁨을 감추지 못했다. 손짓으로 시위들로 하여금 모동주를 데리고 나가 있게 하고, 위소보에게 물었다.

"이렇듯 막중한 일을… 어떻게 이뤄낸 거지? 빌어먹을! 역시 복장이라니까!"

당시 서장과 몽골, 두 곳의 병력이 막강했다. 강희는 상결과 갈이단이 오삼계와 결탁한 것까지 알고 있었다. 그래서 많은 군사들을 시켜 유사시를 대비하도록 했는데, 상서의 문구가 아주 공손하고 진실성이 있어 보였다. 우려했던 세력들이 오히려 오삼계를 토벌하는 막강한 조력자로 변했으니 어찌 기쁘지 않을 수 있겠는가? 단지 너무 갑작스러운 일이라 믿기가 어려웠다.

위소보는 황제의 입에서 '빌어먹을'이란 말이 나올 때면 기분이 좋다는 것을 알고 있었다. 그래서 히죽 웃으며 말했다.

"이게 다 황상의 은덕입니다. 저는 그들과 결의를 맺었어요. 상결 대라마가 대형이고, 갈이단 왕자가 둘째형, 그리고 제가 막내입니다."

강희가 웃으며 말했다.

"너야말로 신통방통하구나. 그들이 날 도와 오삼계를 치는 대가로 뭘 해주겠다고 약속했느냐?"

위소보 역시 웃으며 대답했다.

"황상께선 역시 영명하십니다. 그 결의는 그저 형식일 뿐 진심이 아닙니다. 그들은 물론 황상의 은사恩賜를 바라고 있습니다. 상결은 활불活佛이 되고 싶어 합니다. 그 무슨 달라이 활불, 판첸 활불 외에도 황상께서 은총을 베풀어 상결 활불이 되게 해달라고 하더군요. 그리고 갈이단 왕자는 그 무슨 '준다면 다' 하고 싶다고 했는데, 저는 무슨 뜻인지 잘 모르겠습니다."

강희는 깔깔 웃었다.

"하하… 준다면 다 한다고? 아, 맞다! 중가르칸準噶爾汗이겠지. 그 두 가지는 다 어려운 게 아니야. 조정에서 달리 들어갈 것도 없고, 그냥 칙문勅文을 작성해 옥새를 찍어서 너를 흠차대신으로 보내 선독宣讀하게 하면 되는 거지. 가서 너의 대형과 둘째형한테 전해라. 성심성의껏 짐을 돕는다면 그들이 원하는 것을 다 들어주겠다고 해. 절대 일구이

언, 말만 풍성하고 뒤에서 딴짓거리를 하면 안 된다. 눈치를 보다가 유리한 쪽으로 붙는 건 용납할 수 없어!"

위소보가 말했다.

"네, 지당하신 말씀입니다. 나의 그 형식적인 결의형제들은 인품이 별로 좋지 않아요. 그러니 황상께서도 무조건 믿어서는 안 됩니다. 항상 좀 경계하는 게 좋아요. 황상께서 언급했듯이, 우린 초장에 좀 밀릴 텐데 그들이 선을 돕지 않고 운이 좋은 데로 빌붙어서 돈을 다 따가면 큰일이죠!"

그는 혹여 나중에 산통이 깨져 덤터기를 쓸까 봐 미리 빠져나갈 구멍을 만들어놓은 것이다.*

강희가 고개를 끄덕였다.

"네 말이 맞다. 하지만 겁낼 것 없어. 그들이 감히 마음대로 주사위를 던지면 우린 좌청룡 우백호, 몽땅 싹쓸이를 해버리면 돼!"

위소보는 하하 대소를 터뜨리며 내심 감탄했다. 황상이 노름에도 일가견이 있을 줄이야, 정말 뜻밖이었다.

위소보는 모동주를 앞장세워 태후를 알현하러 자령궁으로 향했다. 내관이 알리자 태후는 위소보더러 직접 죄인을 데리고 들어오라고 명했다. 위소보는 속으로 투덜댔다.

'내가 전에는 내관이었기 때문에 태후의 침전을 들락날락할 수 있었지만 지금은 엄연히 대신인데 어떻게 침실 안까지 들어오라는 거지? 태후마마는 화낭년을 잡았다는 소식에 너무 기뻐서 내가 내관이 아니라는 사실도 잊은 모양이야.'

네 명의 내관이 모동주를 끌고 가고, 위소보도 따라들어갔다.

침전 안은 예전처럼 어둡고 침침했다. 지난날 가짜 태후가 기거할 때와 별로 다를 바가 없었다. 태후는 침상 가장자리에 앉아 있고, 그 뒤로 휘장이 낮게 드리워져 있었다.

위소보는 무릎을 꿇고 문안을 올렸다.

태후는 모동주를 힐끗 쳐다보더니 고개를 끄덕거렸다.

"네가 이 죄인을 잡아왔군. 그래, 넌 나가봐라."

위소보는 모동주를 침전에 남겨둔 채 큰절을 올리고 물러나왔다. 자령궁을 빠져나오면서 배알이 뒤틀렸다.

'제기랄, 난 애를 써서 그 화냥년을 잡아오는 큰 공을 세웠는데, 태후는 칭찬도 해주지 않고 별로 좋아하는 것 같지도 않아. 빌어먹을! 누구든 일단 자령궁에 들어가면 다들 성질이 고약하게 변하나 봐. 진짜 태후도 그렇고, 가짜 태후도 마찬가지로 전부 다 늙은 화냥년이야!'

그는 속으로 욕을 해대며 자령궁 자갈길을 따라 꽃동산을 끼고 돌았다. 그 순간, 난데없이 사람 그림자가 번뜩이는가 싶더니 꽃동산 뒤에서 세 사람이 뛰쳐나왔다. 그중 한 사람이 다짜고짜 위소보의 왼손을 낚아잡고 웃으며 말했다.

"안녕?"

위소보는 소스라치게 놀랐다. 상대방은 늙은 내관이었다. 막 호통을 치려다가 자세히 보니 그는 뜻밖에도 귀이랑이었다. 이번에는 대경실색했다. 나머지 두 사람은 물론 귀신수와 귀종이었다. 두 사람은 모두 내반 당직 시위의 복장을 하고 있었다. 위소보는 내심 큰일 났다고 생각했다.

'자라 세 마리가 여기 숨어 있었군!'

귀이랑에게 왼손이 잡히는 순간부터 맥이 풀려 몸을 제대로 움직일 수 없었다. 만약 소리를 지른다면 귀신수가 살짝 손만 휘둘러도 머리가 박살나고 말 것이었다. 자기 머리가 아무리 단단해도 백작부 문 앞에 있는 돌사자보다는 단단하지 못할 테니 말이다.

위소보는 쓴웃음을 지으며 머리를 꾸벅했다.

"안녕하세요?"

속으로는 달아날 궁리를 했다. 귀이랑이 나직이 말했다.

"할 말이 있으니 주위 사람들더러 움직이지 말라고 해."

위소보는 감히 그녀의 말을 거역할 수 없어 뒤에 있는 몇몇 시위들에게 분부했다.

"다들 여기서 좀 기다려요."

귀이랑은 그의 손을 잡고 앞으로 열댓 걸음 옮기고 나서 나직이 말했다.

"어서 우릴 황제한테 데려다주게."

위소보가 물었다.

"세 분은 어젯밤에 왔을 텐데, 아직도 황제를 찾아내지 못했나요?"

귀이랑이 대답했다.

"몇몇 내관에게 물어봤는데, 다들 황제가 잠도 자지 않고 대신들과 국사를 논의하는 중이라고 하더군. 도저히 접근할 수 없어서 손을 쓰지 못했네."

위소보가 천연덕스럽게 말했다.

"그렇지 않아도 좀 전에 세 분의 소식이 궁금해서 황제를 알현하려

했는데, 잠들었다고 하더군요. 세 분은 마침 변장을 했으니 잘됐네요. 어서 나를 따라 궁 밖으로 나가죠."

귀이랑이 거절했다.

"일을 완수하지 못했는데 어떻게 나갈 수 있겠나?"

위소보가 다시 말했다.

"낮에는 도저히 불가능해요. 일을 꼭 저지르고 싶다면 밤에 다시 오세요."

귀이랑이 다시 말했다.

"간신히 들어왔는데 이대로는 절대 물러날 수 없어. 어디서 자고 있는지, 어서 우릴 안내해주게!"

위소보는 고개를 갸웃했다.

"나도 어디서 자고 있는지 잘 몰라요. 내관에게 물어봐야겠어요."

귀이랑이 저지했다.

"누구한테도 말을 걸지 마! 아까 황제를 알현하러 갔다고 했는데, 어디서 자는지 모른다는 게 말이 되나? 흥! 내 앞에서는 허튼수작을 부리지 않는 게 좋을 거네."

그러면서 살짝 손에 힘을 주었다. 위소보는 다섯 손가락이 부러지는 것 같은 고통을 느끼며 자신도 모르게 신음을 토했다. 그러자 이번에는 귀신수가 손을 뻗어 그의 머리를 슬쩍 쓰다듬었다.

"잘 영글었군."

위소보는 도저히 저항할 수 없었다. 그는 나름대로 생각을 굴렸다.

'그래, 자령궁으로 데려가자! 거기서 한바탕 소란을 피우면 황상이 소식을 전해듣고 바로 방비를 할 거야. 자라들이 태후를 죽인다고 해

도 나하고는 상관없는 일이야.'

그는 태연하게 말했다.

"사실 황제를 알현하기 위해 자령궁에 갔었어요. 황제는 태후께 문안을 드리고 있는 중이에요. 자, 다시 가보죠."

귀이랑은 그가 좀 전에 자령궁에서 나오는 것을 보았기 때문에 거짓말이 아니라고 생각했다.

"우리 셋은 궁 안으로 들어온 이상 살아나갈 생각은 없다. 네가 조금이라도 엉뚱한 행동을 하면 바로 목숨을 잃을 거야. 넷이 함께 염라대왕을 만나러 가면 덜 지루하겠지. 우리 애는 유난히 널 좋아하니까 길동무가 돼줘라."

위소보는 멋쩍게 웃었다.

"길동무를 원한다면 어화원의 경치가 좋으니까 함께 거닐어보는 게 어때요? 그 으스스한 저승길은 나중에 가도록 하죠."

귀이랑이 말했다.

"염라대왕을 만나고 싶나, 아니면 황제를 만날 건가? 그 둘 중 반드시 하나를 선택해야 해!"

위소보는 한숨을 내쉬었다.

"그럼 황제를 만나러 가는 게 좋겠군요. 미리 말해두겠는데, 황제를 보거든 세 사람이 알아서 하세요. 난 절대 도와줄 수 없어요."

귀이랑이 차갑게 말했다.

"누가 너더러 도와달라고 했나? 우릴 황제한테 데려다주면 바로 놔줄게. 그다음 일은 너하고 상관없어."

위소보가 고개를 끄덕였다.

"좋아요, 약속을 지켜야 해요."

위소보는 세 사람에게 에워싸인 채 자령궁으로 향했다. 귀종은 화원에 있는 공작새와 백학을 보자 흥미를 느끼며 관심을 보였다. 위소보는 손가락으로 이것저것을 가리키면서 그와 연신 이야기를 나눴다. 가능한 한 시간을 끌어보려는 것이다. 귀이랑은 비록 못마땅했으나 목숨처럼 아껴온 아들이 어쩌면 곧 세상을 떠나게 될지도 모르는 상황이라 측은한 생각이 들어서 말리지 못했다.

멀리 바라다보이는 자령궁에서 여러 사람이 가마 두 대를 들고 나왔다. 귀이랑은 황급히 위소보와 아들의 손을 잡고 목단 화단 뒤로 몸을 숨겼다. 귀신수도 그녀 곁에 바싹 달라붙어 섰다.

가마를 든 무리는 점점 가까이 다가왔다. 위소보가 살펴보니 앞장선 사람은 경사방敬事房 태감이었다. 그 뒤에 오는 가마 두 대는 각각 황태비와 황태후의 가마였다. 내관들이 제각기 양쪽에서 가마를 들었고, 뒤에는 커다란 황라산黃羅傘을 받쳐든 내관이 따랐다. 그리고 그 뒤로는 수십 명의 내관과 궁녀들이 행렬을 이뤘고, 10여 명의 내반 당직 시위들의 모습도 보였다. 원래 태후나 태비가 궁에서 이동할 때는 시위들이 따르지 않는데, 아마 황제가 자신의 밀주를 받은 후에 시위들을 증파增派한 모양이었다.

위소보는 번뜩 떠오르는 생각이 있어 나직이 귀이랑에게 말했다.

"조심해요! 앞에 있는 가마에 황제가 타고 있고, 뒤 가마에는 태후가 있어요."

귀씨 부부는 행렬이 위풍당당, 아주 거창하고 또한 자령궁에서 나왔기 때문에 위소보의 말대로 황제와 태후가 틀림없다고 믿었다. 두 사람은 절로 가슴이 뛰기 시작했다. 그들은 동시에 아들에게 시선을 주었는데, 표정이 한없이 부드러웠다. 귀이랑이 나직이 말했다.

"얘야, 앞에 있는 가마에 황제가 타고 있어. 그들이 가까이 오면 내가 '가자!' 하고 소리를 칠 테니 일제히 그 가마를 향해 덮쳐가서 박살 내버리자꾸나!"

귀종은 좋아했다.

"우아, 재밌겠다!"

가마가 점점 더 가까워졌다. 위소보는 손에 땀이 배었다. 귓전에 경사방 태감의 '호잇, 호잇!' 하는 소리가 들려왔다. 다른 사람들은 얼른 비키라는 소리였다.

귀이랑이 드디어 나직이 외쳤다.

"가자!"

세 사람은 동시에 몸을 날렸다. 그들이 덮쳐가는 기세는 마치 회오리바람 같았다. 곧이어 와장창, 꽈당, 펑! 굉음이 들렸다. 세 사람의 손 여섯 개가 일제히 앞쪽 가마를 향해 발출됐다. 귀신수와 귀이랑은 혹시나 황제를 죽이지 못할까 봐 제각기 검을 뽑아 가마 안을 마구 찌르고 휘저었다. 가마 주위는 삽시간에 피바다로 변했다. 가마 안에 설령 열 명이 있었다고 해도, 모두 난도질을 당했을 것이었다.

어전 시위들은 기겁을 했다. 모두 무기를 뽑아들고 고함을 지르며 달려왔다. 그러자 귀이랑이 소리쳤다.

"됐다!"

그녀는 아들의 손을 잡고 북쪽을 향해 몸을 날렸다. 귀신수가 앞장서 빗발치듯 장검을 휘두르자 감히 막아낼 시위가 없었다. 세 사람이 수강궁 서쪽 꽃길로 사라져가는 것을, 다들 멀뚱히 바라볼 수밖에 없었다. 궁녀들과 내관들의 비명으로 인해 주위는 아수라장으로 변했다.

사면팔방에서 징소리와 북소리가 울려퍼졌다. 그러자 황궁의 모든 문이 굳게 닫히고 시위들은 제각기 자신의 위치에서 경계를 보강하고 주요 길목을 봉쇄했다. 이어 황궁 담장 안팎에 있는 삼기호군영三旗護軍營, 전봉영前鋒營, 효기영驍騎營의 관병들도 모두 무기를 뽑아들고 겹겹이 포위망을 구축했다.

위소보는 귀씨 일가가 황태비를 죽이고 황제를 죽인 것으로 착각해 달아나버리자 내심 쾌재를 부르며 화단 뒤에서 뛰쳐나와 큰 소리로 외쳤다.

"다들 당황하지 말고 태후마마를 호위해라!"

시위들은 마치 목이 달아난 파리들처럼 어찌할 바를 모른 채 우왕좌왕하고 있는데, 위소보가 나서서 지휘를 하자 바싹 정신을 차렸다. 위소보가 다시 소리를 질렀다.

"다들 태후마마의 가마를 에워싸라! 자객이 또 나타나면 목숨을 걸고 막아라!"

시위들이 일제히 대답했다.

"명을 받들겠습니다!"

위소보는 한 시위의 손에서 칼을 빼앗아 높이 쳐들었다.

"태후마마와 태비마마를 위해 목숨을 바쳐서 진충보국盡忠報國할 때가 왔다! 수천 명의 자객이 나타나더라도 반드시 태후마마를 지켜내야 한다!"

시위들이 다시 대답했다.

"네! 명을 받들겠습니다!"

다들 시위 부총관 백작 대인의 위풍당당한 모습을 보자 마음이 진정됐다. 그리고 부총관의 일사불란한 지휘와 죽음도 불사하는 뜨거운 충정에 모두들 마음속으로부터 감탄과 함께 존경심이 우러났다.

'비록 나이는 어리지만 역시 남들과 다른 면이 있군!'

시위들은 태후의 가마를 겹겹이 에워쌌다.

위소보는 다시 궁녀들과 내관들에게 호통을 쳤다.

"왜들 그렇게 당황하느냐? 속히 바깥쪽에 원을 형성해 태후마마를 호위해라! 태후마마께 무슨 일이 생긴다면 값어치 없는 너희들 목부터 치겠다!"

내관과 궁녀들은 자신들의 목이 아무리 값어치가 없어도 함부로 치게 놔둘 수는 없었다. 위소보가 칼을 휘두르며 위엄 있는 모습을 보이자 어느 누구도 감히 거역하지 못했다. 그가 시키는 대로 바깥쪽에 둥근 원을 형성했다. 그들 중에는 너무 놀란 나머지 오줌을 찔끔 싼 사람도 몇 있었다.

위소보는 상황이 진정되자 비로소 칼을 내려놓고 태후의 가마로 다가갔다.

"태후마마, 소인 위소보가 호가護駕하러 늦게 오는 바람에 많이 놀라셨겠습니다. 자객들을 이미 다 퇴치했으니 심려하지 마시옵소서."

그러고는 가마의 휘장 한 귀퉁이를 살짝 젖혔다. 태후는 안색이 창백하나 입가에 미소를 띠고 연신 고개를 끄덕였다.

"위소보, 그래 잘했다, 잘했어. 또 한 번 나를 구해주었구나."

위소보가 정중히 말했다.

"마마께옵서 만복성안萬福聖安하시오니 소인은 안심이 되옵니다."

살며시 휘장을 내리고, 고개를 돌려 시위 두 명에게 명했다.

"너희는 어서 가서 황상께 아뢰라. 태후마마께옵서 옥체평안하시니 심려 마시라고 전해라. 그리고 이 위소보가 황상의 성체성안을 기원하며, 시위들이 힘을 합쳐 자객들을 다 퇴치했다고도 전해라."

두 명의 시위가 대답을 하고 달려갔다.

이때 홀연 태후의 나직한 음성이 들려왔다.

"위소보!"

위소보가 대답했다.

"예! 소인 여기 있습니다."

태후가 나직이 물었다.

"앞 가마에 있던 두 사람은 다 죽었느냐?"

위소보는 순간 멍해졌다.

"두 사람이라고요?"

태후가 말했다.

"가서 확인해봐라, 조심하고…."

위소보는 대답을 하면서 속으로 이상하다고 생각했다.

'왜 두 사람이라는 거지? 그리고 나더러 조심하라니…?'

앞쪽 가마로 다가가 휘장을 젖히는 순간, 그는 절로 비명을 질렀다.

"으악!"

얼른 휘장을 내리고 뒤로 몇 걸음 물러났다. 다리가 후들후들 떨려 하마터면 그 자리에 주저앉을 뻔했다.

가마 안은 온통 선혈이 낭자했다. 태후의 말대로 두 사람이 죽어 있었다. 둘 다 몸에 여러 군데 검상劍傷을 입어 아직도 피가 흘러내리고 있었다. 한 사람은 바로 가짜 태후 모동주였다. 그리고 또 한 사람은 작달막하고 뚱뚱한 남자로, 장력을 맞아 오관이 묵사발로 변해 있었지만 독특한 몸집으로 미루어 짐작컨대, 놀랍게도 바로 수 두타가 분명했다. 두 사람은 서로 꼭 껴안은 채 죽어 있었다.

모동주가 가마 안에 있는 것은 그리 이상한 일이 아니었다. 위소보가 그녀를 자령궁으로 압송했기 때문이다. 그런데 수 두타는 어떻게 자령궁에 나타났을까? 두 사람은 건방지게도 황태비의 가마에 동승하고, 황태후까지 대동해 대체 어디로 가려 했던 걸까?

위소보는 놀란 가슴을 쓸어내리며 태후의 가마로 다가가 나직이 말했다.

"마마께 아뢰옵니다. 두 사람은 이미 죽었습니다. 아주 형편없이 죽었습니다. 더 이상 죽을 수 없을 정도로 완전히 죽었습니다."

태후는 빙긋이 웃으며 말했다.

"그래, 알았다. 우린 자령궁으로 돌아가자. 그리고 앞에 있는 가마도 들고 가자. 다른 사람들이 보면 안 되니까."

위소보는 대답을 하고 곧 분부를 하달했다. 그리고 자신은 태후의 가마를 따라 자령궁으로 들어가, 휘장을 젖히고 태후를 부축해 내렸다. 태후는 그를 향해 다시 빙긋이 웃으며 말했다.

"아주 잘했다."

위소보도 미소를 지어 화답했지만, 속으로는 구시렁거렸다.

'내가 뭘 잘했다는 거지? 태후는 그 나이에 그래도 제법 예쁘게 생겼네.'

태후는 그에게 침전으로 따라들어오라고 손짓을 했다. 그리고 궁녀와 내관들을 다 내보내고 나서 문에 빗장을 걸라고 명했다.

위소보는 가슴이 두근거리고 얼굴이 붉어졌다. 속으로 '아차, 잘못 걸렸다' 싶었다.

'어이구, 이걸 어쩌지? 태후는 계속 나더러 잘했다고 추파를 던지는데, 혹시 노황야를 대신하라는 게 아닐까? 가짜 태후는 사형을 가짜 궁녀로 위장시켰고, 땅딸보 수 두타와 한 이불 속에서 놀아났어. 이 진짜 태후도 나더러 가짜 궁녀가 되어 이불 속으로 기어들어오라고 하면 어떡하지?'

태후는 침상에 앉아 잠시 숨을 고르더니 입을 열었다.

"이번 일은 정말 위험천만했는데, 네 덕분에 다 무사했구나."

위소보가 얼른 말했다.

"소인은 태후마마와 황상의 대은을 입은바, 분골쇄신해도 다 보답을 하지 못할 겁니다."

태후는 고개를 끄덕였다.

"너의 충정은 잘 안다. 황상 곁에 네가 있다는 것은, 우리의 복기福氣라 아니할 수 없다."

위소보가 머리를 숙였다.

"모든 게 태후마마와 황상의 은전恩典입니다. 소인은 오로지 주군을 위해 모든 것을 다 바칠 뿐이옵니다."

속으로는 엉뚱한 생각을 했다.

'옥황상제, 관음보살님! 제발 나한테 가짜 궁녀 노릇은 시키지 않게 해주세요.'

태후는 다시 빙긋이 웃었다. 그 웃음에 위소보는 등골이 오싹해졌다. 태후의 음성이 들렸다.

"네가 죽인 그 두 역도와 가마까지 다 불태워 없애라. 외부에 절대 누설해선 안 된다. 아까 현장에 있던 궁녀와 내관, 시위들은…."

여기까지 말하고는 입을 다물었다.

위소보가 얼른 그녀의 말을 이었다.

"마마께선 심려하지 마시옵소서. 소인이 무슨 수를 써서라도 입방아는 고사하고 절대 방귀도 못 뀌게 조치하겠습니다."

태후는 그의 저속한 말투에 가볍게 눈살을 찌푸렸다.

"그래, 이번 일을 너한테 맡기면 잘 처리할 거라고 믿는다. 물론 거기에 따른 포상도 있을 거야."

위소보는 다시 몸을 숙였다.

"열심히 빈틈없이 잘 처리하겠습니다. 만약 눈곱만치라도 쓸데없는 말이 누설된다면 저의 모가지를 잘라도 좋습니다."

태후가 말했다.

"네 말을 들으니 마음이 놓이는구나. 이젠 가봐라."

위소보는 가보라는 말을 듣자 무거운 짐을 내려놓은 기분이었다. 얼른 무릎을 꿇고 큰절을 올리자마자 바로 물러나왔다.

자령궁을 나서자 강희의 어가가 이쪽을 향해 오고 있는 게 보였다. 수백 명의 어전 시위들이 가마를 전후좌우에서 에워싸고 있었다. 평상시보다 몇 배나 늘어난 수였다.

위소보는 길옆으로 비켜섰다. 강희가 그를 발견하고는 소리쳤다.

"소계자, 여기서 기다려라!"

강희는 지금 태후께 문안을 드리러 가는 중일 것이다. 위소보는 건성으로 대답했다. 그는 다른 생각에 골똘해 있었다.

　'땅딸보 수 두타가 왜 황태비의 가마 안에 숨어 있었지? 정말이지 알다가도 모를 일이야…'

이때 갑자기 펑, 쾅 하는 굉음이 요란하게 들려왔다.

이어 백작부 방향에서 불길과 함께 시커먼 연기가 허공으로 피어올랐다.

멀리서 바라봐도 대들보의 파편과 기왓장이 허공으로 어지럽게 날아오르는 모습이 보였다.

군호들은 마치 지진이 일어난 듯 발밑으로 진동을 느꼈다.

대포 소리는 계속해서 이어졌다. 백작부에서 치솟은 시뻘건 불길이 10여 장 밖에까지 미쳤다.

강희가 자령궁에서 나왔다.

위소보는 그를 따라 양심전으로 가 밖에서 대기했다.

한참 있으니 전봉영 통령統領 아제적阿濟赤이 양심전에서 나왔다. 위소보는 나름대로 생각했다.

'황상이 전봉영까지 동원한 것을 보니 자객이 다시 나타날까 봐 경계를 보강하는 모양이군.'

이어 내관이 나와 황제가 위소보를 소견한다고 알렸다.

강희는 시위들과 내관을 물리치고 위소보더러 문을 닫으라고 명했다. 그러고는 눈살을 찌푸린 채 이리저리 왔다 갔다 서성거렸다. 뭔가 선뜻 결정을 내릴 수 없는 어려운 문제가 생긴 것 같았다. 위소보는 아무 말도 하지 못하고 그의 눈치만 살폈다.

소황제는 차츰 나이가 들어감에 따라 그 위세가 날로 더해갔다. 위소보는 그를 대할 때마다 전에 비해 친밀감이 점점 줄어들고 두려운 마음이 커지는 느낌이었다. 지난날 허물없이 서로 붙잡고 씨름을 하던 그 소현자가 아니었다.

잠시 후 강희가 입을 열었다.

"소계자! 일이 하나 생겼는데, 어떻게 처리해야 좋을지 모르겠어."

위소보가 말했다.

"황상의 총명과 지혜는 제갈량도 울고 갈 정도입니다. 무슨 방법을 생각해내든 틀림없이 천의무봉天衣無縫할 겁니다."

강희는 고개를 갸웃했다.

"이번 일은 아마 제갈량도 별 도리가 없을 거야. 넌 이번에 세 가지 큰 공을 세웠는데 난 하나도 포상해주지 못했어. 첫 번째는 모동주를 잡아온 공로고, 두 번째는 몽골과 서장의 병마를 설복한 것이고, 좀 전에 사람을 시켜 역도들을 처단하고 태후마마를 위기에서 구해준 것이 세 번째 공로지. 넌 어린 나이에 이미 백작에 봉해졌으니 그 이상, 왕에 봉할 수는 없잖아?"

여기까지 말하고는 하하 웃었다. 위소보는 황상이 자기에게 농담을 한다는 걸 알고 표정이 밝아졌다.

"그 몇 가지 일은 다 황상과 태후마마의 홍복 덕분입니다. 모든 공로는 다 황상 자신의 몫입니다. 황상은 스스로를 포상할 수 없는 게 애석할 따름입니다. 그렇지 않으면 황상은 연거푸 세 등급을 승진해야 마땅하죠."

강희는 다시 깔깔 웃고 나서 말했다.

"황제는 비록 스스로를 승진시킬 수 없지만, 자고로 얼마나 많은 황제들이 자신에게 존호尊號를 달아줬는지 몰라. 무슨 경사가 있거나 조그만 승리라도 거두면 바로 존호를 추가하기 마련이었지. 물론 신하들이 떠받들기도 했지만 황제 스스로 자신의 얼굴에 금칠을 한 거나 마찬가지야. 진정 백성을 아끼는 황제가 그렇게 자화자찬하는 것은 실로 우스운 일이지. 많은 폭군과 무능한 군주들에게도 '인성문무仁聖文武'니 '헌철현능憲哲賢能' 따위의 존호가 붙여졌어. 어리석은 황제일수록 그 존호가 더 길지. 정말 파렴치하다고 아니할 수 없어. 자고로 성현군주聖賢君主 중에 요순우탕堯舜禹湯을 능가하는 사람이 없어. 그래도 요堯는 요고, 순舜은 순이야. 후세 사람들이 그들을 존경해서 고작 '대大' 자를 앞에 붙여 대요大堯, 대순大舜이라고 칭했을 뿐이지. 황제가 조금이라도 자명지심自明之心이 있으면 수십 자가 넘는 긴 존호를 스스로 붙이진 않을 거야."

위소보가 말했다.

"이제 보니 그 요순어탕도 스스로 만든 존호가 아니군요. 황상은 다들 요순어탕이라고 하니 더 이상 추가할 필요가 없겠죠. 하지만 오삼계를 처부순 후에 위풍당당한 존호를 몇 개 추가하지 않으면 너무 손해를 볼 것 같은데요."

강희가 웃으며 물었다.

"무슨 손해를 본다는 거지?"

위소보가 대답했다.

"오삼계의 난을 평정한 후에 황상께선 틀림없이 공신들을 대대적으로 포상하고 삼군三軍에도 많은 상을 내릴 테니 다들 승관발재升官發財, 승진도 하고 상금도 챙기게 되겠죠. 하지만 황상 자신은 승진은 고사하고 국고를 털어 금덩어리니 은덩어리를 상자째로 계속 퍼날라야 하니, 손해를 보는 게 아니고 뭐겠어요?"

강희가 다시 웃으며 말했다.

"역시 무식하긴 좀 무식하구먼. 역도 오삼계를 소탕하고 태평성대가 되어 백성들이 편안한 삶을 누릴 수 있다면, 황제로선 그게 바로 승관발재야."

위소보는 머리를 긁적였다.

"아, 그렇군요."

강희가 말했다.

"하지만 오삼계를 소탕하고 나면 대신들이 틀림없이 내게 존호를 붙여줄 거야. 그 아첨쟁이들은 짐이 필요할 땐 최선을 다해 도와주지 않고, 모든 것이 이루어지면 그때 다들 앞을 다퉈 아첨을 하느라 여념이 없겠지."

위소보가 그의 말을 받았다.

"황상께선 매사에 선견지명이 있습니다. 우린 그때 가서 조용히 지켜보도록 하죠. 어느 관리가 황상께 길고 긴 존호를 올리면 그자가 바로 아첨대왕이겠네요."

강희의 예측은 빗나가지 않았다. 오삼계의 난을 평정한 후에 많은 대신들이 존호를 올려 공덕을 칭송하고 아첨을 떨었다. 그래서 강희는 존호를 올리지 말라고 아예 유시諭示를 내리기도 했다.

역란逆亂은 평정됐지만 전쟁의 상처가 아직 남아 있으니, 군신들은 자성하여 백성들을 위로하고 전후 복구에 힘쓰도록 근면선정勤勉善政의 본보기가 되어 태평성세를 이루는 데 이바지해야 한다. 그것이 짐을 위한 공덕이니 존호를 올리는 것을 삼가도록 하라.

그는 아주 준엄하게 자신의 의사를 밝혔지만 대신들은 그것이 진심이 아니라 형식적인 사양이라고 여겨 다시 존호를 올리곤 했다. 그래서 강희는 다시 유시를 내렸다.

짐은 어려서부터 성현의 가르침을 통해, 자고로 군주가 일을 행함에 있어 초지일관하지 못한다는 것을 깨닫고, 이를 늘 자각해왔다. 행여 국사에 소홀함이 있을까 봐 늘 노심초사했고, 한밤중에도 상주가 올라올지 몰라 늘 옷을 입은 채로 잠을 청했으며, 오로지 천하 백성들의 편안한 삶을 위해 불철주야 노력해왔다. 모두 청렴결백을 본으로 삼아야 할 것이며, 백성들이 고통에 시달린다면 그것은 군주와 대신들의 책임임을 통감해야 한다. 만약 다시 존호를 올린다면 짐으로서는 부끄러움만 더할 뿐, 그것을 어찌 영예로 생각할 수 있겠는가?

대신들은 아부를 하려다가 오히려 헛물을 켠 꼴이 되어 더 이상 재청하지 못했다. 이는 나중의 일이니, 일단 덮어둔다.

강희가 웃으며 말했다.

"황제 스스로 존호를 추가한 예는 허다해. 명나라 때 정덕正德 황제가 바로 그 본보기지."

위소보가 얼른 그의 말을 받았다.

"그 정덕 황제를 여러 번 봤어요."

강희는 고개를 갸웃했다.

"여러 번 봤다고? 꿈에서 봤다는 것이냐?"

위소보가 말했다.

"아녜요, 창극 무대에서 봤어요. 그 무슨 〈매룡진梅龍鎭〉이란 창극인데, 정덕 황제가 강남을 유람하다가 매룡진에서 술을 파는 이봉저李鳳姐를 만나요. 아주 아름답게 생긴 낭자인데, 그녀와 놀아났죠."

강희가 웃었다.

"글쎄, 정덕 황제가 미복잠행을 즐겨 했으니 이봉저와 얽힌 고사가 실제 있었을 수도 있지. 그보다도 그는 자신에게 존호를 붙이는 게 아니라, 아예 자신에게 관직을 내린 걸로 유명하다. 그는 스스로를 '총독군무위무대장군총병관總督軍務威武大將軍總兵官'에 봉했고, 세간에 사소한 일이 생겨도 곧 스스로 유시를 내리곤 했지. '북구범변北寇犯邊, 특명총독군무위무대장군총병관 주수솔육군왕정朱壽率六軍往征', 북방 오랑캐가 국경을 넘보니 특별히 총독군무위무대장군총병관인 '주수'에게 명하여 '육군'을 통솔해 친히 정벌케 한다는 내용이야. 그 주수는 바로 그의 이름이지. 나중에 정벌을 하러 갔다가 패했는데도, 승전을 했다고 허풍을 떨며 지대한 공로를 자찬하면서 성지를 내려 자신을 진국공鎭國公에 봉하고, 별도로 추가 녹봉이라면서 백미 5천 석을 자신에게 내렸어."

위소보는 깔깔 웃었다.

"아니, 왜 황제 자리를 놔두고 진국공이 되려고 했을까요? 정말 멍청하네요."

강희가 웃으며 말을 이었다.

"당시 대신들이 일제히 반대를 했지. 만약 진국공에 봉해지면 조상 삼대까지 추서追敍해야 하거든. 황제 스스로 진국공이 되려는 건 상관 없지만, 조상 삼대는 다들 황제였는데 진국공으로 강등되길 원하겠어? 대신들이 설득을 해도 정덕 황제는 아랑곳하지 않고 한사코 진국공이 되겠다고 우겼어. 그리고 나중에 또 무슨 공을 세웠다면서 자신을 태사太師에 봉했지. 일찍 죽었으니 망정이지, 그렇지 않고 계속 자신을 봉했으면 결국 자기가 자신의 황위皇位를 찬탈하는 결과를 낳았을 거야.”

위소보는 ‘찬탈’이란 말에 감히 뭐라고 대꾸할 수 없어 그저 쓴웃음만 지었다. 강희가 다시 말했다.

“정덕 황제는 어리석은 일을 많이 했어. 그 바람에 백성들만 도탄에 빠졌지. 물론 정덕 황제 자신의 잘못도 있지만 그보다 측근 내관과 간신배들이 감싸고도는 바람에 그렇게 된 거야.”

위소보가 말했다.

“아, 네! 네… 나쁜 황제는 나쁜 내관과 간신을 중용하고, 좋은 황제는 좋은 내관과 충신을 중용하겠죠.”

강희는 가볍게 고개를 흔들었다.

“반드시 그렇진 않아. 좋은 황제 곁에도 나쁜 내관과 간신이 있을 수 있어. 황제가 어리석지 않아도 한동안 그들의 농간에 놀아날 수 있지만, 결국은 간신들의 음흉함과 교활함을 밝혀내기 마련이지.”

위소보는 연신 고개를 끄덕였다.

“네, 네… 그렇겠죠.”

괜히 가슴이 두근거렸다. 강희가 불쑥 물었다.

“모동주 그 못된 계집의 정부情夫 이름이 뭐지?”

위소보가 바로 대답했다.

“그는 수 두타라고 해요. 진짜 이름이 뭔지는 저도 잘 모르겠어요.”

강희가 다시 물었다.

“수 두타면 말랐다는 뜻인데, 그는 고깃덩어리처럼 뚱뚱한데 왜 수 두타라고 불렸지?”

위소보가 아는 대로 대답했다.

"듣자니 원래는 키가 아주 크고 깡말랐었대요. 한데 신룡교 교주의 독약을 복용한 후에 몸이 쪼그라들어 땅딸보가 됐다더라고요."

강희의 질문이 이어졌다.

"그럼 그가 모동주와 한 가마에 숨어, 태후마마를 위협해서 궁을 빠져나가려던 걸 어떻게 알았지?"

위소보는 속으로 잽싸게 생각을 굴렸다.

'황상은 앞서 내가 사람을 시켜 역도들을 죽이고 태후를 구했으니 공을 세운 거라고 말했는데, 이제 와서 두 사람이 태비의 가마에 숨어 태후마마를 위협해 궁을 빠져나가려 했다고 하니, 그럼 귀씨 일가가 자객으로 들어온 일을 아직 모르고 있는 거야. 그렇지만 귀씨 일가가 달아났든 붙잡혔든, 아니면 맞아죽었든, 결국 황상을 속이진 못할 거야. 어떻게 대답해야 좋을까?'

강희는 그가 꾸물대며 선뜻 대답을 하지 못하자 물었다.

"왜 그래? 무슨 꺼려지는 일이라도 있느냐?"

위소보가 얼른 대답했다.

"아, 아닙니다. 그게 아니라… 그 두 역도가 왜 태비마마의 가마 안에 있었는지, 아무리 머리를 짜내도 이해가 가지 않아, 그렇지 않아도 황상께 여쭤보려고 했어요."

강희가 말했다.

"우선 내가 묻는 말에 대답을 해봐. 어떻게 그 가마 안에 태비가 없다는 것을 알고 시위들을 시켜 가마를 습격하게 했지?"

위소보는 내심 생각했다.

'이제 보니, 황상은 궁중 시위들이 수 두타와 모동주를 죽인 걸로 알

고 있군. 어차피 진상이 밝혀질 일이니 솔직히 말하는 게 낫겠어.'

그는 당황하지 않을 수 없었다.

"소인이 죽을죄를 지었습니다. 제발 용서해주십시오."

그러면서 무릎을 꿇었다. 강희는 눈살을 찌푸렸다.

"무슨 일인데 그러느냐?"

위소보가 말했다.

"소인은 황상의 명을 받들어 역도 모동주를 자령궁으로 압송하고 나서 어화원을 지나오는데, 갑자기 꽃동산 뒤에서 휙 하는 소리가 들리더니 시위와 내관 복장을 한 세 사람이 뛰쳐나와 저의 손을 낚아잡고는 황상한테 가자고 했어요. 그 세 사람의 무공이 어찌나 고강한지 저는 손가락이 부러질 뻔했어요."

말을 하면서 왼손을 들어 보였다. 다섯 손가락이 모두 피멍이 들고 부어 있었다. 강희가 다시 물었다.

"날 찾아서 뭘 하겠다는 거지?"

위소보가 대답했다.

"그들 세 사람은 오삼계가 보낸 자객이에요. 소인은 설령 그들에게 목이 졸려 죽는 한이 있더라도 절대 황상의 거처로 데려갈 수가 없었죠. 한데 마침 때맞춰… 아니, 마침이 아니라 우연히… 우연히 그때 태후마마와 태비마마의 가마가 나타났어요. 그러자 그 자객들은 앞에 있는 가마에 황상이 탄 줄 알고 무조건 덮쳐가 범행을 저질렀죠. 그러니까 황상과 태후마마의 홍복제천 덕분에 역도가 역도를 죽이는 꼴이 되고 만 겁니다. 그 세 명의 자객이 시위들에게 붙잡혔는지 죽었는지는 아직 모르겠어요. 확인하고 나서 다시 아뢰겠습니다."

강희가 그를 똑바로 쳐다보며 말했다.

"그 자객들이 그렇게 흐리멍덩할 리가 없어. 아마 네가 귀띔을 해줬 겠지. 안 그러냐? 자객들이 날 해치는 것보다 태비를 해하는 게 낫다 고 생각한 거지. 그들이 행동을 개시하면 궁에 대란이 일어날 테고, 그 럼 짐을 해칠 수 없고, 너도 목숨을 부지하겠지. 안 그러냐?"

위소보는 강희가 예리하게 정곡을 찌르자 도저히 발뺌을 할 수 없 었다. 그저 연신 큰절만 올릴 뿐이었다. 강희가 다시 말했다.

"네가 자객들로 하여금 태비를 위해하게 한 죄는 죽어 마땅하다. 그 러나 짐에 대한 충정이 3분 정도는 있는 것 같아서…."

위소보가 얼른 말했다.

"3분이 아니라 10분입니다. 아니… 100분, 천 분, 만 분의 충성심을 갖고 있습니다!"

강희가 빙긋이 웃었다.

"그렇지 않을걸…."

위소보가 숨이 넘어갈 듯 다급하게 말했다.

"정말 그렇습니다. 그렇고말고요. 정말로 그렇다니까요!"

강희는 발로 그의 머리를 가볍게 툭 걷어차면서 웃었다.

"빌어먹을, 일어나라!"

위소보는 너무 놀라고 당황해 땀을 뻘뻘 흘렸다. 그는 다시 한번 큰 절을 올리고 나서 일어났다. 강희가 웃으며 말했다.

"네가 세 가지 큰 공을 세워 어떻게 포상을 해야 할지 고민했는데, 이제야 해결됐다. 넌 자객들을 유도해 하극상을 저질러서 불충지신 不忠之臣이 됐지만, 그 죄를 묻지 않겠다. 대신 공과功過를 서로 상쇄해

통치는 걸로 하자!"

위소보는 좋아했다.

"좋아요, 좋아! 도박판이라면 초장에는 제가 따고, 후반에는 황상이 땄으니, 서로 비겨 본전치기가 된 거예요. 황상은 저의 돈을 따지도 않았고 물어줄 필요도 없어요."

속으로는 딴생각을 했다.

'승진을 안 하면 그뿐이지 뭐. 설마 날 위무대장군이나 진국공에 봉하겠어? 설령 태사에 봉한다고 해도 별것 아니야. 왕년에 〈당백호점추향唐伯虎點秋香〉에 나오는 얘기를 보면, 화華 태사의 두 아들 화대華大와 화이華二는 다 바보였어. 이 위 태사가 위대韋大와 위이韋二, 두 아들을 낳아 역시 엉망진창이라면 그야말로 재수가 옴 붙는 거지!'

강희가 말했다.

"그 땅딸보 역도는 정말 음흉한 놈이야. 좋아하는 여자가 너한테 붙잡히자 틀림없이 궁으로 압송해 태후마마께 맡겨질 것을 예상하고, 위험을 무릅쓰고 다시 자령궁으로 잠입한 거야. 무엄하게도 태후마마를 위협해서 짝이랑 도주하려고 한 거지. 하지만 지금 궁 안은 경계가 삼엄해 지난번처럼 월담해서 도주할 수 없다는 것을 알고 황태비의 가마에 올라타 태후마마로 하여금 궁 밖까지 데려가게 만들어 달아나려고 했던 거야. 그런데 뜻밖에도 자객이 나타났고, 네가 황태비의 가마에 짐이 탔다고 귀띔하는 바람에 자객이 역도를 죽이는 결과가 되고 말았어."

위소보는 비로소 어찌 된 영문인지 깨달았다.

"그렇게 된 거군요. 태후마마와 황상은 역시 홍복제천입니다. 그 말이 조금도 틀림이 없네요."

그러면서 속으로 구시렁거렸다.

'어쩐지… 내가 그 화냥년을 데려갔을 때 태후는 마치 내가 노름빚 300만 냥을 안 갚은 것처럼 우거지상을 하고 있었는데, 그때 수 두타가 이미 침실에 숨어 있었군. 아마 침상 밑에 도사리고 있었겠지. 수 두타는 자령궁에 꽤나 오래 머물렀기 때문에 지리를 잘 알고, 그 침상에서도 숱한 밤을 지새웠으니 그런 수를 생각해낸 거겠지. 한데 태후의 침실에서 얼마 동안 숨어 있었을까? 어쩌면 여러 날이었을지도 몰라. 어머나, 큰일이네! 수 두타와 태후, 일남일녀가 한 침실에 여러 날 함께 있었다면 무슨 해괴한 짓을 벌였는지 누가 알겠어? 오대산 노황야가 머리에 쓰고 있는 승려 모자가 약간 녹색으로 변했을지도 몰라….' (중국에서 녹모綠帽, 즉 녹색 모자를 썼다는 것은, 부인이 외간남자와 바람을 피웠다는 뜻이다. 그래서 중국이나 대만 등 중화권에서는 녹색 모자를 쓴 남자를 찾아보기 어렵다.)

강희는 그가 무슨 생각을 하고 있는지 전혀 알지 못하는 듯 그저 웃으며 말했다.

"태후마마와 짐이 홍복을 타고났다면, 너 역시 대단한 복을 타고난 거야."

위소보가 얼른 알랑방귀를 뀌었다.

"소인은 원래 복이 전혀 없었는데, 오랫동안 황상을 모시다 보니 황상의 복이 조금은 제게 묻은 것 같아요."

강희가 깔깔 웃으며 물었다.

"그 귀신수는 별호가 '신권무적'이라던데, 정말 무공이 그렇게 대단하더냐?"

강희는 웃으면서 물었지만 위소보는 청천벽력을 맞은 것처럼 큰 충격을 받았다. 몸이 휘청거리고, 다리를 식초 단지에 담갔다가 뺀 것처럼 뼈가 노글노글해지며 후들후들 떨렸다. 말도 제대로 나오지 않았다.

"저… 그건…."

강희가 냉소를 날렸다.

"천부지모, 반청복명! 위 향주, 정말 겁대가리가 없군!"

위소보는 천지가 빙글빙글 도는 것 같고, 머릿속이 뒤죽박죽 아수라장으로 변했다. 반사적으로 생각한 것이, 바로 신발 속에 있는 비수를 꺼내는 것이었다. 그러나 이내 생각을 달리했다.

'이미 모든 것을 알았군! 지금 나한테 이런 질문을 하는 것은 홀짝 노름을 하자는 거야. 죽기 아니면 살기, 단판승부를 하자는 거지! 그는 나보다 무공이 높아. 내가 비수로 찌른다고 해도 죽일 수 있다는 보장이 없어. 아니, 설령 죽일 수 있대도 난 절대 그를 죽일 수 없어.'

그는 즉시 무릎을 꿇고 소리쳤다.

"소계자가 항복할게요. 소현자, 제발 살려주세요!"

'소현자'라는 세 글자를 듣자, 강희는 지난날 그와 철없이 무공을 겨루며 장난치던 일들이 주마등처럼 뇌리를 스쳤다. 그는 장탄식을 하며 말했다.

"그래… 그동안 아주 잘도 속여왔더군!"

위소보는 절을 올렸다.

"소인은 비록 천지회에 몸담고 있지만 황상에 대한 충정은 초지일관 변함이 없었습니다. 눈곱만치도 황상께 폐가 되는 일은 한 적이 없습니다."

강희가 차갑게 쏘아붙였다.

"네가 만약 조금이라도 딴마음을 품었다면 지금까지 살아 있었을 것 같으냐?"

위소보는 그의 말투가 약간 부드러워진 것을 느끼며 다시 절을 올리며 아양을 떨었다.

"황상께옵선 요순어탕이며 제갈지량을 능가합니다. 소인은 관운지장처럼 늘 황상께 충성해왔습니다."

강희는 나오는 웃음을 억지로 참으며 속으로 욕을 했다.

'빌어먹을! 제갈량이면 제갈량이고, 관운장이면 관운장이지, 무슨 제갈지량이며 관운지장이야?'

그는 지금이 아주 중요한 순간이라고 생각했다. 여기서 조금만 느슨한 태도를 보이면 이 교활한 꾀돌이가 바로 기어오를지도 모른다. 그럼 다시 굴복시키기가 쉽지 않을 것이었다. 당장 호통을 쳤다.

"어떻게 된 일인지, 어서 처음부터 숨김없이 이실직고를 하렷다! 만약 추호라도 허언을 할 때는 즉시 난도질을 해서 구육지장狗肉之醬으로 만들어버리겠다!"

'구육장'을 위소보를 흉내 내 '구육지장'이라고 말하면서 자신도 모르게 입가에 웃음이 번졌다. 위소보는 바닥에 엎드려 있어 그의 표정이 온화해진 것을 볼 수 없었다. 그저 말투가 너무 준엄하기에 얼른 다시 큰절을 올리며 벌벌 기었다.

"아, 네! 네… 여부가 있겠습니까. 황상께서 이미 모든 것을 꿰뚫고 계신데 제가 어찌 감히 거짓말을 할 수 있겠습니까?"

이어 강친왕부로 가서 오배를 죽이는 통에 어찌어찌 천지회에 잡혀 갔고, 진근남을 사부로 모시게 됐으며, 본의 아니게 청목당 향주가 된 경위를 일일이 다 털어놓았다. 그리고 나중에 어찌해서 귀씨 가족을 만나게 됐으며 주사위놀이를 했는데 여차여차 귀종에게 패해 그림 밀주를 올리게 되었고, 자령궁에서 귀씨 가족에게 잡혀 태비의 가마를 습격하게 만든 사실을 이실직고했다. 물론《사십이장경》을 비롯해 아주 중요한 대목은 은근슬쩍 넘어갔다. 그가 장황하게 늘어놓은 얘기 중에는 거짓말이 약간 섞여 있지만, 대부분은 사실이었다. 이런 경우는 그가 살아오면서 아마 이번이 처음일 것이었다.

강희는 계속해서 천지회에 대해 꼬치꼬치 캐물었고, 위소보는 아는 대로 대답했다. 그의 말을 듣고 나서 강희는 고개를 끄덕이며 말했다.

"오인분개일수시五人分開一首詩, 신상홍영무인지身上洪英無人知(시 한 수를 다섯 사람이 나누니, 몸은 홍영이나 아는 사람이 없다)."

위소보는 멍해졌다.

"황상, 우리 천지회 형제들이 서로를 확인하는 암호까지 다 알고 있군요?"

그가 다음 암호를 읊었다.

"자차전득중형제自此傳得衆兄弟, 후래상인단원시後來相認團圓時(이로써 형제들에게 알리니, 결국 서로 알고 모인다)."

강희가 그의 말을 이었다.

"초진홍문결의형初進洪門結義兄, 당천명서표진심當天明誓表眞心(처음 홍문에 들어와 맺은 형제, 하늘에 맹세하며 진심을 표한다)."

이번에 다시 위소보의 차례가 돌아왔다.

"송백이지분좌우松柏二枝分左右, 중절홍화결의정中節洪花結義亭(송백은 두 가지가 좌우로 나뉘며, 결의정에는 절개의 홍화가 핀다)."

강희가 다시 이었다.

"충의당전형제재忠義堂前兄弟在, 성중점장백만병城中點將百萬兵(충의당 앞에는 형제가 있고, 성안에서 점검해보니 100만 군사다)."

위소보가 마무리를 지었다.

"복덕사전래서원福德祠前來誓願, 반청복명아홍영反淸復明我洪英(복덕사 앞에 와서 소원을 비니, 반청복명은 우리 홍영이로다)."

천지회의 규칙에 따르면, 이 마지막 암호를 마치면 상대방은 바로 자신의 이름과 소속돼 있는 당의 이름, 그리고 직위를 밝히게 돼 있다. 그런데 강희는 그저 빙긋이 웃을 뿐이다. 위소보는 괜히 신이 났다.

"이제 보니 황상도 우리 천지회의 형제군요. 한데 어느 당에 속해 계시죠? 그리고 향을 몇 자루…?"

자신도 모르게 여기까지 말하고 나서 아차 싶었다. 그는 만청의 황제인데 어떻게 '반청복명'을 하겠는가? 비로소 자신이 실언했음을 깨달았다.

"어이구, 이 미련한 녀석! 왜 이렇게 멍청하지?"

그렇게 투덜거리며 찰싹찰싹 자신의 뺨을 때렸다.

강희는 자리에서 일어나 이리저리 거닐며 유유히 말했다.

"넌 우리 만청의 버슬아치고, 우리 대청의 봉록을 받아먹으면서 속으로는 반청복명을 생각하고 있었단 말이냐? 그동안의 공로를 감안하지 않는다면 목이 100개 있어도 벌써 다 잘라버렸을 거야!"

위소보가 말했다.

"아, 네! 네… 황상의 하해와 같은 관용 덕택에 소인은 오늘날까지 모가지를 보존할 수 있었습니다. 바로 가서 천지회를 탈퇴하겠습니다. 당연히 향주도 때려치울 거고요! 앞으로 절대 반청복명을 하지 않고, 무조건 반명복청反明復淸을 하겠습니다!"

강희는 속으로 웃음을 참으며 욕을 했다.

"이런 빌어먹을! 우리 대청은 망하지도 않았는데 뭔 놈의 복청을 하겠다는 거야? 헛소리를 하고 있구면!"

위소보가 얼른 머리를 조아렸다.

"아, 네! 네… 소인은 오로지 대청 강산이 천년만년 이어지도록 보위할 겁니다. 황상께서 저더러 뭘 복復하라고 하면 복하고, 뭘 반反하라고 하면 무조건 반하겠습니다!"

강희는 목소리를 깔고 한 자 한 자 천천히 말했다.

"좋아! 그럼 반천지회를 해라."

위소보는 대답할 수밖에 없었다.

"아, 네! 네…."

속으로는 이제 죽었구나 싶어 표정이 난처해졌다.

강희가 말했다.

"입으로야 감언이설을 늘어놓고 나한테 충성을 다하겠다고 하는데, 그게 진심인지 거짓인지 어떻게 알겠느냐?"

위소보가 얼른 대답했다.

"틀림없는 진심입니다. 아주 확실한 진심이에요. 이보다 더 진심은 없을 겁니다!"

강희가 다시 말했다.

"너에 대해 세세히 분석해봤는데, 그래도 나한테 대역무도한 악행을 저지르진 않았더군. 만약 이번에 내가 시키는 대로 천지회를 뿌리째 뽑아버리고 그 역도들을 사그리 없애버린다면, 그 공을 인정해 군주를 기만한 죄를 사해주겠다. 어쩌면 포상을 내려줄지도 모르지. 하지만 교활하게 날 속이고 양다리를 걸친다면… 흥! 흥! 내가 천지회의 위 향주를 죽이지 못할 것 같으냐?"

위소보는 너무 놀라 땀이 삐질삐질 흘러내렸다.

"네, 네! 황상이 소인을 죽이려 한다면 그야 개미 한 마리를 죽이는 것처럼 쉽겠죠. 하지만… 하지만 황상은 요순어탕이라 충신을 죽이진 않을 겁니다."

강희는 코웃음을 쳤다.

"흥! 네가 무슨 충신이냐? 창극에서 얼굴을 하얗게 칠하고 등장하는 간신일 뿐이지!"

위소보가 말했다.

"망극하옵니다. 소인이 어떤 일은 황상께 숨기고 말을 하지 않은 것은 사실입니다. 하지만 얼굴에 분칠을 한 간신은 정말 아닙니다. 창극에서 하얀 얼굴로 등장하는 조조나 동탁 같은 역할은 절대 하지 않을 겁니다."

강희가 말했다.

"좋아! 하얀 얼굴의 간신은 아니라 해도 넌 그저 코를 하얗게 칠한 어릿광대일 뿐이야!"

위소보는 황제가 어쨌든 자신에게 간신이 아닌 광대의 역할을 주자 일단 안도의 숨을 쉴 수 있었다.

"네, 광대라면 광대죠. 뭐… 그러니까 창극에 나오는 그 무슨… 시천時遷, 주광조朱光祖도 광대지만 결국 황제에게 공을 세웠어요."

강희는 빙긋이 웃었다.

"흥! 이러나저러나 자신을 좋은 사람에 비유하는군! 자, 이렇게 하자! 너에게 군사를 내줄 테니 가서 천지회와 목왕부, 귀신수 일가를 모조리 잡아와라. 만약 한 사람을 놓치면 너의 손을 자를 거고, 네 사람을 놓치면 사지를 다 자를 것이다. 그리고 다섯 명을 놓치면… 뭘 잘라야 하지?"

위소보가 말했다.

"그럼… 그럼… 소인은 진짜 내관이 될 수밖에 없겠죠."

강희는 웃음을 참지 못하고 하하 웃으며 욕을 했다.

"이런 빌어먹을! 나름대로 대책이 다 세워져 있구먼!"

위소보는 울상을 지으며 말했다.

"황상께서 저의 두 손 두 발을 다 잘라버리면 죽은 거나 다름없겠죠. 목 위에 붙어 있는 머리를 자르나마나 별 차이가 없어요."

속으로는 구시렁거렸다.

'젠장, 목왕부까지 알고 있다니… 소식이 정말 빠르군.'

강희는 소맷자락에서 종이 한 장을 꺼내 읽기 시작했다.

"천지회의 총타주 진근남, 청목당의 향주 위소보, 그 밑에 이역세, 번강, 서천천, 현정 도인, 전노본, 고언초, 풍제중 등등. 목왕부의 목검성, 유대홍, 오입신 등등. 궁으로 잠입한 자객은 귀신수, 귀이랑, 귀종이다. 하나, 둘, 셋, 넷, 다섯… 모두 마흔세 명의 역도야. 너를 제외하면 마흔두 명이 되겠군."

위소보는 다시 무릎을 꿇고 큰절을 두 번 올렸다.

"황상, 그들은 비록 반청복명을 부르짖었지만 반청도 하지 못했고, 복명에도 성공하지 못했어요. 제가 가서 그들을 타이를게요. 황상께서는 위로는 천문을 통달했고, 아래로는 지리에 빠삭하며, 과거와 미래, 모르는 것이 없다고 말할게요. 그리고 황상께서 분명히 대청은 천년만년 이어갈 거라 했으니 그 말은 틀림없어요. 이제 반청은 도저히 불가능하니 다들 마음을 고쳐먹고 뿔뿔이 흩어지라고 할게요."

강희는 탁자를 탁 치며 언성을 높였다.

"지금 항명을 하고 역도들을 잡아오지 않겠다는 것이냐?"

위소보는 속으로 생각을 굴렸다.

'강호의 진정한 사나이라면 의리를 중시해야 해. 내가 만약 사부님을 잡아오면 황상은 틀림없이 목을 칠 거야. 그럼 이 위소보는 친구를 배신한 것이니 오삼계와 다를 바가 없어. 어이구, 처음 궁에 들어왔을 때 왜 하고많은 사람 중에 하필 소계자로 위장했지? 소계자, 소계자, 오삼계의 계桂 자를 따서 작은 계, 소계小桂… 재수 없게 오삼계의 작은 아들이라는 거잖아! 제기랄, 백작 대인이고 나발이고 다 팽개치고, 무슨 수를 써서라도 사부님과 형제들에게 알려서 달아나라고 해야겠군. 이럴 때는 육시랄, 토끼는 게 장땡이야!'

강희는 그가 대답을 하지 않자 화가 치밀어 호통을 쳤다.

"무슨 꿍꿍이속이야? 네가 지금 엄청난 대죄를 지었다는 사실을 잊고 있는 것이냐? 공을 세워서 속죄하고 개과천선할 기회를 주겠다는데도 지금 감히 나랑 뭘 흥정하겠다는 것이냐?"

위소보가 얼른 대답했다.

"황상, 그들이 황상을 위해하려고 하면 저는 목숨을 걸고 막을 겁니다. 그게 황상에 대한 의리니까요. 한데 황상께서 저더러 그들을 잡아오라고 하면 저는 중간에서 참으로 입장이 곤란합니다. 사람 된 도리가 아니죠. 그래서 사정을 하려는 겁니다. 그것도 역시 의리잖아요?"

강희는 다시 화를 냈다.

"넌 지금 역도들을 감싸고 있어. 그게 바로 대역무도고, 군주가 안중에 없는 거야. 의리는 무슨 의리란 말이냐?"

약간 멈칫하더니 천천히 말을 이었다.

"넌 내 목숨을 구해줬고, 부황을 구해줬으며, 태후마마도 구해준 게 사실이야. 오늘 내가 만약 널 죽인다면 넌 속으로 승복하지 못하겠지. 분명 나더러 의리를 저버렸다고 할 거야, 안 그러냐?"

일이 이 지경에 이른 이상 위소보로서도 무조건 꿇고 들어갈 수만은 없었다.

"네, 그래요! 전에 황상께서 분명히 약속을 했어요. 제가 설령 큰 잘못을 저지른다고 해도 목숨만은 살려준다고요. 황상은 금구金口예요. 한번 한 말을 절대 번복해서는 안 돼요!"

강희는 어이가 없었다.

"어쭈, 그래! 아주 멀리 내다보고 미리 포석을 깔아놨구먼! 흥, 정말 기심가주其心可誅로구먼!"

기심가주는 '정말 무서운 심계心計'라는 뜻인데, 위소보는 그 뜻을 알지 못하지만 좋은 말은 아닐 거라고 생각했다. 그는 강희를 안 이래 이렇듯 화를 내는 모습을 본 적이 없다. 속으로 생각을 굴렸다.

'그래, 지금 머리통이 절반쯤 달아난 거나 다름없어. 소황제의 성깔

을 잘 아는데, 사정을 해봤자 소용없을 거야. 따지고 들 수밖에!'

"황상, 저는 황상을 사부님으로 모셨고, 황상도 저를 제자로 받아들였어요. 그 진근남도 저의 사부님입니다. 제가 만약 황상을 해할 생각을 한다면 그건 사부님을 배신하고 사문을 능멸하는 기사멸조欺師滅祖입니다. 마찬가지로 그쪽 사부를 해친다면 역시 기사멸조가 되는 겁니다. 그리고… 그리고 황상이 소인의 머리통을 치는 건 있을 수 있는 일이지만, 사부님이 제자의 머리통을 치는 것은 아무래도 좀 걸쩍지근, 거시기하잖아요."

강희는 기가 막혔다.

'농담 삼아서 제자로 거둬들인다고 했지만 그 말을 한 것은 사실이야. 이런 고약한 녀석이 있나! 총애를 해줬더니 무법무천無法無天하게 감히 나를 천지회의 역적 두목과 비교하다니! 이런 황당한 일이….'

여기까지 생각했을 때 멀리서 갑자기 고함 소리와 함께 챙챙, 무기가 서로 부딪치는 금속성이 들려왔다. 위소보가 벌떡 일어났다.

"자객인 것 같아요. 사부님, 거기 가만히 앉아 계세요. 이 제자가 지켜드릴게요."

강희는 흥, 코웃음을 치며 속으로 생각했다.

'녀석이 아무리 큰 잘못을 저질렀다고 해도 나에 대한 충심만은 가상해.'

그는 인상을 쓰며 말했다.

"앞으론 날 사부라고 부르지 마라. 넌 문중의 규칙을 어겼으니 사문에서 제명해버리겠다!"

그러면서 절로 웃음이 나왔다.

요란한 발걸음 소리가 차츰 가까이 들리더니 양심전 앞에서 멎었다. 위소보는 재빨리 문 쪽으로 달려가 일단 문에다 빗장을 걸었다. 이건 목숨이 달린 대사라 손발을 잽싸게 움직여야만 했다. 그러고는 밖을 향해 다그쳤다.

"누구냐?"

밖에 있는 사람이 큰 소리로 대답했다.

"황상께 아뢰옵니다. 궁에 자객 세 명이 잠입해 내반 시위들이 겹겹이 포위했습니다. 곧 체포될 것 같습니다!"

위소보는 속으로 생각했다.

'귀씨 세 식구는 결국 달아나지 못할 거야.'

바로 소리쳤다.

"황상께서 아셨으니, 속히 시위 100명을 양심전 주위에 배치해 호가하고, 지붕 위에도 30명을 올려보내라!"

밖에 있는 시위 수령이 대답을 하고 물러갔다.

강희는 속으로 생각했다.

'녀석이 아주 주도면밀하군. 그날 오대산에서 백의 여승이 난데없이 지붕 위에서 기와를 뚫고 내려와 하마터면 목숨을 잃을 뻔했는데, 다행히 저 녀석이 죽을 각오로 나 대신 검을 맞아 위기에서 벗어났어.'

잠시 후, 고함 소리는 좀 잦아들었는데 병기가 서로 부딪치는 금속성은 여전히 요란했다. 강희가 눈살을 찌푸리며 말했다.

"자객이 세 명이라는데 아직도 제압을 하지 못하다니… 만약 300명, 3천 명이 몰려온다면 어떡할 거지?"

위소보가 대답했다.

"심려 마십시오. 세상에 귀신수 같은 고수는 많지 않습니다. 기껏 해야 네댓 명쯤 되겠죠."

조금 있다가 다시 많은 발걸음 소리가 들렸다. 시위들이 주위를 에워싸고 일부는 지붕 위로 올라간 모양이었다. 황제가 양심전 안에 있기 때문에 원래는 지붕 위에 오를 수가 없었다. 군주의 머리 위에 올라가는 것은 크나큰 불경이기 때문이다. 하지만 오늘만큼은 예외였다.

강희는 양심전 주위에 최소한 400~500명의 시위들이 포진했을 거라고 짐작해, 자객에 대해서는 별로 걱정을 하지 않았다.

"이게 뭔지 봐라."

그는 소매에서 종이 한 장을 꺼내 탁자에 펼쳐놓고 위소보더러 보라고 했다.

위소보가 가까이 다가가 살펴보니 한 폭의 그림이었다. 한가운데 커다란 저택이 그려져 있고, 집 앞에 돌사자가 서 있었다. 언뜻 보기에 자신의 백작부 같았다. 그런데 주위에 10여 대의 대포가 배치돼 있고, 포구가 전부 그 큰 저택을 겨냥한 상태였다. 위소보가 눈을 가늘게 접고 다시 유심히 살펴보니 정말 자신의 백작부와 흡사했다.

강희가 물었다.

"이 집을 아느냐?"

위소보가 대답했다.

"글쎄요, 소인이 사는 개집 같기도 한데요?"

강희가 말했다.

"아니 다행이군."

그러고는 그림에 그려진 저택의 편액을 가리키며 물었다.

"이 '충용백부忠勇伯府'라는 네 글자를 알아보겠느냐?"

위소보는 자기 집이라는 걸 확인하자 다시 등에서 식은땀이 흘러내렸다. 자기 집 주위에 그 많은 대포를 배치했으니 예삿일이 아니었다. 그는 탕약망과 남회인, 두 양코배기가 대포를 쏘는 것을 직접 보았다. 펑 하는 소리와 함께 불길이 하늘로 치솟고 돌가루와 흙먼지가 수십 장 밖까지 퍼져나갔다. 자기가 설령 호신보의를 입고 있다고 해도 대포를 맞으면 구육지장, 묵사발이 되고 말 것이다. 그 대포의 위력을 생각하니 절로 온몸이 오싹해졌다.

강희가 천천히 말했다.

"오늘 밤에 너희 천지회와 운남의 목가, 화산파의 귀가, 그리고 왕옥파의 제자 사도학 등이 너의 집에서 모이기로 했다지? 그래서 네 집 주위 민가에다 열두 대의 대포를 배치해놓았어. 물론 폭약도 다 장전했지. 도화선에다 불을 붙이면 바로 발사될 거고, 역도들은 한 명도 무사하지 못할 거야. 설령 대포에 맞아죽지 않고 도망쳐나온다 해도 소용이 없어. 전봉영의 병사들도 그냥 밥만 먹고 일을 안 할 수는 없잖아? 이미 그 주위를 겹겹이 포위했어. 너도 좀 전에 전봉영 통령 아제적을 봤겠지? 이미 가서 모든 조치를 해놨을 거야. 전봉영은 네가 이끄는 효기영하고는 늘 불화가 심했는데, 과연 널 그냥 놔둘 것 같으냐?"

위소보의 음성이 떨렸다.

"황상, 이미 모든 것을 다 알아차리고 철저히 대비를 해놓으셨군요. 소인은 이제야 모든 것을 다 깨달았습니다. 설령 소인의 목숨을 살려주신다고 해도 전에 쌓았던 공로는 눈곱만치도 남지 않고 말끔히 다 없어져버리겠군요."

강희는 빙긋이 웃었다.

"그걸 알면 됐다. 네 말마따나 노름과 같은 거야. 네가 초장에 많은 은자를 땄는데 막판에 나한테 한판에 다 잃었어. 먹었던 돈을 다 토해내야 해. 이젠 서로 비긴 거야. 본전치기가 됐으니 다시 새롭게 놀아보는 거지."

위소보는 길게 숨을 내뱉었다.

"정말 황상의 은총에 다시 감사드립니다. 앞으로는 오로지 황상을 위해 충성하겠습니다. 천지회는 물론이고, 설령 천지신령회의 향주라 해도 다 팽개치겠습니다!"

속으로는 몹시 다급했다.

'사부님과 많은 사람들이 오늘 밤 우리집에서 모이기로 했는데, 그들에게 이 사실을 어떻게 알리지?'

그는 강희의 눈치를 살피며 말했다.

"황상께서 소인더러 그 역도들을 잡아오라고 분부한 것도 실은 제 마음을 떠보려는 거였군요. 사실 황상께서는 이미 신기묘산으로 모든 계책이 서 있었던 겁니다. 그 무슨 천리지외….'

뭔가 좀 멋있는 말을 해서 아부를 떨려고 하는데, 밖에서 낭랑한 음성이 들려왔다.

"황상께 아룁니다. 역도를 체포했습니다."

강희는 반색을 하며 소리쳤다.

"끌고 와라!"

위소보가 대답했다.

"네!"

그러고는 몸을 돌려 빗장을 풀고 문을 열었다. 수십 명의 시위가 귀씨 세 명을 에워싸고 들어왔다. 그리고 일제히 소리쳤다.

"황상을 알현하옵니다!"

시위들이 일제히 무릎을 꿇었다. 귀신수와 귀이랑, 귀종, 세 사람은 온몸이 피로 물들고 상처투성이인데, 그냥 뻣뻣하게 서 있었다. 모두 굵은 포승줄에 묶였고, 각각 시위 두 사람이 좌우에서 붙잡고 있었다.

시위 수령이 호통을 쳤다.

"무릎을 꿇어라, 꿇어!"

그러나 귀씨 세 사람은 아예 들은 척도 하지 않았다. 대전 안에 뚝, 뚝, 뚝 소리가 들렸다. 귀씨 세 사람과 부상을 입은 시위들 몸에서 피가 떨어지는 소리였다.

귀이랑은 위소보를 보고는 눈을 부라리며 소리쳤다.

"매국노 새끼! 이… 고약한 녀석!"

위소보는 그들의 처참한 모습을 보자 절로 가슴이 아파 욕을 듣고도 대응을 하지 않았다. 강희가 고개를 끄덕였다.

"신권무적 귀신수가 얼마나 대단한가 했더니, 볼품없는 쭈그렁 영감태기에 불과하군! 그래, 시위들은 얼마나 당했느냐?"

시위 수령이 대답했다.

"네, 황상께 아뢰옵니다. 역도가 워낙 포악해서 30명이 넘는 시위가 순직했고, 부상자도 40명이 넘습니다."

강희는 귀신수를 노려보았다.

"흐흐…."

알 듯 모를 듯한 소리를 내더니, 끌고 가라고 손을 내저었다. 그러면서 속으로 중얼거렸다.

'대단한 늙은이군!'

이때 갑자기 귀신수의 대갈일성이 터졌다.

"얍!"

그는 내공을 끌어올려 오른쪽 어깨로 곁에 있는 시위를 와락 밀어붙였다.

"으앗!"

그 시위는 비명을 지르며 몸이 붕 떠올라 벽 쪽으로 날아갔다. 쾅 하는 소리와 함께 머리가 벽에 부딪혀 바로 숨이 끊어지고 말았다.

귀신수는 아들 귀종의 몸을 묶은 밧줄 한끝을 손으로 잡더니 힘껏 떨쳤다. 그러자 팍 하는 소리와 함께 밧줄이 바로 끊어졌다. 그는 아들의 몸을 잡고 소리쳤다.

"얘야, 빨리 가라! 우리도 바로 뒤따라갈게!"

그러고는 아들을 바깥으로 내던졌다. 귀종은 대전의 열린 문을 통해 밖으로 날아갔다. 그와 동시에 귀씨 부부는 밧줄에 묶인 채로 강희를 향해 덮쳐갔다.

위소보는 반응이 빨랐다. 이 갑작스러운 변화에 소스라치게 놀랐지만, 귀씨 부부가 몸을 날리기 직전에 이미 강희를 끌어안고 황급히 탁자 밑으로 굴러들어갔다. 그리고 자신의 몸을 바깥쪽으로 두어 강희를 보호했다.

곧이어 퍽퍽 하는 소리가 들리는가 싶더니 시위들이 우르르 달려들었다. 강희와 위소보는 탁자 밑에서 부축돼 일어났다. 귀씨 부부를 보니 피범벅 속에 쓰러져 있었다. 등에는 예닐곱 자루의 칼과 검이 깊숙이 꽂혀 있었다. 살아나기는 그른 것이다.

귀신수는 수십 명의 시위들을 살상한 후 중상을 입고 포승줄에 묶여 끌려왔는데, 마지막 남은 내력을 끌어올려 아들의 밧줄을 끊어서 밖으로 던져보내고, 바로 강희에게 덮쳐간 것이었다. 귀이랑도 남편의 속내를 알고 있었다. 그래서 남편과 함께 죽을 각오로 오랑캐 황제에게 최후의 일격을 가하려 한 것이다. 그러나 손발과 몸이 단단히 묶인 그들은 이미 풍전등화나 다를 바 없었다. 동시에 몸을 솟구쳐 강희에게 덮쳐갔으나 허공에서 피를 울컥 토하며 더 이상 버티지 못하고 바닥에 떨어지고 말았다. 시위들이 그들의 등에 칼과 검을 찌르지 않았어도 이미 숨을 거뒀을 것이다.

강희는 놀란 가슴을 쓸어내리며 눈살을 찌푸렸다.

"끌어내라, 어서!"

시위들이 일제히 대답을 하고 두 사람의 시체를 끌어내리는데, 돌연 문밖에서 사람 그림자가 번뜩이더니 한 사람이 날아들어왔다. 엄청나게 빠른 신법으로 귀씨 부부의 시신을 향해 덮쳐갔다. 그리고 울부짖었다.

"엄마! 아빠!"

바로 귀종이었다. 시위 몇 명이 병기로 그의 몸을 내리쳤지만 전혀 피하지 않았다. 만신창이가 된 귀종은 숨을 몰아쉬었다.

"엄마, 나 혼자… 어떡하라고…? 난… 길도 모르는데…."

기침을 하더니 바로 목이 꺾여 숨을 거뒀다. 그는 세상에 태어나 단 한시도 어머니 곁을 떠난 적이 없었다. 모든 것을 그저 어머니가 시키는 대로만 해왔다. 부모가 곁에 없으면 아무것도 할 수 없었다. 비록 아버지에게 던져져 양심전에서 벗어났지만 결국 스스로 부모 곁으로 돌아와 운명을 함께했다.

시위 총관 다륭이 대전 안으로 달려와 무릎을 꿇었다.

"황상께 아뢰옵니다. 자객들을 전부… 숙청했습니다."

그는 대전 안이 온통 피로 얼룩져 있는 것을 보고는 당황해 이마로 바닥을 찧으며 연신 큰절을 올렸다.

"황상을 경악케 한 죄… 죽어 마땅하옵니다!"

강희는 좀 전에 위소보가 끌어안고 뒹구는 바람에 낭패한 꼴을 보여 존엄이 좀 손상됐지만 목숨을 걸고 자신을 호위한 위소보의 충정을 다시 확인할 수 있었다. 그가 다륭에게 말했다.

"밖에 위소보를 노리는 자객이 더 있을지 모르오. 그를 잘 보호해줘야 해요. 한시도 그의 곁을 떠나지 말고, 더욱이 절대 궁을 나가게 해서는 안 되오! 내일 아침에 다시 분부를 내리겠소!"

다륭은 얼른 대답했다.

"네, 네! 명을 받들어 최선을 다해 위 도통을 보호하겠습니다!"

위소보는 속으로 아뿔싸, 푸념을 했다.

'황상은 오늘 밤 백작부를 포격할 텐데, 혹여 내가 가서 소식을 알릴까 봐 다륭을 시켜 단단히 지키라고 하는군!'

강희는 문 쪽으로 걸어가다 말고 속으로 생각했다.

'소계자는 워낙 교활해서 우직한 다륭이 당해내지 못할 거야.'

고개를 돌려 다시 당부했다.

"다 총관, 좀 더 많은 사람을 시켜 위소보의 곁을 단단히 지키라고 하시오. 그가 누구한테 말을 걸어서도 안 되거니와, 그를 통해 그 어떤 것도 궐 밖으로 전달되는 일이 없도록 각별히 신중을 기해야 하오! 상황이 아주 위험하니 그를 국사범國事犯으로 여겨 일거수일투족을 놓치지 않고 감시해야 착오가 없을 거요!"

다륭이 대답했다.

"네! 신하에 대한 황상의 은전에 망극할 따름이옵니다!"

그는 황상이 워낙 위소보를 총애하기 때문에 행여 자객으로부터 위해를 당할까 봐 거듭 신신당부하는 것으로 생각했다.

위소보도 가만있을 수 없어 한마디 했다.

"황상의 은전은 분골쇄신을 해도 다 보답하지 못할 겁니다!"

그는 황상이 특별히 자신의 체면을 고려해 이런 조치를 취한 것이라고 여겼다. 그렇다면 나중에 다시 자기를 중용하겠다는 뜻도 될 터였다. 강희는 의미심장한 미소를 지으며 위소보에게 말했다.

"네가 또 한 판 이겼다. 우리 내일부터 새롭게 놀아보자. 그 황금사발이 깨지지 않도록 잘 지켜야 한다."

그러고는 밖으로 나갔다.

강희가 마지막으로 한 말이 무슨 뜻인지, 위소보는 잘 알고 있었다. 좀 전에 자기는 강희를 끌어안고 호가함으로써 또 하나의 공을 세웠다. 그리고 오늘 밤에 사부인 진근남 등을 죽이고 나면 자기는 더 이상 천지회와 상관이 없게 되고, 그러면 다시 중용될 수도 있다. 그 황금사발에는 분명 '공충체국公忠體國'이라는 네 글자가 새겨져 있었다. 그러니 황제는 자기더러 딴마음을 먹지 말고 오로지 나라를 위해 충성을 다하라는 말을 한 것이다.

위소보는 사부를 비롯해 천지회의 형제들이 포격을 당해 사지가 찢겨 죽어 있는 참상을 생각하니 마음이 착잡했다. 지금 그들을 외면한다면, 자신이 아무리 더 높은 벼슬에 오른다 한들 어찌 마음이 편할 수 있겠는가? 그는 속으로 생각했다.

'사람은 절대 의리를 저버려서는 안 돼. 의리를 헌신짝처럼 버리면 그야말로 자라새끼나 후레자식이 아니고 뭐겠어?'

그는 한 가지 궁금한 게 있었다.

'황상이 어디서 그런 정보를 입수했지? 어느 개똥 같은 후레자식이 밀고를 한 거야? 오늘 아침에 처음 황상을 만났을 때만 해도 나한테 아주 잘해줬어. 나한테 군사를 내줘 오삼계를 잡아오면 평서왕에 봉하겠다는 말까지 했잖아! 그때까지도 내가 천지회의 향주라는 것을 전혀 모르고 있었던 게 분명해. 그러니 소식을 접한 것은 내가 그 화냥년을 자령궁으로 데려갔을 즈음이야. 어느 새끼가 그 틈을 타서 고자질을 했지? 흥! 목왕부 사람일 가능성이 높아. 아니면 왕옥파 사도학의 부하거나… 그렇지 않고서야 내가 《사십이장경》을 슬쩍한 것과 신룡교의 백룡사가 된 일을 황상이 모를 리가 없잖아?'

다륭은 그가 울상이 돼 있는 것을 보고는 어깨를 툭툭 치며 웃었다.

"위 형제, 그렇게도 황상의 총애를 받고 있으니, 정말 전생에 무슨 음덕을 그렇게 많이 쌓았는지 모르겠네. 조정에 그 어느 친왕, 패륵, 장군, 대신들도 황상이 직접 어전 시위들을 시켜 신변을 보호하라고 명한 전례가 없네. 그러니 다들 위 도통은 스무 살이 되기 전에 틀림없이 왕에 봉해질 거라고 말하는 거지. 걱정하지 말게. 궁 밖으로 나가지 않으면 역도들에게 천군만마가 있다고 해도 절대 자네 솜털 하나도 건드리지 못할 걸세.”

위소보는 쓴웃음을 지었다.

“황상의 은덕이 하늘만큼 높으니 신하 된 입장에서 최선을 다해 황은에 보답해야죠.”

슬쩍 주위를 둘러보니 수십 명의 어전 시위들이 전후좌우에서 그를 에워싸고 있었다. 천지회 형제들에게 소식을 알린다는 것은 그야말로 하늘에 오르는 것보다 더 어려울 듯했다. 그는 속으로 투덜거렸다.

'봉공봉왕封公封王 따위는 다 필요 없어! 차라리 황상이 내 엉덩이를 걷어차며 '이런 빌어먹을! 당장 꺼져버려! 다신 내 앞에 얼씬도 하지 마라!'라고 호통을 쳤으면 좋겠어. 이렇게 겹겹이 에워싸서 보호를 하면 숨이 막혀서라도 죽을 거야!'

다륭이 말했다.

“위 형제, 황상께서 함부로 돌아다니지 말라고 분부했으니 전에 살던 거처로 가서 쉬는 게 어떤가? 아니면 시위들을 모아 다 함께 한판 벌여보든지.”

그는 위소보가 주사위나 골패 따위의 노름을 좋아한다는 것을 잘 알고 있었다.

그 말에 위소보는 퍼뜩 뇌리를 스치는 생각이 있었다.

“참, 태후마마께서 한 가지 중요한 분부를 내렸는데 빨리 처리해야 돼요. 다 대형도 함께 가죠!”

다륭은 난색을 표했다.

“태후마마가 분부한 일이라니 처리해야겠지만… 저… 황상께서 엄명을 내려 위 형제가 궁을 나서지 못하게 하라고 하셨는데….”

위소보가 웃으며 말했다.

"궁 안에서 처리하면 되는 일이니 걱정하지 마세요."

다륭은 비로소 안심을 하고 웃었다.

"궁 밖으로 나가지 않는다면야 문제없지."

위소보는 곧 시위들에게 황태비의 가마를 신무문神武門 서쪽 소각장
으로 들고 가서 불태워버리라고 분부했다. 그러면서 덧붙였다.

"누구든 만약 가마 안을 들여다보면 즉시 목을 치라고 태후마마께
서 명하셨다."

자객이 황태비의 가마를 습격한 일은 다륭과 많은 시위들도 다 알
고 있었다. 비록 그 자세한 내막은 모르지만 태후마마와 관련이 있을
거라고 짐작했다. 어쩌면 말 못할 사연이 있을지도 모른다. 그래서 다
들 쉬쉬하고 있는데, 위소보가 가마를 불태우라고 하자, 마치 화를 모
면한 것처럼, 마음속에 있는 무거운 짐을 내려놓은 듯 홀가분했다.

다륭은 곧 위소보와 함께 시위들을 시켜 가마를 소각장으로 옮겼
다. 가마에선 아직도 피가 뚝뚝 떨어졌다. 가마 속에 누가 죽어 있는지
는 감히 묻는 사람이 없었다.

소각장에 당도하자 궁중 잡일을 맡아 하는 소랍蘇拉들이 장작을 쌓
아 불을 붙여서 가마를 불태웠다.

위소보는 장작개비 하나를 집어서 타다 남은 숯으로 새를 한 마리
그려 두 손으로 받쳐들더니 입술을 가볍게 움직여 중얼거렸다.

"수 두타, 모동주! 이승에선 부부가 되지 못했지만 음계에 가서는
천년만년 해로하시구려. 당신들을 죽인 귀씨 일가 세 사람도 바로 뒤
따라 저승으로 갔소. 저승 가는 길 내하교奈何橋나 망향대望鄕臺에서 우

연히 만나거든 싸우지 말고 서로 친하게 지내요."

다륭은 그가 입술을 움찔움찔할 뿐 무슨 말을 하는지 한 마디도 알아들을 수 없었다. 모름지기 망자를 위해 극락왕생을 비는 거라고 짐작했다.

위소보는 이어 돌을 몇 개 주워 작게 쌓아올리더니 그 장작개비를 거기에 꽂았다. 그것은 마치 향을 피우는 것처럼 보였는데, 바로 도홍영과 연락을 취하는 암호일 줄이야, 다륭은 죽었다 깨어나도 알지 못했을 것이다.

가마가 전부 재로 변해갈 즈음 위소보는 전에 자신이 살던 거처로 돌아왔다. 미리 연락을 받은 내관들이 깨끗이 청소를 하고 주안상을 대령했다. 위소보는 수고한 내관들에게 은자를 집어주고 다륭, 시위들과 잠시 술잔을 기울이고 나서 말했다.

"다들 천천히 드세요. 난 간밤에 황상을 위해 일을 처리하느라 잠을 제대로 자지 못해 좀 피곤하군요."

다륭이 말했다.

"그럼 어서 가서 좀 주무시게. 아무 일 없도록 내가 주위를 단단히 지켜주겠네."

위소보가 웃으며 말했다.

"이거 정말 미안해서 어떡하죠? 다 대형, 황상께 혹시 바라는 게 있습니까? 말해봐요. 내가 기억해놨다가 황상의 심기가 편할 때 진언해줄게요. 제가 진언하면 십중팔구 성사될 겁니다."

다륭은 크게 기뻐했다.

"위 형제가 황상께 진언해서 언제 안 되는 일이 있었나?"

위소보가 다시 말했다.

"다 대형의 일이 바로 제 일이나 다름없죠. 최선을 다하는 게 당연하잖아요?"

다룽은 웃으며 말했다.

"솔직히 말해서… 경성에 오래 있다 보니 약간 싫증이 나서 외성外省으로 옮겨가 기분전환을 좀 했으면 좋겠네."

위소보는 허벅지를 탁 치며 웃었다.

"대형의 말이 맞아요! 경성에는 왕공대신이 얼마나 많습니까? 웬만해서는 빛이 나지 않아요. 하지만 경성을 벗어나면 유유자적, 마음껏 누릴 수가 있죠. 은자가 필요하면 기침만 살짝 해도 바로 알아서 대령할 테니까요."

두 사람은 마주 보며 깔깔 웃었다.

위소보는 방으로 들어가 침상에 비스듬히 누워 궁리를 했다.

'다 대형은 황상의 엄명을 받아 날 단단히 지킬 거야. 궁을 빠져나가 사부님께 알린다는 것은 도저히 불가능해. 도 고모한테 암호를 남겼으니, 빨리 그걸 발견하고 날 찾아온다면 부탁을 할 수 있을지 몰라도, 아마 늦을 거야. 만약 한밤중에 찾아온다면 그땐 이미 포격이 끝났겠지. 이 일을 어쩌면 좋지?'

그는 잠시 생각을 굴리다가 결론을 내렸다.

'그래, 지금은 다른 방법이 없어. 시위들을 시켜 일단 소란을 부리게 만들어야지!'

꼼수를 결정하고 나서 한 시진 정도 눈을 붙였다. 깨어나보니 해가 조금 기운 것으로 보아 미시未時쯤 된 것 같았다. 그는 방 밖으로 나가 다륭에게 물었다.

"다 대형, 나를 노리고 있는 역도들의 정체를 알고 있나요?"

다륭은 고개를 내둘렀다.

"잘 모르겠는데…"

위소보가 말했다.

"한 패는 천지회고, 또 한 패거리는 목왕부요."

다륭은 혀를 내둘렀다.

"아니… 모두 만만치 않은 족속들이군. 그러니 황상께서 걱정할 수밖에!"

위소보가 다시 말했다.

"오늘 궁 안에 숨어 위험을 피할 수는 있겠지만, 언제까지나 그들을 피할 수는 없는 노릇이죠. 오늘은 다 대형이 있으니 물론 걱정을 안 해요. 하지만 그 역도들을 다 처단하기 전에는 늘 후환이 따를 겁니다."

다륭이 말했다.

"황상께서 영명하시니 내일 분명 묘책을 제시해줄 거네. 너무 걱정하지 말게."

위소보가 약간 머뭇거리며 말했다.

"네… 솔직히 말해서 제 집에 제법 반반하게 생긴 계집이 몇 있어요. 내가 가장 아끼는 애들이죠. 역도들이 오늘 밤 날 죽이러 집으로 올 텐데, 내가 보이지 않으면 그 계집들을 죽일 게 분명해요. 그럼… 얼마나 애석하겠어요?"

다륭은 웃으며 고개를 끄덕였다. 지난날 위소보가 자기더러 알게 모르게 정극상을 혼내주라고 한 것도, 실은 한 미인 때문이었다. 이 소형제는 비록 나이가 어리지만 풍류를 즐기고 여색을 좋아하니 집에 미모의 희첩姬妾들이 적지 않을 것은 당연한 일이었다.

다륭이 다시 웃으며 말했다.

"그건 어렵지 않네. 내가 사람을 시켜 가서 그녀들을 보호하도록 하겠네."

위소보는 좋아하는 척하면서 공수의 예를 취했다.

"어이구, 그렇게만 해준다면 그 은혜 잊지 않겠습니다. 내가 가장 아끼는 세 사람이 있는데, 하나는 쌍아라고 하고, 또 하나는 증유, 그리고 또 한 명은… 검병이라고 해요. 다들 삼삼하게 생겨서… 도무지 마음이 놓이지 않아요. 대형이 사람을 보내서 좀 지켜주세요. 그리고 그들에게 오늘 밤 천지회와 목왕부의 자객이 올 테니 빨리 피하라고 전해주세요. 가능한 한 많은 사람을 보내 저의 집을 지키고 있다가 자객들이 나타나면 모조리 쓱싹쓱싹 해버려요. 나중에 거기에 대한 사례는 두둑이 해드릴게요."

행여 상대방이 의심할까 봐 목검병의 성씨는 일부러 뺐다.

다륭은 가슴을 치며 말했다.

"그 정도 일은 나한테 맡기게! 위 백작부의 일이라면 목숨을 걸고 덤벼들지 않을 사람이 어디 있겠나?"

다륭은 곧 시위 수령을 시켜 백작부로 사람을 보내라고 분부했다. 시위들은 위소보가 손이 크다는 것을 다 알고 있었다. 평상시에도 별일 아닌 것을 가지고 100냥이고 1천 냥을 선뜻 내줬는데, 이번에는 그의 애첩들을 보호하는 일이니 얼마나 많은 답례를 할지 능히 상상할 수 있었다. 다들 신바람이 나서 분부에 따랐고, 해당되지 않은 시위들은 그저 한숨을 푹푹 내쉬며 일진이 안 좋다고 한탄했다.

위소보는 다소 마음이 놓였다.

'쌍아 등이 천지회와 목왕부의 자객이 올 것이라 궁에서 자기네들을 지키러 나왔다는 시위들의 말을 들으면, 분명 사부님 등에게 알려 피신하라고 할 거야. 그럼 사부님 등은 몸을 피해 무사할 수 있지만 쌍아와 증 낭자, 소군주는 포격을 맞게 될 텐데… 이거 큰일이네! 하지만 많은 시위들이 내 집에 가 있으니 밖에 있는 포수들도 함부로 대포를 쏴대지는 못하지 않을까?'

생각이 이어졌다.

'만약 포수들이 황상의 엄명에 따라 무조건 때맞춰 대포를 쏴대면 어쩌지?'

소군주와 증유를 잃는 것도 물론 통탄할 일이지만, 특히 쌍아는 몇 번이고 자신의 목숨을 구해준 가장 소중한 사람이었다. 심지어 아가보다도 그녀가 우선인데, 절대 죽게 놔둘 수 없었다. 그렇다고 시위들을 시켜 우선 쌍아 등을 데리고 나오라고 하면, 사부님과 형제들에게 소식을 알릴 사람이 없게 된다. 쌍아만 구하고 사부님을 구하지 않으면 그야말로 의리가 쥐뿔만큼도 없는 자라새끼가 될 것이다.

이럴 수도 없고, 저럴 수도 없으니… 그저 방 안을 배회하며 고민에 빠졌다. 아무리 머리를 쥐어짜봐도 뾰족한 수가 떠오르지 않았다.

반 시진쯤 지났을까, 시위들을 이끌고 백작부로 달려갔던 시위 수령이 돌아와 보고를 했다. 백작부로 근접하기도 전에 전봉영의 관병들이 앞을 가로막았다고 했다.

전봉영 참령參領의 말로는, 자기네들이 성지를 받들어 백작부를 지키고 있으니 걱정 말고 다들 돌아가라는 것이었다. 시위들이 집 안으로 들어가 가까운 가족을 보호하겠다고 해도 그들은 막무가내로 막고, 황상께서 이미 모든 것을 안배해놨으니 황명에 따르라고 했다. 나중에 전봉영의 통령까지 나타나 직접 막아서자, 시위들은 그들을 당할 수 없어 되돌아올 수밖에 없었다.

위소보는 보고를 듣고는 속으로 울고 싶은 심정이었다. 그러나 다륭은 하하 웃었다.

"위 형제, 황상께서는 정말 주도면밀하게 전봉영까지 동원해 위 형제의 미인들을 보호하시니, 이젠 걱정을 안 해도 되겠군. 하하…"

위소보는 그저 쓴웃음을 지을밖에! 속으로는 똥줄이 탔다.

'소황제는 정말 신기묘산, 천 리 밖까지 다 내다보는군! 이번에 사부님과 형제들은 정말 날벼락을 맞게 되겠어. 전봉영은 황명을 받고 백작부 주위에서 물 샐 틈 없이 지키고 있다가 잘 모르는 일반인이면 안으로 들어가게 해서 다 폭사暴死시키고, 만약 문무백관이라면 못 들어가게 가로막겠지.'

생각이 이어졌다.

'내가 지금 함사사영의 암기를 발사하면 다 대형의 목숨을 앗기는 어렵지 않아. 하지만 이 많은 시위들을 다 죽일 순 없잖아? 늘 몸에 지니고 있던 몽한약을 귀곡산장에서 다 써버린 게 정말 애석하군!'

날은 점점 어두워지고, 뜨거운 솥에 들어가 있는 개미인 양 온몸이 달아올랐다. 긴장이 되어 오줌을 싸고 또 쌌지만 해결 방법이 떠오르지 않았다.

다시 얼마간 시간이 흘러 날이 제법 어두워졌다. 위소보가 창문을 열고 밖을 내다보니 예닐곱 명의 시위가 이리저리 옮겨다니며 삼엄하게 경계를 서고 있었다. 아무리 둘러봐도 도홍영의 모습은 보이지 않았다. 그는 길게 한숨을 내쉬며 맥없이 침상에 나자빠졌다. 지금쯤 많은 형제들이 백작부로 들어갔을 텐데, 시간이 흐를수록 그들은 저승길을 향해 한 걸음씩 다가갈 터였다.

이때 구석진 곳에 놓여 있는 큰 물항아리가 눈에 들어왔다. 그것은 해대부가 남긴 것이었다. 지난날 바로 그 물항아리 덕분에 서동을 죽일 수 있었다.

'다 대형을 불러들여 암기로 죽인 다음 방 안에 불을 질러서 혼란을 틈타 달아날까? 하지만… 다 대형은 늘 나한테 잘해줬어. 아무 이유도 없이 그를 죽이는 것은 정말 미안한 일이야. 그러나 의리에도 종류가 있어. 큰 의리와 작은 의리… 사부님과 형제들, 그 수십 명의 목숨이 다 대형 한 사람의 목숨보다 더 중요하지!'

일단 생각을 굳혔다. 그리고 부싯돌로 불을 붙여 촛불을 밝혔다.

'휘장에 불을 붙이면 가장 빨리 타겠지. 다 대형을 죽이자마자 바로 불을 붙여야겠어!'

바로 이때, 다륭이 밖에서 소리쳤다.

"위 형제, 주안상을 차려놨으니 나와서 한잔하게."

위소보가 말했다.

"우리 형제끼리 방 안에서 마시죠."

다륭이 대꾸했다.

"그럴까?"

그러고는 주안상을 차려온 내관에게 분부했다.

"안으로 가져가."

들어온 내관은 열예닐곱 살 정도의 소년이었다. 그는 위소보에게 정중히 인사를 올리고 상을 차렸다. 순간, 위소보의 뇌리에 번쩍 영감이 스쳤다.

"넌 여기서 시중을 들도록 해라."

그의 말에 소년 내관은 몹시 좋아했다. 위소보는 전에 어선방의 우두머리였고, 늘 아랫사람들을 관대히 대해주었다. 그의 시중을 들면 분명 떡고물이 많을 테니, 신이 날 수밖에!

다륭도 따라들어와 웃으며 말했다.

"위 형제, 궐 밖으로 나간 지 한참 됐는데도 황상은 자네가 전에 살던 이 집을 그대로 보존하라고 하셨네. 그 어느 친왕이나 패륵에게도 이런 배려를 한 적이 없어."

위소보가 말했다.

"이건 황상의 배려가 아니라, 황상께서는 국사로 워낙 다망해 이런 사소한 일에는 관심이 없는 거겠죠. 솔직히 말해서 제가 다시 이곳에 머무는 것은 법규에 어긋나는 일이에요."

다륭은 웃었다.

"다른 사람이라면 법규에 어긋날 수 있어도 위 형제는 아무 상관이 없지."

그는 궁에 있는 내관들이 모두 위소보를 좋아한다는 사실을 잘 알고 있었다. 그러니 위소보가 비록 백작부로 옮겨갔어도 함부로 다른 사람을 이곳에 들이지 않은 것이다. 궁에는 거처할 수 있는 곳이 얼마든지 있다. 해대부가 살았던 이 거처는 그다지 좋은 편도 아니니, 어선방을 책임진 후임들은 당연히 다른 거처를 정하기 마련이었다.

위소보가 웃으며 말했다.

"다 대형이 언급하지 않았다면 저도 깜박할 뻔했어요. 내일이라도 총관 내관을 시켜 이 방을 회수하도록 하세요. 우리 같은 외신外臣이 궁 안에 따로 거처가 있다는 것이 어사御使 대인에게 알려져 탄핵이라도 받게 되면 괜히 일만 커져요."

다륭은 대수롭지 않다는 듯 웃었다.

"황상께서 위 형제를 좋아하는데 누가 감히 뭐라고 하겠어?"

위소보가 자리를 가리키며 말했다.

"자, 어서 앉으세요. 이 방은 별로 좋을 것도 없는데 습관이 돼서 그런지 백작부보다 더 편하게 느껴지네요."

그러고는 천천히 다륭 뒤로 돌아가서 비수를 뽑아쥐고 말했다.

"요리가 여덟 가진데 다 제가 좋아하는 거예요. 어선방에서 아직도 기억하고 있나 봐요. 자, 이 해분사자두蟹粉獅子頭를 한번 맛보세요."

다륭이 말했다.

"위 형제가 좋아하는 거라면 틀림없이 맛이…."

그는 말을 끝내기도 전에 갑자기 등에 따끔한 통증을 느끼고 그 자리에 엎어졌다. 위소보가 쥐도 새도 모르게 그의 등에다 비수를 꽂은 것이다. 아무 소리도 내지 않고 비수를 꽂았기 때문에 소년 내관은 전혀 눈치를 채지 못하고 여전히 술을 따르고 있었다. 위소보는 이번엔 그의 등 뒤로 가서 비수를 꽂았다. 그러고는 얼른 몸을 돌려 문에 빗장을 걸고 자신의 옷과 모자, 발싸개까지 전부 벗고 내의와 호신 조끼만 입은 채 그 소년 내관의 옷으로 갈아입었다. 그리고 자신의 옷과 모자를 그에게 입혔다. 두 사람은 키와 몸집이 비슷해 옷이 꼭 맞았다.

그는 내관의 시신을 안아 의자에 앉힌 후 얼굴을 못 알아보게 비수로 난도질했다. 그는 분주하게 움직이면서도 속으로 중얼거렸다.

'다 대형, 대형은 오랑캐고 우리 천지회는 오랑캐를 죽이는 것을 업으로 하고 있어요. 그러니 어쩔 수 없이 대형을 죽인 겁니다. 그래도 내 손으로 죽였으니 정말이지 죄스럽기 짝이 없어요. 하지만 대형은 어차피 죽을 목숨이에요. 내가 오늘 밤에 달아나면 황상이 내일 아침 바로 대형의 목을 칠 겁니다. 그저 조금 일찍 죽은 것뿐이죠. 더구나 내가 대형을 죽였으니 이건 엄연히 순직이에요. 만약 황상이 목을 친다면 가산을 몰수하고 멸문을 시킬지도 모르죠. 처자식도 다 연루될 겁니다. 그러니 조금 일찍 죽어 가문을 위해 음덕을 쌓은 거라고 생각하세요. 따지고 보면 대형이 엄청 득을 본 셈이에요.'

그렇게 자신이 한 짓을 아무리 합리화시키려 해도, 평소 자기에게 잘해주던 사람을 부득이 죽였기 때문에 가슴이 아프고 죄책감에 눈물이 찔끔 흘렀다.

얼른 눈물을 닦고 이번에는 내관을 쳐다보며 속으로 중얼거렸다.

'소형제, 지금 황마괘를 입고 있으니 얼마나 폼이 나겠어? 원래는 열댓 번 죽었다가 다시 환생해도 황마괘를 입고 백작 대인의 모자를 쓰기란 쉽지 않아. 그 모자에 박혀 있는 홍보석만 하더라도 아마 7∼8대는 쓰고도 남을 거야. 흐흐… 넌 승관발재했으니 그야말로 운수대통한 거라고! 이 위소보는 지난날 소계자로 변신해 욱일승천하고 높은 벼슬에 올랐어. 넌 오늘 위소보로 변신했으니 저승에 가서 과연 승관발재, 욱일승천할 것인지는 네가 하기에 달렸어.'

43. 솟구치는 불길

생각이 이어졌다.

'난 입궐해서 내관 행세를 하다가, 오늘 다시 내관 신분으로 궁을 빠져나가네. 소계자의 몸은 남겨놓고 가니, 앞서 진 빚을 깨끗하게 다 청산하고 가는 거야. 소현자야, 소계자는 결코 너에게 죄지은 것도 없고, 빚진 것도 없어.'

그러고는 옷매무새를 추슬러 허점이 없는 것을 확인하고 언성을 높였다.

"그래, 수고했다. 이젠 시중을 들지 않아도 되니 나가봐라. 자, 이건 은자 닷 냥이니 사탕을 사먹도록 해라!"

이어 애매모호하게 음성을 변조해 한마디했다.

"감사합니다, 백작 대인."

그리고 다시 음성을 높였다.

"난 다 총관과 진하게 한잔 나눌 테니 아무도 얼씬거리지 마라!"

내관들은 원래 궁 안에서 황제와 황후, 빈비, 황자와 공주의 시중만 든다. 물론 직책이 높은 내관은 아래 내관을 불러 시중을 들게 하는 경우도 없지 않다. 위소보는 지금 비록 내관이 아니지만 전에는 황상의 측근이자 명성이 쟁쟁한 부총관 내관이었다. 아래 내관을 불러 시중을 들게 하고 은자를 내려주는 것은 아주 흔한 일이었다.

문밖에 있는 내관들은 어느 누구도 신경을 쓰지 않았다. 방문이 열리며 그 소년 내관이 쟁반을 들고 고개를 숙인 채 나와 다시 문을 닫았다.

위소보는 쟁반을 들고 고개를 숙인 채 대문 쪽으로 걸어갔다. 시위들은 막 가져온 식사와 술을 차리느라 분주하게 움직이며 아무도 그를 눈여겨보지 않았다. 위소보는 내심 쾌재를 불렀다.

'시위들은 최소 한 시진 후에나 방 안에 두 사람이 죽어 있는 사실을 알게 될 거야. 위 백작과 다 총관이 자객에 의해 피살된 걸로 생각해 혼비백산 오줌을 질질 싸겠지!'

그가 막 대문을 나서려는데 몇 명의 내관과 궁녀가 앞에서 등롱불을 들고 길은 여는 모습이 보였다. 뒤에는 가마 한 대가 따르고 있었다. 꿩의 꼬리깃털로 장식돼 있어 적교翟轎라 불리는 가마였다. 아니나 다를까, 앞장선 내관이 소리쳤다.

"공주마마 납시오!"

위소보는 깜짝 놀랐다.

'아니, 공주가 왜 하필이면 이때 들이닥치지? 안으로 들어가면 이 위소보가 피살된 것을 바로 알게 될 텐데… 그럼 궁 안이 발칵 뒤집어질 거고… 그럼 빠져나가기는 글렀어!'

어떡해야 좋을지 몰라 당황스러웠다. 곧 가마가 대문 앞에 멈추고 건녕 공주가 가마 안에서 나오자마자 소리를 질렀다.

"소계자! 안에 있느냐?"

위소보는 마음을 굳게 먹고 앞으로 다가가 나직이 말했다.

"공주마마, 위 작야는 술에 취해 있습니다. 소인이 공주님을 안으로 모시겠습니다."

등롱불이 밝지 않아 공주는 그를 알아보지 못했다. 시위들이 일제히 집 안에서 달려나왔다.

공주는 고개를 갸웃했다.

'왜 이리 사람이 많지?'

그녀는 눈살을 찌푸리며 손을 저었다.

"다들 밖에서 대기해라!"

그러고는 집 안으로 들어갔다. 위소보는 그녀의 뒤를 바싹 따라들어가 집 안으로 들어서자마자 문을 닫았다.

공주가 명했다.

"너도 나가 있어라!"

위소보가 말했다.

"네, 위 작야께선 내실에 계십니다."

얼른 걸어가 방문을 열었다.

공주가 들어가보니, '위소보'와 다름이 다 탁자에 엎어져 있었다. 정말 술이 거나하게 취한 것 같았다. 그녀는 눈살을 찌푸리며 위소보에게 호통을 쳤다.

"어서 나가지 않고 뭐 하느냐?"

위소보가 나직이 웃으며 말했다.

"내가 만약 나가면 등갑병藤甲兵을 태우지 못하게 될걸!"

공주는 흠칫 놀라 고개를 돌렸다. 어느새 등불 아래 위소보가 서 있는 게 아닌가! 놀라면서도 반가워 절로 소리를 질렀다.

"아!"

하지만 도대체 어찌 된 영문인지, 어리둥절하기만 했다.

"이게… 이게 뭐 하는 짓이야?"

위소보가 나직이 말했다.

"조용히 해!"

공주는 그를 쳐다보고 나서 다시 탁자에 엎어져 있는 '위소보'를 바라보며 나직이 물었다.

"지금 무슨 짓을 하고 있는 거야?"

위소보는 그녀를 구석진 곳으로 끌고 가며 문을 잘 닫았다.

"큰일 났어, 황상이 날 죽이려 해!"

공주는 눈이 휘둥그레졌다.

"오라버니는 이미 부마를 죽였는데, 너까지 죽이려 한단 말이야? 만약… 너를 죽인다면 내가 목숨 걸고 덤빌 거야!"

위소보는 두 팔을 벌려 그녀를 끌어안고 쪽, 입을 맞추고는 말했다.

"우린 빨리 궁에서 달아나야 해. 황상은 우리 두 사람의 일을 알고 내 모가지를 치려는 거야."

공주는 그가 끌어안고 입맞춤을 하는 바람에 온몸이 녹작지근해져서 코맹맹이 소리로 강짜를 부렸다.

"오라버니가 부마를 죽여서 이젠 너한테 시집갈 수 있을 거라고 생각했는데… 어째서… 일이 이 지경이 된 거지? 오라버니가 어떻게 알았는데?"

위소보가 둘러댔다.

"틀림없이 네가 말실수를 해서 알아차린 거겠지, 안 그래?"

공주는 얼굴을 붉혔다.

"아니야! 난 그냥 네가 언제 오나고 몇 번 물어봤을 뿐이야."

위소보가 말했다.

"그러니까 눈치를 챈 거지! 어쨌든 우린 부부로 살아가야 하니 궁에서 달아나자고!"

공주는 망설였다.

"내일 내가 황상을 만나 사정을 해볼게. 널 죽이진 않을 거야. 오라버니는 부마를 죽이고 나서 나한테 미안하다면서 다른 좋은 부마를 찾아주겠다고 약속했어. 황상은 항상 너를 좋아했기 때문에…."

여기까지 말한 그녀는 방 안에서 피비린내가 물씬 풍기는 것을 느끼고 코를 벌름거려 한 번 더 맡아보더니 다그쳤다.

"이게…?"

그러나 말을 잇지 못하고 갑자기 우왝, 의자를 붙잡고 토하기 시작했다. 구토는 쉽게 멎지 않았고, 나중에는 신물까지 올라왔다.

위소보는 그녀의 등을 두드려주면서 부드럽게 말했다.

"왜 그래? 뭘 잘못 먹은 모양이지? 이젠 좀 괜찮아?"

공주는 다시 두어 번 구토를 하더니 냅다 그의 뺨을 후려갈기면서 욕을 했다.

"뭐? 뭘 잘못 먹었냐고? 이게 다 너 때문이야, 너 때문이라고!"

두 주먹으로 위소보의 가슴을 마구 때렸다.

공주는 본디 매사 자기 멋대로 굴고 강짜가 심해 이번에도 그러려니 하고, 위소보는 별로 대수롭지 않게 생각했다. 게다가 상황이 긴박하니만큼 시간을 지체할 수 없었다. 조금만 늦어져도 자칫 백작부가 포격으로 다 날아가고 군호들이 함께 산화할 것이었다. 그는 공주와 실랑이를 벌이고 싶지 않아 무조건 받아들였다.

"그래, 그래, 다 내 잘못이야."

공주는 대뜸 그의 귀를 움켜잡았다.

"어서 황상 오라버니를 만나러 가자. 지금 당장 혼례를 올려야 해!"

다급해진 위소보는 사정을 했다.

"혼례를 올리는 것은 나한테 맡겨. 하지만 지금 황상을 만나면 난 머리가 없는 부마가 될 거야. 부탁이야, 어서 궁에서 달아나자."

공주는 그의 귀를 더 세게 잡아당겼다. 위소보는 아파 죽을 지경이었지만 비명을 지를 수 없었다. 공주가 다시 욕을 했다.

"머리가 그렇게 중요해? 넌 원래 머리를 쓰지 않고 막무가내였잖아! 하지만 내 배 속에 있는 작은 소계자는 어떡하라는 거야?"

그러고는 와락 울음을 터뜨렸다. 위소보는 깜짝 놀라 물었다.

"뭐… 뭐라고? 작은… 소계자?"

공주는 냅다 그의 아랫배를 걷어차고는 울면서 말했다.

"내 배 속에 못돼먹은 너의 작은 소계자가 있단 말이야! 이게 다 너 때문이야. 당장 부부가 되지 않고 배가 자꾸… 자꾸 불러오면… 황상은 오응웅이 내시라는 것을 아는데, 난… 무슨 낯으로 사람들을 대하라는 거야?"

위소보의 안색이 창백해졌다. 하필이면 이 절체절명의 상황에서 이런 난감한 일에 봉착하게 될 줄이야… 그는 얼른 말했다.

"우리가 지금 당장 달아나지 않으면 작은 소계자는 아비가 없을 거야. 궁에서 빠져나간 뒤에 바로 혼례를 올리자. 작은 소계자를 낳으면… 그럼… 황상의 조카가 될 게 아니겠어? 황상은 외삼촌이 되고, 내 처남이 될 텐데, 설마 매정하게 매부를 죽이기야 하겠어?"

공주가 말했다.

"매정하지 못할 게 뭐 있어? 오응웅도 그의 매부였는데 단칼에 죽였잖아?"

위소보가 다시 말했다.

"황상은 오웅웅이 가짜 매부라는 것을 알고 있었어. 하지만 이 위소보는 명실공히 진짜 매부야. 가짜 매부는 죽일 수 있을망정 진짜 매부는 절대 죽일 수 없어. 예쁜 공주님, 우리 작은 소계자가 태어나서 목을 끌어안고 '엄마, 엄마' 하고 부르면 얼마나 행복하겠어?"

그러면서 공주의 목을 끌어안았다. 공주는 까르르 웃었다.

"이런 못된 것을 봤나! 작은 소계자 녀석이 태어나면 엄마라고 부르지 못하게 할 거야!"

말은 그렇게 하면서도 위소보의 귀를 움켜잡은 손을 놓아주었다. 그리고 곱게 눈을 흘겼다.

"그동안 내가 보고 싶지 않았어?"

그러면서 그의 품으로 파고들었다. 위소보가 말했다.

"난 밤이면 밤마다, 낮이면 낮마다, 단 한 순간도 잊은 적이 없어."

입으로는 이렇게 말하면서 속으론 욕을 해댔다.

'이런 육시랄! 지금 한시가 급해 죽겠는데 뭔 쓸데없는 소릴 지껄이는 거야? 정말 환장하겠군!'

공주는 얼굴이 상기되어 뜨거운 눈빛으로 그를 쳐다보았다. 하지만 위소보는 지금 그녀의 열정을 받아줄 만한 입장이 되지 못했다. 그렇다고 매정하게 뿌리쳐 그녀의 비위를 건드릴 수도 없는지라 나직이 말했다.

"일단 궁에서 벗어나기만 하면 우린 밤이고 낮이고 다정한 시간을 보내면서 다신 헤어지지 않아도 되니까, 어서 나가자고!"

공주는 몸을 비비 꼬며 응석을 부리듯 떼를 썼다.

"싫어, 싫어! 오늘 밤 부부가 돼야 해."

위소보는 응할 수밖에 없다고 생각해 얼른 얼버무렸다.

"그래, 좋아. 알았어. 오늘 밤에 돼야 하면 오늘 밤에 되면 되지 뭐. 그래도 일단 궁에서 도망부터 쳐야지!"

공주는 막무가내였다.

"왜 도망쳐? 황상 오라버니는 날 가장 좋아해. 그리고 너의 사부니까 너도 좋아해. 오늘 밤은 늦었고 내일 일찍 찾아가서 사정하면 화가 풀리고 뭐든지 다 들어줄 거야. 오라버니가 가장 미워하는 사람은 오삼계야. 그러니까 네가 청원해서 군사를 이끌고 오삼계를 치러 간다고 해. 나도 따라가줄게. 너는 병마대원수가 되고, 난 부원수가 돼서 오삼계를 추풍낙엽, 낙화유수로 만들어 오줌을 질질 싸게 하면 황상 오라버니가 널 왕야에 봉할 거야."

그러면서 위소보를 끌어안았다.

내관의 옷으로 갈아입은 위소보의 지금 상황은 이럴 수도 저럴 수도 없는 난감의 극치인데, 갑자기 누가 가볍게 창문을 세 번 두드리더니, 잠깐 사이를 두고 다시 두 번 두드렸다.

위소보는 표정이 환해져서는 창밖을 향해 나직이 물었다.

"도 고모예요?"

그는 공주를 살짝 밀어내고 창문을 열었다. 순간, 사람 그림자가 번뜩이며 한 사람이 날아들어왔는데, 바로 도홍영이었다. 두 여인이 마주 보게 되자 모두 깜짝 놀랐다. 도홍영이 나직이 소리쳤다.

"공주님!"

공주는 버럭 화를 냈다.

"넌 누구냐? 뭐 하러 왔어?"

순간적으로 질투심이 끓어올랐다. 궁녀가 밤중에 창문을 넘어 소계자의 침실로 들어왔으니 보나마나 뻔한 일이 아닌가! 물론 이 궁녀는 나이가 들어 보였다. 소계자가 이런 나이 많고 못생긴 궁녀하고도 놀아나다니, 기가 막히고 환장할 노릇이었다. 더욱 화가 치밀 수밖에! 게다가 지금 한창 소계자와 분위기가 무르익어가는 중에, 난데없이 찬물을 끼얹는 방해꾼이 나타났으니 울화통이 터질 지경이었다.

"여봐…."

위소보는 그녀가 '여봐라!' 하고, 밖에 있는 시위나 내관을 부를 것을 예상하고 황급히 손으로 입을 막았다. 공주는 그의 손을 끌어당겨 뿌리치며 냅다 뺨을 후려쳤다. 위소보는 다급한 나머지 오른손으로 그녀의 목을 힘껏 조르며 욕을 했다.

"이런 못된 계집! 목을 졸라 죽일 거야!"

공주는 숨을 쉬기가 곤란해 손발을 마구 휘저으며 몸부림을 쳤다. 그러자 위소보가 왼손으로 주먹을 쥐고 그녀의 머리에 꿀밤을 두 대 쥐어박았다.

도홍영은 그가 감히 공주를 때리자 소스라치게 놀랐다. 다른 생각을 할 겨를도 없이 얼른 공주의 허리께와 가슴 부위 세 군데의 혈도를 찍었다. 위소보는 그제야 목을 조르던 손을 풀고 나직이 말했다.

"고모, 큰일났어요. 황상이 날 죽이려 하니 빨리 도망쳐야 해요."

도홍영이 말했다.

"어쩐지 밖에 시위들이 많더라고. 벌써 왔는데 화단 뒤에서 한참 숨어 있다가 겨우 빈틈을 노려 몰래 접근해온 거야. 자, 보라고…."

그러면서 창문을 살짝 열었다. 위소보가 창문 틈새로 살펴보니 일고여덟 명의 시위가 등롱불을 들고 순시를 돌고 있었다. 순간, 수 두타와 모동주가 시도했던 그 방법이 뇌리에 떠올랐다.

'그래, 그 둘은 재수가 없어 귀신수를 만나게 된 거야. 설마 귀신수 부부가 귀신이 되어 다시 나타나서 공주의 가마를 덮치진 않겠지!'

그는 얼른 공주에게 말했다.

"공주, 질투하지 마. 이분은 나의 고모야. 그러니까 아버지의 누이동생이고, 어머니의 언니야. 그러니까 함부로 성질을 부리지 마."

공주는 도홍영에게 갑자기 혈도를 찍혀 어이가 없고 화가 나서 까무러칠 것만 같았다. 그런데 위소보의 말을 듣고 이내 흥분이 가라앉았다. 위소보가 '아버지의 누이동생'이라 하고 또 '어머니의 언니'라고 했는데, 그건 같은 사람이 될 수가 없다. 그래도 공주는 거기까지 생각하지 못했다. 아무튼 이 여자가 소계자와 짝짜꿍이 아니라면, 그것으로 충분했다. 그녀는 곧 얼굴에 미소를 띠고 말했다.

"알았어, 어서 날 풀어줘."

위소보는 그녀의 환심을 사야만 했다.

"넌 내 마누라니까 어서 고모님이라 불러."

공주는 '마누라'라는 말에 신이 나서 정말 그렇게 불렀다.

"고모님!"

도홍영은 어리둥절했다. 조금 전만 해도 두 사람이 서로 치고받고 하는 것을 봤는데, 이젠 공주가 자기더러 고모라고 부르지 않는가!

위소보가 공주에게 말했다.

"어서 가마를 방 안으로 들고 오라고 분부해. 그리고 사람들을 내보내고 문을 닫아. 난 너랑 가마를 함께 타고 궁을 빠져나가 바로 혼례를 올릴 거야. 혼례를 올릴 때는 웃어른이 있어야 하니까 고모님도 함께 가야 돼. 내 말 알겠지?"

공주는 몹시 좋아하며 얼굴을 붉혔다. 그리고 나직이 말했다.

"알았어."

위소보는 그녀의 등을 떠밀며 재촉했다.

"자, 어서!"

공주는 그가 독촉하는 바람에 혈도를 풀어주지 않았는데도 밖을 향해 소리쳤다.

"가마를 안으로 들고 들어와라!"

내관과 궁녀들은 모두 의아해했다. 그러나 이 공주님은 워낙 엉뚱한 일을 저지르는 게 다반사였다. 평상시에도 이치에 맞는 일보다는 기상천외한 일을 더 많이 해왔기 때문에, 그저 대답을 하고 가마를 안으로 옮겼다.

황태비의 가마는 자령궁으로 들고 들어갔다가 몰래 수 두타와 모동주를 태워 다시 들고 나올 수 있다. 그러나 위소보의 이 거처는 문이 좁았다. 공주가 타고 온 가마를 무슨 수로 방 안으로 옮긴단 말인가? 앞쪽 멜대가 겨우 문 안으로 들어왔을 뿐, 결국 끼고 말았다.

공주가 대뜸 욕을 했다.

"이런 쓸모없는 것들! 냉큼 물러나라!"

가마 앞쪽에 있던 내관 둘은 속으로 투덜댔다.

'문이 이렇게 좁은데 무슨 수로 가마를 들고 들어와? 왜 우릴 야단치는 거지?'

그러고는 가마 옆으로 간신히 빠져나갔다.

위소보가 공주의 귓전에 대고 나직이 말했다.

"시위들도 아무도 못 들어오게 해!"

공주가 알아차리고 큰 소리로 외쳤다.

"소계자, 여기서 꼼짝 말고 있어! 밖으로 나오면 안 돼!"

위소보도 목청을 높였다.

"네! 시간이 늦었으니 공주마마께서도 돌아가 쉬십시오!"

공주가 다시 소리쳤다.

"난 밖에 나가 바람을 쐴 건데, 네가 왜 참견이야?"

위소보도 뒤질세라 소리쳤다.

"얼마 전에 궁에 자객들이 들어왔으니 각별히 조심해야 합니다!"

공주는 한술 더 떴다.

"황상께서 왜 많은 시위들을 키웠겠어? 먹고 싸고 놀라는 게 아니잖아! 일을 제대로 해야지! 다들 밖에서 대기하고 절대 안으로 들어오지 마라!"

시위들이 일제히 대답을 했다. 위소보가 먼저 가마 안으로 들어가 손짓을 했다. 도홍영이 공주의 혈도를 풀어주자, 공주도 가마 안으로 들어가 위소보의 품에 안겼다.

위소보는 공주를 끌어안고 도홍영에게 말했다.

"고모도 우리랑 함께 궁을 빠져나가요."

그는 도홍영이 무공이 뛰어나다는 사실을 잘 알고 있었다. 그녀가 호위를 해준다면 한결 마음이 놓일 것이었다. 만약 도중에 들통이 나도 그녀가 해결해줄 것이라고 믿었다.

도홍영이 바로 대답했다. 그녀는 궁녀의 복색을 하고 있었기 때문에 공주의 가마 옆에 붙어서 가면 아무도 의심하지 않을 터였다.

공주가 소리쳤다.

"가마를 들고 가라!"

앞쪽에서 가마를 들던 내관 둘이 다시 문과 가마 틈바구니로 비집고 들어와 뒤쪽을 맡은 내관 둘과 동시에 가마를 들었다. 가마를 일단 뒤부터 들고 나와 방향을 돌렸다. 다들 속으로 이상하게 생각했다.

'왜 갑자기 가마가 이렇게 무거워졌지?'

공주는 위소보가 시키는 대로, 가마를 신무문 쪽으로 향하도록 분부했다. 가마가 신무문에 이르자 궁문을 지키는 시위들은 공주의 적교가 한밤중에 출궁하는 것을 보고 이내 다가왔다. 그러자 공주는 대뜸 가마 밖으로 나가 호통부터 쳤다.

"출궁을 해야 하니 어서 문을 열어라!"

이날 밤 신무문을 지키는 당직 시위들의 수령이 바로 조제현이었다. 그는 얼른 공손하게 몸을 숙이며 억지로 웃음을 지었다.

"공주마마께 아뢰옵니다. 궁 안에 자객이 나타나 평안치 못합니다. 날이 밝은 후에 출궁하도록 하십시오."

공주가 버럭 화를 냈다.

"급한 일이 있는데 그깟 자객 따위를 겁낼 이유가 어딨어?"

조제현은 원래 공주의 뜻을 감히 거역하지 못했는데, 오늘은 상황이 달랐다. 부마 오응웅이 처형된 지 얼마 안 되고, 공주가 느닷없이 한밤중에 출궁을 한다니, 어쩌면 오삼계의 모반과 모종의 연관이 있을지도 모른다는 생각이 들었다. 만약 그렇다면 내일 아침 추궁을 당할 것이고, 결코 그 책임을 면하지 못할 터였다. 그래서 거듭 머리를 조아리며 궁문을 열어주지 않았다.

그러나 공주가 계속 노발대발 막무가내로 나오자 당황하며 말했다.

"정 그러하시다면… 소인이 가서 다 총관께 여쭤볼 테니 잠시만 기다려주십시오. 다 총관의 지시가 떨어지면 바로 궁문을 열어드리겠습니다."

위소보는 가마 안에서, 공주가 계속 성질을 부리고 조제현은 한사코 문을 열어주지 않는 데다가 다룽을 찾아가겠다고 하니, 잘못하면 된통 걸릴 것 같았다. 상황이 다급해지자 '에라, 모르겠다' 하는 마음으로 가마 안에서 소리를 쳤다.

"조제현, 내가 누군지 알죠?"

조제현은 위소보를 오래 모셨기 때문에 음성을 금방 알아들었다. 그는 놀랍고도 반가워서 얼른 물었다.

"네, 위 부총관이시죠?"

위소보가 웃으며 말했다.

"그래요."

그는 가마 안에서 빼꼼히 고개를 내밀어 손짓을 했다. 조제현이 가까이 다가오자 나직이 말했다.

"난 지금 황상의 밀지를 받고 출궁하는 길이오. 내 모습이 노출되면 큰일을 그르치기 때문에 황상께서 공주의 가마에 동승해 몰래 궁을 빠져나가라고 분부하신 거요."

조제현은 그가 황상의 최측근이며 신출귀몰한 일을 많이 해왔기 때문에 전혀 의심하지 않았다.

"아, 네! 네… 알았습니다. 바로 궁문을 열겠습니다."

위소보는 번뜩 뇌리에 스치는 생각이 있어 나직이 말했다.

"승관발재하고 싶은 마음이 있소?"

조제현은 수년간 그를 따라 일을 해오면서 이미 두 번이나 승진했고, 발재한 것만도 어림잡아 은자 2만 냥이 넘었다. 지금 다시 '승관발재'라는 말을 듣자 얼른 한쪽 무릎을 꿇고 말했다.

"늘 이끌어주셔서 감사합니다. 부총관께서 시키는 일이라면 뭐든지 분골쇄신하는 한이 있어도 최선을 다할 겁니다."

위소보는 속으로 중얼거렸다.

'이건 너 스스로 한 말이야. 대포가 날아오면 당연히 분골쇄신이 되겠지만, 날 원망하진 마.'

그러고는 나직이 말했다.

"한 무리의 역도들이 오삼계와 결탁했어요. 황상은 그들이 오늘 밤 나의 집에서 모인다는 사실을 알아내고, 나더러 전봉영의 병마를 이끌고 가서 체포해오라고 명했어요. 전봉영은 내가 이끌고 있는 효기영과 늘 불화가 심했는데, 황상이 이번에 왜 나더러 전봉영을 이끌라고 명했는지 그 이유를 아나요?"

조제현은 고개를 갸웃했다.

"글쎄요, 저는 아둔해서 잘 모르겠는데요."

위소보는 음성을 더욱 낮췄다.

"전봉영의 아 통령이 오삼계와 결탁한 거예요. 그래서 황상은 이번 기회에 그들을 모조리 일망타진하려는 거죠. 공주는 오삼계의 며느리니, 그들은 공주를 보면 의심하지 않겠죠."

조제현은 비로소 알았다는 듯 고개를 끄덕였다.

"아, 그렇군요. 전봉영의 아 통령이 그렇게 대역무도할 줄은 정말 뜻밖이네요. 이번 일도 틀림없이 위 부총관이 파헤친 거겠죠? 또 큰 공을 세우셨네요."

위소보가 천연덕스럽게 말했다.

"이번 공로는 황상이 스스로 세운 거고 단지 나한테 일을 맡겼을 뿐이에요. 우린 다 동고동락하는 형제들이니 승진도 함께 하고 발재도 함께 해야죠. 자, 시위 40명을 데리고 날 따라 공을 세우러 갑시다!"

조제현은 신이 나서 연신 고맙다는 인사를 하고, 공주를 가마에 태운 후에, 평상시 자신에게 아첨을 잘하는 시위 40명을 추렸다. 이어 남은 시위 60명에게 궁문을 잘 지키라고 분부하고 나서 궁문을 열어 공주를 호위했다.

위소보가 한마디 덧붙였다.

"오늘 밤에는 무슨 일이 있어도 이 궁문을 절대 열어주면 안 돼요. 다 총관과 내 명령이 있기 전에는 어느 누구도 궁에서 내보내지 말도록 해요."

조제현이 위소보의 명을 전하자 나머지 시위들이 일제히 대답했다.

백작부가 있는 동모자 골목은 황궁에서 그리 멀지 않았다. 일행은 백작부와 차츰 가까워졌다. 도중에 위소보는 불안해서 가슴이 두근거렸다. 행여 가는 도중에 발포할까 봐 걱정이 이만저만 아니었는데, 다행히 아무 일도 일어나지 않았다.

골목 입구에 다다르자 전봉영 통령 아제적이 공주의 적교가 왔다는 통보를 받고 마중 나왔다.

위소보는 가마 안에서 공주를 애무해가며 어떻게 해야 되는지 세세하게 일러주었다.

아제적이 오자 공주는 가마에서 고개를 살짝 내밀고 말했다.

"아 통령, 오늘 밤의 일은 아주 중차대해요. 황상의 밀지대로 모든 준비가 다 철저하게 돼 있겠죠?"

아제적이 몸을 숙이며 대답했다.

"네, 준비가 다 돼 있습니다."

공주가 나직이 말했다.

"대포도 배치를 완료했겠죠?"

아제적이 다시 대답했다.

"네! 남회인 대인이 직접 지휘했습니다."

위소보는 가마 안에 숨어서 모든 이야기를 다 듣고 속으로 구시렁거렸다.

'황상은 역시 날 속이지 않았군. 남회인, 그 양코배기가 직접 발포하면 빗나갈 리가 없겠지.'

공주가 말했다.

"황상께서 나더러 안으로 들어가 한 가지 일을 수행하라고 했어요. 아 통령도 날 따라 안으로 들어가요."

아제적은 난색을 표했다.

"공주마마, 지금은 상황이 긴박해서 안으로 들어갈 수가 없습니다."

공주는 대뜸 화를 냈다.

"왜 들어갈 수 없다는 거예요? 이건 성지인데, 황명을 거역하겠다는 건가요?"

아제적이 굽실거렸다.

"아… 아닙니다. 하지만… 실로 위험합니다. 공주마마께옵선 만금지체萬金之體이시온데…."

이때 위소보가 가마 안에서 헛기침을 하자 가마 옆에 서 있던 도홍영이 잽싸게 지풍指風을 날려 아제적의 좌우 옆구리와 아랫배, 세 군데 혈도를 찍었다. 아제적은 나직이 신음을 토하더니 상반신이 굳었다. 곧이어 등에 따끔한 느낌이 들었다. 칼날이 살갗을 살짝 긁은 것이다. 아제적은 대경실색했다. 어찌 된 영문인지 몰라 입이 딱 벌어졌다.

공주가 정색을 하고 말했다.

"황명을 거역하면 지금 당장 처단할 것이다. 또한 멸문지화를 면치 못할 것이다!"

아제적은 너무 놀라 목소리마저 떨렸다.

"아, 네, 네…."

위소보는 순간 또 다른 꼼수가 떠올랐다.

'날 따라온 어전 시위들은 늘 내 말을 잘 들었는데 목숨을 잃게 할 순 없잖아? 차라리 전봉영 군사들을 희생양으로 삼아야지!'

그는 공주의 귓전에 대고 속삭이듯 말했다.

"전봉영에서 50명을 각출해 우릴 따라 함께 들어가자고 해!"

공주가 바로 소리쳤다.

"50명의 군사를 이끌고 날 따르도록 해라!"

아제적은 바로 대답했다.

"아, 네!"

곧 50명의 군사를 뽑아 공주의 가마를 따라 백작부 안으로 들어가

237

도록 명했다.

위소보는 조제현에게 어전 시위를 이끌고 문밖을 지키라고 했다.

가마가 두 번째 뜰에 들어서자 공주와 위소보는 가마에서 내렸다. 50명의 전봉영 군사들은 뜰 주위에 나열해 대기하도록 했다. 그리고 도홍영이 아제적을 끌고, 공주와 위소보의 뒤를 따라 화청花廳으로 향했다.

화청의 문을 열고 들어서자 진근남과 목검성, 서천천 등이 앉아 있었다. 그들은 위소보가 귀부인과 궁녀, 그리고 무관 한 명을 데리고 들어오자 매우 의아해했다.

위소보의 손짓에 따라 군호들이 한데로 모여들었다. 그러자 위소보가 나직이 말했다.

"우리가 오늘 밤 여기서 모인다는 것을 황제가 알아내고, 지금 골목 밖에 관병들을 잔뜩 깔아놨어요. 뿐만 아니라 10여 대의 대포도 이곳을 거냥하고 있어요."

군호들은 몹시 놀라 안색이 급변했다. 유대홍이 말했다.

"당장 밖으로 뚫고 나갑시다!"

위소보가 고개를 내둘렀다.

"안 돼요. 밖엔 관병이 엄청 많고 대포까지 배치돼 있어요. 제가 몇십 명의 관병을 데려왔으니, 그들의 옷을 벗겨 갈아입고 빠져나가도록 하세요."

군호들은 모두 좋은 수라고 생각했다. 위소보가 몸을 돌려 공주에게 말하자, 공주는 고개를 끄덕이더니 아제적에게 분부했다.

"병사 스무 명을 들어오라고 해요."

아제적은 상황이 심상치 않다는 것을 이미 알았지만, 자칫 잘못하면 목숨을 잃을 판이라 시키는 대로 할 수밖에 없었다.

천지회와 목왕부의 군호들은 문 쪽에 있다가 스무 명의 전봉영 군사들이 다 들어오자 잽싸게 행동을 취해 모두 쓰러뜨렸다. 그리고 두 번째로 열다섯 명을 다시 불러들였고, 또 열다섯 명을 불러들여 모조리 제압했다. 서둘러 병사들의 옷을 벗겨 갈아입고, 공주까지도 예외 없이 옷을 갈아입게 했다.

목검병과 증유도 군호들을 따라 옷을 갈아입었는데, 쌍아가 보이지 않자 위소보가 얼른 증유에게 물었다. 증유가 대답했다.

"쌍아는 위 공자가 입궐해 한참 지났는데도 돌아오지 않고, 귀 대협 일행이 황제를 노리고 궁으로 잠입했는데도 역시 소식이 없자, 걱정이 돼서 풍제중 대협을 따라 상황을 알아보러 나갔어요."

목검병도 한마디 했다.

"그들 두 사람은 점심을 먹고 바로 나갔는데 왜 아직도 안 돌아오는지 모르겠어."

위소보는 절로 눈살을 찌푸렸다. 은근히 걱정이 됐다. 풍제중은 비록 무공이 고강해 쌍아를 지켜줄 거라고 믿지만, 지금 10여 대의 대포가 이 집을 겨냥하고 있지 않은가! 만약 군호들이 다 달아나고 나서 그들이 돌아오고, 그때 마침 대포를 쏘아대면 그야말로 큰일이 아닌가? 잠시 생각을 굴리더니 전노본에게 말했다.

"전 대형, 풍 대형과 쌍아가 아직 안 돌아왔으니, 돌아오는 즉시 떠나도록 신호를 좀 남겨놓으세요."

전노본은 대답을 하고, 부상당한 병사의 옷을 찢더니 상처에서 흘러나온 피를 잔뜩 찍어 여기저기에다 빨리 도망가라는 글을 남겼다. 그 사이에 군호들은 옷을 다 갈아입었다.

위소보는 군호들을 데리고 마구간으로 가서 말을 끌어냈다. 천지회 형제 네 사람은 내관으로 가장해 공주의 가마를 들고, 아제적을 끌고 백작부를 나섰다. 50명의 전봉영 군사들은 혈도가 찍히거나 손발이 묶여 꼼짝없이 백작부에 남게 되었다.

위소보와 공주는 여전히 가마를 타고 있었다. 백작부를 빠져나오자 위소보는 속으로 생각했다.

'집 안에 있는 문지기, 마부, 요리사, 친위병, 남녀 하인들은 모두 포격을 맞아 목숨을 잃게 될 거야. 그렇다고 그들까지 함께 데리고 나오면 밖을 포위하고 있는 관병들에게 들통이 나고 말겠지.'

생각이 이어졌다.

'그날 오대산에서 모두 라마로 가장해 노황야의 목숨을 구했는데, 오늘 같은 방법을 쓰게 됐군. 이 매미가 허물을 벗는 절묘한 계책 덕분에 노황야를 구했고, 이번에는 소계자를 구했으니, 아주 유용한 계책이야.'

군호들이 공주의 가마와 아제적을 에워싸고 골목 밖에 이르자 관병들이 도처에서 순시하며 삼엄하게 경계를 서고 있는 모습이 보였다. 그러나 대포를 어디에 배치했는지는 알 수 없었다. 위소보는 일단 험지에서 벗어나자 안도의 숨을 내쉬었다. 사부님과 형제들이 포격을 당하지 않아도 된다고 생각하니 비로소 마음이 놓였다.

그는 대기하고 있는 조제현에게 말했다.

"이 아 통령은 황명을 거역하고 대역무도를 저질렀으니 끌고 가 감옥에 처넣으세요. 황상이 친히 심문하지 않으면 나중에 내가 직접 처리할게요."

조제현이 대답을 하자 위소보가 다시 말했다.

"이자는 국사범이에요. 황상은 그의 이름만 들어도 노발대발하니 절대 그의 이름을 입 밖에 내지 않도록 형제들에게도 단단히 일러두세요."

조제현은 분부를 받들고, 어전 시위들과 함께 아제적을 압송해 먼저 떠나갔다. 아제적이 감옥에 수감돼 나중에 어떻게 벗어날지, 그건 위소보가 알 바가 아니었다.

군호들은 별로 말이 없었다. 그저 한적한 곳으로 계속 길을 재촉했다. 1리쯤 갔을까, 진근남이 위소보에게 물었다.

"귀 대협 일가는 황제를 노리고 입궐했는데, 어떻게 됐지?"

위소보가 대답했다.

"그들 세 사람은…."

이때 갑자기 펑, 쾅 하는 굉음이 요란하게 들려왔다. 이어 백작부 방향에서 불길과 함께 시커먼 연기가 허공으로 피어올랐다. 멀리서 바라봐도 대들보의 파편과 기왓장이 허공으로 어지럽게 날아오르는 모습이 보였다. 군호들은 마치 지진이 일어난 듯 발밑으로 진동을 느꼈다. 대포 소리는 계속해서 이어졌다. 백작부에서 치솟은 시뻘건 불길이 10여 장 밖에까지 미쳤다.

군호들은 동모자 골목과 멀리 떨어져 있는데도 얼굴이 화끈거리는 열기를 느낄 수 있을 정도였다. 모두들 아연실색할밖에! 대포의 위력이 이렇게 막강한 줄은 미처 생각지 못했다. 만약 조금이라도 늦게 백작부를 떠났다면, 누구도 살아남지 못했을 것이다.

유대홍의 입에서 절로 욕이 터졌다.

"이런 빌어먹을! 이거야말로 경천동지할…."

이때 다시 펑, 펑 하는 굉음이 들려와 그의 말을 삼켜버렸다. 멀리 보이는 백작부에 불길이 잦아드는 듯하더니, 곧 이어서 화염이 하늘로 치솟으며 그 일대가 완전히 불바다로 변했다.

위소보는 속으로 생각했다.

'저 포성을 소황제도 들었을 거야. 만약 사람을 시켜 날 부르러 간다면 모든 것이 끝장이야! 삼십육계 줄행랑을 칠 수밖에!'

그는 진근남에게 말했다.

"사부님, 빨리 성을 빠져나가야 합니다. 소식이 궁에 전해지면 바로 성문을 봉쇄하고 검문이 심해져 경성을 벗어나기 어려워질 겁니다."

진근남이 말했다.

"그래, 길을 재촉해야겠구나!"

이때 공주도 가마에서 나왔다. 위소보는 공주에게 말했다.

"일단 궁으로 돌아가. 소란이 어느 정도 가라앉으면 반드시 데리러 갈게."

공주는 버럭 화를 냈다.

"지금 뭐라고 했어?"

위소보가 같은 말을 반복하자 공주는 악을 썼다.

"무슨 소리야! 들어갈 때와 나올 때가 다르다더니, 이제 와서 날 따돌리겠다는 거야?"

위소보는 얼른 손사래를 쳤다.

"아, 그게 아니라…."

찰싹, 공주가 냅다 그의 뺨을 후려쳤다.

군호들은 모두 아연실색했다. 조금 전만 해도 모두들 경천동지할 포성과 그 위력에 놀라, 만약 위소보의 도움이 아니었다면 다들 잿가루로 변했을 거란 생각에, 이 소년 향주를 달리 보게 되었다. 전에는 그저 향주 자리만 차지하고 있을 뿐 별로 대수롭지 않다고 여겼는데, 지금은 진심으로 그에게 감사하고 존경심까지 절로 우러났다. 그런데 공주가 느닷없이 위 향주의 뺨을 때리자 몇몇이 바로 나서 뜯어말리고 질책하는 자도 있었다.

공주는 울고불고 난리를 쳤다.

"나하고 혼례를 올리겠다고 해서 무조건 네 말을 믿고 황궁에서 데리고 나왔어! 그리고 또 그 전봉영 군사들을 시켜 친구들을 구해야 된다고 해서 도와줬는데… 이런 날강도 같은 놈! 이제 와서 오리발을 내밀겠다는 거야? 내가 가만있을 것 같아? 내 배 속에 있는…."

위소보는 그녀가 군호들 앞에서 창피하게 다 까발릴까 봐 얼른 말을 잘랐다.

"그래, 알았어, 알았다니까! 우리랑 함께 가자. 일단 성을 벗어나고 보자고!"

공주는 그제야 눈물 콧물을 닦으며 웃고는 말에 올랐다.

일행이 동성 조양문朝陽門에 이르자 위소보가 소리쳤다.

"황상의 밀지를 받들어 역도들을 소탕하러 출성해야 하니 속히 성문을 열어라!"

효기영, 호군영護軍營, 전봉영 등 삼영三營은 모두 황제의 어림군御林軍

친병親兵이다. 그들은 북경성에서 무소불위해 문무대관들까지 그들을 꺼려할 정도였다. 지금 조양문을 지키는 병사들이 전봉영 소속의 군사들을 어찌 감히 막을 수 있겠는가? 그렇지 않아도 좀 전에 요란한 포성을 들었기 때문에 성안에서 무슨 큰일이 벌어진 거라 짐작하고, 얼른 성문을 열어주었다.

군호들은 성문을 빠져나와 곧장 동쪽으로 달렸다.

위소보는 진근남과 말을 타고 나란히 달리면서 귀신수 일가가 황제를 죽이려다 실패해 목숨을 잃은 경위와, 황제가 이미 자신의 정체를 다 알아냈다는 이야기를 간략하게 해주었다.

그의 말을 다 듣고 나서 진근남은 칭찬을 아끼지 않았다.

"소보야, 넌 평상시 경박하고 솔직하지 못한 면도 있었는데, 긴급한 상황에서 부귀영화를 탐하지 않고 의리를 중시해 친구들을 도왔으니 정말 대견하구나."

위소보는 웃으며 말했다.

"다른 친구라면 몰라도… 대의멸사大義滅師 같은 일은 절대 하지 않을 겁니다!"

진근남이 그의 말을 받았다.

"그 '다른 친구라면 몰라도'가 무슨 뜻이냐? 친구라면 누구든 무조건 배신하면 안 되는 거야. 그리고 그 '대의멸사' 네 글자도 틀렸다!"

위소보는 대의멸친大義滅親을 일부러 '대의멸사'로 바꾼 것이었다. 그는 혀를 날름거리며 말했다.

"저는 워낙 배움이 짧아서 말을 엉터리로 하는 경우가 있으니 사부님께선 너무 나무라지 마세요."

지난날 소황제와 쌍소리를 섞어가며 말을 함부로 막 하던 일이 생각났다. 정말 즐거운 시간이었는데, 이젠 그런 시절이 다시는 돌아오지 않을 거라고 생각하니 울적해졌다.

진근남이 말했다.

"우린 전봉영의 군사들로 가장해 빠져나왔으나 지금쯤 궁에 다 알려졌을 것이다. 서둘러 옷을 갈아입어야겠구나."

위소보가 대답했다.

"네, 앞에 고을이 나타날 테니 옷을 사서 갈아입도록 하죠."

일행은 동쪽으로 20여 리쯤 더 달려 어느 시진市鎭에 들어섰다. 그런데 이 고을에는 옷을 파는 가게가 없었다. 진근남은 행군작전에는 경험이 많지만 이런 일상의 사소한 일에 대해선 아는 것이 없어 그저 속수무책이었다.

"다른 고을이 나타나면 그때 옷을 사서 갈아입도록 하지."

일행이 그 시진을 지나는 중에 제법 행세를 하는 듯한 큰 저택을 발견했다. 높은 담장에 붉은 대문, 집이 으리으리했다.

위소보는 뇌리를 스치는 생각이 있어 입을 열었다.

"사부님, 우리 저 집에 들어가서 옷을 좀 빌려입도록 하죠."

진근남은 망설였다.

"아마 빌려주지 않을걸."

위소보가 웃으며 말했다.

"우린 관병이에요. 관병이 대갓집을 뜯어먹지 않으면 뭘 먹고 살겠어요?"

그는 곧 말에서 내려 대문에 달려 있는 동환銅環을 쩔그렁쩔그렁 요란하게 흔들어댔다.

남자 하인이 문을 열어주자, 일행은 벌떼처럼 집 안으로 들어가 보이는 사람마다 옷을 벗겼다. 집주인은 일찍이 관직에서 물러나 한가로이 만년을 보내고 있는 노인인데, 전봉영 군사들이 날강도처럼 설치는 것을 보고 당황해 연신 소리를 질렀다.

"다들 이러지 말고 내 말 좀 들어봐요. 따로 주안상을 마련하고 노잣돈도 드릴 테니 제발…"

말이 끝나기도 전에 누구에겐가 잡혀 장포와 바지가 벗겨졌다. 노인은 기겁을 해 다시 소리쳤다.

"이 늙은이를 이렇게 희롱하면 안 되는데…"

군호들은 지금 전봉영의 군사니, 그저 시시덕거리며 삽시간에 수십 벌의 옷을 강탈했다. 그 노인과 가족들은 혼비백산, 어찌할 바를 몰라 했다. 다행히 이 전봉영 군사들은 이상하게도 그저 무턱대고 남자들의 옷만 벗길 뿐 여자 식구를 희롱하거나 건드리지 않았다. 물론 남자 옷을 벗기고 나서도 경박한 짓은 삼갔다. 그리고 옷만 벗겨서 우르르 몰려나가더니 말을 타고 어디론가 사라져버렸다. 대갓집 식구들은 모두 옷이 벗겨진 채 서로 휘둥그레진 눈으로 마주 보며, 마치 악몽을 꾼 듯한 착각에 빠졌다.

군호들은 한적한 곳에 이르러 옷을 갈아입었다. 공주와 목검병, 증유 세 사람도 남장을 했다. 그리고 다시 말에 올라 길을 재촉했다.

위소보는 쌍아가 걱정돼 마음이 무거웠다.

"풍 대형과 내 시중을 들어온 쌍아라는 낭자가 경성에 남아 어떻게 됐는지 걱정스러운데, 외성에서 온 형제가 있으면 경성으로 돌아가 소식을 좀 알아봐줬으면 좋겠어요.”

그러자 광서에서 온 천지회 형제 두 사람이 자원해 분부를 받들고 떠나갔다. 군호들은 관병이 쫓아오지 않는 것을 확인하고 다소 마음이 놓였다.

다시 얼마 정도 갔을 때 목검병이 갑자기 비명을 내질렀다.

“앗!”

그러나 곧 까르르 웃었다. 증유가 타고 가던 말이 갑자기 설사를 하는 바람에 하마터면 목검병의 발에 똥이 튈 뻔한 것이었다.

얼마 정도 더 가자 또 몇 필의 말이 설사를 했다. 이어 현정 도인이 타고 온 말이 길게 울부짖으며 땅에 고꾸라져 다시는 일어나지 못했다. 전노본이 말했다.

“도장, 나랑 말을 같이 타고 갑시다.”

현정 도인이 고개를 끄덕였다.

“그럽시다!”

그러고는 몸을 솟구쳐 말 뒤에 올라탔다.

위소보는 문득 떠오르는 생각이 있어 절로 놀란 외침을 토했다.

“어이구, 사부님! 이건 인과응보예요, 큰일 났습니다!”

진근남이 물었다.

“인과응보라니, 무슨 일이지?”

위소보가 말했다.

“그 빌어… 오… 오응웅의 귀신이 찾아온 것 같아요. 나에 대한 증오가 뼈에 사무쳤나 봐요. 내가 그를 잡아갔고, 또 그의… 그의…”

그는 '마누라'라는 말을 차마 입 밖에 내지 못했다.

지난날 황명을 받들고 오응웅 일행을 추격했는데, 그 일행의 말들이 파두巴豆를 먹어 도중에 설사를 하는 바람에 다 쓰러져, 멀리 달아나지 못하고 붙잡힌 일이 떠올랐다. 당시 자기가 말들에게 파두를 먹이지 않았다면 오응웅은 운남으로 달아났을 것이고, 어쩌면 황상에게 처형되지 않았을 수도 있었다. 결국 자신이 오응웅을 죽인 셈이었다.

이번에는 자기가 달아나게 되었는데, 말들이 설사를 하고 픽픽 쓰러지니, 이게 오응웅의 억울한 혼백이 찾아와 보복을 하는 게 아니고 뭐겠는가! 더구나 지금은 그의 마누라까지 데리고 도망가는 중이었다. 오응웅은 죽어서 '부마 귀신'이 됐을 뿐 아니라 '녹색 모자'를 쓴 귀신까지 겸하게 됐으니 가만있을 리가 만무했다.

위소보는 생각할수록 겁이 나서 몸이 후들후들 떨렸다. 이때 다시 말 울음소리가 들리더니 두 필이 쓰러졌다.

진근남도 상황이 심상치 않다는 것을 깨달았다. 그래서 위소보에게 자세히 물었고, 위소보는 지난날 오응웅을 붙잡게 된 경위를 이야기해주었다. 그리고 떨리는 음성으로 덧붙였다.

"오응웅이 귀신이 되어 끈질기게 쫓아와서 복수하는 거예요. 이젠… 이젠…."

공주가 화를 냈다.

"오응웅은 살아 있을 때도 멍청했으니 죽어서도 멍청할 텐데, 뭘 겁내는 거야?"

진근남이 눈살을 찌푸렸다.

"벌건 대낮에 무슨 귀신이 있다는 것이냐? 그날 네가 오응웅의 말들을 독살한 일을 오랑캐 황제도 알고 있느냐?"

위소보가 대답했다.

"네, 알고 있어요. 날 복장이라고 칭찬까지 했어요!"

진근남이 고개를 끄덕였다.

"그래, 오랑캐 황제는 이에는 이, 복장의 수법을 복장에게 되돌려준 거야. 행여 네가 달아날까 봐 미리 사람을 시켜 말들에게 파두를 먹인 것 같구나."

위소보가 무릎을 치며 말했다.

"맞아요, 맞아! 그날 오응웅을 붙잡아오자 황상은 아주 좋아하면서 그 마부 대장에게도 상을 내리고 병부에서 일을 하게끔 조치했어요. 이번엔 그를 시켜 내 말들에게 파두를 먹인 모양이에요."

진근남이 말했다.

"그래, 그들은 네가 키우고 있는 모든 말에 대해 손바닥 보듯 잘 알고 있을 테니, 독을 쓰면 백발백중이겠지."

위소보는 화를 냈다.

"다음에 그 마부를 붙잡으면 말똥을 입에 처넣을….."

말이 끝나기도 전에 타고 있는 말이 다리가 꺾이며 앞으로 고꾸라졌다. 위소보는 얼른 몸을 솟구쳤다. 말은 버둥거리며 다시 일어서려 했지만 결국 쓰러지고 말았다.

진근남이 다시 말했다.

"이제 이 말들은 필요가 없을 것 같구나. 앞에 고을이 나오면 다시 구하도록 하자."

유대홍이 말했다.

"한꺼번에 수십 필의 말을 구하기는 어려울 겁니다."

진근남이 수긍했다.

"그렇겠군요. 그럼 다들 여기서 흩어지도록 합시다."

그가 말하는 사이에 갑자기 말발굽 소리가 희미하게 들려왔다. 현정 도인이 반색을 하며 말했다.

"관병이 쫓아오는 모양인데, 그들을 죽여 말을 빼앗아옵시다!"

진근남이 서둘러 말했다.

"천지회의 형제들은 왼쪽으로 몸을 숨기고, 목왕부와 왕옥산의 형제들은 오른쪽으로 몸을 숨겼다가, 관병이 가까이 오면 기습을 전개합시다. 아니… 이상한데…."

말발굽 소리가 차츰 가까워지는데, 지면이 흔들릴 정도로 아주 요란했다. 어림잡아도 1천 필이 넘는 말이었다. 군호들은 그가 왜 '아니… 이상한데…'라고 했는지 물어볼 필요가 없었다. 모두들 안색이 변했다.

군호들은 수십 명에 불과했다. 비록 모두 무공이 고강하지만 대낮 너른 들판에서 많은 기병들을 상대하기에는 중과부적, 당해낼 재간이 없을 것이다. 몇몇 무공의 고수는 달아날 수 있을지 몰라도 대다수는 목숨을 잃을 것이었다.

진근남은 바로 결정을 내렸다.

"관병의 수가 너무 많으니 정면으로 맞붙지 말고 인근 농가나 숲으로 뿔뿔이 흩어집시다!"

그 몇 마디를 하는 사이에 말발굽 소리가 더 가까이에서 들려왔다. 흙먼지가 마치 먹구름처럼 하늘을 뒤덮었다. 위소보가 소리쳤다.

"아뿔싸, 도망가자!"

그가 냅다 도망치기 시작하자 공주가 외쳤다.

"이봐! 어딜 가는 거야?"

그러면서 바싹 그의 뒤를 따랐다. 위소보가 다시 소리쳤다.

"역시 궁으로 돌아가는 게 좋겠어. 날 따라와봤자 득 될 게 없어."

공주는 욕을 했다.

"날 놔두고 달아나려는 거지? 어림없어!"

그녀가 그를 그냥 놔줄 리가 만무했다.

그러나 그가 휘두른 칼도 홍 교주의 오른쪽 어깨를 베었다.

홍 교주는 바락바락 악을 쓰며 연신 장풍을 전개했다.

결국 위소보는 등에 일장을 맞고 앞으로 고꾸라지며 두어 번 곤두박질을 쳤다.

위소보는 내심 죽을 지경이었다.

'공주를 따돌리는 게 관병들의 추격을 피하는 것보다 더 어려울 것 같아.'

주위를 둘러보니 수수밭이 즐비하게 이어져 있었다. 이미 다 자란 수수는 사람 키만 했다. 일단 죽을힘을 다해 그곳으로 내달렸다. 가까이 가보니 수수밭 뒤쪽으로 농가 두 채가 보였다. 그 외에는 몸을 숨길 만한 곳이 없었다. 관병들이 이제 곧 나타날 터라 바로 수수밭 속으로 뚫고 들어갔다.

그때 누가 등허리를 낚아챘다. 이어 공주의 웃음소리가 들렸다.

"네가 나한테서 달아날 수 있을 것 같아?"

위소보는 더 이상 어쩔 수 없었다. 몸을 돌려 쓴웃음을 지으며 공주에게 말했다.

"빨리 저쪽에 가서 숨어. 관병이 지나간 다음에 얘기하자고."

공주는 고개를 내둘렀다.

"싫어! 너랑 함께 있을 거야."

바로 수수밭 속으로 들어와 위소보 옆에 바짝 붙었다. 두 사람이 몸을 제대로 숨기기도 전에 발걸음 소리가 들리더니 증유가 소리쳤다.

"위 향주! 위 향주!"

위소보가 수숫대 위로 고개를 들어보니 증유와 목검병이 나란히 달려오고 있었다. 위소보가 말했다.

"나 여기 있어! 어서 이리 와!"

두 여인도 수수밭 속으로 기어들어왔다.

네 사람은 수수가 무성한 곳으로 살금살금 옮겨갔다. 몸을 바싹 엎드리면 관병들에게 발각되지 않을 거란 생각에 일단 마음이 놓였다. 곧이어 요란한 말발굽 소리가 들리며 한 무리의 기병이 대로변을 스치고 지나갔다.

위소보는 속으로 생각했다.

'그날 나랑 아가, 그리고 사태 사부님과 정극상 그 우라질 놈, 넷이 함께 보리밭에 숨어 있었지. 휴… 만약 지금 이 성질 고약한 공주가 아니라 아가와 쌍아가 곁에 있다면 얼마나 신날까? 그나마 소군주와 증낭자가 함께 있으니 다행이야. 아가는 지금 어디 있지? 보나마나 정극상의 마누라가 됐을 거야. 쌍아가 걱정인데… 어떻게 됐을까?'

그때 다시 먼 곳으로부터 달가닥달가닥 말발굽 소리가 들려오는 게, 이쪽을 향해 수색해오는 듯했다. 곧이어 기병 소대가 말을 멈추는 것 같더니 고함과 호령 소리가 들렸다.

공주가 깜짝 놀라 속삭였다.

"우릴 발견한 모양이야."

위소보가 말했다.

"조용히 해, 보이지 않을 거야."

공주가 다시 말했다.

"이쪽으로 오고 있잖아!"

한 사람의 외침 소리가 들려왔다.

"역도들이 타고 온 말이 이곳에 쓰러져 있는 걸로 봐서 멀리 달아나지 못했을 것이다. 모두 주위를 샅샅이 수색해라!"

공주는 속으로 투덜거렸다.

'그래서 이쪽으로 오는군. 제기랄, 죽은 말도 속을 썩이네!'

그녀는 위소보의 손을 꼭 쥐었다.

요동 관외로 가면 사람은 적은 반면 땅은 넓고 비옥해, 수수를 심었다 하면 수천 마지기가 넘었다. 끝이 보이지 않을 정도로 광활한 데다, 수수들이 높이 자라 흔히들 '청사장기 青紗帳起'라 했다. 마치 청사를 휘장처럼 길게 끝없이 펼쳐놓은 것 같다는 뜻이다. 만약 그 속에 몸을 숨기면 찾아내기 어려울 것이다. 그러나 이곳은 북경 인근이라 수수밭이 그리 넓지 않았다. 위소보 등이 몸을 숨기고 있는 수수밭은 기껏해야 20~30마지기에 불과했다. 관병들이 떼를 지어 수색해오면 금세 발각되기 십상이었다.

관병들이 차츰 가까이 다가오는 소리를 듣고, 위소보가 나직이 말했다.

"저쪽 농가로 옮기자!"

그러면서 목검병의 소매를 살짝 잡아당기더니 앞장서 농가로 기어갔다. 세 여자도 뒤를 따랐다. 울타리를 지나 싸리문을 열자 집 안에는 아무도 없었다. 마당 한구석에 농기구들이 어지럽게 놓여 있었다. 위소보가 달려가 도롱이 몇 개를 집어 세 여자에게 나눠주며 말했다.

"뒤집어쓰고 있어."

자신도 도롱이를 몸에 걸친 다음 죽립竹笠을 머리에 쓰고 구석에 쪼

그려앉았다. 그것을 본 공주가 키득 웃었다.

"우린 다 시골뜨기가 됐네, 재미있다!"

목검병이 손가락을 입에 갖다 대면서 '쉿' 하고 나직이 말했다.

"이리 오고 있어!"

아니나 다를까, 쾅 하고 문을 걸어차며 예닐곱 명의 관병이 집 안으로 들어왔다. 위소보 등은 얼른 고개를 돌렸다. 잠시 뒤에 한 사람이 큰 소리로 말했다.

"다들 밭에 나간 모양이군, 아무도 안 보이는데…."

위소보는 그 음성이 아주 귀에 익었다. 죽립 사이로 힐끗 보니 바로 조양동이었다. 내심 반가웠다.

이때 한 군사가 말했다.

"총병 대인, 저기 네 사람이…."

조양동이 말했다.

"다들 밖으로 나가 주위를 잘 뒤져봐라. 내가 자세히 심문해보겠다. 마당도 비좁은데 빌어먹을, 다들 몰려 있으니까 숨이 막힐 지경이야!"

군사들은 일제히 대답을 하고 밖으로 나갔다.

그러자 조양동이 큰 소리로 물었다.

"혹시 낯선 사람들을 보지 못했느냐?"

그러면서 위소보 앞으로 다가오더니 품속에서 금 원보元寶 두 개와 은자 세 덩어리를 꺼내 살짝 그의 발밑에 떨어뜨렸다. 그러고는 다시 큰 소리로 말했다.

"그럼 다들 북쪽으로 도망친 모양이군! 그래, 황상이 노발대발해서 잡으면 목을 칠 게 분명하니 멀리 달아날 수밖에 없겠지. 하기야 멀리 달아날수록 더 좋을 거야. 이번 일은 쉽게 마무리될 것 같지 않아!"

그러고는 손을 내밀어 위소보의 어깨를 툭툭 치더니 몸을 돌려 밖으로 나가면서 고함을 질렀다.

"역도들은 북쪽으로 달아났다. 빨리 뒤를 쫓아가자!"

위소보는 한숨을 내쉬며 속으로 생각했다.

'조 총병은 역시 나한테 의리를 지키는구먼. 이 일을 다른 사람이 알면 그도 목이 온전치 못할 텐데….'

요란한 말발굽 소리가 차츰 북쪽을 향해 멀어져갔다.

공주는 이해가 가지 않는 듯 물었다.

"그 총병은 분명 우릴 봤는데, 왜 엉뚱한 말만 하고… 아, 금하고 은자도 남기고 갔잖아. 네 친구인가 보지?"

위소보는 그 물음에 대꾸하지 않고 몸을 일으켰다.

"자, 뒷문을 통해 빠져나가자."

그는 금과 은자를 품속에 갈무리하고 뒤쪽으로 향했다. 뒤뜰로 들어서자 회랑 아래 여덟아홉 명이 앉아 있는 게 보였다. 위소보는 눈을 가늘게 접고 그들을 자세히 보더니 대경실색해 비명을 질렀다.

"으악!"

냅다 몸을 돌려 달아났다. 그러나 두 걸음을 내딛자마자 바로 뒷덜미가 잡혀 허공으로 붕 들어올려졌다. 상대가 차갑게 말했다.

"도망갈 수 있을 것 같으냐?"

그는 놀랍게도 바로 신룡교의 홍 교주였다. 나머지는 홍 부인, 반 두타, 육고헌, 청룡사 허설정, 적룡사 무근 도인, 흑룡사 장담월, 황룡사 은금이었다. 신룡교의 수뇌급 인사가 모두 이곳에 모여 있었던 것이다. 그리고 한 소녀가 보였는데, 방이였다.

공주는 막무가내로 화를 냈다.

"왜 그를 잡는 거야?"

그러면서 다짜고짜 홍 교주를 걷어차갔다. 홍 교주가 왼손을 살짝 떨쳐 그녀의 발등을 찍자 공주는 비명을 질렀다.

"앗!"

바로 그 자리에 쓰러졌다.

위소보는 허공에 대롱대롱 매달린 채 소리쳤다.

"교주님과 영부인은 홍복영락, 천수만세를 누리십시오. 제자 위소보가 인사 올립니다!"

홍 교주는 냉소를 날렸다.

"흥! 아직도 그 말을 기억하고 있군!"

위소보가 말했다.

"늘 그 말을 가슴 깊이 새기고 있었습니다. 아침에 일어나서 한 번 외우고, 세수를 하고 나서 다시 외우고, 아침을 먹고 나서도 외우고, 저녁을 먹을 때도 외우고, 밤에 자기 전에도 잊지 않고 외웠습니다. 그리고 교주님과 영부인의 은덕이 생각날 때마다 늘 여러 번 외우곤 했습니다!"

홍 교주는 본거지인 신룡도가 파괴되고 교도들이 죽거나 뿔뿔이 흩어져 이제 곁에는 몇몇 옛 형제들밖에 남지 않았다. 쫓기는 신세가 되어 강호를 떠돌아다니느라 '홍복영락, 천수만세'라는 소리를 들은 지도 꽤 오래되었다. 지금 위소보가 힘차게 그 말을 하자 절로 흐뭇해하며 그를 내려놓았다. 원래 얼음장처럼 차가웠던 얼굴에도 한 가닥 미소가 피어올랐다.

위소보가 다시 말했다.

"오늘 교주님을 뵈오니 기운이 불끈 솟고 정신이 아주 맑아졌습니다. 단지 한 가지 이해가 가지 않는 일이 있습니다."

홍 교주가 물었다.

"뭐가?"

위소보가 대답했다.

"그날 교주님하고 영부님과 작별한 후로 꽤나 오랜 시간이 흘렀는데, 교주님은 오히려 예닐곱 살이나 더 젊어지신 것 같아요. 그리고 영부인은 제 누이동생처럼 보이니, 정말 어찌 된 영문인지 알다가도 모르겠어요."

홍 부인은 까르르 웃으며 그의 볼을 살짝 꼬집었다.

"요런 원숭이 같은 녀석을 봤나. 아무튼 알랑방귀 뀌는 실력은 천하제일이라니까!"

공주는 그녀가 위소보의 볼을 꼬집자 버럭 화를 냈다.

"정말 뻔뻔하고 웃기는 여자네! 왜 함부로 남한테 손발을 놀리지?"

홍 부인은 웃으며 말했다.

"손발이라니? 난 손만 놀리고 발은 놀리지 않았어. 좋아! 그럼 발을 놀려볼까?"

그러면서 발을 들어 냅다 공주의 엉덩이를 걷어찼다.

"아, 으악!"

공주는 아파서 비명을 질러댔다.

이때 말발굽 소리가 요란하게 들렸다. 삽시간에 사면팔방에서 말발굽 소리가 가까워졌다. 모름지기 많은 관병들이 이 농가를 겹겹이 포위한 것 같았다.

곧 대문이 열리며 10여 명의 관병이 우르르 몰려들어왔다. 앞장선 두 사람이 홍 교주와 위소보 등을 한번 쓱 훑어보더니, 그중 한 사람이 말했다.

"다들 상관없는 농사꾼들이군."

그 음성을 듣고 위소보는 왕진보라는 것을 알았다. 얼른 고개를 돌려보니 그 옆에 손사극도 있었다. 두 사람은 눈빛을 교환하더니 군사들더러 나가라는 손짓을 했다. 그리고 손사극이 큰 소리로 말했다.

"이봐! 혹시 달아나고 있는 역도들을 보지 못했나? 보지 못했다고? 좋아! 그럼 우리 다른 데로 가서 찾아보자!"

위소보는 잽싸게 생각을 굴렸다.

'신룡교 손에 잡힌 이상 아무리 주둥아리를 놀려 감언이설을 늘어놔도 결국 목숨을 부지하기 어려울 거야. 차라리 이들을 따라가 신룡교 수중에서 벗어난 후에 놓아달라고 부탁하는 게 낫겠어.'

그는 왕진보와 손사극이 몸을 돌려 떠나려는 것을 보고 소리쳤다.

"왕 삼형, 손 사형! 나요, 위소보! 날 좀 데려가줘요."

손사극이 말했다.

"여긴 위험하니 여러 말 말고 어서 멀리 피해라!"

왕진보가 손사극에게 말했다.

"저 시골 젊은이가 돈이 없다고 하는데, 혹시 돈을 좀 갖고 있나?"

손사극이 그의 말을 받았다.

"돈이라고? 있지, 있어!"

그러더니 품속에서 은표를 꺼내 위소보에게 주었다.

"북경성에서 역도가 달아나 황제께서 몹시 노여워하며 수천 명의 군사를 시켜 잡아오라고 했어. 잡히면 바로 목을 치라고 말이야. 젊은이, 여긴 아주 위험하니 괜히 붙잡혀서 억울하게 목숨을 잃지 말고 어서 달아나게."

위소보는 속이 탔다.

"날 잡아가라니까요! 난… 관병을 따라가고 싶어요!"

왕진보가 말했다.

"우릴 따라가서 군량을 거저 먹겠다는 건가? 그건 말도 안 돼. 밖에 황상이 친히 보낸 화기영火器營이 화총火銃을 갖고 있어. 팡팡 쏴대면 제아무리 무공이 고강해도 막을 수가 없다네."

위소보는 속으로 생각했다.

'화기영이 왔다니 잘됐군. 홍 교주도 함부로 굴지 못할 거야.'

그는 얼른 말했다.

"황상을 만나야 하니 날 좀 데려가줘요!"

왕진보가 고개를 저으며 말했다.

"황상은 널 보자마자 바로 목을 칠 거야. 황상은 눈이 두 개에다 입이 하난데 별로 볼 것이 없어. 참, 말을 열세 필 남겨놓고 갈 테니 잘 키워봐. 몇 년 후에 다시 찾으러 올 테니까. 한 마리라도 죽으면 변상을 해야 하니, 알아서 해라!"

그러면서 밖으로 걸어나갔다.

위소보는 다급해져서 달려가 소매를 끌어잡았다.

"왕 삼형, 제발 날 좀 데려가줘요!"

그 순간 커다란 손이 그의 머리 위에 얹어졌다. 그리고 홍 교주의 음성이 들렸다.

"젊은이, 관병 나리들의 호의를 무시하면 안 되지. 경성에서 왔으니 황제의 의도를 잘 알 거야. 엉뚱한 생각을 하면 큰일 나네."

손사극이 큰 소리로 말했다.

"그래! 우린 빨리 역도들을 추격하자고!"

위소보는 지금 자신의 목숨이 홍 교주 손에 달려 있다는 것을 잘 알고 있었다. 그가 조금만 내력을 가해도 머리가 박살나고 말 것이었다. 설령 지금 죽지 않더라도 결국 죽게 될 건 마찬가지였다. 그래서 더 언성을 높여 사정했다.

"제발 날 좀 데려가요! 내가 위소보라고요!"

밖에 있는 군사들은 그의 외침에 깜짝 놀라 귀를 쫑긋이 세웠다. 그러자 손사극이 깔깔 웃으며 말했다.

"무슨 장난을 하는 거냐? 위소보는 열몇 살밖에 안 된 소년이야. 팔순이 가까운 노인네가 목소리를 뾰족하게 낸다고 해서 먹힐 것 같으냐? 장난칠 것을 쳐야지, 정말 웃기는구면!"

그러고는 왕진보의 소매를 잡고 성큼성큼 밖으로 걸어나갔다. 그리고 군사들에게 명을 내렸다.

"뒤에 올 통보병을 위해 말 열세 필을 남겨놓고, 역도들이 은신하지 못하게 초가를 불태워 없애라!"

군사들이 일제히 대답했다.

"네! 명을 받들겠습니다!"

이어 몇몇이 불을 지르고, 나머지는 요란한 말발굽 소리와 함께 북쪽 방향으로 내달렸다.

위소보는 한숨을 내쉬며 속으로 생각했다.

'이젠 영락없이 죽었군. 왕 삼형과 손 사형은 내가 빨리 떠나지 않고 다음 추격대에게 발각될까 봐 초가를 태우라고 한 거야.'

초가 이곳저곳에서 연기가 피어오르고 불길이 일었다.

홍 교주가 냉소를 날렸다.

"친구들은 아주 의리가 있군. 은자를 주고 말도 남겨줬어. 자, 다들 떠나자!"

목검병이 공주를 부축하고, 일행은 뒷문을 통해 나갔다. 불길은 계속 타올랐다. 집 앞쪽으로 돌아와보니 정말 말 열세 필이 묶여 있었다. 그중 두 필은 안장과 등자가 유난히 빛났다. 왕진보와 손사극이 타고 온 말이 분명했다.

다들 제각기 말에 올라타 동쪽으로 향하면서 위소보 등 네 사람을 가운데 두고 에워쌌다. 위소보는 다른 추격대가 나타나 자기를 붙잡아 가길 바랐다. 소황제는 자기와 정리가 깊어 이번에 비록 큰 잘못을 저질렀지만 목을 치진 않을 거라고 생각했다. 그러나 홍 교주는 워낙 악랄하고 음흉해 그의 손에 걸리면 얼마나 큰 고초를 겪을지, 가히 짐작이 되었다.

위소보가 속으로 그렇게 바라면서 한참 달렸지만 추격대는 쫓아오지 않았다. 이들이 타고 있는 말들은 왕진보가 고른 최상의 말이라 나는 듯이 달려, 설령 추격대가 있다고 해도 따라잡지 못할 것이었다. 게다가 왕진보와 손사극은 추격대를 북쪽으로 유도할 게 뻔했다.

가는 도중에 공주는 욕을 하고 고함을 지르며 생떼를 부렸지만 아무도 상대를 해주지 않았다. 나중에 워낙 시끄러워서 은금이 소리를 지르지 못하게 아혈을 찍어버렸다. 공주는 속이 터져 죽을 지경이었지만 더 이상 아무 소리도 내지 못했다.

홍 교주는 일행을 이끌고 가능한 한 황산야령荒山野嶺을 택해 동남쪽으로 달렸다. 밤에는 황량한 들판에서 야숙을 했다. 위소보는 몇 번이고 도주를 시도했지만, 홍 교주의 기지는 그 못지않아 매번 들켜서 얻어터지기만 했다. 도저히 그의 손아귀에서 벗어날 수 없었다.

며칠이 지나자 해변에 이르렀다. 육고헌은 위소보의 몸을 뒤져 은자를 찾아서 큰 배를 한 척 빌렸다. 위소보는 내심 죽을 지경이었다. 배를 빌리는 돈까지 자기가 부담해야 하니, 정말 환장할 지경이었다.

배에 오르자 돛을 올리고 동쪽으로 미끄러져갔다. 위소보는 나름대로 생각했다.

'이번에 틀림없이 신룡도로 가겠지. 늙은 자라새끼가 날 독사의 먹이로 내줄 모양인데…'

섬에 오르면 독사들이 우르르 달려들어 마구 물어뜯을 텐데… 생각만 해도 오싹 소름이 끼쳤다. 생각이 이어졌다.

'배 밑창에다 구멍을 내서 다 같이 죽어버릴까?'

그러나 신룡교 사람들은 그가 꾀돌이라는 것을 알고 한시도 눈을 떼지 않고 감시를 하는데 무슨 수작을 부릴 수 있겠는가?

위소보는 이전에 신룡도에 두 번 갔었다. 처음에는 다정다감한 방이와 같은 배를 타고 행복한 시간을 보냈다. 그리고 두 번째는 대군을 이끌고 위풍당당한 모습이었는데, 이번에는 계속 감시를 당하고 얻어

터지면서 언제 목숨을 잃을지도 모르는 비참한 처지였다. 전에 비하면 그야말로 하늘과 땅 차이라, 격세지감을 느끼지 않을 수 없었다.

북경 교외 농가에서 방이를 다시 만났고, 말을 타고 함께 여러 날을 왔다. 그리고 지금 한배에 타고 있는데, 시종일관 희로애락을 드러내지 않고 아무 말도 하지 않았다. 비록 자신을 괴롭히지는 않았지만 마치 소가 닭을 대하듯 아예 눈길도 주지 않았다.

혹시 홍 교주의 음흉하고 악랄한 위협 때문에, 자기한테 마음이 있으면서도 겁을 먹고 모르는 척하는 게 아닐까? 그런 생각이 들다가도, 지난번에 마치 사창굴의 매춘부처럼 자기를 속인 걸 생각하면, 이가 갈리기도 했다. 세상에 정말 믿을 수 없는 게 여자의 마음이라더니, 방이가 딱 그 짝이었다.

배에서도 여러 날이 지났다. 아니나 다를까, 배가 멎은 곳은 신룡도였다. 육고헌과 반 두타는 위소보와 공주, 목검병, 증유를 끌고 내렸다. 은금은 배를 몰고 온 사공들을 위협해 즉시 배에서 내리라고 했다. 그중 한 사람이 돌아가겠다고 반항하자 은금은 단칼에 그를 죽여버렸다. 나머지 사공들은 놀라 혼비백산했다. 결국 찍소리도 못하고 순순히 배에서 내려 그들을 따라갔다.

섬은 나무가 다 말라비틀어지고, 도처가 폐허로 변해 있었다. 지난날 포격을 당한 흔적이 그대로 남아 있었다. 숲 사이로 썩은 냄새가 코를 찌르는데, 곳곳에 죽은 독사들의 뼈가 널브러져 있었다. 대당大堂 앞에 이르자 담장이 다 허물어지고, 수십 채나 되던 죽옥竹屋은 흔적도 없이 다 사라졌다.

홍 교주는 돌부처처럼 빳빳이 서서 아무 말도 하지 않았다. 은금 등은 모두 분노를 감추지 못하고, 몇몇은 위소보를 무섭게 노려보았다.

장담월이 소리 높여 외쳤다.

"홍 교주께서 돌아오셨다. 교도들은 다 나와 교주님께 참배해라!"

그가 내공을 끌어올려 소리치자 몇 리 밖까지 울려퍼졌다. 잠시 사이를 두었다가 다시 두 번을 외쳤다. 그 소리가 산골짜기 사이로 메아리쳐 퍼졌다.

"…돌아오셨다… 교도들은… 모두 나와서… 교주님을… 참배해라… 참배해라…."

한참이 지났는데도 주위는 조용했다. 교도들이 우르르 몰려나오기는커녕 단 한 사람의 대답도 들리지 않았다.

홍 교주는 고개를 돌려 위소보를 노려보며 냉랭하게 말했다.

"대포로 이 섬을 마구 포격해 거대한 신룡교를 와해시켰으니, 소원풀이를 했겠군!"

위소보는 그의 얼굴에 원독怨毒의 빛이 잔뜩 서려 있는 것을 보고, 자신도 모르게 모골이 송연해졌다. 목소리까지 떨렸다.

"저… 송구영신送舊迎新이라 하듯이, 헌것을 보내야만 새것이 오는 법이니… 홍 교주께서는 새롭게 위풍을 떨쳐 대… 대전홍도大展鴻圖, 다시 교를 중건하여 신장개업新裝開業하면, 불길이 일 듯 갈수록 교세가 활활 타올라… 영부인과 더불어 홍복영락, 천수만세를 누리실…."

그의 횡설수설이 끝나기도 전에 홍 교주가 고개를 끄덕였다.

"그래, 좋아!"

그러면서 냅다 그를 걷어찼다. 위소보는 픽 하고 한쪽으로 날아가 땅바닥에 나자빠졌다. 온몸의 뼈마디가 으스러지는 듯한 고통으로 한

동안 일어나지도 못했다. 증유는 홍 교주의 흉악한 모습을 보고 잔뜩 겁을 집어먹었으나 그래도 위소보에게 달려가 부축해 일으켰다.

은금이 앞으로 나서 몸을 숙였다.

"교주님, 저놈은 백번 죽어 마땅하니, 한 칼 한 칼 살점을 도려내 죽이겠습니다."

홍 교주는 홍 하고 코웃음을 날렸다.

"서둘지 마라!"

약간 멈칫하더니 말을 이었다.

"저놈의 머릿속엔 엄청난 비밀이 숨겨져 있다. 본교를 재건하려면 그것이 필요하니 섣불리 죽여서는 안 된다."

은금이 얼른 대답했다.

"네! 속하는 아둔하여 교주님의 깊은 식견을 헤아릴 수 없습니다."

홍 교주는 평평한 바위를 골라 걸터앉아서 잠시 생각을 굴리는 듯하더니 입을 열었다.

"자고로 큰일을 이루려면 다사다난을 겪기 마련이다. 본교는 이번에 좌절을 겪었지만 크게 우려할 필요가 없다. 현재 교도들이 다 뿔뿔이 흩어졌으니 어떻게 교세를 중건하면 좋을지 모두 의견을 제시해보아라."

은금이 말했다.

"교주님은 영명하시고 지혜롭습니다. 저희들이 열흘 밤낮을 고심해도 교주님의 순간 영기靈氣에도 미치지 못하니, 양책良策을 제시하시면 그저 분부에 따를 뿐입니다."

홍 교주가 고개를 끄덕이며 말했다.

"지금 가장 중요한 것은 흩어진 교도들을 다시 불러모으는 것이다. 지난번 관병이 대포로 신룡도를 포격해 많은 교도들이 살상됐지만 아마 3분의 1에 불과할 것이다. 나머지 3분의 2는 사방으로 흩어져 있는 게 분명하다. 이 자리에서 육고헌을 백룡사에 임명해 오룡사五龍使의 결원缺員을 보충토록 하겠다."

육고헌이 몸을 숙여 감사를 표했다. 홍 교주가 다시 말했다.

"청·황·적·백·흑, 오룡사는 오늘 바로 천하 방방곡곡으로 흩어져 옛 교도들을 다시 소집하라. 아울러 자질이 뛰어난 소년소녀를 보면 본교에 가입시켜 신룡교를 중흥하자!"

은금과 장담월, 육고헌은 몸을 숙여 대답했다.

"교주님의 호령에 따르겠습니다."

그러나 적룡사 무근 도인과 청룡사 허설정은 묵묵부답이었다. 홍 교주는 못마땅한 눈초리로 두 사람을 쳐다보며 물었다.

"적룡사와 청룡사는 할 말이 있는가?"

허설정이 나섰다.

"교주님께 두 가지 청이 있습니다. 윤허해주길 바랍니다."

홍 교주는 흥 하고 코웃음을 치며 물었다.

"무슨 청이지?"

허설정이 대답했다.

"저희는 늘 교주님께 충성을 바쳐왔는데, 교주님은 저희를 믿지 않는 것 같아 서운함을 금할 수가 없습니다. 청하건대 표태역근환의 해약을 하사해 모든 형제들이 편안한 마음으로 교주님께 충성할 수 있도록 선처해주십시오."

홍 교주의 음성은 냉랭했다.

"만약 해약을 주지 않겠다면 충성을 다하지 않겠다는 뜻이냐?"

허설정이 말했다.

"그렇지 않습니다. 청원을 드리는 것뿐입니다. 그리고 두 번째 청은, 다름이 아니라 그 소년소녀들은 본교를 위해 크게 이바지를 하지 못하면서 오히려 폐단이 많았습니다. 지난번 일로써 이미 증명이 되었듯이, 교에 큰일이 닥치면 무조건 달아나고 봅니다. 본교가 조난을 당했을 때 끝까지 교주님과 영부인 곁에 남은 것은 우리 몇몇 옛 형제들뿐입니다. 그 젊은 제자들은 평상시 변함없는 충심으로 목숨을 바치겠다고 입에 발린 소리만 떠들어댔을 뿐, 막상 일이 닥쳤을 때 목숨을 걸고 나서는 자가 있었습니까? 신룡교를 중흥하려면 기백이 있고 책임감이 강한, 진정한 대장부들을 규합해야 합니다. 말과 행동이 다르고 헛소리를 일삼는 저 위소보 같은 소인배들은 애당초 배제해야 합니다!"

그가 한 마디를 할 때마다 홍 교주의 표정은 더 차갑고 어둡게 굳었다. 허설정은 속으로 두려움을 느끼면서도 마음을 굳게 먹고 자신의 주장을 끝까지 펼쳤다.

홍 교주의 비수 같은 눈길이 무근 도인에게 옮겨갔다. 그가 냉랭하게 물었다.

"적룡사는 어떻게 생각하지?"

무근 도인은 뒤로 두 걸음 물러나 대답했다.

"저도 청룡사의 말이 옳다고 생각합니다. 더 이상 똑같은 전철을 밟아서는 안 됩니다. 경험을 거울삼아야 합니다. 폐단이 밝혀졌으니, 교주님은 그 영명함과 지혜로써 그 젊은 남녀들이 믿을 수 없고 별로 소용이 없다는 것을 알았을 겁니다. 예를 들어… 저….”

말을 하면서 목검병을 가리켰다.

“저 소녀는 본디 우리 적룡문에 속해 있었고, 교주님의 은덕을 많이 입었는데, 본교가 환란에 처하자 바로 교를 배신하고 적에게 투항했습니다. 저런 사람은 일일이 다 찾아내서 난도질을 해 엄히 처단해야 합니다!”

홍 교주는 육고헌과 장담월, 은금을 하나하나 훑어보며 물었다.

“다 함께 상의해서 결정한 일이냐?”

다들 아무 대꾸도 하지 않았다. 잠시 침묵이 흐른 뒤 반 두타가 입을 열었다.

“교주님께 아룁니다. 우린 사전에 상의를 한 바가 없습니다. 하지만… 하지만 제 개인적인 생각으론 청룡사와 적룡사의 말이 옳다고 봅니다.”

홍 교주는 장담월을 응시하며 그의 대답을 기다렸다.

장담월은 교주의 눈치를 보며 조심스럽게 입을 열었다.

“본교가 환란을 당해 거의 전멸하다시피 한 것은… 그 원흉이 바로 위소보 같은 소인배입니다. 저는 저런 놈들을 절대 믿지 않습니다.”

홍 교주는 고개를 끄덕였다.

“좋아, 너도 저들과 한통속이군. 육고헌, 네 생각은 어떠냐?”

육고헌이 말했다.

“저는 교주님의 은덕을 입어 이번에 백룡사의 중책을 맡게 됐으니, 당연히 교주님을 위해 모든 충성을 다 바칠 겁니다. 그리고 청룡사를 비롯한 저들의 의견은 사실 본교와 교주님을 위한 것이지 다른 뜻은 없을 것입니다.”

가만히 있던 은금이 목청을 높이며 나섰다.

“다들 지금 크게 잘못 생각하고 있소! 교주님의 지혜는 우리보다 백배는 더 뛰어나오. 우린 군이 이렇다 저렇다 의견을 제시할 필요 없이 무조건 교주님과 영부인이 시키는 대로만 하면 되는 거요! 오랑캐 병사들이 본교를 포격한 것도 따지고 보면 본교를 쇄신시키기 위해 교주님께 불충한 교도들을 다 내쫓아버린 거요. 그렇지 않았으면 충신과 간신을 어떻게 분간해낼 수 있었겠소? 우리는 그저 우물 안 개구리에 불과하오. 안목이 짧아 눈앞에 보이는 득실에만 급급할 뿐이지, 백년을 내다보는 교주님의 혜안慧眼을 도저히 따라갈 수가 없소!”

허설정이 화를 냈다.

“본교가 이 지경이 된 것은 바로 너 같은 아첨꾼 때문이다! 사사건건 아첨으로 일관하면 본교에 무슨 도움이 되겠느냐? 교주님께 무슨 득이 되겠냔 말이다.”

은금도 덩달아 화를 냈다.

“뭐, 아첨이라고? 정말… 정말… 교주님께 반기를 들겠다는 거냐?”

허설정은 눈에 쌍심지를 켰다.

“이런 파렴치한 소인배! 본교를 파탄으로 몰고 가는 너야말로 모반을 꾀하는 것이다!”

그러면서 손이 검자루로 갔다. 은금은 흠칫 놀라 뒤로 한 걸음 물러나며 소리쳤다.

“지난날 넌 교주님의 뜻을 거역하고 본교를 배신했음에도 교주님과 영부인이 하해와 같은 관용을 베풀어 용서해줬거늘, 지금 다시… 교주님을 배신하겠다는 것이냐?"

허설정과 장담월, 육고헌, 반 두타는 일제히 그를 노려보며 더 이상 아무 말도 하지 않았다. 홍 교주도 고개를 돌려 은금을 노려보았다. 그의 눈에서 냉혹한 광채가 뿜어져나왔다. 은금은 소스라치게 놀라 다시 뒤로 한 걸음 물러났다.

"교주님, 저들은 공모해 대역무도를 꾀하고 있으니 모조리 처단해야 합니다!"

홍 교주가 거친 목소리로 물었다.

"방금 뭐라고 했지?"

은금은 교주의 표정이 심상치 않자 더욱 겁을 먹고 떨리는 목소리로 말했다.

"저는… 오로지 교주님께… 충성할 뿐이니… 저 역도들을 용서할 수 없습니다!"

홍 교주가 말했다.

"우린 지난날 하늘에 굳게 맹세했다. 누구든 과거지사를 다시 들춰내 문제를 삼으면 어떻게 하기로 했지?"

은금은 놀라 혼비백산했다.

"저… 교주님, 은총을 베풀어주십시오. 저는 그저… 교주님께 충성을 다할 뿐… 다른 뜻은 없습니다."

홍 교주가 다시 말했다.

"당시 나와 부인은, 만약 묵은 일을 들춰내 원망을 한다면 용담龍潭에 던져 독사의 밥이 되게 만들겠다고 맹세한 바가 있다. 그래서 모두들 지난일은 다 잊고 지내왔는데, 유독 너만이 못내 잊지 못하고 있구

나. 기회만 있으면 이간질을 하려 드니, 그 의도가 무엇이냐? 속셈이
뭐냔 말이야?"

은금은 얼굴에서 혈색을 찾아볼 수 없을 정도로 창백해져서 얼른
무릎을 꿇었다.

"제가 잘못했습니다. 앞으로는 과거지사를 영원히 거론하지 않겠습
니다."

홍 교주의 음성은 싸늘하기만 했다.

"본교는 이미 다 함께 맹세를 했는데, 그 맹세를 어기면 어떻게 되
지? 네가 그 대가를 치르든가, 아니면 내가 책임을 져야 할 텐데… 말
해봐라, 네가 용담에 들어가야 하나, 아니면 내가 들어갈까?"

은금은 자신도 모르게 비명을 질렀다.

"으아!"

그러고는 뒤로 몸을 솟구치더니 방향을 돌려 냅다 도망치기 시작했
다. 홍 교주는 그가 몇 장 밖으로 달려나갔을 때 돌멩이를 하나 주워
휙 던졌다. 돌멩이는 정확히 그의 뒤통수에 적중했다.

"으아악…!"

단말마의 비명이 들리는 가운데 그의 몸은 허공으로 솟구쳤다가
쿵, 땅에 떨어져 다시는 움직이지 않았다. 바로 숨을 거둔 것이다.

상황이 급변했다. 긴장된 분위기가 팽배해 숨이 막힐 지경이었다.
홍 교주는 좀 전에 일단 득실을 계산했다. 허설정 등 다섯 명이 합세할
경우 자신의 무공과 부인 그리고 은금의 도움을 받으면 능히 제압할
수 있을 거라고 생각했다. 그러나 신룡교는 이미 원기가 크게 손상돼
자기 곁에 남은 사람은 몇 되지 않았다. 그중 은금은 아첨만 일삼을 뿐

실력이 별로 없었다. 만약 나머지 다섯을 죽인다면 그야말로 외톨이가 될 터였다. 그는 순간적으로 득실을 따져 은금을 죽이기로 선택한 것이다. 그래야 남은 다섯 명의 협력을 얻어낼 수 있기 때문이었다.

장담월과 육고헌이 몸을 숙이며 말했다.

"교주님은 일언중천금이라 약속하신 대로 아첨꾼을 제거했으니 모두 경의를 표합니다."

허설정과 무근 도인, 반 두타도 입을 모았다.

"교주님께 감사드립니다!"

이 다섯 사람은 평상시 은금이 아첨만 하고 인품이 나빠 경멸해왔다. 지금 교주가 직접 그를 처단하는 것을 보고 속이 후련했다.

홍 교주가 위소보를 가리키며 말했다.

"내가 저놈을 일부러 살려두는 게 아니라, 놈은 요동 혹한 지역에 막대한 보물이 매장돼 있다는 비밀을 알고 있다. 그가 앞장서 길을 안내하지 않으면 결코 그것을 찾아낼 수 없다. 그 보물만 손에 넣으면 우리 신룡교를 재건하는 것은 아주 쉬운 일이다."

약간 멈칫하더니 말을 이었다.

"좀 전에 다들 젊은 남녀들은 크게 쓸모가 없고 믿을 수 없으니, 섣불리 중용했다가는 지난 전철을 밟을 우려가 있다고 했는데, 본좌도 가만히 생각해보니 일리가 있는 것 같다. 그래서 여러분의 의견에 따르기로 했다. 앞으로 새로운 교도를 모집할 때는 각별히 신중을 기해 간악한 자들이 본교에 혼입하는 것을 차단하도록 하겠다."

허설정 등은 반색하며 일제히 몸을 숙여 감사를 표했다.

홍 교주는 품속에서 작은 자기병을 두 개 꺼내 제각기 알약 다섯 개를 쏟아냈다. 다섯 알은 노란색이고, 다섯 알은 흰색이었다. 그는 약병을 다시 품속에 집어넣고 알약을 왼손에 쥔 채 말했다.

"이게 표태역근환의 해약이니 모두 두 알씩 복용하도록 해라."

허설정 등은 크게 기뻐하며 먼저 고맙다고 인사를 한 후 알약을 받았다. 홍 교주가 말했다.

"지금 바로 해약을 복용해라."

다섯 사람은 알약을 입안에 털어넣고 삼켰다.

홍 교주는 미소를 지었다.

"그래, 좋아…."

말을 끝내기도 전에 갑자기 소리를 질렀다.

"육고헌! 손에 뭘 쥐고 있나?"

육고헌은 뒤로 두 걸음 물러났다.

"저… 아무것도 없는데요."

왼손을 떨어뜨리며 주먹을 쥐자, 홍 교주가 싸늘하게 소리쳤다.

"손을 펼쳐봐라!"

그 소리가 어찌나 큰지 모든 사람의 고막이 쩌렁쩌렁 울렸다.

육고헌이 천천히 왼손을 펴자 흰색 알약 하나가 땅에 떨어졌다. 허설정 등 네 사람의 안색이 변했다. 육고헌은 견식이 범상치 않고 지모가 뛰어나다는 것을 다들 알고 있었다. 그가 흰 알약을 복용하지 않고 손에 숨긴 것은 분명 그럴 만한 이유가 있을 것이었다. 그런데 자기들은 무턱대고 알약을 다 삼켰으니 어쩌면 좋단 말인가!

홍 교주가 다시 싸늘하게 말했다.

"그 흰 알약은 몸에 이로운 대보설삼환大補雪參丸인데, 왜 본좌를 의심하고 복용하지 않은 것이냐?"

육고헌이 떠들거리며 말했다.

"제가… 어찌 감히… 근래 내공을 연마하다가 경맥의 기혈이 좀 막혀서… 교주님이 하사하신 대보 환약을 오늘 밤 운기조식할 때 천천히 복용하려 했습니다. 아니면… 몸이 견뎌내기 어려워서….'

홍 교주의 안색이 약간 온화해졌다.

"그랬군. 경맥 어느 부위의 기혈이 막혔지? 그걸 뚫는 건 어렵지 않아. 내가 도와줄 테니 이리 가까이 와봐라."

육고헌은 다시 뒤로 한 걸음 물러났다.

"어찌 감히 교주님께 수고를 끼치겠습니까. 제가 천천히 운기조식하면 곧 나을 겁니다."

홍 교주는 한숨을 내쉬었다.

"그렇다면… 여전히 날 믿지 못하겠다는 거군.'

육고헌이 얼른 말했다.

"그게 아닙니다."

홍 교주는 땅에 떨어진 흰 알약을 가리키며 말했다.

"그럼 지금 바로 그 알약을 복용해라. 만약 기혈의 흐름이 순조롭지 못하다면 내가 어찌 수수방관하겠느냐?"

육고헌은 잠시 망설이다가 대답했다.

"네!"

그러고는 몸을 숙여 알약을 줍더니 갑자기 중지를 튕겼다. 그러자 획 하는 파공음과 함께 알약이 허공을 가로질러 멀리 산골짜기에 떨어졌다. 그가 다시 말했다.

"이미 복용했습니다, 교주님께 감사드립니다."

홍 교주는 하하 크게 웃어젖혔다.

"좋아, 좋아! 정말 겁도 없군!"

육고헌이 정색을 하고 말했다.

"저는 오로지 교주님께 충성을 다해왔습니다. 교주님께서 이왕 해약을 줘서 표태역근환의 독성을 제거했으면 됐지, 왜 또 독성이 더 강한 백연환百涎丸을 복용하라는 겁니까? 저는 잘못을 저지른 게 없으니 그 벌을 받을 수 없습니다."

허설정 등이 일제히 물었다.

"백연환? 그게 무슨 독약이오?"

육고헌이 대답했다.

"교주님이 100가지 독사를 채집해 그 독액을 추출해서 만든 거요. 독성이 어느 정돈지는 나도 잘 모르겠소. 어쩌면 진짜 몸에 도움이 될 수도 있겠지만, 난 워낙 겁이 많아 선뜻 복용하지 못한 것이오."

허설정 등은 모두 놀라고 당황했다. 그들은 약속이나 한 듯 동시에 육고헌 곁으로 몰려들어 한 줄로 늘어서서 홍 교주를 노려보았다.

홍 교주는 냉소를 날렸다.

"그게 백연환이라는 걸 어떻게 아나? 헛소리하지 마라! 이간질을 해서 인심을 교란시킬 속셈이군!"

육고헌은 방이를 가리키며 말했다.

"그날 난 방이 낭자가 달팽이를 잡는 것을 보고 왜 잡느냐고 물었소. 그러자 방이 낭자는 교주님이 약을 만들기 위해 달팽이를 잡도록 분부했다고 하더군. 그리고 교주님의 약 처방전도 우연한 기회에 보게 되었소. 물론 백연환의 약성은 3년 후에 발작하는 걸로 돼 있지만, 교주님도 이 약을 처음 조제한 것이라 과연 3년 후에 발작할지는 장담하지 못할 거요. 어쨌든 난 3년 후에라도 죽고 싶지 않소!"

홍 교주의 얼굴이 갈수록 더 흉하게 일그러지더니 호통을 쳤다.

"내 처방전을 어떻게 봤지?"

육고헌은 홍 부인을 힐끗 쳐다보더니 말했다.

"영부인이 나더러 약상자 속에서 자신에게 필요한 약을 찾아달라고 했소. 한데 그 처방전이 바로 그 약상자 속에 있었소!"

홍 교주는 더욱 언성을 높였다.

"무슨 헛소리냐? 부인이 만약 약이 필요하다면 나한테 직접 말했을 텐데, 왜 너한테 약을 찾아달라고 했단 말이냐? 난 약상자를 함부로 열지 못하게 늘 잠가놨는데, 네가 무슨 수로 열었단 말이냐?"

육고헌이 말했다.

"내가 몰래 연 게 아닙니다."

홍 교주의 호통이 뒤따랐다.

"몰래 열지 않았다고? 그럼 내가 열어줬단…?"

그 순간 뇌리에 스치는 생각이 있어 홍 부인에게 물었다.

"당신이 열어준 거요?"

홍 부인은 안색이 창백하게 변해 고개를 끄덕였다.

홍 교주가 다시 물었다.

"무슨 약이 필요했던 거지? 왜 나한테 말하지 않고…?"

홍 부인은 얼굴이 홍당무처럼 빨개졌다가 다시 창백해지며 몸을 한 차례 부르르 떨더니 갑자기 아랫배를 움켜쥐고 웩웩거리며 입에서 물을 토해냈다. 홍 교주는 영문을 몰라 눈살을 찌푸렸다. 말투가 다소 부드러워졌다.

"어디가 아픈 거요? 앉아서 쉬도록 해요."

그러자 건녕 공주가 느닷없이 소리쳤다.

"임신을 한 거야! 이런 멍청한 늙은이! 곧 아들을 낳게 되는데도 모르고 있었단 말이야?"

그 말에 홍 교주는 소스라치게 놀라 앞으로 다가가더니 홍 부인의 손목을 잡고 싸늘하게 다그쳤다.

"그게 사실이오?"

홍 부인은 허리를 구부린 채 계속 구토를 했는데, 갈수록 더 심해졌다. 홍 교주의 음성은 얼음장만큼이나 차가웠다.

"낙태를 할 약이 필요했던 모양이군, 그렇지?"

육고헌을 제외한 사람들은 모두 이상하다고 생각했다. 홍 교주는 슬하에 자식이 없고, 부인을 끔찍이도 사랑했다. 만약 부인이 임신을 해서 아이를 낳으면 그야말로 경사 중에 큰 경사인데, 왜 낙태를 하려고 했지? 다들 홍 교주의 추측이 틀렸을 거라고 생각했다. 그런데 뜻밖에도 홍 부인은 고개를 끄덕였다.

"그래요, 낙태를 하려고 했어요! 어서 날 죽이세요!"

홍 교주는 왼손을 번쩍 들어올리며 다그쳤다.

"누구의 애냐?"

누구나 다 교주의 무공이 고절하다는 것을 알고 있었다. 그가 지금 들어올린 손을 내리치면 홍 부인은 그 자리에서 절명할 게 분명했다. 한데 홍 부인은 피할 생각은커녕 오히려 머리를 위로 치켜들며 결연하게 말했다.

"어서 죽이라고 했잖아요! 왜 안 죽이는 거예요?"

홍 교주의 눈에서 분노로 이글거리는 불길이 뿜어져나왔다. 그는 나직이 절규했다.

"죽이진 않겠다, 누구의 애냐?"

홍 부인은 눈을 감아버렸다. 목숨을 이미 포기한 듯 입을 굳게 다문 채 굳은 표정이었다. 홍 교주는 고개를 휙 돌려 육고헌을 노려보았다.

"네 아이냐?"

육고헌이 얼른 부인했다.

"아니요, 절대 아니에요! 늘 영부인을 천신天神처럼 존중해왔는데 감히 불경을 범했을 리가 있겠소?"

홍 교주의 비수보다 더 예리한 눈빛이 육고헌에게서 천천히 장담월, 허설정, 무근 도인, 반 두타에게로 옮겨졌다. 그의 눈빛을 접한 사람은 모두 등줄기가 오싹해졌다.

홍 부인이 눈을 감은 채 소리쳤다.

"누구의 아이도 아니니, 여러 말 묻지 말고 어서 날 죽여줘요!"

공주도 소리를 질렀다.

"당신 마누라니까 당연히 당신 애지! 누굴 의심하는 거야? 정말 한심하고 답답하군!"

홍 교주의 호통이 뒤따랐다.

"닥치지 못하겠어! 또다시 입을 놀리면 당장 모가지를 비틀어버리겠다!"

공주는 겁을 먹고 더 이상 아무 말도 하지 않았지만, 자기는 옳은 말을 했기 때문에 속으로는 승복할 수 없었다. 그녀는 홍 교주의 속사정을 몰랐으니 당연한 일이었다.

홍 교주는 상승 내공을 연마하기 위해 여색을 가까이하지 않은 지 이미 오래되었다. 그러니 부인과는 그저 형식적인 부부일 뿐, 실제 부부관계는 갖지 않았다. 그렇기 때문에 늘 부인에게 미안한 마음을 갖고 있었고, 평상시에 더욱 아껴주었다. 그런데 지금 부인이 임신을 했다는 이야기를 듣고 순식간에 분노와 수치, 후회, 상심, 고통, 증오, 애석, 공포… 그 모든 감정이 한꺼번에 밀려왔다. 허공으로 들어올렸던 손도 결코 내리치지 못했다.

그는 허설정 등의 당황한 표정을 훑어보며 속으로 생각했다.

'이런 창피한 일을 다들 알았으니 앞으로 내가 무슨 면목으로 교주 노릇을 하겠어? 한 놈도 남김없이 모두 죽여 없애야 해! 이 일이 조금이라도 강호에 누설되면 강호 사람들이 다 날 비웃을 텐데 어떻게 영웅호걸로 자처할 수 있겠어?'

그의 가슴속에 살기가 끓어올랐다. 부인을 죽일 생각을 일단 접어두고 다짜고짜 몸을 날려 육고헌의 멱살을 잡고 욕을 했다.

"다 네놈이 수작을 부려 일을 이 지경으로 만든 거야!"

육고헌이 소리쳤다.

"지금 날 죽여 살인멸구殺人滅口를…."

말이 끝나기도 전에 퍽 하는 소리와 함께 머리에 일장을 맞고 눈이 튀어나와 그 자리에서 숨을 거뒀다. 허설정 등은 이 광경을 보고 교주가 살인멸구하려는 것을 알고 일제히 무기를 뽑아들어 몸을 호위했다. 허설정이 소리쳤다.

"이건 교주 개인적인 일이지 우리와는 아무 상관이 없소!"

홍 교주는 목청이 터져라 악을 썼다.

"오늘 다 함께 동귀어진同歸於盡하자! 아무도 살아남지 못한다!"

그러고는 성난 야수처럼 네 사람을 향해 덮쳐갔다.

반 두타가 20근이 넘는 대환도大環刀를 번뜩이며 상대방의 머리를 향해 냅다 베어갔다. 그 위세가 엄청났다. 홍 교주는 살짝 몸을 피하며 오른손으로 장담월의 머리를 노렸다. 허설정은 한 쌍의 판관필判官筆로 홍 교주의 등을 찍어갔고, 그와 동시에 무근 도인의 안령도雁翎刀가 교주의 허리를 베어갔다. 홍 교주는 대갈일성을 터뜨리며 몸이 허공으로 치솟는가 싶더니 다시 장담월을 향해 덮쳐갔다.

장담월이 사용하는 무기는 한 쌍의 원앙단검鴛鴦短劍이었다. 그는 삽시간에 위를 향해 연거푸 칠검을 찔렀다. 이 칠성취월七星聚月이라는 초식은 그가 평생 연마한 절초로, 매우 신속하고 위력적이었다. 홍 교주는 오른손을 살짝 틀어 그의 왼쪽 어깨를 가볍게 누르면서 몸을 피했다. 장담월은 비명을 지르며 땅바닥에 뒹굴었다. 벌떡 몸을 일으키는 순간, 왼쪽 반신이 저리며 극심한 통증이 느껴졌다. 절로 악을 썼다.

"오늘 그를 죽이지 못하면 아무도 살아남지 못할 것이다!"

네 사람은 무기를 떨쳐 다시 홍 교주에게 협공을 펼쳤다.

이 네 사람은 신룡교에서 무공이 가장 강한 인물들이었다. 특히 반 두타와 허설정은 더욱 뛰어났다. 반 두타의 아홉 개의 강철고리가 달린 대환도가 쩔렁쩔렁 요란한 금속성을 울리며 강맹한 초식을 펼쳐나 갔다. 허설정은 그와 반대로 한 쌍의 판관필로 정교한 타법을 구사해 상대의 전신 요혈을 노렸다.

무근 도인은 안령도를 떨쳐 주위에 하얀 빛무리를 구축했다. 오늘 백연환을 복용했으니 어차피 살아남기는 글렀다. 죽기 전에 이 사악무도한 원수를 처단해야만 했다. 그래서 안령도를 열 번 전개하면 아홉 번은 공격 초식이었다. 수비는 별로 하지 않았다. 그저 상대방과 죽음을 함께하겠다는 각오로 동귀어진만을 바랐다.

장담월은 지난날 부하의 실수로《사십이장경》을 손에 넣지 못한 과오를 저질러, 만약 무근 도인과 허설정이 나서서 도와주지 않았다면 이미 교주에 의해 처단되었을 것이다. 지금까지 살아 있는 것은 덤이라고 생각해, 왼팔에 극심한 통증을 느끼면서도 사력을 다해 공격을 펼쳤다.

홍 교주의 무공은 물론 네 사람에 비해 훨씬 뛰어났다. 그가 만약 그중 한 사람의 목숨을 취하려 한다면 어려운 일이 아니었다. 그러나 지금 넷이서 한꺼번에 덤비고 있으니, 만약 한 사람을 집중 공격하면 자신도 부상을 입을 위험이 있었다.

40여 회합이 지나자, 가슴속에 끓어올랐던 분노가 차츰 가라앉으며 평상심을 되찾았다. 적수공권赤手空拳, 빈손으로 네 가지 무기의 협공을 받으면서도 전후좌우로 응수하며 전혀 꿀리지 않았다. 시간이 흐를수록 부상을 입은 장담월의 공세가 느려졌다. 홍 교주는 상대의 가장 약한 곳을 먼저 격파해야 자신에게 승산이 있다고 판단했다.

위소보는 다섯 명이 격렬한 싸움을 벌이자, 슬그머니 증유와 목검병의 소매를 끌어당긴 다음 공주에게 조용히 하라는 손짓을 했다. 네 사람은 몸을 돌려 살금살금 산 아래로 향했다. 홍 교주 등 다섯 명은 긴박한 순간의 연속이라 아무도 그들을 눈여겨보지 않았다. 설령 보았다고 해도 달려와 막지는 못할 것이었다.

어느 정도 걸어나가자 차츰 홍 교주에게서 멀어졌다. 다소 마음이 놓였다. 위소보가 고개를 돌려보니, 다섯 명은 여전히 악전고투 중이었다. 도광검영刀光劍影과 신영身影이 종횡무진으로 허공을 수놓았다. 좀처럼 승부가 나지 않을 것 같았다. 그가 말했다.

"걸음을 재촉해야겠어!"

네 사람이 막 뛰기 시작하자, 갑자기 뒤쪽에서 발걸음 소리와 더불어 두 사람이 나는 듯이 달려왔다. 바로 홍 부인과 방이였다. 네 사람은 흠칫 놀랐다. 몸에 지니고 있던 암기와 무기는 붙잡혔을 때 이미 다 몰수당했다. 게다가 홍 부인은 무공이 뛰어나 도저히 당해낼 수 없으니 도망치는 게 상수였다.

막 열 걸음쯤 달려나갔을까, 공주가 돌부리에 채어 비명을 지르며 고꾸라졌다. 위소보는 모른 척할 수가 없었다.

'저 원수 덩어리가 내 아이를 갖고 있으니 구해주지 않을 수 없지.'

그는 몸을 돌려 부축했다. 그러자 홍 부인이 몇 번 솟구치고 내려서는 사이에 이미 그의 곁으로 다가왔다. 그녀는 허리에 양손을 짚고 앙칼지게 말했다.

"위소보! 그냥 도망가려는 것이냐?"

위소보가 웃으며 말했다.

"도망가는 게 아니라 이쪽의 경치가 너무 좋아서 구경을 좀 하러 왔는데요."

홍 부인이 코웃음을 쳤다.

"좋아! 경치를 구경하러 왔다면 왜 날 부르지 않았지?"

말을 하는 사이에 방이도 가까이 달려왔다.

목검병과 증유는 위소보가 홍 부인에게 가로막히자 몸을 돌려 위소보 곁에 섰다. 목검병이 방이에게 말했다.

"방 사저, 우리랑 함께 떠나요. 그는… 그는….'"

그러면서 위소보를 가리켰다.

"우리에게 줄곧 잘해줬잖아요. 전에 맹세한 것도 있는데, 그새 다 잊었나요?"

방이가 덤덤하게 말했다.

"난 오직 영부인께만 충성하고, 부인이 시키는 대로 할 뿐이야."

목검병이 다시 말했다.

"그건 홍 부인이 준 약을 복용했기 때문이지! 나도 전에 약을 복용했는데…."

위소보는 비로소 방이가 왜 계속 자기를 기만해왔는지, 그 이유를 알게 됐다. 홍 부인에게 위협을 받아 어쩔 수 없이 한 행동들이었던 것이다. 그녀에 대한 미움이 많이 사라졌다. 그가 부드럽게 말했다.

"방이 누님, 우리랑 함께 가요."

이 '방이 누님'이란 말은 지난번 함께 신룡도에 올 때 배에서 다정한 시간을 보내며 불렀던 호칭이다. 그 말을 듣자 방이는 이내 얼굴이 붉어졌다.

그때 갑자기 홍 교주의 우렁찬 외침이 들려왔다.

"부인, 부인! 아전阿箜! 아전阿箜… 어디로 갔어?"

부인이 달아난 줄 알고 몹시 당황해 애타게 부르는 소리였다. 그러나 홍 부인은 들은 척도 하지 않았다. 홍 교주가 다시 몇 번 소리쳤지만 역시 대답을 하지 않았다.

위소보 등 다섯 명의 시선은 모두 홍 부인에게 집중되어 있었다. 그들의 생각은 비슷했다.

'왜 대답을 하지 않는 거지? 교주가 애타게 찾고 있는데 왜 돌아가지 않는 거야?'

홍 부인은 양 볼이 약간 붉어져서 고개를 절레절레 흔들며 나직이 말했다.

"우린 떠나자고! 어서 배를 타고 도망가자!"

위소보는 놀라면서도 좋아했다.

"그럼… 우리랑 함께 떠나겠다는 건가요?"

홍 부인이 다시 말했다.

"이 섬엔 배가 한 척뿐이야. 함께 떠날 수밖에 없어. 교주는 날 죽이려고 할 거야. 그걸 모르겠니?"

말을 하면서 다시 얼굴이 붉어졌다. 그녀가 앞장서 걸어나갔다.

일행이 얼마 정도 달려나갔을 때, 다시 홍 교주의 처절한 외침이 들려왔다.

"부인, 부인! 빨리 돌아와!"

이어 단말마의 비명이 들렸다. 누군가 죽으면서 비명을 지른 것인데, 허설정 등 네 사람 중 누군지는 알 수 없었다.

홍 교주가 다시 큰 소리로 외쳐 그 궁금증을 풀어주었다.

"보라고! 장담월도 내 손에 죽었어! 평생 내게 복종해오더니 마지막에 날 배신했기 때문에 죽은 거야! 아전, 아전! 왜 안 돌아오는 거야? 다 용서해줄게! 아, 반 두타! 네놈이… 이얍! 이게 날 배신한 대가다! 하하…."

홍 부인은 걸음을 멈추고 창백한 안색으로 말했다.

"두 명을 죽였군!"

위소보가 재촉했다.

"어서 달아나요!"

냅다 앞을 향해 달렸다. 뒤에서 다시 홍 교주의 외침이 들려왔다.

"네놈들은 나중에 처단하겠다! 부인, 부인! 빨리 돌아와!"

그의 외침 소리가 차츰 가까이 들려오는 것으로 미루어 산 위에서 쫓아내려오는 것 같았다. 아니나 다를까, 위소보가 고개를 돌려보니 홍 교주가 봉두난발을 하고 나는 듯이 달려오고 있었다. 위소보는 혼비백산해서 죽을힘을 다해 내달렸다.

허설정의 외침이 들렸다.

"놈을 막아라! 중상을 입었으니 오늘 반드시 죽여야 해!"

무근 도인도 소리쳤다.

"달아나지 못할 거야!"

두 사람은 무기를 들고 바싹 홍 교주의 뒤를 쫓아왔다.

위소보 등은 바닷가에 이르렀다. 그러나 홍 교주와 허설정, 무근 도인 세 사람은 달리는 속도가 워낙 빨라 이미 산 아래까지 내려왔다. 셋 다 얼굴과 몸이 온통 피로 물들어 있었다.

홍 교주가 소리쳤다.

"부인! 왜 대답을 안 해? 어딜 가려는 거야?"

허설정이 외쳤다.

"부인은 널 버린 거야! 젊고 영준한 남자가 생겼어!"

홍 교주는 버럭 화를 냈다.

"헛소리하지 마!"

몸을 솟구쳐 허설정의 머리를 향해 일장을 날렸다. 허설정은 잽싸게 몸을 피하며 왼손에 쥔 판관필을 휘둘렀다. 무근 도인도 가까이 달려와 칼로 홍 교주의 허리를 공격했다.

홍 교주의 상대는 이제 두 명밖에 남지 않았다. 그러나 그는 왼쪽 다리를 절면서 몸놀림이 훨씬 둔해졌다. 그가 다시 소리쳤다.

"아전! 내가 이 두 놈을 바로 처단할게! 당신도 계집들을 다 죽여! 녀석은 끌고 가 보물을 찾아야 하니까 죽이면 안 돼!"

그렇게 소리를 지르면서도 계속 무지막지한 장풍을 떨쳐내, 허설정과 무근 도인이 가까이 접근하지 못하도록 막았다.

홍 부인은 냉소를 날리며 목검병 등을 째려보았다. 위소보는 그녀의 눈에서 살기를 느꼈다. 얼른 두 팔을 벌려 네 여자 앞을 가로막고 큰 소리로 말했다.

"영부인! 이 네 여인은 영부인과 마찬가지로 내가 아끼고 사랑하는 보배요! 만약 이중 한 사람이라도 해친다면 나도 당장 자결해 그들과 함께 귀신이 될 거요! 사나이일언중천금! 한번 내뱉은 말은… 따라잡지 못해!"

다급한 나머지 늘 쓰던 '사마난추死馬難追'란 말도 잊어버렸다.

그때 갑자기 퍽 하는 소리가 들리며 허설정이 허리에 일장을 맞고 비틀거리더니 쓰러졌다. 홍 교주는 광소狂笑를 터뜨리며 냅다 그에게 발을 날렸다. 쓰러진 허설정은 바로 몸을 일으켰으나 홍 교주의 발에 가슴을 강타당했다. 으드득 하는 소리와 함께 가슴뼈가 부러졌다. 그러나 홍 교주의 오른발도 그에게 단단히 붙잡혔다. 홍 교주는 발을 빼려 했지만 허설정이 죽을힘을 다해 잡고 늘어지는 바람에 도저히 뺄수가 없었다.

그 순간, 무근 도인이 날아와 다짜고짜 칼을 휘둘렀다. 홍 교주는 고개를 돌려 피하며 장풍을 발출했다. 픽 하는 소리가 들리며 무근 도인이 아랫배에 일장을 맞았다. 그러나 그가 휘두른 칼도 홍 교주의 오른쪽 어깨를 베었다. 무근 도인은 울컥 선혈을 토해내 홍 교주의 뒷덜미를 흥건히 적셨다. 그는 다시 칼을 떨치려 했으나 손에 힘이 없어 홍 교주의 어깨에 꽂힌 칼을 뽑아내지 못했다.

홍 교주가 소리쳤다.

"부인! 빨리… 이놈들을….”

홍 부인은 너무 놀라 정신이 없는 건지, 아니면 일부러 모르는 척하는 건지, 제자리에 서서 움직이지 않았다.

그때 허설정이 땅에 떨어진 판관필 하나를 집더니, 무턱대고 앞으로 뻗어 홍 교주의 허리를 찔렀다.

"으악!”

홍 교주는 비명을 질러대며 왼발을 날려 허설정을 멀리 걷어차버리고, 왼쪽 팔꿈치를 힘껏 뒤로 밀어냈다. 무근 도인은 그의 팔꿈치에 맞아 천천히 쓰러졌다.

홍 교주는 다시 광소를 터뜨렸다.

"으하핫핫… 네놈들은… 내 적수가 못 돼! 감히… 날 배신해? 콜록… 콜록… 봐라! 다 내 손에 죽었잖아!”

그러고는 몸을 돌려 홍 부인을 다그쳤다.

"왜 날 돕지 않았느냐?"

홍 부인은 고개를 절레절레 흔들며 말했다.

"천하제일의 무공을 지녔는데 남의 도움이 필요하겠어요?"

홍 교주는 버럭 화를 내며 소리를 질렀다.

"너도 날 배신하는 것이냐?"

홍 부인의 음성은 차가웠다.

"그래요! 당신은 당신 자신밖에 몰라요. 내가 도와주면 결국 날 죽이겠죠!"

홍 교주는 발악을 했다.

"당장 목을 졸라 죽여버리겠다! 이… 배신자!"

소리를 지르며 홍 부인에게 덮쳐갔다.

홍 부인은 놀라 비명을 질렀다.

"앗!"

그녀는 황급히 몸을 피했다. 홍 교주는 비록 중상을 입었지만 동작이 매우 빨랐다. 어느새 왼손으로 그녀의 오른팔을 낚아잡고, 오른손으로 목을 졸랐다.

"말해봐! 날 배신할 거냐? 배신하지 않겠다면 살려주마!"

홍 부인은 숨이 막혀 간신히 입을 열었다.

"당신이… 강제로 날… 차지한 날부터… 증오했어요. 어서… 날 죽여요!"

홍 교주의 몸에서 흘러나온 피가 그녀의 머리와 얼굴을 붉게 적셨다. 그래도 홍 부인은 무섭게 그를 노려보며 눈 하나 깜박하지 않았다.

44. 몰려드는 위소보의 여인들

홍 교주는 다시 발광을 하듯 소리쳤다.

"미쳤군, 미쳤어! 다들 날 배신하다니… 난 새로운 사람들을 다시 뽑아 신룡교를 중건할 거야!"

오른손에 힘을 주자 홍 부인은 이내 숨이 막혀 혀를 내밀었다.

한쪽에서 이 광경을 지켜보던 위소보는 공포로 인해 몸이 굳었다. 하지만 홍 부인이 곧 목이 졸려 죽을 것 같아 보이자 모래사장에서 돌멩이를 하나 주워 냅다 홍 교주에게 던졌다. 퍽 하는 소리와 함께 돌멩이가 홍 교주의 등을 맞췄다.

홍 교주는 별안간 눈앞이 캄캄해지면서 홍 부인의 목을 졸랐던 손이 풀렸다. 그가 몸을 돌려 소리쳤다.

"이런… 쥐새끼 같은 놈! 보물이고 나발이고 다 필요 없다! 우선 네 놈부터 죽이겠다!"

그러고는 손을 휘두르며 위소보에게 달려갔다.

위소보는 기겁을 해 냅다 도망쳤다. 홍 교주는 그를 쫓아왔고, 그가 지나간 자리에는 핏자국이 길게 이어졌다.

위소보는 그에게 잡히면 영락없이 죽게 된다는 것을 알고 사력을 다해 도망쳤다. 그런데 갑자기 푹 하는 소리가 들리더니 등의 옷자락이 찢겨나갔다. 만약 호신보의를 입지 않았다면 등의 살덩이까지 찢겨나갔을지도 모른다.

위소보는 혼비백산, 더욱 빨리 도망치며 구난에게 전수받은 신행백변의 경공을 전개해 모래사장에서 이리 뛰고 저리 돌며 용케도 계속 피해나갔다. 홍 교주는 몇 번이고 그를 잡을 뻔했는데, 간발의 차이로 놓치곤 했다.

위소보가 만약 계속 앞을 향해 곧장 도망쳤다면 내력의 한계가 있어 벌써 붙잡혔을 것이다. 그러나 이 신행백변은 철검문의 절예인 데다 목상 도인이 지난날 새로운 변화를 추가해 정묘하기 이를 데 없었다. 위소보는 비록 신행神行에는 절대 미치지 못하지만, 그 백변百變은 천방지축 날뛰는 그의 천성과 딱 맞아떨어져 그래도 약간은 터득했다. 다시 말해, 무공은 형편없지만 도망치는 기술은 강호의 어느 고수 못지않았다.

홍 교주는 바락바락 악을 쓰며 연신 장풍을 전개했다. 결국 위소보는 등에 일장을 맞고 앞으로 고꾸라지며 두어 번 곤두박질을 쳤다. 다행히 홍 교주는 중상을 입었고, 위소보는 호신보의를 입고 있어, 장풍을 맞고 눈앞이 캄캄했으나 부상은 입지 않았다.

그가 막 일어서려는데, 홍 교주가 이미 뒤에서 그의 손을 낚아잡았다. 이렇게 되자 위소보는 기절초풍, 심장이 입 밖으로 튀어나올 것 같았다. 다른 생각을 굴릴 겨를도 없이 반사적으로 고개를 팍 숙여 홍 교주의 사타구니 밑으로 기어들어갔다. 이것은 바로 홍 교주가 가르쳐준 그 구명삼초救命三招 중 하나였다. 초식 이름이 귀비기우貴妃騎牛거나 서시기양西施騎羊인 것 같은데, 이 상황에서 정확히 기억이 날 리가 없었다. 어쨌든 냅다 몸을 튕겨 홍 교주의 어깨에 올라탔다.

위소보는 원래 이 초식을 익숙하게 연마하지 못했다. 설령 숙달이 되었다고 해도 홍 교주 같은 대고수에게는 전개해봤자 별무소용일 터였다. 그러나 홍 교주는 지금 네 명의 고수와 격전을 벌였고, 부인이 자신을 배신한 사실에 충격을 받아 제정신이 아니었다. 어깨에 뼛속 깊이 안령도를 맞았고, 아랫배는 판관필에 찔렸다. 그 상태에서 계속

44. 몰려드는 위소보의 여인들

피를 흘리며 내달려 내력이 거의 다 고갈됐다. 비록 위소보의 손을 뒤에서 낚아잡았지만 힘이 없었다. 그러니 위소보가 쉽게 뿌리칠 수 있었던 것이다.

그의 어깨에 올라탄 위소보는 행여 떨어질까 봐 머리를 끌어잡았다. 그러자 마침 중지가 그의 눈꺼풀을 눌렀다. 순간, 홍 교주의 뇌리에 섬광처럼 스치는 생각이 있었다. 지난날 위소보에게 이 초식을 가르쳐주면서 적의 눈을 후벼파버리라고 했는데, 결국 자신이 당하게 될 줄이야! 인과응보라더니… 무수한 살생을 저질러 종국에는 이런 결과를 초래했으니 누구를 원망할 수도 없었다. 그는 장탄식을 하며 두 손을 축 늘어뜨렸다. 맥이 풀리며 더 이상 버티지 못하고 뒤로 벌렁 나자빠졌다.

위소보는 그가 무슨 절기絶技를 펼치는 줄 알고 황급히 몸을 솟구쳐 피했다. 홍 교주가 숨을 몰아쉬며 말했다.

"아전, 아전… 저… 이리 와봐…."

홍 부인은 앞으로 두 걸음 옮겼으나 그와 1장 남짓 거리를 두고 멈춰섰다. 홍 교주가 힘없이 물었다.

"그… 배 속에… 아이는… 누구 애지?"

홍 부인은 고개를 내둘렀다.

"왜 그걸 알려고 하죠?"

그러면서 위소보를 힐끗 쳐다보고는 얼굴이 붉어졌다. 홍 교주는 놀라면서도 화가 치밀었다.

"그럼… 그럼… 저 녀석이란 말이야?"

홍 부인은 아랫입술을 깨물며 대답을 하지 않았다. 그건 바로 인정하는 것과 다름이 없었다. 홍 교주는 발악을 했다.

"으악! 죽여버리겠다!"

그러고는 몸을 솟구쳐 위소보에게 덮쳐갔다.

홍 교주는 온몸이 피로 물들어 있었다. 입을 크게 벌리자 군데군데 빠져버린 누런 이가 징그럽게 드러났다. 그가 악귀처럼 덮쳐오자 위소보는 혼비백산해 황급히 홍 부인의 사타구니 아래로 쑥 기어들어가, 그녀 뒤로 몸을 숨겼다.

홍 부인은 두 팔을 벌리고 홍 교주를 응시하며 담담하게 말했다.

"여태껏 위세를 떨쳐왔으니 이젠 쉴 때가 됐어요."

홍 교주는 몸이 허공에 떠 있는 상태에서 마지막 한 모금의 진기를 내뱉으면서 쿵, 홍 부인의 발 앞에 떨어졌다. 그러고는 이를 갈며 악을 썼다.

"난 교주다! 다들… 내 말에 복종해야 해! 모조리 죽여버릴 것이다! 오직… 오직 나만이 홍복영락… 천수… 만….."

그는 '만세'라는 말을 미처 입 밖에 내지 못한 채 숨을 거두고 말았다. 죽어서도 눈을 부릅뜨고 있었다.

위소보는 몇 걸음 기어가 몸을 일으키고는 다시 몇 장 정도 달아난 뒤에 비로소 몸을 돌렸다. 그는 홍 교주가 땅에 쓰러져 움직이지 않는 것을 확인하고도 앞으로 두 걸음만 내딛고, 여차하면 바로 달아날 자세로 물었다.

"죽었나요?"

홍 부인이 한숨을 내쉬며 나직이 말했다.

"죽었어."

위소보는 다시 두 걸음을 내딛고 물었다.

"한데… 왜 눈을 감지 않죠?"

그의 말이 떨어지기 무섭게 찰싹 하는 소리와 함께 뺨을 얻어맞았다. 이어 누가 오른쪽 귀를 쥐어 비틀었는데, 바로 건녕 공주였다. 공주는 다시 그의 엉덩이를 걷어차고는 욕을 했다.

"이런 고약한 놈! 네가 자기 마누라를 훔쳐갔으니 죽어서도 눈을 감지 못하는 거지! 이런… 왜 저런 파렴치한 여자랑 놀아났지?"

홍 부인은 홍 하고 코웃음을 날리며 잽싸게 건녕 공주의 뒷덜미를 낚아채고는 철썩 뺨을 후려갈겼다. 그리고 뒷덜미를 잡은 손을 후리자 공주는 뒤로 나자빠졌다. 위소보도 덩달아 당했다. 공주가 그의 귀를 잡은 채 뒤로 쓰러지는 바람에 귀가 찢겨나가는 듯한 고통을 느끼며 결국 공주의 몸 위에 함께 쓰러졌다.

홍 부인이 호통을 쳤다.

"또다시 입을 함부로 놀리면 당장 죽여버리겠다!"

공주는 대로해 벌떡 몸을 일으키더니 홍 부인에게 달려들었다. 그러자 홍 부인은 살짝 왼발을 걸어 공주를 다시 쓰러뜨렸다. 공주는 세 번이나 공격을 시도했으나 번번이 내동댕이쳐졌다. 무공으로는 도저히 상대를 당해낼 수 없다는 사실을 깨닫고 땅바닥에 주저앉아 고래고래 악을 쓰며 욕을 해댔다. 그러나 감히 홍 부인에게 욕을 하지는 못하고 위소보만 욕했다.

"이런 염병할 놈! 빌어먹을 내관! 짐승만도 못한 놈! 이런 썩을 놈의 소계자!"

위소보는 귀를 움켜잡고 오만상을 찌푸렸다. 귀에서 피가 흘러내렸다. 공주가 귀를 잡은 채 넘어지는 바람에 귀뿌리가 찢어진 것이다.

홍 부인이 나직이 말했다.

"어쨌든 한때는 부부였으니 시신을 묻어줘야겠지, 안 그래?"

그녀의 목소리는 부드러웠다. 마치 위소보에게 사정을 하는 것 같았다. 위소보는 놀라면서도 좋아하며 얼른 대꾸했다.

"좋아요, 당연히 묻어줘야죠."

그는 판관필을 집어 홍 부인과 함께 모래사장에 구덩이를 팠다. 방이와 목검병도 다가와 도와서 함께 홍 교주의 시신을 묻었다.

홍 부인은 무릎을 꿇고 나직이 말했다.

"날 강제로 아내로 삼았지만 그래도… 줄곧 나한테 잘해줬어요. 난 진심으로 대한 적이 없지만… 저승에 가서는 모든 것을 다 잊고 편히 잠드세요."

그러고는 일어서더니 주르르 눈물을 흘렸다.

그녀는 한동안 멍하니 서 있다가 눈물을 닦으며 위소보에게 물었다.

"우리 여기서 살 건가? 아니면 중원으로 돌아갈 건가?"

위소보가 머리를 긁적였다.

"여기서 살 순 없어요. 홍 교주와 육 선생… 그들의 죽은 악귀가 나한테 복수하러 덤벼들 거예요. 그렇다고 중원으로 돌아가면 황제가 날 죽이려 할 테니… 차라리… 조용한 곳을 찾아 숨어 지내는 게 좋을 것 같아요."

그는 갑자기 생각나는 곳이 있어 얼굴이 환해졌다.

"있어요! 우리 통식도通食島로 가요! 그곳엔 악귀도 없고, 소황제도 찾아오지 못할 거예요."

홍 부인이 물었다.

"통식도가 어디 있는데?"

위소보는 서쪽을 가리키며 말했다.

"저쪽에 있는 작은 섬인데, 내가 '통식도'라고 이름 붙였어요."

홍 부인은 고개를 끄덕였다.

"그곳이 좋다면 가도록 하지."

그녀는 왠지 위소보에게 고분고분했다.

위소보는 신이 나서 소리쳤다.

"가요, 갑시다! 다들 함께 가요!"

그는 공주를 부축해 일으키며 웃었다.

"다들 배에 오르자고!"

공주는 냅다 그에게 주먹을 날렸으나 위소보가 피하자 화를 냈다.

"너나 가라! 난 안 가!"

위소보가 말했다.

"이 섬에는 악귀들이 많아. 목이 없는 무두귀無頭鬼, 다리가 없는 단각귀斷脚鬼, 포격을 당해 오장육부가 밖으로 삐져나온 내장귀신, 그리고 배가 부른 여자만 골라서 골려주는 몽당귀신…."

그 말에 공주는 잔뜩 겁을 집어먹고 발을 굴렀다.

"그리고 헛소리만 지껄이는 주둥아리귀신도 있겠지!"

그러면서 냅다 위소보의 엉덩이를 걷어찼다. 위소보는 '으악!' 비명을 지르며 펄쩍 뛰었다.

그때 홍 부인이 천천히 다가오자, 공주는 뒤로 두 걸음 물러났다. 홍 부인이 한 자 한 자 또렷하게 말했다.

"만약 앞으로 또 위 공자를 때리면, 한 대 때릴 때마다 열 대를 때려줄 거고, 한 번 걷어차면 열 번을 걷어차겠다! 난 한다고 하면, 반드시 하는 사람이야!"

공주는 안색이 창백해져서 따지고 들었다.

"네가 뭔데 자꾸 그를 감싸고도는 거야? 넌… 남편이 죽었다고 남의 남편을 빼앗아가겠다는 거냐?"

홍 부인이 뭐라고 하기 전에 방이가 나섰다.

"그럼 네 남편은? 오응웅은 어떻게 됐지? 역시 죽었잖아!"

공주는 화가 나서 욕을 했다.

"이런 고약한 것이 있나! 네 남편도 죽었다!"

홍 부인이 천천히 말했다.

"그런 무례한 말을 한 마디만 더 지껄이면 너만 이 섬에 남겨둘 테니, 너 혼자 잘 살아봐!"

공주는 이 사나운 여자가 정말 말한 대로 할 것 같았다. 자기만 이 섬에 남겨졌다가 진짜 창자가 삐져나온 귀신들과 다른 귀신들이 덤벼들면 어떡하란 말인가? 그녀는 늘 멋대로 행동하면서 무소불위, 다른 사람에게 지시만 하면서 살아왔지만 지금은 어쩔 수 없이 금지옥엽의 오만함을 접고, 더 이상 찍소리도 하지 않았다.

위소보는 속으로 좋아했다.

'어이구, 성질머리 고약한 계집이 오늘 제대로 임자를 만났구먼! 이젠 제압할 사람이 생겼으니 다행이야. 아니면 걸핏하면 날 두들겨팰 거잖아!'

자신의 찢어진 귀를 어루만져보니 아직 아팠다.

홍 부인이 방이에게 말했다.

"방 낭자, 가서 사공들더러 배 띄울 준비를 하라고 해요."

방이가 대답했다.

"네!"

그러고는 고개를 갸웃했다.

"왜 갑자기 저를 깍듯이 대하시죠? 송구스럽네요."

홍 부인이 빙긋이 웃으며 말했다.

"앞으로는 자매처럼 지내요. 다신 영부인이라 부르지 말아요. 그냥 전출 언니라고 부르고, 나도 동생이라고 부를게요. 배에 오르면 해독약을 줄 테니, 걱정할 필요 없어요."

방이와 목검병은 모두 표정이 환해졌다.

일행은 배를 타고 돛을 올려 서쪽으로 향했다. 위소보는 왼쪽과 오른쪽을 번갈아 돌아보며 의기양양해했다.

홍 부인은 약속한 대로 배에 오르자 정말 방이와 목검병에게 해약을 나눠줬다. 그리고 배에 있는 쇠상자를 열어 위소보의 비수와 함사 사영 암기, 은표 등을 돌려주었다. 증유 등도 무기를 돌려받았다.

위소보가 웃으며 홍 부인에게 말했다.

"앞으론 전 누나라고 부를게요, 괜찮죠?"

홍 부인은 빙긋이 웃었다.

"좋아! 우리 나이에 따라 순서를 정하자."

이어 각자 생년월일을 밝혔다. 당연히 홍 부인 소전蘇荃이 가장 맏이였다. 그다음은 방이 그리고 공주 순이었다. 위소보는 자신의 생년월

일을 몰라 멋대로 말했는데 증유, 목검병과 동갑이었다. 그는 증유는 자기보다 생일이 석 달 빠르고, 목검병과는 며칠 차이가 안 난다고 둘러댔다.

소전과 방이 등 네 여인은 '언니', '동생' 하며 금세 친해졌다. 단지 공주만이 한쪽에서 성난 표정으로 아무 말도 하지 않았다. 그러자 소전이 말했다.

"그녀는 어쨌든 공주 전하야. 우리 같은 평민 백성하고는 격이 다르니, 다들 그를 공주라고 부르자."

공주는 냉랭하게 말했다.

"어이구, 황송해서 어쩌나?"

그렇게 말하면서도 속이 상했다. 다들 죽이 맞아 시시덕거리는데, 자기만 외톨이가 된 기분이었다. 게다가 양심 없는 내관 녀석이 자기보다도 다른 여자들에게 더 관심이 있는 것을 보고 서러움이 북받쳐 그만 울음을 터뜨렸다.

위소보가 그녀 곁으로 다가가 손을 잡고 부드럽게 위로했다.

"됐어, 다들 화기애애한데 왜 울어? 그만…!"

공주는 손을 번쩍 들어올려 그의 뺨을 후려치려다가 소전이 한 말이 떠올랐다. 얼른 손을 거둔다는 게 그만 약간 늦어 팍 하고 자신의 가슴을 치고 말았다.

"으아!"

절로 비명이 터져나왔다. 그것을 본 네 여인은 까르르, 웃음을 참지 못했다. 공주는 더욱 화가 치밀어 위소보의 품으로 파고들며 서럽게 울었다. 위소보가 웃으며 말했다.

"그만 울어. 이럴 게 아니라 우리 노름을 하자. 내가 선을 잡을게!"

그러나 홍 교주의 쇠상자를 아무리 뒤져봐도 주사위가 나오지 않았다. 육고헌이 그의 몸을 수색할 때 나온 주사위를 내버린 모양이었다. 노름을 할 수 없게 되자 위소보는 의기소침해졌다. 그것을 본 소전이 말했다.

"우리 나무로 주사위를 만들어볼까?"

위소보가 시무룩하게 말했다.

"나무는 너무 가벼워서 던져도 재미가 없어요."

그러자 증유가 품속에 손을 집어넣었다. 손을 다시 꺼냈을 때는 주먹을 쥐고 있었다. 그녀가 웃으며 위소보에게 말했다.

"이게 뭔지 알아맞혀봐요."

위소보가 말했다.

"동전인가? 그것도 괜찮지."

증유가 주먹을 폈다. 놀랍게도 그녀의 백옥같이 흰 손에 주사위 네 알이 놓여 있었다. 위소보는 환호성을 질렀다.

"우아!"

그는 너무 좋아서 펄쩍 뛰었다.

"이거 어디서 난 거야? 어디서 났지?"

증유가 빙긋이 웃으며 주사위를 탁자 위에 내려놓았다.

위소보가 얼른 주사위를 집어 던지고 또 던져봤다. 너무나 신이 났다. 그런데 주사위의 양쪽 면 무게가 약간 달랐다. 위소보는 전문가답게 그것이 수은을 넣은 가짜라는 것을 대번에 알아차렸다. 증유는 아주 얌전해 보이는데, 가짜 주사위를 갖고 놀 줄은 정말 뜻밖이었다. 그때 퍼뜩 떠오르는 게 있어, 뛸 듯이 기뻐하며 다짜고짜 증유의 허리를 끌어안고 쪽, 얼굴에다 입을 맞췄다. 그리고 웃으며 말했다.

"정말 고마워. 지난날 내가 준 주사위를 아직도 간직하고 있었군!"

증유는 얼굴이 붉어지며 선실 밖으로 도망쳤다.

지난날 위소보가 왕옥파의 제자들과 내기를 해서 일부러 져 그들을 놓아주면서 증유에게 기념으로 주사위를 준 일이 있었다. 위소보는 그 일을 까마득하게 잊고 있었는데, 증유는 계속 몸에 간직하고 있었던 것이다.

주사위가 생겼지만 몇몇 여인은 노름에 흥미가 없었다. 그저 재미 삼아 몇 판 놀아줬지만 곧 시들해졌다. 양주의 기루나 도박장, 궁중, 군막에서처럼 신나게 놀던 노름판과는 천양지차였다. 위소보도 흥이 달아났다.

"그만하자, 그만해! 다들 할 줄 모르잖아!"

앞으로 통식도에서 한동안 피난살이를 해야 하는데, 비록 미녀 다섯 명과 함께 있지만 노름도 할 수 없고 창극 구경도 할 수 없을 테니, 생각만 해도 너무 지루하고 답답할 것 같았다. 게다가 섬에서 억만금이 있은들 무슨 소용이 있나? 쓸 수가 없으니 돌이나 모래와 다를 바가 없었다.

더군다나 위소보가 가장 아끼는 여자는 쌍아와 아가인데, 지금 둘 다 곁에 없었다. 쌍아는 생사를 알 길이 없고… 아가는 어디에 있는 걸까? 그녀들을 생각하면 마음이 무거웠다. 나 몰라라 하고 그냥 내버려둘 수는 없는 노릇이 아닌가!

위소보는 생각할수록 맥이 풀려 생뚱맞게 말했다.

"우리 통식도로 가지 맙시다!"

소전이 물었다.

"그럼 어디로 가려고?"

위소보는 잠시 생각을 굴리더니 말했다.

"우리 요동으로 가죠. 거기 가서 보물을 캐내 신나게 삽시다!"

소전이 말했다.

"외딴섬에서 모두 마음 편안하게 살면 되지… 그깟 보물을 캐낸들 무슨 소용이 있겠어?"

위소보가 다시 말했다.

"엄청난 금은보화가 쏟아져나올 텐데, 왜 소용이 없다는 거죠?"

방이가 말했다.

"오랑캐 황제가 지금쯤 도처로 병마를 보내 소계자를 찾고 있을 거야. 일단 안전하게 피신해 있다가 한두 해 지나 주위가 좀 잠잠해지면, 그땐 요동으로 가든 어디로 가든 다들 따라갈게."

위소보는 목검병과 증유의 의견을 물었다.

"두 사람은 어떻게 생각해?"

목검병이 말했다.

"사저의 말이 맞는 것 같아."

증유도 고개를 끄덕였다.

"너무 지루할 것 같으면 섬에서 몇 달만 피신하도록 하죠."

위소보가 별로 달가워하지 않는 듯해, 한마디 덧붙였다.

"심심하면 우리랑 매일 주사위놀이를 해요. 지는 사람이 손바닥을 맞기로 하면 되잖아요?"

위소보는 속으로 투덜댔다.

'젠장, 손바닥 맞기가 무슨 재미가 있겠어? 아프게 때리면 나만 가슴 아플 텐데….'

그러나 증유가 그런 말을 하면서 수줍은 듯 얼굴을 약간 붉히며 앵두 같은 입술을 오물거리는 것을 보자, 너무 귀엽고 사랑스러웠다. 절로 가슴이 뜨거워져 고개를 끄덕였다.

"좋아! 그럼 다들 하자는 대로 할게!"

만약 다른 여자들이 옆에 없었다면 당장 증유를 끌어안고 진하게 입맞춤을 하고 싶은 생각이 굴뚝같았다. 그럴 수가 없어서 그저 섬섬옥수를 잡고 만지작거리며 말했다.

"유 누나, 앞으로도 영원히 내 곁에서 행복하게 살았으면 좋겠어."

증유는 그에게 살짝 기대며 나직이 말했다.

"행복해도 함께 있을 거고, 고생스러워도 함께 있을 거예요."

위소보는 구름을 타고 나는 듯 기분이 좋아서 큰 소리로 외쳤다.

"다들 나랑 함께 있을 거죠?"

여인들은 다 찬동했다.

"그래, 그래야지…."

"다들 함께 살아요…."

방이가 몸을 일으키더니 미소를 지으며 말했다.

"전에 내가 잘못을 많이 저질렀으니까 사죄하는 의미에서 요리를 몇 가지 만들어올게, 어때?"

위소보는 더욱 신이 났다.

"좋고말고! 우아, 신난다!"

방이는 선실 뒤로 가서 요리를 하기 시작했다. 배 안이라 식재료가 변변치 않았지만 그녀의 요리솜씨는 알아줄 만했다. 다들 맛있게 먹으며 칭찬을 아끼지 않았다. 위소보는 또 신이 나서 소리쳤다.

"우리 시권猜拳을 하자!"

목검병과 증유, 공주는 시권을 할 줄 몰라 위소보가 가르쳐주었다. 가위바위보를 하듯이 손가락을 내밀며 소리쳤다.

가양호아哥倆好呀(너랑 나랑 서로 좋고)!
오경괴수五經魁首(오경괴수가 되고)!⁴
사계평안四季平安(사시사철 평안하다)!

공주는 울적하게 앉아 있다가 시권을 하고 술을 몇 잔 마시자 기분이 나아졌는지 웃고 떠들었다.

배에서 하룻밤을 보내고 다음 날 오후 통식도에 당도했다. 지난날 청군이 주둔했던 흔적이 아직 남아 있었다. 군사들을 지휘하던 초가집과 군막은 여전히 그 자리에 있는데, 당시 위풍당당하던 위소보의 모습은 찾아볼 수 없었다.

위소보는 별로 개의치 않고 방이의 손을 잡고 웃으며 말했다.

"이 누나, 그날 여기서 날 속여 배에 오르게 만들어서 하마터면 러시아에 가 목숨을 잃을 뻔했잖아."

방이가 킥킥 웃었다.

"알았어, 진심으로 사과할게. 정말 미안해. 설마 무릎 꿇고 큰절을 올리라곤 하지 않겠지?"

위소보가 말했다.

"그럴 필요는 없어. 어쨌든 천신만고 끝에 결과가 좋아서 이렇게 누나랑 함께 있게 됐잖아."

목검병이 뒤에서 소리쳤다.

"둘이 지금 무슨 말을 하고 있는지 나한테도 좀 들려주면 안 돼?"

방이가 웃으며 말했다.

"다른 얘기가 아니라, 널 붙잡아서 얼굴에다 자라를 새겨줄 거래."

소전이 나섰다.

"장난만 치지 말고 먼저 할 일을 해야지."

그녀는 사공들에게 배에 실려 있는 양식과 생활용품을 다 섬으로 옮기라고 분부했다. 그리고 돛대와 삿대, 밧줄, 배 뒤에 달려 있는 작은 배를 전부 절벽 위 동굴로 옮겨놓도록 했다.

그 모습을 본 위소보가 엄지를 치켜세우며 칭찬했다.

"역시 전 누님은 주도면밀하군! 이젠 배를 움직일 수 없으니 사공들이 몰래 달아날 염려는 없겠네요."

위소보의 말이 끝나기도 전에 바다 저 멀리서 펑 하는 소리가 들려왔다. 모름지기 포성 같았다. 모두들 깜짝 놀라 바다 저편을 바라보니 수면에 뿌연 연기가 피어오르고, 그 사이로 배 두 척이 미끄러져오는 것이 보였다. 다시 펑펑 하는 소리가 터졌다. 생각했던 대로 배에서 포를 쏘아대고 있었다.

위소보가 소리쳤다.

"큰일 났어! 소황제가 사람들을 시켜 날 잡으러 온 모양이야!"

증유가 말했다.

"우리도 빨리 배에 올라 도망가요!"

소전이 말했다.

"배의 장비가 다 절벽 위에 있는데, 다시 가져와서 장치하기엔 이미 늦었어. 일단 몸을 숨기고 상황을 봐가면서 대처하자."

공주를 제외한 다섯 명은 그동안 험난한 일을 많이 겪어왔기 때문에 별로 크게 당황하지 않았다. 소전이 다시 말했다.

"아무리 은밀하게 숨어도 섬이라 결국 관병들에게 발각될 거야. 다들 절벽 위에 있는 동굴로 가자. 산길이 좁아 관병들도 하나둘씩 올라와야 하니, 올라오는 대로 처치하면 돼. 떼로 몰려오진 못할 거야."

위소보가 말했다.

"맞아요, 맞아! 이게 바로 일부당관一夫當關, 만부막막萬夫莫莫이야!"

소전이 웃으며 말했다.

"그래, 맞아!"

그때 공주가 깔깔거리며 웃자, 위소보가 눈을 부라렸다.

"왜 웃는 거야?"

공주가 입을 삐죽이며 말했다.

"아니야, 고사성어가 아주 적절해서 정말 놀랐어."

원래는 '일부당관, 만부막개萬夫莫開', 즉 한 병사가 관문을 지키고 있으면 천군만마로도 공략할 수 없다는 뜻의 고사성어인데, 위소보는 '만부막막'이라 했다. 그는 자신의 '먹물'이 부족하다는 것을 잘 알고 있는 터라, 고사성어를 잘못 써서 공주가 웃었다고 생각해 그녀에게 눈을 부라린 것이다.

여섯 사람은 절벽 위 동굴 안으로 들어갔다. 소전은 칼로 나뭇가지를 베어 동굴 입구를 가렸다. 나뭇가지 사이로 바라보니 두 척의 배가 앞뒤로 곧장 통식도로 미끄러져오고 있었다. 뒤따라오는 배에선 아직도 계속 대포를 쏘아대는 통에 수면에 물기둥이 치솟아올랐다.

위소보가 말했다.

"뒷배가 앞배를 계속 공격하네!"

소전이 말했다.

"그래, 서로 교전을 하는 것 같아."

위소보는 신이 났다.

"그럼 우릴 잡으러 온 배가 아니군!"

소전이 그의 말을 받았다.

"그러길 바라야지. 하지만 이 섬에 상륙해서 사공들에게 물어보면 금방 알 테니, 우릴 잡으러 올지도 몰라."

위소보가 다시 말했다.

"그럼 사공들을 먼저 죽일 걸 그랬나?"

소전이 다시 말했다.

"그들을 죽여도 시신을 처리하기엔 이미 늦었어."

위소보가 의아한 듯 말했다.

"앞배는 왜 대포를 쏘지 않지? 정말 한심하군! 서로 포격을 해서 배가 다 가라앉으면 좋을 텐데!"

앞배는 비교적 작았다. 하지만 돛에 바람이 실려 속도는 매우 빨랐다. 이때 대포가 다시 터지더니 펑 하고 돛대가 부러졌다. 그리고 돛에도 불이 붙었다. 위소보는 자신도 모르게 놀란 외침을 토했다. 앞배는 곧 기웃하더니 옆으로 기울었다. 10여 명이 황급히 작은 배로 뛰어내려 힘껏 노를 젓기 시작했다. 이미 섬에 가까이 접근해왔다. 뒷배도 차츰 가까이 추격해왔는데, 수심이 낮아 더 이상 육지로 근접할 수 없자 역시 작은 배를 내렸다. 모두 다섯 척이었다.

앞에서 한 척이 도망치고, 뒤에서 다섯 척이 맹추격을 했다. 얼마후, 앞배에서 10여 명이 모래사장에 내려 우선 주위 환경을 두리번거리며 살폈다. 그리고 한 사람이 외쳤다.

"저 절벽 위로 오르면 방어하기가 쉬울 것이다! 모두 날 따라라!"

위소보는 귀가 쫑긋했다. 그 외침 소리가 귀에 익었다. 사부인 진근남의 목소리 같았다. 그 10여 명은 좁은 산길을 따라 치달려왔다. 좀더 가까이 다가오자, 한 사람이 장검을 들고 지휘를 하는데, 바로 진근남이 아니고 누구겠는가!

위소보는 뛸 듯이 기뻐하며 동굴 밖으로 뛰쳐나가 소리쳤다.

"사부님! 사부님!"

진근남은 몸을 돌려 위소보를 확인하곤 놀라면서도 반가워했다.

"소보야! 네가 여긴 웬일이냐?"

위소보는 반가운 마음에 앞으로 달려갔다. 가까이 다가간 그는 갑자기 멍해졌다. 10여 명 중에 눈이 유난히 빛나는 낭자가 있었는데, 바로 아가였다. 그는 자신도 모르게 소리쳤다.

"아가!"

서둘러 달려갔다. 그런데 그녀 뒤에 뜻밖에도 정극상이 보였다. 아가가 있는 곳에 정극상이 있는 것은 당연한 일인데, 위소보는 가슴이 터지도록 기뻐하다가 구역질나는 녀석을 보자, 표정이 굳으며 그 자리에 멈춰섰다.

옆에서 한 사람이 소리쳤다.

"상공!"

다른 사람도 외쳤다.

"위 향주!"

그러나 위소보는 그저 건성으로 '응' 하고 대답할 뿐, 그들에게 눈길도 주지 않고 아가만 뚫어져라 응시했다. 그런데 갑자기 부드러운 손이 자신의 왼손을 잡았다. 고개를 살짝 돌려보니, 수려한 얼굴에 웃음을 가득 머금은 사람이 눈물을 글썽이며 자기를 쳐다보고 있었다. 바로 쌍아였다. 위소보는 너무 반가워서 그녀를 끌어안았다.

"예쁜 쌍아! 얼마나 보고 싶었는지 몰라!"

가슴이 터질 정도로 반가워, 한순간에 아가마저 다 잊어버렸다.

진근남이 소리쳤다.

"풍馮 대형, 풍風 형제! 우린 이곳 통로를 지킵시다!"

두 사람은 대답을 하고 무기를 뽑아 좁은 산길에 어깨를 나란히 하고 섰다. 그들은 바로 풍석범과 풍제중이었다.

위소보는 많은 지인들을 갑자기 만나자 어리둥절해하며 물었다.

"다들 여긴 웬일이세요?"

쌍아가 대답했다.

"풍 대협이 날 데리고 상공을 찾기 위해 도처를 헤매다가, 진 총타주를 만나 상공이 배를 타고 출항했다는 얘기를 듣고 바로… 바로…."

여기까지 말한 그녀는 감격에 겨워 목이 메었다.

이때 다섯 척의 작은 배에 나눠탄 관병들도 섬에 올라 절벽 위를 올려다보았다. 관병의 수는 대략 70~80명이었다. 앞장선 자는 몸집이 우람했다. 거리가 멀어서 얼굴을 자세히 볼 수 없었는데, 병사들은 그의 명에 따라 일사불란하게 움직였다. 모두 활을 꺼내 화살을 시위에 걸고 절벽 위를 겨냥했다.

진근남이 소리쳤다.

"모두 엎드려라!"

이런 상황에 처하게 되니, 위소보는 사부님의 호령이 떨어지기도 전에 화살을 피하기 위해 바위 뒤로 몸을 숨겼다.

군관의 호령이 들려왔다.

"쏴라!"

이내 예리한 파공음이 들리며 무수한 화살이 절벽 위를 향해 날아왔다. 그러나 절벽은 높고, 아래서 위로 화살을 쏘니 그 위력이 훨씬 약해졌다.

풍석범과 풍제중이 장검을 휘두르며 날아오는 화살을 막았다.

풍석범이 소리쳤다.

"시랑施琅! 이런 파렴치한 매국노야! 배짱이 있으면 올라와서 일대 일로 결판을 내자!"

위소보는 속으로 생각했다.

'이제 보니, 아래서 관군을 이끌고 있는 사람은 시랑이군. 그는 행군 작전에 일가견이 있는데….'

시랑도 소리쳤다.

"자신 있으면 네가 내려와라! 일대일로 겨뤄보자! 내가 널 겁낼 줄 아느냐?"

풍석범이 대꾸했다.

"좋다!"

그가 앞으로 걸음을 옮기자 진근남이 만류했다.

"풍 대형, 속지 말아요. 저들은 수가 많습니다."

풍석범은 결국 걸음을 멈췄다.

"일대일로 싸우자면서 왜 또 배 다섯 척을 보내는 것이냐? 아니, 여섯 척이군. 우리 배까지 훔쳐 병사들을 더 싣고 오려는 거냐? 무더기로 덤비겠다는 게 아니냐?"

시랑이 웃었다.

"진 군사, 풍 대장! 두 사람의 무공이 대단하다는 것은 나도 잘 알고 있소. 현명한 자는 상황 판단을 잘해야 하오! 대세는 이미 기울었소. 고집부리지 말고 정 공자와 함께 조정에 투항하시오. 황상께서 큰 벼슬을 내려줄 거요!"

시랑은 왕년에 정성공鄭成功 휘하의 대장군이었다. 주전빈周全斌, 감휘甘煇, 마신馬信, 유국헌劉國軒 네 사람과 더불어 '오호장五虎將'으로 일컬어졌었다. 그리고 진근남은 군사軍師였다. 풍석범은 비록 무공이 고강하지만 군사작전에는 능하지 않아 그냥 정성공 휘하의 위사대장衛士隊將이었다.

시랑과 진근남, 풍석범은 어깨를 나란히 하고 많은 혈전을 치르면서 환란을 함께해왔다. 시랑이 지금 두 사람을 지난날 계급으로 호칭한 것도 그런 이유 때문이었다. 절벽 위와 아래는 거리가 상당했다. 그리고 시랑은 더 멀리 떨어져 있는데도 내력이 웅후해서 소리를 지르자 쩌렁쩌렁하니 뚜렷하게 들렸다.

정극상은 안색이 변하고 음성도 떨렸다.

"풍 사부님, 저… 투항하면 안 됩니다."

풍석범이 말했다.

"그건 염려 말게. 내 목숨이 붙어 있는 한 절대 투항은 없을 걸세."

진근남은 풍석범이 교활하다는 것을 잘 알고 있었다. 그가 여러 번 자신을 해치려 한 것도 사실이었다. 그러나 그가 연평군왕의 세자를 지키기 위해 죽음까지 불사하겠다는 말에는 경의를 표하지 않을 수 없었다. 진근남이 말했다.

"풍 대형, 오늘 어떠한 일이 있어도 우리 함께 힘을 합쳐 이공자를 끝까지 지켜드립시다!"

풍석범이 그의 말을 받았다.

"난 그저 군사의 명에 따르겠소!"

정극상도 한마디 했다.

"군사께서 이번에 날 지켜줘서 공을 세우면 대만으로 돌아가 부왕께 천명해 대대적으로… 봉상封賞하도록 하겠소."

진근남은 덤덤하게 말했다.

"이공자를 지키는 것은 나의 본분이오."

그러면서 걸음을 옮겨 절벽 아래 상황을 다시 살폈다.

위소보가 나섰다.

"대대적인 포상은 고사하고, 배은망덕하게 나의 사부님을 위해하지만 않으면 정말 감지덕지외다!"

정극상은 그를 노려보기만 할 뿐, 아무 말도 하지 않았다.

위소보는 슬그머니 아가 곁으로 다가가 나직이 말했다.

"사저, 우리 정 공자를 잡아서 청병들에게 바치자."

아가는 퉤하며 눈을 흘겼다.

"만나자마자 또 헛소리군. 왜 날 겁주려고 하는 거야?"

위소보가 웃으며 말했다.

"그냥 장난삼아서 말한 건데… 겁준다고 죽나? 설령 겁먹고 죽어도 내가 있으니 걱정하지 마."

아가는 다시 퉤하며 고개를 돌렸는데, 얼굴은 약간 붉어졌다.

위소보는 이번엔 쌍아에게 다가갔다.

"어떡해서 다들 함께 왔지?"

쌍아가 말했다.

"진 총타주는 풍 대협과 날 데리고 상공을 찾기 위해 바다로 나갔는데, 난 상공이 전에 통식도에 머문 적이 있다는 게 생각나 진 총타주께 말해서 이곳으로 오게 된 거예요. 도중에 청병이 정 공자의 배를 공격해 격침한 것을 발견하고, 그들 일행을 구해 배에 함께 타고 이곳까지 도망쳐왔어요. 그런데 하늘의 도움으로 상공을 만난 거죠."

여기까지 말하고 나서 눈시울이 붉어졌다.

위소보는 그녀의 어깨를 토닥거리며 말했다.

"예쁜 쌍아, 그동안 난 한시도 쌍아를 잊은 적이 없는데, 오늘 드디어 소원을 이뤘어."

이 말은 결코 빈말이 아니었다. 그는 매일 아가와 쌍아를 열댓 번은 아니어도 예닐곱 번은 생각한 것이 사실이다. 그리고 아가보다도 쌍아를 더 많이 생각했다.

그때 진근남이 소리쳤다.

"여러분! 청병의 후원군이 더 몰려오기 전에 내려가서 한바탕 해치 웁시다! 배 여섯 척에 다시 병사들을 싣고 온다면, 그때는 상대하기가 더욱 어려울 거요!"

다들 소리 높여 대답했다. 이번에 통식도에 온 10여 명 중에는 진근남, 풍석범, 풍제중, 정극상, 아가, 쌍아 외에도 천지회의 형제 여덟 명과 정극상의 부하 셋이 더 있었다.

진근남이 다시 말했다.

"정 공자와 진 낭자, 그리고 소보와 쌍아는 이곳에 남아 있고, 나머지는 날 따르시오!"

장검을 휘두르며 앞장서 산 아래로 달려내려갔다. 풍석범, 풍제중과 나머지 열한 명도 일제히 고함을 지르며 청병을 향해 돌진해갔다. 청병은 화살을 쏴댔지만 진근남과 풍석범, 풍제중이 앞장서 막았다.

앞서 배를 타고 교전할 때는 시랑이 큰 전선을 타고 있고 대포까지 동원해 진근남 등은 일방적으로 당할 수밖에 없었다. 그러나 지금은 근접전을 치르는 것이라 상황이 달랐다. 청병들은 시랑을 제외하고는 무공이 평범해 군호들을 당해낼 수가 없었다. 천지회의 형제들은 물론이고 정왕부의 위사들도 실력이 만만치 않아, 적진으로 뛰어들자 삽시간에 청병을 우수수 쓰러뜨렸다.

그 모습을 지켜보던 위소보가 말했다.

"사저, 쌍아! 우리도 내려가서 신나게 싸워보자!"

아가와 쌍아도 좋다고 대답했다. 그러자 정극상도 나섰다.

"나도 갈게!"

위소보는 비수를 손에 쥐고 냅다 산 아래로 달려내려갔고, 아가와 쌍아가 뒤를 따랐다. 정극상은 몇 걸음 달리다가 멈춰섰다.

'난 천금지체인데 군이 아랫것들과 함께 위험을 무릅쓸 필요가 없 잖아?'

그는 아가에게 소리쳤다.

"아가! 너도 가지 마!"

아가는 대답도 하지 않고 위소보의 뒤를 따라 달려내려갔다.

위소보는 비록 무공이 약하지만 네 가지 보물을 지니고 있어 겁날 게 없었다. 그 네 가지 보물은 무엇인가? 첫째, 예리하기 짝이 없는 비 수다. 적을 베면 바로 절단이 난다. 두 번째는 호신보의로, 창칼이 뚫 고 들어오지 못한다. 세 번째 보물은 아주 절묘하게 달아나는 경공술 이다. 불리하면 삼십육계 줄행랑, 적에게 쉽사리 잡히지 않는다. 그리 고 네 번째 보물은 다름 아닌 쌍아다. 쌍아가 곁에 있는 한, 적은 쉽게 자기를 노리지 못할 것이다.

이 네 가지 보물이 있으니, 만약 무림 고수를 만난다면 쉽게 깨질 수 도 있지만, 지금의 상대는 무공이 평범한 청병들이라 여유만만했다. 순식간에 적을 여러 명 쓰러뜨렸다. 과연 위풍당당, 살기등등, 거침이 없었다. 그는 속으로 의기양양했다.

'지난날 조자룡이 장판파長阪坡에서 칠진칠출七進七出, 혈전을 벌일 때 도 이렇듯 위풍당당하진 못했을 거야. 그러니 이 위소보는 어쩌면 그 보다도 더…'

군호들의 공격에 청병들은 사방으로 도망쳤다. 진근남은 시랑을 상 대로 일단 막상막하의 국면을 이뤘고, 풍석범과 풍제중의 맹공에 청병 들은 추풍낙엽처럼 쓰러져갔다. 얼마 지나지 않아 80여 명의 청병들

중 50~60명이 죽거나 부상을 당했다. 나머지 병사들은 겁을 먹고 바다로 뛰어들어 큰 배를 향해 헤엄쳐갔다.

이쪽 천지회 형제 중에는 둘이 희생됐고, 한 사람이 중상을 입었다. 나머지는 시랑을 겹겹이 포위했다. 시랑은 강도鋼刀를 휘두르며 진근남과 격전을 이어갔다. 비록 겹겹이 포위당한 상태지만 전혀 두려워하는 기색이 없었다. 위소보가 소리쳤다.

"시 장군! 빨리 투항하지 않으면 곧 구육지장이 될 거요!"

시랑은 싸움에 집중하느라 그의 말을 못 들은 척했다.

싸움이 정점을 향해 치닫자, 진근남은 긴 휘파람을 불며 연거푸 삼검三劍을 전개해냈다. 세 번째 검을 뻗어내자, 검이 시랑의 칼에 달라붙었다. 그가 손목을 급회전하자, 시랑의 입에서 '아!' 하는 소리가 터지며 강도가 손에서 벗어나 허공으로 날았다.

진근남은 이내 검 끝으로 그의 목을 겨냥하며 물었다.

"어쩔 텐가?"

시랑이 눈을 부라리며 말했다.

"뭘 어째? 내가 졌으니 할 말이 없다. 어서 죽여라!"

진근남이 말했다.

"이 마당에도 영웅호한 행세를 할 건가? 진정한 영웅호한이라면 어떻게 주공을 배신할 수가 있지?"

시랑은 갑자기 몸을 뒤로 젖혀 한 번 뒹굴어 진근남의 검 끝에서 벗어났다. 그리고 두 발을 연거푸 걷어차냈다. 진근남은 장검을 빳빳이 세워 앞을 가로막았다. 시랑이 얼른 발을 거두지 않으면 장검에 발이 잘리게 될 터였다. 그는 황급히 발의 방향을 틀어 다시 뒤로 솟구쳐서 몸을 세웠는데, 진근남의 검 끝이 다시 목을 겨냥했다.

시랑은 가슴에 찬바람이 일었다. 무공으로는 도저히 적수가 될 수 없다는 것을 알고, 진근남에게 갑자기 엉뚱한 질문을 던졌다.

"군사! 국성야가 나를 어떻게 대했소?"

진근남으로선 너무나 뜻밖의 질문이었다. 순간, 정성공과 시랑 간의 은원, 갈등, 우여곡절이 주마등처럼 뇌리를 스쳤다. 그는 한숨을 내쉬며 말했다.

"솔직히 말해서 국성야가 시 장군에게 잘못한 점도 있소. 하지만 우린 국성야의 대은大恩을 입었으니 설령 억울한 일을 좀 당해도 어쩔 수가 없잖소?"

시랑이 언성을 높였다.

"그럼 나더러 악비岳飛 장군처럼 억울하게 죽으란 말이오?"

진근남도 언성을 높였다.

"악비 장군이 될 수 없다고 해서, 진회秦檜가 돼서는 안 되잖소! 목숨을 부지하기 위해 달아나는 건 괜찮지만, 그렇다고 사내대장부로서 오랑캐에 투항해 개돼지만도 못한 그들의 앞잡이 노릇을 해서야 되겠소?"

시랑이 말했다.

"나의 부모, 형제, 처자들은 무슨 죄를 지었소? 국성야는 왜 그들까지 모두 처형했소? 그가 나의 가족을 죽였으니 나도 그의 가족을 죽여 복수하려는 것이오!"

진근남이 말했다.

"개인적인 복수보다는 나라를 먼저 생각해야 하오! 오늘 내 손에 죽으면 저승에 가서 국성야를 만날 면목이 있겠소?"

시랑은 머리를 위로 쳐들며 악을 쓰듯 소리쳤다.

"어서 죽이시오! 국성야가 날 볼 면목이 없지, 내가 왜 그를 볼 면목이 없겠소?"

진근남은 차갑게 쏘아붙였다.

"끝끝내 자신의 잘못을 인정하지 않겠다는 거요?"

그러고는 막 시랑의 목을 찌르려 했으나 지난날 전장에서 생사를 함께했던 정의가 떠올랐다. 시랑은 한때 국성야를 위해 목숨을 아끼지 않고 많은 공로를 세운 게 사실이었다. 만약 동董 부인이 군무軍務에 개입해 그를 모독하지 않았다면, 지금쯤 그는 대만에서 큰 역할을 하고 있을 재목이었다. 적에 투항해 매국 행위를 한 것은 용서할 수 없지만, 온 가족이 억울하게 죽음을 당한 것에 대해서는, 연민의 정을 느끼지 않을 수 없었다.

진근남이 다시 말했다.

"지금이라도 다시 마음을 돌려 정 왕야에게 귀순한다면 목숨을 살려주겠소. 다시 공을 세워 속죄하고 반청 대업에 동참하면 당당한 대장부로 인정받을 거요! 시 장군, 제발 부탁이니 마음을 돌리시오."

시랑은 참담한 표정으로 고개를 떨궜다.

"내가 다시 대만에 귀순한다면, 간에 붙었다 쓸개에 붙었다 하는 소인배가 될 게 아니겠소?"

진근남은 검을 거두고 다가가 그의 손을 잡았다.

"시 형제, 사람으로서 가장 중요한 것은 대의대절大義大節이오. 앞으로 나라를 위해 충정을 다한다면 과거에 범했던 과오를 누가 나무라겠소? 지난날 관운장도 한때 조조에게 투항한 적이 있잖소?"

그의 말이 떨어지기 무섭게 뒤에서 한 사람이 소리쳤다.

"나의 할아버지가 그의 일가를 죽인 것은 그럴 만한 이유가 있었기 때문이오! 우리 대만은 절대 그를 용납할 수 없소! 어서 죽이시오!"

진근남이 고개를 돌려보니 정극상이었다.

"이공자, 시 장군은 병법과 작전에 능해 왕년에 국성야의 군대에서도 그를 따를 자가 없었소. 그가 다시 우리 쪽으로 돌아선다면 반청복명에 크게 이바지할 거요. 우린 개인적인 감정보다도 나라의 대사를 먼저 생각해야 하오. 지난 과거지사는 다 잊읍시다."

정극상은 냉소를 날렸다.

"흥! 저자가 대만으로 돌아가 병권을 장악한다면 우리 정가가 과연 살아남겠소?"

진근남이 말했다.

"일단 시 장군이 맹세를 한다면 내가 목숨을 걸고 보장하건대, 그는 절대 다시는 딴마음을 품지 않을 거요."

정극상은 다시 냉소를 날렸다.

"우리 가족을 다 죽이고 나면 당신이 무엇으로 보상하겠다는 거요? 대만은 우리 정씨 가문의 것이지, 진 군사의 소유가 아니오!"

진근남은 화가 치밀어 손발이 싸늘해졌다. 그가 분노를 억누르고 다시 입을 열려는데, 시랑이 갑자기 냅다 도망치기 시작했다. 그의 외침 소리가 들려왔다.

"군사! 나에 대한 의리는 잊지 않겠소! 훗날…."

진근남이 그를 향해 소리쳤다.

"시 형제, 돌아오시오! 내가…."

그는 말을 맺지 못하고 등에 극심한 통증을 느꼈다. 예리한 검이 그의 등을 파고들어 가슴으로 삐져나왔다.

바로 그의 뒤에 붙어서 있던 정극상이 느닷없이 암습을 전개한 것이다. 진근남의 무공이면 설령 정극상이 열 명이라 해도 그를 죽이지 못할 것이다. 그러나 진근남은 시랑이 다시 귀순할 것 같았는데, 정극상이 나서는 바람에 달아나자 너무 안타까웠다. 시랑 같은 인재를 놓치고 싶지 않아 다시 불러오려 했는데, 천만뜻밖에도 전혀 경계하지 않았던 정극상이 등 뒤에서 독수를 전개할 줄이야!

왕년에 정성공은 대만을 공략한 후 아들 정경鄭經을 시켜 금문金門과 하문廈門을 지키도록 했다. 정경은 인화력이 있어 군심을 바로잡는 데는 성공했지만 사생활이 신중치 못해 유모와 통정해서 아들을 하나 낳았다. 그 사실을 안 정성공은 극도로 분노해, 장수들에게 하문으로 가서 정경을 죽이라고 명했다. 그러나 장수들은 그것을 '난명亂命'으로 여겨 따르지 않았다. 정성공은 휘하 장수들이 항명을 하자 더욱 분노해 시름시름 앓다가 얼마 후 세상을 떠났다. 향년 39세였다.

그렇게 되자 대만에 있는 총병과 장수들은 정성공의 동생 정습鄭襲을 왕으로 추대했다. 정경은 거기에 불복해 하문으로부터 군사들을 이끌고 쳐들어와 대만을 접수하고 스스로 연평왕延平王에 올랐다

정성공의 아내 동 부인은 집안에 계속 변고가 생기고 왕야가 일찍 작고하자, 그 원인이 유모가 낳은 자손 때문이라고 여겼다. 그래서 정극장鄭克藏을 몹시 미워했다. 모든 수단을 동원해 적손嫡孫인 정극상을 세자에 봉하려 했다. 그러나 정경은 어머니의 뜻에 따르지 않았다.

진근남은 줄곧 정경에게 충성을 바쳐왔다. 그리고 딸도 정극장에게 시집보냈다. 동 부인은 결국 풍석범과 암암리에 결탁해, 정극상을 옹립하려면 우선 진근남을 제거해야 한다는 결론에 이르렀다. 그래서 여러 차례 모해하려 했지만, 번번이 실패로 돌아갔다.

그럼에도 진근남은 거듭 정극상의 목숨을 구해줬는데, 결국에는 오히려 그의 독수에 당하고 만 것이다. 정극상이 전개한 일검은 너무 뜻밖이라 그 누구도 예측을 하지 못했다.

풍석범은 막 시랑을 쫓아가려다가 위소보가 비수를 들고 정극상을 향해 덮쳐가는 것을 보았다. 그는 장검을 휘둘러 위소보의 비수를 막았는데, 탁 하는 소리와 함께 그의 장검이 두 동강이 나고 말았다. 그러나 그가 전개한 일검에는 웅후한 내공이 실려 있어 위소보의 비수도 진동에 의해 손에서 벗어나 날아갔다.

풍석범은 냅다 위소보를 걷어찼고, 위소보는 쓰러져 곤두박질쳤다. 풍석범이 다시 공격을 전개하자 쌍아가 몸을 날려 막았다. 풍제중과 천지회 형제들도 달려들어 협공을 펼쳤다.

위소보는 몸을 일으켜 비수를 집어들고는 비통하게 울부짖었다.

"놈이 총타주를 죽였다! 모두들 그를 죽여라!"

그러고는 다시 정극상을 향해 덮쳐갔다.

정극상은 비수를 피하면서 장검으로 위소보의 뒤통수를 노렸다. 그의 무공은 위소보보다 뛰어났다. 그가 전개한 이 일검은 아주 절묘해서 위소보로선 도저히 피할 재간이 없었다. 그 위기일발의 순간, 칼 한 자루가 비스듬히 뻗쳐와 검을 막아줬다. 칼을 떨친 사람은 뜻밖에도 아가였다. 그녀가 소리쳤다.

"나의 사제를 해치지 말아요!"

곧이어 천지회의 두 사람이 정극상을 향해 공격해갔다.

풍석범은 풍제중과 쌍아 등 네 사람을 상대하면서도 우세를 점하고 있었다. 픽 하는 소리가 들리더니 천지회 형제 한 사람이 피를 토하며 쓰러졌다. 이때 정극상이 고래고래 소리를 지르는 게 들려왔다. 풍석범은 적수를 놔두고 그에게 달려가면서 장풍을 전개해 또 한 명의 천지회 형제를 죽였다.

풍석범은 진근남이 곧 죽을 것을 알고, 일단 위소보부터 처치할 생각으로 그의 머리를 겨냥해 장풍을 날렸다.

그러자 쌍아가 소리쳤다.

"상공, 도망가요!"

그러면서 풍석범의 등 뒤로 덮쳐갔다.

위소보가 소리쳤다.

"너도 조심해!"

냅다 걸음아 나 살려라, 도망쳤다.

풍석범은 생각을 굴렸다.

'내가 놈을 쫓아가면 공자를 지켜줄 사람이 없어.'

그는 얼른 왼팔로 정극상을 끌어안고 위소보의 뒤를 쫓아갔다. 비록 한 사람을 안고 있지만 달리는 속도는 위소보보다 빨랐다.

위소보는 고개를 돌려 뒤를 보고는 흠칫 놀랐다. 황급히 함사사영을 발사하는 장치를 누르려 했다. 그런데 약간 멈칫하는 사이에 풍석범이 이미 가까이 다가와 오른손을 뻗어냈다. 절체절명의 순간이었다.

위소보가 설령 암기를 발사한다고 해도 동시에 머리가 박살나 죽게 될 터였다. 일단은 피하고 봐야 했다. 바로 신행백변을 전개했다.

풍석범은 공격이 실패로 돌아가자 이내 몸을 돌려 다시 추격했다.

위소보가 소리쳤다.

"사부님의 혼백이 쫓아온다. 네 머리통을 만지고 있어!"

그 두 마디를 하는 사이에 풍석범이 다시 가까이 쫓아왔다. 뒤에는 쌍아와 풍제중이 따라붙었다. 위소보는 이리저리 피했는데, 그 신법이 제법 변화무쌍했다. 풍석범은 어쨌든 정극상을 안고 있어 아무래도 행동이 좀 불편해서 쉽게 위소보를 따라잡지 못했다. 그사이에 쌍아와 풍제중이 바싹 따라왔다.

어느 정도 각축전이 벌어지자 위소보는 달아나려고 몸을 날렸다. 그런데 다급한 나머지 절벽 위를 향해 내달렸다. 풍석범은 내심 쾌재를 불렀다. 계속 달리면 벼랑 끝이니 더는 달아나지 못할 거라고 생각했다. 절벽에는 좁은 길이 나 있을 뿐, 사면이 가파른 낭떠러지라 더 이상 물러설 곳이 없었다. 그래서 추격 속도를 좀 늦췄다.

위소보는 절벽 끝으로 통하는 좁은 길로 달리다 보니 신행백변을 전개할 공간이 없었다. 내처 절벽 위로 올라갔고, 풍석범도 바로 뒤쫓아왔다. 위소보가 소리를 질렀다.

"큰마누라, 작은마누라! 날 좀 도와줘! 안 도와주면 다들 과부가 될 거야!"

위소보가 절벽 위로 도망쳐오는 것을 다섯 여인은 절벽 위에서 벌써 지켜보고 있었다. 소전은 풍석범이 왼팔에 한 사람을 안고도 나는 듯이 달리는 것을 보고, 무공이 홍 교주 못지않다는 것을 알아차렸다.

그래서 칼을 쥔 채 절벽 가장자리에 몸을 숨기고 있다가 풍석범이 가까이 달려오자 냅다 칼을 떨쳐 허리를 베어갔다.

풍석범은 위소보가 소리를 질러대자, 자기의 마음을 교란시키기 위해 꼼수를 부리는 줄 알았다. 그러니 이곳에 정말 누가 매복해 있을 줄이야, 그야말로 뜻밖이 아닐 수 없었다. 뻗쳐오는 칼의 초식이 매우 정교한 것을 느끼며 흠칫 놀라 뒤로 한 걸음 물러났다. 그리고 소전의 손목을 향해 전광석화같이 빠르게 오른발을 걸어차냈다.

"앗!"

소전이 놀란 외침을 토하는 사이, 손에 쥐고 있던 유엽도柳葉刀가 허공으로 날아갔다.

위소보가 노린 것은 바로 이 순간이었다. 그는 풍석범을 겨냥해 허리께에 있는 함사사영의 발사장치를 잽싸게 눌렀다. 슉, 슉, 슉… 한 움큼의 강침이 발출돼 풍석범과 정극상의 몸에 꽂혔다.

"으악!"

풍석범은 비명을 질러대며 안고 있던 정극상을 내려놓았다. 두 사람은 데굴데굴 산길 아래로 굴러떨어졌다. 쌍아와 풍제중은 뒤를 쫓아오다가 두 사람이 비좁은 산길을 따라 무서운 속도로 떨어져내려오자 얼른 피했다.

풍석범과 정극상은 산비탈 아래로 굴러떨어지면서, 강침의 독성이 작동해 연신 돼지 멱따는 소리를 질러댔다. 하척수가 화산파 문하로 들어간 후 사부의 엄명을 준수해 침에 극독을 묻히지 않은 게 그나마 천만다행이었다. 지금 이 함사사영의 강침에는 극독이 아닌 마취약이 묻어 있어 치명적이지는 않았다. 그렇지 않고 왕년의 오독교 교주가 전수해준 대로 암기에 극독을 묻혔다면 풍석범과 정극상은 산비탈 아래로 굴러떨어지기도 전에 이미 숨이 끊어졌을 것이다.

설령 독이 아니라 해도 두 사람은 온몸을 수많은 독전갈과 독지네가 물어뜯는 것 같은 아픔과 가려움 때문에 계속 비명을 질러댔다. 그야말로 죽을 지경이었다. 웬만해서는 신음도 내지 않는 풍석범조차 비명을 지르기는 마찬가지였다.

위소보, 쌍아, 풍제중, 소전, 방이, 목검병, 공주, 증유, 아가 등이 앞서거니 뒤서거니 모두 달려왔다. 그들은 풍석범과 정극상이 처절하게 몸부림치며 뒹구는 것을 보자 모두 아연실색했다.

위소보는 정신을 가다듬고 숨을 불어냈다. 그리고 진근남에게 다가갔다. 정극상이 찌른 검이 가슴 앞으로 삐져나왔지만 아직 숨이 끊어지지 않았다. 위소보는 방성통곡을 하며 그의 몸을 부축해 안았다.

진근남은 내공이 심후해서 체내의 남은 진기가 아직 흩어지지 않았다. 그가 나직이 말했다.

"소보야, 사람은 누구나… 죽기 마련이다. 난… 난… 평생 나라를 위해… 충성해왔으며… 하늘을 우러러 한 점 부끄러움이 없다. 넌… 넌… 너무 슬퍼하지 마라…."

위소보가 소리쳤다.

"사부님! 사부님!"

그는 진근남을 만난 지 그리 오랜 세월은 아니지만 사부는 늘 자기를 걱정해주었다. 무공에 어느 정도 진척이 있는지 물어볼 때마다 자기는 얼렁뚱땅 얼버무리곤 했다. 사부의 가르침에 대해 별로 고맙게 생각하지 않았다. 지금 사부의 죽음을 앞두고 그간의 일을 생각하니 후회막급에 자책감이 밀려왔다. 아버지처럼 늘 사랑으로 자기를 대해주던 사부가 아니던가. 가슴이 미어졌다. 차라리 사부를 대신해 자신이 죽었으면 하는 심정이었다. 그는 울먹이며 말했다.

"사부님, 너무 죄송해요. 저… 무공을 가르쳐주셨는데 제대로… 제대로 익히지도 못하고…."

진근남의 입가에 미소가 번졌다.

"소보야, 괜찮아. 네가… 좋은 사람이 되면 난 그걸로 만족한다. 무공을 잘 몰라도 그건… 별로 상관없어…."

위소보가 그의 말을 받았다.

"네, 사부님의 말씀 명심하겠어요. 나쁜 짓을 하지 않고… 좋은 사람이 될게요…."

진근남이 다시 미소를 지었다.

"그래… 착하구나. 넌… 줄곧 착한 아이였어."

위소보는 입술을 깨물었다.

"정극상, 그 고약한 놈이 사부님을 해쳤어요. 훌쩍… 훌쩍… 사부님, 제가 이미 놈을 제압했어요. 반드시 제 손으로 놈을 난도질해 복수를 해드릴게요. 훌쩍…."

말하면서 계속 눈물을 흘렸다.

진근남의 몸에 한 차례 가벼운 경련이 일었다.

"아니다, 얘야… 나는 정 왕야의 부하야. 국성야는 내게… 태산 같은 은혜를 베풀어주셨어. 우린 어떤 일이 있어도 국성야의 혈육을 죽여선 안 돼… 내가 죽어도 의리는 지켜야 한다. 소보야, 난 이제 곧 죽을 거야. 내 충의지명忠義之名을 더럽혀서는 안 된다. 내 말을… 내 말을 명심해야 해…."

미소를 띠었던 얼굴에 점점 초조함이 번졌다.

"소보야, 약속해다오. 그를 대만으로 보내주겠다고… 그러지 않으면 난 죽어서도… 눈을 감지… 못할 거야…."

위소보는 어쩔 수 없이 대답했다.

"사부님께서 그놈을 살려주라면… 저는… 분부에 따를게요."

진근남은 비로소 안심이 되는지 길게 숨을 내쉬었다. 그리고 천천히 말을 이었다.

"소보야, 천지회… 반청복명의 대업을… 잘 이어가도록 해라. 우리 한인들이… 합심단결하면… 강산을 수복할 수 있을 거야. 안타깝게도 난 그것을… 보지 못하고… 먼저…."

목소리가 갈수록 작아지더니 결국 숨을 다시 들이켜지 못하고 운명했다. 위소보는 그의 몸을 끌어안고 울부짖었다.

"사부님! 사부님!"

목청이 찢어져라 외쳤건만 진근남은 더 이상 대답이 없었다.

소전은 줄곧 곁에 서 있었다. 그녀는 진근남이 숨을 거두는 것을 다 지켜보았다. 위소보가 비통해하는 것을 보고 모두들 가슴이 미어졌다. 소전이 위소보의 어깨를 어루만지며 부드럽게 말했다.

"소보, 사부님은 운명하셨어."

위소보는 다시 울부짖었다.

"사부님이 죽었다고? 죽었단 말이야?"

그는 아버지 없이 살아오면서 일찍이 마음속으로 사부를 아버지로 생각해왔다. 자신도 그것을 느끼지 못했을 뿐이다. 지금 사부가 죽었다는 말에 그 비통함은 홍수에 둑이 무너진 것처럼 억제할 길이 없었다. 이젠 진짜 '아비 없는 망나니'라는 것을 실감했다.

소전은 그의 슬픔을 달래주기 위해 얼른 입을 열었다.

"사부님을 해친 홍수를 어떻게 처리하지?"

그 말에 위소보는 펄쩍 뛰며 욕을 터뜨렸다.

"이런 빌어먹을 새끼! 찢어죽여도 시원치 않을 놈! 사부님은 너희 정가의 부하인지 몰라도 나 위소보는 정가한테 밥 한 숟갈도 얻어먹지 않았고, 돈 한 푼도 받아쓴 적이 없어! 오히려 네놈이 나한테 은자를 만 냥이나 빚졌지! 지금 당장 갚지 않으면, 한 냥에 한 칼씩 찔러주겠다!"

입으로 계속 욕을 해대며 비수를 쥐고 정극상에게 다가가 발로 마구 걸어찼다.

정극상은 풍석범보다 강침을 적게 맞아 지금 상처의 고통이 많이 나아졌다. 그는 진근남이 자기 목숨을 죽이지 말라고 당부하는 말을 듣고 내심 무척 좋아했다. 그러나 위소보에게 빚진 것은 부인할 수 없는 사실이고, 당장 갚을 돈이 없으니 사정을 할 수밖에 없었다.

"저… 대만으로 돌아가면 열 배… 아니, 백 배로 갚아줄게."

위소보는 그의 머리를 걸어차며 욕을 했다.

"이런 양심도 없는 놈! 배은망덕을 밥 먹듯이 하는 놈의 말을 어떻게 믿어? 널 난도질할 수밖에 없어!"

비수를 내밀어 얼굴에다 쓱쓱 문질렀다.

정극상은 혼비백산해서 아가를 쳐다보았다. 그녀가 나서 사정을 해주길 바랐다. 그러나 이내 생각이 달라졌다.

'아니야, 녀석이 가장 아끼는 게 아가인데, 그녀가 날 위해 사정을 하면 날 더욱 증오할 거야. 정말 난도질을 할지도 몰라.'

그래서 얼른 말했다.

"만 냥을 꼭 갚을게. 약속해, 위 향주. 만약 믿지 못하겠다면….."

위소보는 다시 그를 걷어찼다.

"당연히 믿지 못하지! 나의 사부님은 널 믿었기 때문에 결국 네놈한테 죽은 거야!"

끓어오르는 분노를 억제할 수 없어 비수를 막 그의 얼굴에 꽂으려는 순간, 정극상이 다급하게 소리쳤다.

"믿지 못하겠다면… 아가가 보증을 서줄 거야!"

위소보는 눈을 부라렸다.

"보증은 필요 없어! 전에도 보증을 섰지만 개뿔만큼도 소용이 없었잖아!"

정극상이 말했다.

"담보가 있어."

위소보가 말했다.

"좋아, 담보로 네 모가지를 내놔라! 100만 냥을 갚으면 내가 목을 다시 붙여줄게!"

정극상이 다시 말했다.

"아가를 담보로 맡길게!"

순간, 위소보는 머리가 핑 돌았다. 손에 쥐고 있던 비수가 떨어져 땅속 깊이 박혔다. 바로 정극상의 머리에서 한 뼘 정도 떨어진 자리였다.

정극상은 기겁을 해 비명을 질렀다.

"으악!"

그는 목을 움츠리며 말했다.

"아가를 담보로 내주면 믿을 수 있겠지? 100만 냥을 가져와 갚으면 그때 아가를 돌려줘."

위소보가 천천히 말했다.

"그렇다면 상의해볼 여지가 있지."

그러자 아가가 정극상에게 소리쳤다.

"안 돼! 절대 안 돼! 난 네 것도 아닌데 왜 함부로 담보로 내줘?"

그러면서 울음을 터뜨리자, 정극상은 다급해졌다.

"위 향주, 아가는 이제 나한테 전혀 관심이 없어. 의절하고 날 저버렸다고! 위 향주가 그녀를 원하면 은자 만 냥에 팔게! 그럼 우린 서로 빚진 게 없잖아?"

위소보가 말했다.

"아가는 오로지 너만 생각하는데, 내가 사봤자 무슨 소용이 있어?"

정극상이 말했다.

"그의 배 속에 네 애가 있는데, 어떻게 나를 위하겠어?"

그 말에 위소보는 깜짝 놀라면서도 기뻤다. 그는 떨리는 음성으로 반문했다.

"지금… 뭐라고 했지?"

정극상이 다시 말했다.

"그날 양주 여춘원에서 너와 동침을 하고 바로 애가…"

아가는 안색이 크게 변하더니 벌떡 일어나 얼굴을 가린 채 바다 쪽을 향해 달려갔다. 그러자 쌍아가 뒤를 쫓아가 팔을 붙잡고 데려왔다.

아가는 울면서 말했다.

"말을 안 하기로 약속했잖아! 왜… 다 말해버렸어? 이런 개…."

그녀는 '개만도 못한 놈'이라고 욕하려 했지만 아무래도 적절치 않은 것 같아 그냥 삼켜버렸다.

정극상은 위소보의 안색이 자꾸 변하는 것을 보고, 행여 생각을 바꿀까 봐 얼른 덧붙였다.

"위 향주, 틀림없는 위 향주의 애야. 난 아가와 정말 아무 관계도 없었어. 정식으로 혼례를 올린 후에 부부가 되겠다고 해서… 내 말을 믿어야 해."

위소보가 물었다.

"넌 그 사실을 알면서도 아가를 그냥 내버려뒀어?"

정극상이 대답했다.

"아가는 너의 애를 가진 걸 안 뒤로는 늘 네 걱정만 했어. 하루 종일 네 얘기만 하고… 정말 짜증이 났어! 이제 난 아가가 필요 없어!"

아가는 발을 굴렀다. 얼굴이 붉으락푸르락해져서는 화를 내며 소리쳤다.

"지금 뭐 하는 거야? 그런 말까지 다 하고 정말…."

그녀 스스로 모든 것을 시인한 것이나 다름없었다.

위소보는 너무나 기뻤다.

"좋아! 그럼 네놈은 당장 내 눈앞에서 꺼져버려!"

정극상도 크게 기뻐했다.

"고마워! 정말 고마워! 둘이 백년해로하길 바라. 혼례 선물은 나중에 해줄게."

그러면서 천천히 기어일어났다.

위소보는 퉤하고 땅바닥에 침을 뱉으며 욕을 했다.

"난 여태껏 살아오면서 너처럼 치사하고 뻔뻔한 놈은 처음 본다!"

그는 속으로 생각했다.

'사부님이 나더러 죽이지 말라고 했지만 나중에 다른 사람을 시켜서 죽이면 돼. 천지회 형제들에게만 시키지 않으면 사부님도 날 나무라지 못할 거야.'

정왕부의 위사 두 명이 줄곧 한쪽에 움츠리고 있다가, 위소보가 주인의 목숨을 살려주겠다고 하자 비로소 정극상을 부축하고, 쓰러져 있는 풍석범도 부축해 일으켰다. 정극상은 바다를 바라보며 엉거주춤했다. 시랑이 타고 온 전선은 이미 멀리 떠나갔다. 바닷가에는 배가 두척 있는데, 자기가 타고 온 배는 돛대가 다 부러져 타고 가기 어려울 것이고, 또 한 척은 위소보 등이 타고 가야 하니 자기한테 양보할 리가만무했다. 그가 나직이 물었다.

"풍 사부님, 우린 배가 없는데 어떡하죠?"

풍석범이 말했다.

"일단 작은 배에 타고 보자고!"

일행은 천천히 해변으로 걸어갔다. 그때 갑자기 뒤에서 한 사람의 싸늘한 외침이 들려왔다.

"잠깐! 위 향주는 너희 목숨을 살려줬지만 난 살려둘 수 없다!"

정극상이 깜짝 놀라 뒤돌아보니 한 사람이 칼을 들고 달려왔다. 바로 천지회의 고수 풍제중이었다. 정극상이 떨리는 목소리로 말했다.

"아니… 천지회의 형제잖소. 천지회는 늘 대만 연평왕부의 명에 따라왔는데 어째서…?"

풍제중이 냉랭하게 말했다.

"뭐가 어쨌다는 거냐? 어서 거기 서지 못해?"

그의 사나운 기세에 눌려 정극상은 걸음을 멈췄다.

"네…."

풍제중은 다시 위소보 곁으로 돌아와 말했다.

"위 향주, 저자는 총타주를 죽였으니 천지회의 형제들은 절대 그를 용서할 수 없소! 총타주는 국성야에게 은혜를 입어 그의 자손을 죽일 수 없고, 위 향주는 총타주의 명을 받아 손을 쓸 수 없지만, 난 국성야를 본 적도 없고, 총타주가 내게 유명遺命을 남긴 것도 아니오! 오늘 내 손으로 저놈을 죽여 총타주를 위해 복수하겠소!"

위소보는 오른손을 귀에 갖다 대고 귀 기울여 듣는 시늉을 하더니 말했다.

"지금 무슨 말을 하는 거요? 귀가 왜 갑자기 안 들리지? 무슨 말을 하는지 못 알아듣겠소. 풍 대형, 내 명에 따를 것 없이 마음대로 하시구려. 왜 갑자기 귀가 들리지 않는 거지? 아까 포성 때문에 고막이 터졌나?"

그는 구체적으로 말하지 않았지만 풍제중이 정극상을 죽이든 말든 자기는 제지하지 않겠다는 뜻이었다.

풍제중이 다소 망설이는 듯하자 위소보가 다시 말했다.

"사부님은 임종 전에 나더러 정극상을 죽이지 말라고 했을 뿐, 평생 그를 보호해주라고는 하지 않았소. 내가 손을 쓰지 않는 이상 상관

없는 것 아니오? 세상에 수천만 명의 사람이 있는데, 모두 그를 죽이려 한다면 누가 말리겠소?"

풍제중은 위소보의 소매를 살짝 잡아끌며 말했다.

"위 향주, 잠깐만 이쪽으로…."

10여 장쯤 걸어나가자, 풍제중이 걸음을 멈추고 말했다.

"위 향주, 황상은 늘 위 향주를 총애했죠? 안 그래요?"

위소보는 그가 갑자기 왜 이런 말을 하는지 영문을 알 수 없어 어리둥절했다.

"그래요, 그런데 그게 어때서요?"

풍제중이 다시 말했다.

"황상이 총타주를 죽이라고 했는데, 그럴 수가 없어서 달아났죠? 그것만 봐도 의리를 중시하는 강호 영웅임을 알 수 있소. 모두들 경의를 표할 거요."

위소보는 고개를 설레설레 흔들며 처연하게 말했다.

"하지만 사부님은 결국 돌아가셨어요."

풍제중이 또 말했다.

"총타주는 정극상이 죽인 거지만, 어쨌든 황상이 위 향주에게 맡긴 임무는 완수한 셈이니…."

위소보는 크게 의아해하며 물었다.

"지금… 무슨 소리를 하는 건지… 왜 그런 말을 하죠?"

풍제중이 대답했다.

"황상이 가장 꺼리는 세 사람이 있소. 그 셋을 제거하지 않으면 마음이 계속 불안할 거요. 그 첫 번째가 오삼계라는 것은 두말할 나위

가 없고, 두 번째가 바로 총타주요. 천지회의 형제들은 천하 방방곡곡
에 깔려 있고 늘 반청복명을 부르짖었소. 황상으로선 심려가 안 될 수
없죠. 이제 총타주가 죽었으니 황상으로서도 한 가지 짐을 덜게 된 거
고⋯.”

　여기까지 들은 위소보는 번쩍 뇌리를 스치는 생각이 있었다.

　‘아, 바로 당신이군! 이제 보니 바로 당신이야!’

　그는 마치 모르는 사람을 처음 보는 듯, 풍제중을 뚫어지게 쳐다보
았다.

통식도에서 세월을 낚다

바닷속에서 거대한 거북이 한 마리가 솟아올라 목을 길게 뽑고 사람의 말을 했다.

"동해 용왕 어르신이 수정용궁에서 너무 심심하고 무료해 특별히 소장을 시켜 위작야를 모셔오라고 했습니다.

성대하게 주연을 베풀고 주연이 끝나면 신나게 도박을 한판 벌이자고 합니다.

용왕께서는 홍산호와 야명주를 내걸 텐데, 육지의 은표도 통용된다고 했습니다."

위소보가 천지회에서 행한 모든 일을 강희는 손바닥 들여다보듯 다 알고 있었다. 심지어 천지회의 암호까지도 줄줄이 외우지 않았던가! 그러나 위소보가 《사십이장경》을 훔친 것과 신룡교의 백룡사가 된 사실은 전혀 몰랐다.

위소보는 곰곰이 생각을 해보았다. 강희에게 자기를 밀고한 자는 틀림없이 천지회의 형제 중 한 사람이고, 또한 자기와 무척 친밀할 사람일 것이었다. 그러나 청목당의 형제들은 한결같이 충직하고 의리로 뭉쳐져 절대 친구를 배신하고 밀고를 할 리가 없다고 생각했다. 그는 비록 의심을 품긴 했어도 도저히 단서를 찾아낼 수 없었다. 아무리 생각해도 이해가 가지 않는 난제로 마음속에 남아 있었다.

지금 풍제중의 말을 듣자 불현듯 뇌리를 때리는 것이 있었다.

'그래! 내가 왜 이렇게 멍청하지? 진작 이자를 의심했어야 했는데… 그날 황제가 내 백작부를 포격하라고 명했을 때 천지회 핵심 인물 중 풍제중만이 그 자리에 없었어. 그 사실 하나만으로도 모든 것이 증명되잖아. 백작부에 있었던 사람은 절대 첩자가 아니야. 아니면 대포가 날아올 것을 알고 왜 그 자리에 있었겠어? 풍제중만이 사전에 그 사실을 알았기 때문에 피신한 거야. 어이구, 난 정말 바본가 봐. 지금 이자가 말하지 않았다면 아직도 오리무중을 헤매고 있겠지.'

풍제중은 과묵해서 평상시 말수가 별로 없었다. 아주 성실한 사람으로 보였다. 무공이 고강하지만 행동거지는 약간 어병한 촌로 같았다. 위소보는 가끔 '첩자가 누구일까?' 생각하면서 다른 사람을 의심하곤 했다. 입심이 좋고 시정잡배같이 얼렁뚱땅한 전노본이나, 행동이 민첩하고 명석한 두뇌를 가진 서천천, 매사에 주도면밀한 고언초, 성질이 고약하고 술을 즐기는 현정 도인, 심지어 견식이 넓고 호방한 성품의 번강과 나이 들어 체력이 쇠약해진 이역세, 남의 정곡을 잘 찌르는 기표청까지 다 의심을 해봤다. 그러나 전혀 첩자처럼 생각되지 않는 풍제중에 대해서는 한 번도 의심을 해본 적이 없다.

생각이 이어졌다.

'그날 쌍아도 백작부에 없었어. 그렇다면… 그녀도 첩자란 말인가? 날 배신하고…?'

생각이 여기에 미치자 등골이 오싹해지면서 소름이 돋고 가슴이 아려왔다. 그러나 곧 생각을 달리했다.

'풍제중이 일부러 쌍아를 데리고 나간 거야. 그는 내가 쌍아를 목숨처럼 아낀다는 사실을 알고 있었어. 만약 그의 밀고 때문에 쌍아가 포격을 당해 죽은 걸 내가 알게 되면 그를 평생 증오할 테니까… 그래서 핑계를 대고 쌍아를 빼돌린 거야. 그는 단지 황상이 심어놓은 일개 첩자에 불과해. 만약 천지회가 전멸하면 그는 황상에게 아무 쓸모가 없어. 내가 황상 앞에서 그를 난처하게 만들면 도저히 감당할 수 없겠지. 그래서… 감히 내 비위를 건드릴 수 없어서 쌍아를 지켜준 거야.'

이런 생각들을 일일이 나열하자면 시간이 길어지지만, 위소보로서는 이 모든 것이 순간적으로 뇌리를 스쳐갔다. 그는 비로소 모든 것을 깨닫고 넌지시 입을 열었다.

"풍 대형, 쌍아가 포격을 당하지 않게 백작부에서 데리고 나와줘서 고마워요."

그 말에 풍제중은 깜짝 놀랐다.

"앗!"

그는 놀란 외침을 토하며 안색이 급변했다. 그리고 뒤로 두어 걸음 물러나 칼자루에 손을 가져다 댔다.

"아니… 그럼…?"

위소보가 웃으며 말했다.

"우리끼리 서로 숨길 필요가 뭐 있겠소? 황상께서 벌써 내게 다 말해줬어요."

풍제중은 황제가 그를 가장 총애해왔다는 사실을 잘 알고 있었다. 당연히 그의 말을 믿었다. 그래서 물었다.

"한데 왜 성지를 받들지 않았소?"

이 질문 한 마디로 그는 모든 것을 시인한 것이나 다름없었다.

위소보는 미소를 짓는 여유까지 부렸다.

"풍 대형, 뻔히 알면서 그렇게 물으면 어떡해요? 충忠과 의義를 동시에 지킨다는 것은 결코 쉬운 일이 아니에요. 황상은 그동안 나에게 그야말로 더할 나위 없이 엄청난 황은을 베풀어주셨어요. 그리고 사부님도 내게 아주 잘해줬죠. 이제 사부님은 돌아가셨으니 충 쪽으로 마음을 정해야 하는데, 황상이 과연 내 죄를 사면해줄지 모르겠어요."

풍제중이 말했다.

"지금이야말로 공을 세워 속죄할 가장 좋은 기회입니다. 아까 내가

황상에게 눈엣가시가 셋 있다고 했죠? 오삼계와 진근남 외에 세 번째
는 바로 대만에 도사리고 있는 정경입니다. 우리가 정경의 아들 정극
상을 북경으로 잡아가면 정경의 항복을 이끌어낼 수도 있을 거예요.
그럼 위 도통이 아무리 큰 죄를 저질렀다고 해도 황상께서 다 사면을
해주겠죠."

그는 더 이상 위소보에게 숨기지 않았다. 호칭까지도 '위 도통'으로
바꾸고, 감히 총타주의 이름을 직접 불러댔다.

위소보는 내색을 할 수 없었지만 속으로 화가 치밀었다.

'이런 의리라곤 손톱만큼도 없는 간사한 새끼! 감히 사부님의 이름
까지 시부렁대다니!'

그러나 강희와 다시 친해질 수 있다는 생각을 하자 기분이 좋아졌
다. 벼슬 따위는 하지 않아도 상관없다. 그저 가끔 소황제와 이런저런
얘기를 재미있게 나눌 수만 있다면, 더 이상 바랄 게 없었다.

풍제중이 다시 말했다.

"위 도통, 북경으로 돌아가도 우리의 관계를 밝혀서는 안 됩니다.
천지회 사람들은 진근남이 죽었다는 사실을 알면 십중팔구 위 도통을
총타주로 추대할 거예요. 위 도통은 의리를 중시해 기꺼이 부귀영화
를 버리고 백작, 도통 자리까지 다 팽개치면서 천지회의 많은 사람들
을 구해줬어요. 그 소식이 이미 온 천하에 전해졌을 겁니다. 모르긴 몰
라도 지금 강호에선 아마 모두들 그 얘기를 주고받으며 칭송이 자자
할 거예요. 그러니 누군들 위 도통의 의리와 영웅기개에 경의를 표하
지 않을 수 있겠습니까?"

위소보는 의기양양해하며 물었다.

"그게 정말이오? 날 속이는 게 아니겠죠?"

풍제중이 대답했다.

"네, 네! 네… 비직卑職이 어찌 감히 위 도통께 거짓말을 할 수 있겠습니까?"

위소보는 속으로 생각했다.

'이놈이 자신을 비직이라고 하는 걸 보니, 벼슬을 하고 있는 것 같은데 무슨 직책이지?'

호기심이 생겼지만 '황상이 벌써 내게 다 말해줬다'고 한, 자신의 거짓말이 들통날까 봐 대놓고 묻지 못했다. 그러나 영악한 위소보는 곧 다른 방법을 생각해냈다.

'이번 일로 무슨 직책으로 승진했는지는 물어봐도 되겠지.'

그래서 미소를 지으며 말했다.

"이번에 큰 공을 세웠으니 황상께서 틀림없이 승진을 시켰을 텐데, 이젠 직책이 뭐죠?"

풍제중이 말했다.

"황상께서 은전을 베풀어 비직은 도사都司가 됐습니다."

위소보는 속으로 콧방귀를 뀌었다.

'제기랄, 코딱지만 한 작은 무관이잖아! 빌어먹을, 이 어르신은 너보다 열 배, 스무 배가 더 높아!'

청나라 조정의 관제官制에 따르면, '백작'은 품계를 초월한 대관이고, 효기영의 '도통'은 종일품從一品이다. 한인으로서 오를 수 있는 무관 최고 품계인 '제독' 또한 종일품이고, '총병'은 정이품正二品, 그 밑으로 '부장副將', '참장參將', '유격遊擊'이 있고, 그 아래가 '도사'다.

위소보는 풍제중의 얼굴을 살폈다. 비록 표정은 덤덤해 보여도 눈에는 자랑스럽고 우쭐대는 빛이 서려 있었다. 그래서 공수의 예를 취하며 말했다.

"축하해요, 축하해. 그건 황상께서 직접 내린 벼슬이라 다른 도사와는 또 다르죠."

풍제중은 꾸벅 몸을 숙이고 나서 말했다.

"앞으로 대인께서 많이 이끌어주시길 바랍니다."

위소보가 웃으며 말했다.

"우린 한 식구나 다름없는데, 그야 당연하지 않겠어요? 황상에 대한 충성은 나보다 더한 것 같은데요, 뭐…."

풍제중이 다시 말했다.

"비직이 어찌 대인의 만분지일이라도 따라갈 수 있겠습니까? 대인, 황상께선 비직더러 만약 대인을 만나게 되면 무슨 일이 있어도 경성으로 모셔오라고 했습니다. 황상께서 대인을 매우 중시하며 그리워하고 계신 게 분명합니다. 이번에도 큰 공을 세웠고, 대만 정씨 역적의 아들까지 북경으로 잡아간다면 황상께선 몹시 기뻐하시며 대인께 다시 더 큰 벼슬을 내릴 겁니다."

위소보는 고개를 끄덕이며 말했다.

"그대도 '유격'으로 승진하겠죠."

풍제중이 살짝 미소를 지었다.

"비직은 그저 황상께 충성하고… 황상께서 대인을 만나 기뻐하시면 더 이상 바랄 게 없습니다. 승진을 하든 못하든, 그것은 황상의 은전일 뿐입니다."

위소보는 속으로 생각했다.

'줄곧 과묵한 사람으로 생각해왔는데, 이제 보니 조동아리를 잘 까는 벼슬아치의 표본이구먼!'

풍제중이 말했다.

"대인께서 천지회의 총타주가 되어 진근남 조문을 핑계로 18개 성省의 각당 향주들과 각처의 주요 인물들을 한곳에 불러모아 일망타진해서 대역무도의 싹을 잘라버린다면, 그야말로 진짜 큰 공을 세우는 겁니다. 지난번 백작부를 포격한 것보다 수십 배나 큰 공로라 할 수 있겠죠. 잘 생각해보십시오. 만약 지난번에 성지에 따라 진근남과 이역세 등 일부 역도들만 제거했다면, 천지회의 역도들은 천하 도처에 다 깔려 있으니 새로운 총타주를 내세울 겁니다. 그를 죽이면 또 다른 사람이 총타주가 될 거고… 그러면 아무리 죽이고 또 죽여도 뿌리가 뽑히지 않습니다. 오로지 대인께서 총타주에 올라야만 그들을 남김없이 철저하게 소탕해 황상의 우려를 영원히 해소해드릴 수가 있습니다."

그 말을 들은 위소보는 자신도 모르게 등에서 식은땀이 흘렀다.

'정말 독랄한 계책이군. 이놈의 머리로는 생각해내기 어려울 거고, 십중팔구 소황제의 계책일 거야. 내가 북경으로 돌아가면 소황제는 일단 죄를 사면해주겠지. 대신 천지회를 뿌리 뽑으라고 명할 거야. 그리고 이번에는 날 꼼짝 못하게 만들 묘책도 생각해내 그의 손아귀에서 벗어나지 못하게끔 옭아맬 게 분명해.'

생각을 할수록 가슴이 써늘해졌다.

'소황제가 나더러 항복하라면서 볼기짝을 때리는 건 상관없지만, 나더러 천지회의 총타주가 돼서 형제들을 모조리 죽이라고 한다면, 그건 절대 할 수 없어! 그런 일을 저지르면 천하의 모든 호한들이 내 18대 조상까지 욕보일 거고, 죽은 후에 사부님을 뵐 면목도 없어. 이곳에 있는 누이들도 날 엄청 경멸하겠지. 이 위소보는 비록 양심이 약간 부족한 건 사실이지만 그 정도까지 개망나니는 아니야!'

그는 풍제중을 쳐다보며 건성으로 그저 '응', '응' 하며 얼버무리고 속으로 생각했다.

'내가 만약 지금 거절하면 놈은 안면을 몰수할지도 몰라. 우리 편이 합세하면 이놈 하나 정도는 꺾을 수 있겠지. 하지만 이놈의 무공도 만만치 않아. 잘못하다가 누이들 중 한둘이라도 죽게 된다면 큰일이지! 좋아, 함사사영 놀이를 다시 한번 해볼 수밖에!'

그는 계속 생각을 굴리며 말했다.

"황상을 뵈러 간다면 나도 더 이상 바랄 게 없죠. 하지만… 하지만 천지회의 그 많은 형제들을 죽이는 것은 아무래도… 의리도 없고… 친구로서의 도리가 아닌 것 같네요. 그러니 좀 더 상의를 해보고 결정해야겠어요."

풍제중이 다시 말했다.

"물론 대인의 말도 맞지만, 옛말에도 '양소비군자量小非君子, 무독부장부無毒不丈夫(담량이 작아 겁이 많으면 군자가 아니고, 마음이 모질고 독하지 않으면 대장부가 아니다)'라 했습니다."

위소보는 그냥 얼버무렸다.

"맞아요, 맞아! 무독부장부! 잇? 어이구, 정극상이 왜 달아나지?"

풍제중은 깜짝 놀라 고개를 돌렸다. 위소보는 그 순간 그를 겨냥해 가슴께의 암기를 발사하려 했는데 공교롭게도 쌍아가 달려오면서 소리쳤다.

"상공! 무슨 일이에요?"

그녀는 두 사람이 계속 뭔가 심각하게 이야기를 나누자 관심을 갖고 천천히 다가오다가 위소보가 갑자기 '어이구' 하고 소리를 치자 바로 앞으로 몸을 날린 것이다.

위소보가 만약 생각한 대로 함사사영을 발사한다면 물론 풍제중을 적중시킬 수 있을 것이다. 그러나 쌍아한테도 해를 입힐 게 분명했다. 손가락이 발사장치에 닿았지만 감히 누르지 못했다.

풍제중은 몸을 돌려 이미 독침에 당한 정극상과 풍석범이 해변에 서 있는 것을 확인하는 순간, 상황이 심상치 않다는 것을 간파하고 잽싸게 쌍아를 낚아챘다. 쌍아의 무공이라면 풍제중이 단번에 낚아잡기가 쉽지 않을 텐데, 쌍아는 전혀 경계를 하지 않은 상태여서 영락없이 그에게 손목 맥문脈門을 잡히고 말았다. 그녀는 이내 상반신이 마비돼 움직일 수 없게 되었다.

풍제중은 그녀를 방패막이로 삼아 말했다.

"위 대인, 손을 들어올리시지!"

기습을 할 수 있는 절호의 기회를 놓치고 쌍아도 그에게 제압당하자, 위소보는 천연덕스럽게 웃으며 말했다.

"풍 대형, 지금 무슨 농담을 하는 거죠?"

풍제중이 말했다.

"위 대인이 갖고 있는 함사사영은 워낙 위력이 막강해 비직으로선 겁을 내지 않을 수가 없소이다. 손을 들어올리지 않으면 비직도 부득이 결례를 범할 수밖에 없소!"

그러면서 쌍아를 앞으로 끌어당겨 그녀 뒤에 몸을 숨겼다. 위소보가 암기를 발사할 수 없게 만든 것이다.

소전과 방이, 아가, 증유는 이 갑작스러운 변고를 보고 앞다퉈 달려왔다. 풍제중은 속으로 궁리했다.

'저 녀석은 쌍아를 몹시 아끼기 때문에 감히 출수하지 못하겠지만 저 계집들은 쌍아가 죽든 말든 신경을 쓰지 않을 수도 있어. 그녀들이 아끼는 것은 위소보 녀석뿐이야!'

그는 왼손으로 허리에 찬 강도를 뽑았다. 그리고 쌍아를 밀며 앞으로 다가가, 칼로 위소보의 목을 겨냥했다. 그러고는 호통을 쳤다.

"다들 가까이 다가오지 마!"

소전 등은 위소보가 제압당해 위태로운 지경에 처하자 바로 걸음을 멈췄다. 다들 속으로 조급해하면서도 이상하다는 생각이 들었다. 풍제중은 분명 조금 전만 해도 위소보의 친구로서 힘을 합쳐 적과 싸웠는데, 왜 갑자기 서로 등을 돌리게 됐을까? 모름지기 위소보는 사부의 유명대로 정극상을 죽이지 않으려 하고, 풍제중은 총타주의 원수를 갚기 위해 그를 죽이려는 과정에서 의견충돌이 생긴 거라고 여겼다.

목에 칼끝이 와닿자 위소보는 살짝 뒤로 물러났다. 그러자 풍제중은 바로 칼을 앞으로 밀며 소리쳤다.

"위 대인! 경거망동을 삼가시오. 칼에는 눈이 달리지 않아 어떻게 될지 모르니 순순히 손을 드는 게 좋을 거요."

위소보는 어쩔 도리가 없었다. 두 손을 천천히 들어올리며 웃었다.

"풍 대형, 승진하고 횡재를 하고 싶다면 내게 잘 보여야 할 거요."

풍제중이 말했다.

"승진도 좋고 돈도 좋지만 목숨을 부지하는 게 더 중요하지!"

그는 전광석화처럼 몸을 번뜩여 위소보의 등 뒤로 와서 신발 속에 숨겨놓은 비수를 꺼냈다. 그 비수로 등을 겨냥하며 말했다.

"위 대인의 비수가 아주 예리하다는 것을 잘 알고 있소. 직접 쓰는 것도 여러 번 봤지."

위소보는 쓴웃음을 지을 수밖에 없었다. 등에 따끔한 느낌이 전해졌다. 칼끝이 이미 옷을 찢고 들어온 것이다. 비록 호신보의를 입고 있지만 이 비수의 예봉을 막을 순 없을 것이었다.

풍제중이 다시 소리쳤다.

"다들 몸을 돌리고 무기를 내려놓으시오!"

소전 등은 이런 상황에서 그의 말을 따를 수밖에 없었다. 모두 몸을 돌리고 무기를 버렸다. 풍제중은 주위를 둘러보며 천지회 형제가 아직 네 명 남아 있는 것을 확인하고는 그들을 불렀다.

"할 말이 있으니 다들 가까이 와보시오."

네 사람은 영문을 모른 채 그의 말대로 가까이 다가갔다.

풍제중은 오른쪽 팔꿈치로 위소보의 등 뒤 대추혈大椎穴을 힘껏 찍으면서 왼손에 쥔 강도를 맹렬히 휘둘렀다.

"으악!"

"악!"

비명이 연신 들리며 천지회 형제 네 사람은 그 자리에서 목숨을 잃고 말았다. 그는 순식간에 네 사람의 급소를 노린 것이다. 그 악랄한 수법과 신속한 도법은 실로 보기 드문 것이었다.

소전 등은 비명 소리에 일제히 고개를 돌렸다. 네 사람의 시체를 보니 목과 가슴, 허리, 옆구리에서 피가 뿜어져나왔다. 모두들 대경실색해 안색이 크게 변했다.

풍제중은 일이 틀어지자 선수를 치기로 마음먹은 것이다. 자신은 혼자라 일단 천지회 형제 넷부터 처치해야만 했다. 적을 네 명 제거하는 동시에 여자들에게 겁을 주어 경거망동하지 못하게 만드는 것이 그의 의도였다. 이제 남은 것은 여자 일곱 명과 위소보뿐이었다.

풍제중은 칼로 다시 위소보의 목을 겨냥하며 말했다.

"위 대인, 우린 배에 오르죠."

그는 단지 위소보와 정극상만 경성으로 압송해 황제에게 바칠 생각이었다. 그럼 큰 공을 세우게 될 것이다. 일곱 명의 여자는 그냥 섬에 남겨두고 떠나는 게 좋을 것 같았다. 함께 배를 타고 가면 도중에 무슨 일이 벌어질지 예측할 수 없었다. 그리고 여자들을 죽이지 않는 것은 나중을 생각해서였다. 위소보와 깊은 원한을 맺고 싶지 않았다. 황제가 위소보를 어떻게 처리할지 알 수 없으니 여지를 남겨둬야만 했다.

여인들은 위소보가 꼼짝없이 제압당하자 어찌할 바를 몰라 했다. 그러자 공주가 나서 성난 목소리로 호통을 쳤다.

"네놈이 뭔데 감히 이런 무례를 범하는 것이냐? 냉큼 칼을 내려놓지 못할까?"

풍제중은 '흥!' 코웃음을 치며 아랑곳하지 않았다. 그는 위소보와 함께 혼례 문제로 공주를 운남까지 호위했기 때문에 그녀의 성질을 잘 알고 있었다. 그래서 섣불리 대들지 못했다.

공주는 그가 아무 반응도 보이지 않자 더욱 화가 치밀었다. 이 세상에서 태후와 황제, 위소보, 소전, 네 사람을 제외하고는 그 누구도 안

중에 없었다. 그녀는 땅에 떨어져 있는 단도를 집어들더니 앞으로 달려나가 다짜고짜 풍제중의 머리를 향해 내리쳤다.

풍제중은 살짝 몸을 피했다. 공주는 씩씩거리면서 연거푸 세 번을 공격했지만 다 빗나갔다. 만약 다른 여자였다면 풍제중은 벌써 발로 걷어찼을 것이다. 그러나 칼을 들고 덤벼드는 사람은 황제의 누이동생, 금지옥엽 공주가 아닌가! 그는 오로지 공을 세워 황실에 충성함으로써 승관발재할 생각인데, 어찌 감히 공주를 건드릴 수 있겠는가?

그가 계속 피하기만 하자 공주의 욕설이 이어졌다.

"이런 빌어먹을 놈! 꼼짝 말고 거기 서 있거라! 네놈의 목을 베어버릴 것이다! 그렇게 자꾸만 목을 돌리면 벨 수가 없잖아! 황상 오라버니께 일러 네놈을 능지처참하고 일가족을 모두 처단하겠다!"

그 말에 풍제중은 대경실색했다. 이 공주는 한다면 하는 여자였다. 그는 황제와 오누이지간이고, 자신은 보잘것없는 무관에 불과하다. 무슨 수로 공주를 당해낼 수 있겠는가? 그러나 꼼짝 말고 서서 자신의 칼을 받으라고 하니, 아무리 만금지체라고 해도 그 명에 순순히 따를 수는 없는 노릇이었다.

공주는 갖은 욕을 해대며 단도를 이리저리 마구 떨쳐냈다. 풍제중은 시종일관 여유 있게 그녀의 칼을 피했다. 공주는 곧 그를 벨 수 있을 것 같은데 번번이 실패하자 짜증이 나고 화가 머리끝까지 치밀었다. 다시 칼을 휘둘러 그의 허리를 향해 베어갔다.

풍제중이 갑자기 소리쳤다.

"조심해!"

그러면서 황급히 몸을 솟구쳤다. 공주의 칼이 빗나가면서 위소보의 어깨를 내리치게 될 위기일발의 순간이었다. 그는 허공에서 위소보를 살짝 걷어차 쓰러뜨리고 그 기세를 몰아 1장 밖으로 날아갔다.

쌍아는 그 순간을 놓치지 않고 위소보에게 덮쳐가 그를 끌어안더니 냅다 도망치기 시작했다. 풍제중은 기겁을 해 칼을 쥔 채 뒤를 쫓아갔다. 쌍아는 무공이 뛰어나지만 공력이 약하고, 게다가 위소보를 안고 있기 때문에 풍제중에게 곧 바싹 따라잡혔다.

위소보는 혈도를 찍혀 사지를 움직일 수 없어 소리를 쳤다.

"어서 날 내려놔! 암기를 쏴야 해!"

그러나 풍제중이 이미 가까이 쫓아와 쌍아가 위소보를 내려놓고 암기를 쏘게끔 하기엔 이미 늦었다. 그녀는 위급한 상황에서 냅다 위소보를 저만치 내던졌다.

풍제중은 좋아하며 그쪽으로 몸을 날려 받으려는데, 갑자기 등 뒤에서 화섭자로 불을 붙이는 듯한 소리가 들리더니, 곧이어 펑 하는 굉음과 함께 몸이 허공에 붕 떠올랐다가 곧장 땅으로 떨어졌다. 그러고는 몸을 몇 번 꿈틀거리더니 이내 움직이지 않았다.

위소보는 모래사장에 떨어져 다행히 부상을 입지 않았다. 버둥거려봤지만 일어날 수는 없었다. 고개를 돌려보니, 쌍아 앞에 뿌연 연기가 일고, 손에는 화창火槍 한 자루가 쥐여져 있었다. 바로 지난날 오육기가 그녀와 의남매를 맺으면서 선물로 준 그 화창이었다. 그것은 러시아에서 만든 정교한 화기로, 위력이 대단했다. 풍제중은 비록 무공이 탁월했지만 그 화창을 당해낼 수는 없었다.

쌍아 자신도 몹시 놀랐는지 입이 딱 벌어진 채 굳어 있었다. 화창이 발사되는 순간의 진동에 의해 손목이 얼얼해져서 그만 화창을 땅에 떨어뜨렸다. 그녀는 얼른 달려와 위소보를 부축해 일으키고 혈도를 풀어주었다.

위소보는 행여 풍제중이 죽지 않았을까 봐 그에게 다가가 가슴에 암기를 발사했다. 그러나 풍제중은 화창을 맞아 이미 절명해 있었다. 다른 여인들도 환호를 지르며 가까이 몰려왔다. 일곱 여인은 그야말로 참새떼처럼 재잘거리며 서로 앞을 다퉈 어찌 된 영문인지 물었고, 위소보는 간략하게 그 이유를 설명해주었다.

쌍아는 그동안 풍제중과 함께 있으면서 아주 성실하고 과묵한 노인으로 생각해왔다. 그리고 자신을 깍듯하게 대해 고맙게 생각하며 호감을 가졌는데, 이렇게 심계가 깊은 사람일 줄이야… 생각할수록 두려움이 밀려왔다. 그녀는 땅에 떨어진 화창을 주워들며 지난날 오육기가 왜 자신과 의남매를 맺자고 했는지, 그 깊은 뜻을 깨달았다.

무림의 기협奇俠인 오육기는 나중에 위소보가 쌍아를 아내로 맞아들이기를 바랐던 것이다. 한데 쌍아는 하녀의 신분이니 혹시 격이 맞지 않아 문제가 될까 봐 배려를 했던 것이다. 천지회 홍기향주의 누이동생이 청목당 향주에게 시집가는 것은 지극히 자연스러운 일이 된다. 쌍아는 의형의 배려 깊은 마음을 다시 헤아리며, 그의 죽음을 생각하니 절로 눈물이 났다.

위소보는 몸을 돌려 정극상 등이 바다를 향해 걸어가서 배를 타려는 것을 보고 속으로 생각했다.

'사부님을 죽인 놈을 이대로 보내줄 수는 없지.'

그는 비수를 손에 쥔 채 앞으로 달려가며 소리쳤다.

"잠깐만!"

정극상은 걸음을 멈추고 고개를 돌리더니, 얼굴이 잿빛으로 변했다.

"저… 위 향주, 날 놓아주기로 약속했잖아. 그러니 우리를…."

위소보가 냉소를 날렸다.

"목숨은 살려주겠다고 했지만 한쪽 다리를 자르지 않겠다고는 약속하지 않았지!"

옆에 있는 풍석범이 바로 눈꼬리를 치켜세우며 손을 들어올렸는데, 온몸이 솜처럼 풀려 도저히 힘을 쓸 수 없어서 다시 내렸다.

정극상은 다리를 자르겠다는 말에 기절초풍하며 그 자리에 무릎을 꿇었다.

"위… 위 향주, 내 다리를… 자르면 어떻게… 살아갈 수 있겠나?"

위소보는 고개를 내둘렀다.

"아니야, 살아갈 수 있어! 넌 나한테 100만 냥의 빚을 지고 아가를 담보로 맡기겠다고 했는데, 그녀는 이미 나랑 정식으로 혼례를 올렸고, 내 애를 가졌어. 그리고 스스로 날 따르겠다고 했는데, 네가 어떻게 내 마누라를 담보로 삼을 수 있겠어? 세상에 그런 법은 없잖아?"

이때 소전과 방이, 증유, 공주 등은 모두 위소보 뒤에 서 있었다. 그들이 제각기 한 마디씩 했다.

"말도 안 돼!"

"당치 않아!"

정극상은 머리가 어지러웠다. 사실 따지고 보면 그건 말도 안 되고 당치도 않은 일이었다. 그는 떠듬거리며 말했다.

"그럼… 어떡하려고…?"

위소보가 말했다.

"너의 팔 하나랑 다리 하나를 잘라 담보로 갖고 있다가 나중에 빚을 다 갚으면 팔다리를 돌려줄게."

정극상이 말했다.

"아까 분명히 아가를 1만 냥에 사겠다고 했잖아. 그러니 빚은… 다 청산된 거야."

위소보는 절레절레 고개를 흔들었다.

"안 돼! 아가는 어리석게 너한테 속아서 그랬어. 아가는 내 마누란데, 어떻게 내가 내 마누라를 살 수 있겠어? 정 그렇다면… 좋아! 나도 너의 어머니를 너한테 팔아 100만 냥의 담보를 하고, 너의 아버지를 너한테 팔아 100만 냥의 담보로 할게. 그리고 너의 할머니도 100만 냥, 너의 외할머니도 너한테 팔아서 100만 냥의 담보로….'"

정극상이 고개를 저으며 말했다.

"외할머니는 벌써 돌아가셨어."

그러자 위소보가 말했다.

"죽은 사람도 팔 수 있어. 죽은 외할머니의 시신을 너한테 팔게. 죽은 사람은 에누리를 해서 80만 냥이야. 관값은 따로 받지 않을게!"

정극상은 그가 갈수록 엉뚱한 말을 늘어놓자 기가 막혔다. 위소보는 이어서 그의 고조·증조할아버지와 고조·증조할머니까지 다 팔겠다고 억지를 부렸다. 죽은 사람은 에누리를 해준다면서 막무가내였다.

정극상은 이 상황에서 안 사겠다고 거절할 수도 없어 통사정을 했다.

"저… 지금은 그럴 형편이 못 돼서….'"

위소보가 다시 말했다.

"좋아! 그럼 용서해줄게. 대신 나한테 빚진 380만 냥은 어떻게 갚을 건데?"

정극상은 빨리 이곳에서 벗어나고 싶어 울상이 됐다.

"난 지금 1천 냥도 갖고 있지 않아. 무슨 수로 380만 냥을 갚겠어?"

위소보가 단호하게 말했다.

"좋아! 너 자신의 팔다리를 내놔!"

정극상은 그가 계속 말도 안 되는 소리를 하며 물고 늘어지자 똥줄이 탔다. 그는 아가에게 도움을 청하는 눈길을 보냈다. 그녀가 나서서 위소보를 설득해주길 바랐다. 그러나 아가는 멀찌감치 떨어져서 몸을 돌린 채 전혀 상관을 하지 않겠다는 자세였다.

정극상은 다급해졌다. 이러다가는 위소보가 정말 자신의 팔다리를 자를지도 모를 일이었다. 무릎을 꿇은 채 연신 큰절을 올렸다.

"위 향주, 내가… 진 군사를 해쳐 정말 죽을죄를 지었지만 넓은 아량으로 제발 용서를 해주게. 380만 냥을 빚졌다고 하니… 반드시 갚아주겠네."

위소보는 그를 겁주고 골탕먹여 비참한 꼴로 만들었으니, 다소 분통이 풀렸다.

"좋아! 그럼 갚겠다는 증서를 써!"

정극상은 좋아하며 연신 대답했다.

"아, 네, 네!"

그러고는 몸을 돌려 위사들에게 말했다.

"종이와 붓을 가져와!"

그러나 이 섬에서 누가 종이와 붓을 지니고 있겠는가? 위사 중 제법 똑똑한 녀석이 있어 얼른 자신의 옷자락을 찢었다.

"저쪽에 시신이 많으니 피를 묻혀서 쓰면 될 겁니다."

그러면서 풍제중의 시신을 가리켰다. 일단 아무렇게나 증서를 써주고 여기를 떠나는 게 상책이라고 생각한 것이다.

그런데 위소보는 왼손을 뻗어 정극상의 오른쪽 손목을 잡았다. 그리고 흰 광채가 번쩍이는 순간, 그의 식지 상단 첫 마디가 잘렸다.

"으악!"

정극상은 당장 비명을 질렀다. 위소보가 말했다.

"네 피로 직접 써라!"

정극상은 고통으로 온몸을 바들바들 떨며 어찌할 바를 몰라 했다. 위소보가 다시 말했다.

"천천히 써. 피가 말라 나오지 않으면 다른 손가락을 잘라줄게."

정극상은 고개를 끄덕였다.

"아, 네, 네!"

감히 더 이상 꾸물댈 수가 없었다. 이를 악물어 고통을 참으며 잘린 식지로 옷자락에다 글을 써내려갔다.

은자 380만 냥을 차용함. 정극상 압押

간신히 다 쓰자 고통 때문에 기절할 것만 같았다.

위소보가 냉소를 날렸다.

"왕부의 공자랍시고 평상시 글공부를 게을리 해서 글이 삐뚤빼뚤, 제대로 쓰지 못하는군! 정말 한심하다!"

그러고는 글이 적힌 옷자락을 받아 쌍아에게 건네주었다.

"잘 간수해. 혹시 빠진 숫자가 있는지 잘 확인해봐. 워낙 교활한 놈이라 무슨 수작을 부렸을지도 몰라."

쌍아는 웃으며 말했다.

"380만 냥, 정확해요. 빠진 게 없어요."

그러면서 그 혈서를 품속에 갈무리했다.

위소보는 깔깔 웃으며 정극상의 턱을 냅다 걷어찼다.

"어서 꺼져버려라, 이 쓰레기 같은 놈아!"

그 바람에 정극상은 뒤로 벌렁 나자빠졌다. 위사들이 황급히 그를 부축해 일으켜 손가락의 상처를 동여매주었다. 이어 풍석범과 정극상을 부축해 작은 배에 올랐다. 배는 바다로 미끄러져갔다.

위소보는 그들이 멀어지는 것을 지켜보며 계속 웃음을 터뜨리다가 비참하게 죽은 사부의 모습을 떠올리며 다시 방성통곡을 했다.

정극상은 작은 배로 해변에서 수십 장 벗어나자 비로소 놀란 마음과 고통이 좀 진정됐다.

"빨리 가서 저 큰 배를 빼앗아 타고 갑시다. 그럼 그 개 같은 남녀가 쫓아오지 못할 기요."

그러나 큰 배에 접근해보니 돛대도 없고 다른 장치들도 없어 도저히 배를 몰고 갈 수가 없었다. 풍석범이 이를 갈며 말했다.

"틀림없이 그 연놈들이 다 치워버린 모양이야!"

망망대해에서 파도가 제법 거세게 일었다. 작은 배에는 식량은 물론 마실 물도 없는데 무슨 수로 먼 항해를 할 수 있단 말인가? 정극상이 힘없이 말했다.

"우리 돌아가서 그놈한테 사정해 다른 배를 달라고 할까요? 다시 증표를 써주면 되죠."

풍석범이 말했다.

"그들도 배가 한 척밖에 없는데 우리한테 내주겠나? 난 차라리 바다에 빠져 고기밥이 되는 한이 있어도 녀석에게 사정하지 않을 걸세."

그가 단호하게 말하자 정극상은 감히 거역하지 못했다. 한숨을 내쉬며 위사들더러 힘껏 노를 저으라고 명했다.

위소보는 정극상의 작은 배가 큰 배로 접근해갔다가 배를 몰 수 없다는 것을 알고 다시 작은 배를 몰고 멀어져가는 것을 지켜보며 웃음을 금치 못했다.

소전은 위소보가 울다가 웃다가… 사부의 죽음으로 인한 슬픔을 억제하지 못하는 것을 보고 일부러 웃겨주려고 말했다.

"그 정가 녀석은 아주 교활하군. 우리 배를 빼앗아가려고 한 모양이야. 소보, 그가 빚진 380만 냥의 은자는 아무래도 갚지 않을 것 같아."

위소보가 대꾸했다.

"갚을 놈이 아니지!"

소전이 웃으며 말했다.

"소보는 뭐든지 똑똑하게 잘 처리하는데, 아까 그 녀석이 마누라를 1만 냥에 팔겠다고 했을 때 왜 아무 생각도 없이 선뜻 승낙했지? 아가 동생을 너무 사랑해서 정신이 흐려졌었나 봐. 아마 1만 냥이 아니라 100만 냥을 더 달라고 해도 들어줬을 것 같은데…."

위소보는 소매로 눈물을 닦으며 웃었다.

"알게 뭐야? 일단 승낙을 하고 나서 다시 따지면 되지!"

방이가 물었다.

"나중엔 손해 봤다는 걸 어떻게 알았지?"

위소보가 머리를 긁적이며 말했다.

"풍제중을 죽인 후에 마음이 개운해져서 머리도 맑아진 거지."

그는 원래 풍제중에 대해 추호도 의심을 하지 않았다. 그저 마음 한 구석에 뭔가 찝찝한 느낌이 있었다. 꼬집어 말할 수는 없지만 신변에 화가 닥칠 것 같은 불안감이 느껴졌다. 왜 그런지 이유를 알 수 없었는데, 풍제중을 제거하고 보니 마음을 짓누르던 무거운 짐을 내려놓은 듯 아주 개운했다. 그는 속으로 중얼거렸다.

'그놈을 처음부터 경계하며 두려워했던 것 같아. 단지 나 자신도 그것을 뚜렷이 의식하지 못했을 뿐이지….'

일행은 거듭해서 위험을 겪고 나서 이제야 마음의 평온을 되찾았다. 그러자 피로가 몰려왔다. 특히 위소보는 몸이 천근만근 무거워 모래사장에 드러누워버렸다. 소전이 풍제중에게 찍혔던 혈도 부위를 주물러주었다.

해가 기울자 석양의 낙조가 바다 수면을 붉게 물들였다. 눈부신 금빛 물살이 파도에 따라 끝없이 일렁이며 장관을 이뤘다. 여인들도 한가로이 모래사장에 앉아 이 아름다운 대자연의 광경에 흠뻑 취했다.

얼마 후 위소보는 코를 골며 곤한 잠에 빠졌다. 여인들도 하나둘 잠들었다.

한 시진쯤 지났을까, 방이가 먼저 잠에서 깨어났다. 그녀는 지난날 위소보가 중군 군막으로 사용했던 초가로 가서 음식을 장만해 모두에게 먹었다. 넓은 군막 안 두 군데에 소나무를 쌓아 모닥불을 피워놓았기 때문에 주위가 온통 대낮같이 환했다. 여덟 사람이 빙 둘러앉아 식사를 마치자 방이와 쌍아가 설거지를 했다.

위소보는 소전과 방이, 공주, 증유, 목검병, 쌍아, 아가의 얼굴을 일일이 쳐다보았다. 요염하거나 온유하고, 화사하거나 활달하고, 단아하거나… 다들 제각기 매력이 있었다. 제멋대로 굴던 공주도 지금은 아주 온순하고 다소곳했다. 그리고 걱정했던 쌍아와 아가도 다시 돌아와 곁에 있으니 더 이상 바랄 게 없었다. 말할 수 없이 마음이 편안하고 기분이 좋았다. 지난날 여춘원에서 일곱 여자와 한 이불 속에서 불장난을 하던 것과는 또 다른, 편안하고 풍족한 행복을 만끽할 수 있었다. 그래서 웃으며 말했다.

"왕년에 난 이 섬의 이름을 싹쓸이해서 다 차지한다는 뜻으로 '통식도'라고 지었는데, 역시 선견지명이 있었던 것 같아. 일곱 자매가 다 내 마누라가 된 것은 하늘의 뜻이야. 도망가고 싶어도 도망갈 수 없잖아. 앞으로 우리 여덟 명은 이 통식도에 살면서 홍복영락, 천수만세를 누릴 일만 남았어."

소전이 말했다.

"소보, 그 여덟 글자는 불길해. 앞으론 입 밖에 내지 말도록 해."

위소보는 이내 그 뜻을 알아차렸다. 그녀는 홍 교주에 관한 이야기를 다시는 듣고 싶지 않은 것이다. 그래서 얼른 말했다.

"맞아요, 맞아! 내가 또 헛소리를 했어."

소전이 다시 말했다.

"시랑과 정극상이 다시 병사들을 이끌고 찾아와 복수할 테니, 우린 이 섬에서 오래 머물 수가 없어."

다들 그녀의 말에 동의했다. 방이가 말했다.

"전 언니, 그럼 우린 이제 어디로 가야 하죠?"

소전은 위소보를 쳐다보며 빙긋이 웃었다.

"우선 지존보의 의견을 들어봐야지."

위소보도 웃었다.

"내가 지존보라고?"

소전이 말했다.

"지존보가 아니면 어떻게 싹쓸이, 통식通食을 할 수 있겠어?"

주사위노름에서 '지존보'가 나오면 판돈을 싹쓸이한다. 위소보는 신이 나서 깔깔깔깔 웃었다.

"내 이름에 '보寶' 자가 있어서 원래는 '작은 소보小寶'인 줄 알았는데, 이제 보니 최고의 끗발 '지존보至尊寶'였네!"

그의 말에 여인들도 덩달아 웃었다. 위소보는 그녀들의 눈길이 다자신에게 집중돼 있는 것을 느끼고 잠시 생각을 굴리더니 말했다.

"중원으로 다시 돌아갈 순 없어. 신룡도는 비록 여기서 가깝지만 별로야. 아무튼 아주 편안하면서도 사람이 없는 곳으로 가는 게 좋겠지."

그러나 사람이 없는 곳은 편안할 리가 없었다. 더구나 위소보가 원하는 편안한 곳은 도박도 할 수 있고 언제든지 경극과 창극을 볼 수 있으며 설화 선생, 찻집, 주루, 미녀들이 많은 번화한 곳이었다. 이제 곁에 미녀가 많으니 한 가지는 생략해도 되겠지만, 나머지는 북경이나 양주 같은 곳에 가야만 충족될 수 있었다.

위소보는 문득 자신은 여기서 좋은 시절을 누리는데 어머니는 외롭게 홀로 계신다는 생각이 들었다. 갑자기 효심이 발동한 것이다. 그래서 말했다.

"우린 여기서도 함께 있으니 행복해서 좋은데, 나의 어머니는 외롭게 혼자 있으니 어쩌면 좋지?"

여인들은 그가 어머니에 관해 이야기하는 것을 들어본 적이 없었다. 어쨌든 효심이 기특해서 물었다.

"어머님이 지금 어디 계신데?"

그러면서 다들 속으로 생각했다.

'너의 어머니라면 나의 시어머니니 당연히 모시고 살아야지.'

위소보는 한숨을 내쉬며 말했다.

"양주 여춘원에 있어."

여인들은 '양주 여춘원'이라는 다섯 글자를 듣자 공주를 제외하고 모두 얼굴이 붉어졌다. 고개를 돌리는 이도 있고, 숙이는 이도 있었다.

공주가 말했다.

"아니, 양주 여춘원이라면 전에 얘기한 적이 있어. 세상에서 제일 좋은 데라고. 날 거기로 데리고 가서 재밌게 놀기로 했잖아?"

방이가 웃으며 말했다.

"골려주려고 한 얘기야. 그 말을 믿으면 안 돼. 거긴 세상에서 제일 좋은 데가 아니라, 아주 나쁜 데야."

공주가 물었다.

"왜 나쁜 곳이지? 거기 가서 놀아봤어? 왜 다들 표정이 그렇게 이상해졌지?"

목검병이 그녀의 어깨를 감싸안으며 말했다.

"동생, 내가 말해줄게."

그녀가 얼굴을 붉히며 말했다.

"거기는… 기루야."

공주는 이해가 가지 않았다.

"그럼 엄마가 기루에서 뭐 하는데? 기루라면 남자들이 가서 노는 데라고 들었는데…."

방이가 다시 웃으며 말했다.

"그는 원래 엉뚱한 소리를 많이 하잖아. 무슨 말이든 반만 믿어도 골치가 아파."

그날 여춘원에서 위소보가 일곱 여자랑 한 이불 속에서 불장난을 했고, 공주를 대신한 그 가짜 태후 모동주를 제외한 나머지 여섯 명은 지금 모두 여기에 있다.

공주의 사나운 성격은 생모인 모동주에 못지않았다. 그러나 생모처럼 음독하고 악랄하지는 않았다. 게다가 젊고 아름답다. 위소보는 속으로 얼마나 다행인지 모른다고 생각했다. 만약 바꿔치기를 하지 않아 지금 자기 곁에 있는 게 공주가 아니라 그의 생모라면, 생각만 해도 등골이 오싹해졌다. 결국 자신도 노황야처럼 오대산으로 가서 출가해 중이 돼야 할지도 모르는 일이었다. 꼭 그렇게 해야 한다면 이 아름다운 마누라 일곱 명을 데려갈 수 없을 것이다.

여섯 여인이 다 멋쩍은 표정으로 부끄러워하는 것을 보자, 위소보는 그날 밤에 있었던 일들이 다시 떠올랐다.

'그날 주위가 너무 캄캄해서 누구랑 놀아났는지 잘 모르겠는데… 천천히 확인을 해봐야겠어.'

그는 빙글빙글 웃으며 말했다.

"우리가 설령 평생 이 섬에서 산다고 해도 지루하진 않을 거야. 한데… 전 누나, 공주, 아가, 셋은 분명 내 아이를 가졌고, 나머지 한 사람은 누구지? 혹시 내 애를 가졌나?"

위소보의 말을 듣자 방이를 비롯한 네 여인이 모두 얼굴이 빨개졌다. 목검병이 황급히 말했다.

"난 아니야, 아니라고!"

증유는 위소보가 의미심장한 눈빛으로 자기를 쳐다보자 곱게 눈을 흘기며 말했다.

"아니야!"

위소보는 쌍아에게 눈길을 돌렸다.

"예쁜 쌍아, 우리 드디어 성사됐군!"

쌍아는 펄쩍 뛰어 한쪽 구석으로 몸을 숨기며 소리쳤다.

"아녜요, 난 아니에요!"

그러자 위소보는 웃으며 방이에게 말했다.

"누나, 그럼 누나군? 여춘원에 왔을 때 옷 속에다 베개를 쑤셔넣어 배가 부른 척했잖아?"

방이는 까르르 웃었다.

"이런 고약한 내관 같으니라고… 나하고는 아무 일도… 없었는데… 어떻게 애가…?"

목검병이 그녀의 말을 받았다.

"맞아! 사저, 증 언니, 쌍아랑 나, 네 사람은 혼례도 올리지 않았는데 어떻게 아이를 가져? 소보, 순엉터리군! 언제 전 언니, 공주, 아가랑 혼례를 올렸어? 나한테 알려주지도 않고! 혼례주도 내지 않았잖아!"

그녀는 혼례를 올려야만 아기가 생기는 걸로 알고 있었다. 그녀의 말이 너무 순진해서 다들 웃음을 터뜨렸다. 방이가 그녀의 허리를 끌어안으며 말했다.

"소사매, 그럼 오늘 밤에 그랑 혼례를 올리고 정식 부부가 될래?"

목검병이 고개를 저으며 말했다.

"안 돼! 이 섬에는 꽃가마가 없잖아. 새색시가 되려면 붉은 옷을 입고 봉황 화관을 써야 하는데, 여긴 아무것도 없어."

소전이 웃으며 말했다.

"그냥 대충 해도 상관없어. 가서 꽃을 좀 꺾어서 화관을 만들면 그게 바로 봉황 화관이야."

그녀들의 농담을 들으며 위소보는 내심 당혹감을 금치 못했다.

'그럼 또 한 사람은 누구지? 혹시 아기일까? 그날 분명 그녀를 안고 이리저리 왔다 갔다 하다가 그냥 의자에 앉혔을 뿐, 동침을 하진 않았어. 하지만 그날 여자가 너무 많아서 어쩌면 나도 모르는 사이에 그녀와 거시기했는지도 몰라. 만약 그녀에게도 아이가 생겼다면 나중에 몽골의 왕자가 되는 거 아차! 혹시 그 화냥년이라면… 어떡하지? 만약 그녀라면, 귀신수가 내 아들까지 찔러죽인 게 되잖아!'

목검병이 말했다.

"혼례를 올리더라도 방이 사저부터 먼저 올려야지!"

방이가 말했다.

"아니야, 군주마마니까 사매가 먼저 올려야 해."

목검병이 다시 말했다.

"내가 지금 무슨 군주야?"

방이가 미소를 지었다.

"그럼 쌍아가 먼저 혼례를 올리자. 소보와 가장 오랫동안 지내면서 생사고락을 함께해왔으니 우리하고는 다르잖아."

쌍아의 얼굴이 빨개졌다.

"자꾸 놀리면 난 갈 거예요!"

그러면서 밖으로 나가려는 것을 방이가 웃으며 붙잡았다.

소전이 위소보에게 말했다.

"소보가 직접 말해봐."

위소보가 대답했다.

"혼례를 올리는 것은 서두를 필요가 없고… 내일 일찍 우선 사부님을 안장시켜드려야겠어요."

그의 말에 다들 숙연해졌다. 그냥 늘 덤벙대는 줄로만 알았던 위소보가 사부를 이렇듯 존중하고, 예의와 의리를 갖춘 말을 할 줄이야… 실로 의외였다. 다들 그를 달리 보게 되었다.

그러나 위소보의 다음 말에서 곧 본성이 드러났다.

"일곱 명은 다 내가 사랑하는 마누라니, 선후를 따지지 말고 매일 밤 주사위로 순번을 정해. 이기는 사람이 나랑 함께 자는 거야!"

그러면서 품속에서 주사위를 꺼내 '훗!' 하고 입김을 불어넣더니 탁자 위에다 던졌다. 공주가 코웃음을 날렸다.

"흥! 지금 무슨 잠꼬대를 하는 거야? 주사위를 던져 지는 사람이 같이 자야겠지!"

위소보는 깔깔 웃었다.

"맞아, 맞아! 가위보위보, 시권과 같은 거야. 지면 벌주를 마셔야지! 누가 나랑 먼저 할래?"

이날 밤, 섬은 황량하지만 분위기는 훈훈한 봄바람으로 가득했다. 주사위를 던지든, 시권을 하든, 누가 이기고 지는 건 아무 상관이 없었다. 이후로도 위소보와 여인들의 주사위놀이는 일상이 되었다.

위소보는 원래 주사위노름을 즐겼다. 그 과정에서 실제로 돈이 오고가고, 아주 흥미진진했다. 물론 속임수를 써서 잃을 때보다는 따는 경우가 태반이었다. 그러나 이젠 속임수를 쓸 수 없게 됐다. 쓸 필요가 없었다. 미녀들과 어울리는 행복을 누리고 있으니 노름의 낙은 포기해야만 했다. 화무백일홍이요, 달도 차면 기운다더니, 삶이란 결코 모든 것이 다 자기 뜻대로 되는 건 아닌가 보다.

다음 날, 모두들 해가 중천에 떠서야 일어났다.

위소보는 일곱 여인을 이끌고 진근남의 시신을 안장했다. 황토가 사부의 시신을 거의 다 덮었을 때 위소보는 결국 방성통곡을 했다. 그의 여인들도 일제히 무릎을 꿇고 무덤 앞에 절을 올렸다.

공주는 속으로 못마땅해했다. 나는 당당한 대청의 공주인데 어떻게 반청을 해온 역도에게 무릎을 꿇을 수 있단 말인가? 그러나 어쩔 수가 없었다. 자기는 비록 금지옥엽이지만 위소보에게는 지위가 가장 낮다는 것을 잘 알고 있었다. 성실하고 희생하는 면에서는 쌍아만 못하고, 미모로는 아가에 못 미쳤다. 무공은 소전만 못하고, 영리하고 임기응변에 능하기로는 방이만 못하다. 천진하고 선량한 면에서는 목검병에 못 미치며, 부드럽고 다소곳한 면에서는 증유를 따라가지 못한다. 굳이 남들보다 잘하는 게 있다면 막무가내, 안하무인, 성질이 사납다는 것뿐이었다. 그러니 금지옥엽이라고 해봤자 이 외딴섬에서는 그야말로 아무 소용이 없었다.

지금 만약 진근남의 무덤 앞에 절이라도 올리지 않는다면, 위소보는 자기를 따돌릴지도 몰랐다. 매일 주사위놀이를 하면서 속임수를 써늘 자기가 이기도록 만들지도 모르는 일이었다.

공주는 어쩔 수 없이 무릎을 꿇고 속으로 축원했다.

'역도야, 역도야! 이 공주 전하가 너에게 무릎을 꿇고 절을 올리지만 명복을 비는 게 아니야. 저승에 가서 더 고초를 받게 될지도 몰라….'

다들 고인에 대한 예를 올리고 나서 일어나 몸을 돌렸다.

방이가 갑자기 소리쳤다.

"어머나! 배가 어딨지? 배가 보이지 않아!"

그녀의 놀란 외침을 듣고 모두 바다 쪽을 바라다보았다. 정말 정박해 있던 그 큰 배가 온데간데없이 사라져버렸다. 놀라지 않을 수 없었다. 끝없이 펼쳐진 바다 저 멀리 수평선과 맞닿은 곳에 파란 하늘이 펼쳐져 있고, 수십 마리의 갈매기들만 떼지어 날고 있었다.

소전은 절벽 위에 올라가 섬 주위를 조망했다. 동서남북, 그 어디에도 배는 보이지 않았다. 방이는 돛대와 삿대, 밧줄 등 배의 도구들을 숨겨놓은 동굴로 달려가보았다. 예상대로 그곳에는 아무것도 남아 있지 않았다.

일행은 한자리에 모여 서로를 쳐다보며 두려움을 감추지 못했다. 간밤에 여덟 명은 웃고 떠들다가 밤이 깊어서야 잠자리에 들었는데,

당직을 세운다는 것을 깜박했다. 모두들 곤히 잠든 사이에 사공들이 그 도구들을 훔쳐 배를 몰고 달아난 것이었다. 이제 배가 없으니 다들 이 외딴섬에 갇혀 다른 세상으로 나가지 못할 것이다. 그건 고사하고 위소보의 걱정은 다른 데 있었다. 시랑과 정극상이 틀림없이 많은 병사들을 이끌고 복수하러 올 텐데 자기네 여덟 명이 무슨 수로 그들을 당해낸단 말인가? 설령 소전과 공주, 아가가 아이를 빨리 낳는다고 해도, 합쳐봤자 열한 명이었다.

소전이 일행을 위로했다.

"일이 이렇게 된 이상 걱정해봤자 소용이 없어. 천천히 방법을 생각해보자고."

군막으로 돌아오자 다들 이구동성으로 사공들을 욕했다. 그러나 욕을 해봤자 입만 아프지 아무런 소득도 없었다. 소전이 위소보에게 말했다.

"청병이 쳐들어올 것에 대비해야 하는데… 소보, 어쩌면 좋겠어?"

위소보가 대답했다.

"청병이 몰려온다면 틀림없이 수가 많을 테니 우리로선 당해낼 재간이 없어. 몸을 잘 숨길 수밖에! 찾다찾다 못 찾으면 우리가 이미 배를 타고 떠난 걸로 생각할 수도 있지."

소전이 고개를 끄덕였다.

"그 말도 일리가 있어. 청병은 누가 우리 배를 훔쳐 달아났다고는 생각하지 못할 거야."

위소보는 신이 나서 떠들어댔다.

"내가 만약 시랑이라면 다신 이곳에 오지 않을 거야. 우리가 바로 삼십육계 줄행랑을 쳤을 거라고 생각하겠지. 멍청하게 여기 남아 제발 날 잡아가슈, 하고 기다릴 리가 만무하잖아?"

공주가 나섰다.

"만약 황상 오라버니한테 말하면 분명 이곳으로 사람들을 보낼 거야. 설령 우리가 달아났다고 해도 어디로 갔는지 단서라도 찾으려고 하겠지."

위소보는 고개를 내둘렀다.

"시랑은 황상께 고할 리가 없어."

공주가 눈을 부라렸다.

"그걸 어떻게 알아?"

위소보가 말했다.

"황상께 고했다가는 틀림없이 물을 거야. 왜 그들을 잡아오지 않았지? 그럼 자신이 대군을 이끌고 가서 소수에게 패했다는 사실을 실토하는 격인데, 왜 그런 멍청한 일을 스스로 자초하겠어?"

소전이 웃으며 말했다.

"좋아, 좋아. 소보는 역시 벼슬아치의 요령을 잘 알고 있군. 위는 속이고 아래는 속이지 않는 게 바로 자리를 오래 보존하는 비결이지."

위소보도 웃었다.

"전 누님이 만약 벼슬을 한다면 틀림없이 승승장구해서 돈을 엄청 긁을모을 거야."

소전은 쓸쓸하게 웃으며 속으로 생각했다.

'그래, 신룡교에서 해온 짓들이 관변과 뭐 별로 다를 게 없었지.'

위소보가 말했다.

"시랑이 일단 말을 내뱉으면 문책을 당하는 것은 둘째 치고, 황상이 다시 그러러 군사를 이끌고 가서 잡아오라고 할 거야. 하지만 그가 생각하기에도 이미 달아났을 텐데, 무슨 수로 잡아가겠어? 괜히 자꾸 화를 자초할 필요 없이 그냥 입을 꾹 다물고 있는 게 상수라니까!"

다들 그의 분석이 일리가 있다고 생각해 다소 마음이 놓였다.

그런데 공주가 따지고 들었다.

"그럼 정극상 그 녀석은? 그렇게 당하고 갔는데 그냥 가만히 있을 것 같아?"

그러면서 아가를 힐끗 쳐다보았다. 모두들 그녀의 말뜻을 잘 알고 있었다.

'저렇게 아름다운 아가를 어떻게 그냥 포기해? 대대적으로 군사를 동원해서 다시 빼앗아가겠지!'

아가는 얼굴이 빨갛게 달아올라 고개를 숙였다.

"그가 만약… 다시 나타나면 난… 자결을 할 거예요! 절대 그를 따라가지 않아요!"

말투가 아주 단호했다.

위소보는 기분이 좋았다. 아가는 그동안 자기를 거지발싸개처럼 여기며 얼마나 많이 괄시를 해왔던가! 반면 자기는 모든 자존심을 죽여가며 온갖 수단과 방법을 다 동원해서 사정도 해보고, 공갈협박에 속임수 꼼수까지 다 써서 겨우 수중에 넣은 것이다. 지금 그녀의 말을 듣자 당장 큰 배를 열 척 얻은 것보다 더 기분이 좋아, 자신도 모르게 그녀를 끌어안고 입을 쪽 맞췄다.

"어이구, 예쁜 아가! 그는 절대 오지 않을 거야. 380만 냥의 빚을 갚아야 하는데 무슨 배짱으로 감히 전주錢主를 찾아오겠어?"

공주가 한마디 했다.

"어이구, 아주 눈꼴시어서 못 봐주겠네! 그가 군사를 이끌고 오면 일단 너를 붙잡고 그 증표도 빼앗아가겠지! 물론 아가도 빼앗아갈 거고… 게다가 너의 할아버지, 할머니, 아버지, 어머니, 외할머니까지 다 팔아 760만 냥을 요구할 거야. 그리고 네 손가락을 베어서 빚을 갚겠다는 혈서를 받아내겠지!"

위소보는 들을수록 짜증이 났다. 만약 그렇게 된다면 자신이 도저히 해결할 수 없는 일이라 더욱 화가 치밀었다. 정극상이 정말 자기가 그에게 했던 그대로 앙갚음을 한다면 입장이 곤란해진다. 억지로 할아버지, 할머니, 아버지, 어머니를 사라고 윽박지르면, 어머니를 제외하고는 할아버지가 누구며, 아버지가 누군지, 더군다나 외할머니가 누군지 전혀 모르는데 무슨 수로 가격을 매겨 살 수 있단 말인가?

위소보는 화가 나서 공주에게 소리를 질렀다.

"제발 그만해! 정극상 녀석이 만약 정말 군사를 이끌고 온다면 다른 건 몰라도 이 세상에서 가장 값나가는 황제의 누이동생을 그에게 팔겠어! 기본가가 1천만 냥이야! 그럼 녀석이 내게 240만 냥을 거슬러 줘야 해! 어때, 해볼 만한 장사잖아?"

공주는 왈칵 울음을 터뜨렸다. 그녀가 손으로 얼굴을 가린 채 뛰어나가자 목검병이 얼른 뒤쫓아가 위로해주었다. 위소보는 절대 그럴 생각이 없고, 단지 겁을 주기 위해 한 소리니 개의치 말라고 다독였다.

위소보는 잠시 성질을 부리며 화를 냈지만 사실 속수무책이었다. 다들 소전의 지휘에 따를 수밖에 없었다. 소전은 섬 안 숲이 우거진 곳을 뒤져, 커다란 동굴 하나를 찾아냈다. 그 동굴을 깨끗이 치우고 거처로 정했다. 군막으로 사용하던 그 초가에는 다시 발도 들여놓지 않았다. 시랑과 정극상의 군사가 다시 나타난다고 해도 섬에서 인적을 찾지 못해 다 떠난 걸로 생각하게끔 모든 조치를 해놓았다.

처음에는 모두들 가슴을 졸이며 밤낮 가리지 않고 바다 저편을 바라보면서 긴장을 늦추지 않았다. 그러나 몇 달이 지나도 청병의 군함과 대만 함정은 고사하고, 심지어 어선 한 척도 시야에 들어오지 않았다. 그제야 다들 안심을 할 수 있었다. 시랑은 위소보가 말한 대로 '좋은 게 좋다'고 입을 다문 것 같고, 정극상 녀석은 작은 배를 타고 바다로 나갔으니 어쩌면 풍랑을 만나 바다에 빠져죽었을지도 모르는 일이었다.

여덟 명은 이 섬에서 짐승과 새를 사냥하고, 야생 과일을 따먹는 등 나름대로 분주하게 움직이면서 편안한 나날을 보냈다. 다행히 이 섬에는 짐승과 새도 많지만 바다에 나가면 물고기와 새우 등 해산물도 풍성했다. 여덟 명은 모두 무공이 있어 야생생활에서 식량은 쉽게 해결할 수 있어 별 불편함이 없었다.

가을이 가고 겨울이 닥쳤다. 날이 하루하루 더 추워졌다. 소전과 공주, 아가의 배도 날이 갈수록 더 불러왔다. 방이와 쌍아는 서둘러 짐승 가죽으로 여덟 사람이 입을 겨울옷을 만드느라 눈코 뜰 새가 없었다. 물론 갓난아이를 위한 방한옷도 준비했다.

다시 보름 정도가 지나자 갑자기 함박눈이 쏟아졌다. 하루 밤낮 눈이 내려 섬 전체가 온통 흰 눈으로 수북하게 덮였다. 여덟 사람은 미리 생선을 말리거나 소금에 절여 먹거리 준비를 철저하게 해두었다. 모두들 일상 얘깃거리에서 자연히 아이에 관한 대화가 많아졌다.

이날 밤, 휘몰아치던 눈발은 그쳤지만 북풍이 불어와 동굴 틈새로 찬바람이 계속 들어왔다. 쌓아는 불구덩이에 장작을 더 밀어넣고, 위소보는 주사위를 꺼내 여인들에게 던지라고 했다. 다섯 여인이 던진 결과, 목검병이 3점이 나와 숫자가 가장 적었다. 오늘 밤은 십중팔구 그녀가 질 것이었다.

증유가 웃으며 말했다.

"보나마나 검병 동생이 질 테니 난 던지지 않을게."

목검병도 웃으며 말했다.

"안 돼! 빨리 던져요, 2점이 나올 수도 있잖아."

증유가 주사위를 손에 쥔 다음, 위소보를 흉내 내 입김을 불어넣고 막 던지려는데, 삭풍이 한 차례 몰아치더니, 그 바람 소리에 사람의 음성이 희미하게 실려왔다.

다들 일순간에 안색이 변했다. 소전은 벌써 잠들었다가 벌떡 일어났다. 서로를 쳐다보는 여덟 명의 얼굴에 긴장감이 감돌았다. 목검병은 겁을 먹고 방이의 품으로 파고들었다.

잠시 후, 바람에 큰 고함 소리가 실려왔다. 이번에는 아주 뚜렷하게 들렸다.

"소계자, 소계자! 어디 있니? 소현자가 널 그리워하고 있어!"

위소보는 벌떡 일어나 떨리는 음성으로 말했다.

"소… 소현자가 날 찾아왔어!"

공주가 물었다.

"소현자가 누군데?"

위소보가 대답했다.

"그는… 그는….'

그 '소현자'라는 세 글자는 바로 위소보만이 알고 있는 강희의 어릴 적 이름이었다. 생전 누구에게 알려준 적이 없고, 강희 자신도 누구에게 말했을 리 만무했다. 그러니 공주도 소현자가 누군지 모를밖에! 그런데 지금 느닷없이 누가 소현자라는 이름을 들먹이며 자기를 그리워한다고 하지 않는가! 그 외침 소리는 너무나 선명하고 아주 우렁찼다. 위소보는 온몸에 경련이 일었다. 아무리 생각해도 이해가 가지 않았다. 틀림없이 강희가 죽어, 그 혼백이 자기를 찾아 통식도로 온 것 같았다. 일순, 눈물을 글썽거리며 동굴 밖으로 뛰쳐나가 소리쳤다.

"소현자, 소현자! 날 찾아왔어? 소계자는 여기 있어!"

그 우렁찬 음성이 다시 들려왔다.

"소계자, 소계자! 어디 있니? 소현자가 널 그리워하고 있어!"

가만히 들어보니, 이 우렁찬 음성은 한 사람이 외친 게 아니라 수백 명이 일제히 입을 모아 외치는 소리 같았다. 그러나 수백 명이 외친다면 이렇듯 동시에 똑같이 울려퍼질 수는 없는 노릇이었다. 그렇다고 내공이 엄청나게 심후한 한 사람의 외침이라고 생각할 수도 없었다. 아무리 내공이 심후해도 이렇게 온 섬이 쩌렁쩌렁 울릴 수는 없는 일이었다. 그렇다면 목소리의 주인공은 분명 강희의 혼백일 것이었다.

위소보는 슬픔이 북받쳐올라 눈물을 펑펑 쏟았다. 소현자는 역시 자신과의 의리를 저버리지 않아 죽어서도 혼백이 되어 찾아온 것이다. 평상시 귀신을 두려워하는 위소보지만 지금은 소현자의 혼백을 빨리 만나보고 싶었다. 그래서 소리가 들려온 쪽을 향해 있는 힘을 다해 달려가며 소리쳤다.

"소현자! 가지 마, 소계자는 여기 있어!"

눈이 쌓인 탓에 땅이 아주 미끄러워 두 번이나 곤두박질쳤지만 다시 일어나 내달렸다. 산언덕배기를 끼고 돌자, 바다가 시야에 들어왔다. 모래사장에 수많은 불빛이 점점이 박혀 있어, 마치 하늘에 떠 있는 별빛 같았다. 수백 명이 손에 등롱과 햇불을 들고 질서정연하게 나열해 있었다. 그것을 확인한 위소보는 소스라치게 놀랐다.

"어이구!"

냅다 몸을 돌려 도망치려 했다.

그러자 그 많은 사람들 틈에서 한 사람이 나서서 소리쳤다.

"위 도통! 드디어 찾아냈네요!"

위소보는 두어 걸음 달리다가 멈춰섰다. 바로 상황 파악이 됐다. 자신의 존재가 이미 발각된 이상 아무리 숨는다 해도 상대방은 온 섬을 다 뒤져서라도 결국 찾아낼 것이다. 그러니 도망을 쳐봤자 아무 소용이 없는 일이었다. 게다가 소리친 상대방의 음성이 귀에 익었다. 걸음을 멈춘 그는 이를 악물고 다시 몸을 돌렸다.

그 사람이 다시 소리쳤다.

"위 도통! 다들 보고 싶어 합니다! 하늘이 도와줘서 드디어 찾아냈어요!"

환희와 반가움이 넘치는 음성이었다. 그는 햇불을 높이 들고 성큼성큼 다가왔다. 바로 왕진보였다.

위소보는 지인을 만나자 역시 무척 반가웠다. 그는 지난날 북경 교외에서 황명을 받들어 자기를 잡으러 왔다가 일부러 못 본 척하고 그냥 떠났었다. 본인의 앞날과 심지어 목숨까지 담보로 걸고 순수한 의리만으로 자기를 놓아주지 않았던가! 지금 천군만마를 이끌고 자기를 잡으러 왔다고 해도 타협을 해볼 여지가 있을 것이었다. 그래서 미소를 지으며 말했다.

"왕 삼형, 정말 절묘한 수법을 써서, 날 속여 나오게 만들었군요."

왕진보는 횃불을 땅에 던지고 몸을 숙였다. 그리고 웃으며 말했다.

"솔직히 말해 위 도통이 이 통식도에 있으리라곤 생각 못했습니다."

위소보는 고개를 끄덕였다.

"그렇다면 보나마나 황상께서 묘수를 귀띔해줬겠군, 그렇죠?"

왕진보가 말했다.

"그날 황상께선 위 도통이 바다 건너 피신한 사실을 알고 속하를 시켜 해선海船 세 척을 이끌고 섬마다 다 찾아보라고 명했습니다. 상륙하는 곳마다 역시 성지에 따라 아까처럼 소리를 쳤지요."

이때 쌍아, 소전, 목검병도 달려와 위소보의 등 뒤에 섰다. 그리고 잠시 후에 방이, 공주, 아가와 증유도 달려왔다. 위소보는 고개를 돌려 공주에게 말했다.

"황상 오라버니는 정말 재주가 비상해, 결국 우리를 찾아냈어."

왕진보는 공주를 알기 때문에 무릎을 꿇고 인사를 올렸다.

그러자 공주가 물었다.

"황상이 우리를 북경으로 잡아오라고 했나요?"

왕진보가 황급히 대답했다.

"아닙니다. 황상께선 소장을 시켜 위 도통의 행방을 찾아보라고 명하셨습니다. 공주 전하께서도 여기 계신지는 몰랐습니다.”

공주는 고개를 숙여 불룩한 자신의 배를 보고는 얼굴이 약간 붉어졌다. 왕진보가 위소보에게 말했다.

“속하는 넉 달 전 출항해 이미 여든 곳이 넘는 작은 섬을 다 뒤졌습니다. 한데 오늘 드디어 위 도통을 만나게 된 겁니다. 정말 기쁩니다.”

위소보가 미소를 지으며 말했다.

“난 황명을 어긴 중죄인이니 이젠 왕 삼형의 상사가 아닙니다. 도통이니 속하니 하는 말은 하지 말아요.”

왕진보가 말했다.

“아닙니다. 도통께서 성지를 받아보면 황상의 뜻을 아실 겁니다.”

이어 몸을 돌려 손짓을 하며 말했다.

“온 공공, 이리 와봐요.”

사람들 틈에서 한 사람이 걸어나왔다. 내관 복식을 하고 있는데, 위소보와는 잘 아는 사이였다. 바로 상서방의 내관 온유방溫有方이었다. 그가 가까이 걸어와 낭랑한 음성으로 외쳤다.

“성지요!”

온유방은 위소보가 처음 입궐했을 때부터 사귄 노름 단짝이었다. 주사위놀이를 즐기면서도 속임수에 대해 전혀 모르는 ‘봉’이자 ‘호구’였다. 당연히 위소보에게 노름빚을 잔뜩 졌다. 위소보는 욱일승천한 후에 노름빚은 아예 받을 생각도 하지 않고 오히려 그를 만날 때마다 은자를 집어주곤 했다.

위소보는 ‘성지’라는 소리에 황급히 무릎을 꿇었다.

온유방이 말했다.

"이건 밀지이니 다른 사람들은 멀리 물러서시오!"

그 말에 왕진보가 얼른 멀리 물러났다. 소전 등도 역시 물러났는데 공주는 물러날 생각을 하지 않았다.

"오라버니의 성지이니 난 들어도 되겠죠?"

온유방이 정중하게 말했다.

"황상께옵서 이 밀지는 오직 위소보에게만 들려줘야 하고, 만약 한 자라도 누설된다면 소인을 처형하는 것은 물론 멸문을 시키겠다고 하셨습니다."

공주는 코웃음을 쳤다.

"뭐가 그리 심각해? 그럼 멸문을 당하면 되잖아!"

그렇게 말하면서도 자기가 옆에 있으면 밀지를 선독하지 않을 것을 알고 어쩔 수 없이 물러났다.

일어나 있던 위소보는 온유방이 품속에서 누런 봉투를 두 개 꺼내자 다시 무릎을 꿇었다.

"소인 위소보 성지를 받드옵니다."

그러자 온유방이 말했다.

"황상께서 분부하시기를, 이 성지를 받을 때는 무릎을 꿇지 말고, 스스로 소인이라 칭하지도 말라고 하셨습니다."

위소보는 이상하다고 생각했다.

"아니, 왜 그러라는 거죠?"

온유방이 다시 말했다.

"나는 황상께서 분부하신 대로 전하는 것뿐입니다. 왜 그런지는 나중에 황상을 알현하면 직접 여쭤보십시오."

위소보는 어쩔 수 없이 낭랑한 음성으로 말했다.

"네! 황은에 감사드립니다!"

그러고는 몸을 일으켰다.

온유방이 누런 봉투 하나를 위소보에게 건네주며 말했다.

"한번 뜯어보세요."

위소보는 두 손으로 받아 겉봉을 뜯고 황지黃紙 한 장을 꺼냈다. 온유방은 그가 황지를 잘 볼 수 있도록 왼손에 든 등롱을 바싹 갖다 대주었다.

위소보가 살펴보니, 황지에는 그림 여섯 폭이 그려져 있었다.

첫 번째 그림에는 두 어린아이가 서로 뒤엉켜 땅에서 뒹굴고 있는데, 바로 지난날 강희와 자기가 씨름을 하던 상황을 묘사한 것이었다. 두 번째 그림에는 많은 어린아이들이 오배를 붙잡고 있는 상황에서 오배가 강희에게 덮쳐가고 위소보가 칼로 오배를 찌르는 모습이 그려져 있었다. 세 번째는 어린 중이 노화상을 업고 달리는데, 뒤에 예닐곱 명의 라마승이 쫓아오는 그림이었다. 바로 청량사에서 자기가 노황야를 구하던 상황이 묘사된 것이다.

네 번째에는 백의 여승이 허공에서 검을 쥐고 강희에게 덮쳐 내려오고, 위소보가 그 앞을 가로막는 모습이 그려져 있었다. 다섯 번째에는 위소보가 자령궁 침전에서 가짜 태후를 밟고 침상에 있는 진짜 태후를 부축하는 모습이 그려져 있었다. 그리고 여섯 번째 그림에는 위소보와 러시아 여인, 몽골 왕자, 늙은 라마승이 함께 노장군의 변발을 끌어당기는 상황이 묘사돼 있었다. 그 늙은 장군의 복식으로 보아 바로 평서왕 오삼계였다. 위소보가 계책을 써서 오삼계의 삼군연맹을 무산시킨 것을 표현한 그림이었다.

강희는 어려서부터 그림에 소질이 뛰어났다. 이 여섯 폭의 그림도 아주 생동감 있게 잘 그렸다. 단지 갈이단 왕자와 상결 라마, 소피아 공주를 직접 보지 못해 대충 그렸지만, 나머지 사람들은 정말 실물 같았다. 특히 장난기가 넘치는 위소보의 천덕꾸러기 같은 모습은 그야말로 살아 있는 듯 아주 똑같았다.

그림 여섯 폭에는 한 글자도 적혀 있지 않았지만 위소보는 그 뜻을 확연하게 이해할 수 있었다. 그것은 자신이 세운 여섯 가지 공로를 담고 있었다. 강희와 함께 뛰노는 것은 물론 공로에 속하지 않지만, 강희는 그때 추억을 못내 잊지 못하고 그리워하며 생생히 기억하고 있었다. 심지어 신룡도를 포격하고 가짜 태후를 생포했으며 오응웅을 붙잡아온 공로보다 그 추억을 더 우선으로 쳤다.

위소보는 그림을 보고 나서 가슴이 먹먹해왔다. 절로 눈물이 양 볼을 타고 주르르 흘러내렸다. 그는 속으로 생각했다.

'심혈을 기울여 이 여섯 폭의 그림을 그려서 내 공로를 상기시킨 것으로 미루어, 속으로 날 나무라지는 않는 게 분명해.'

온유방은 한참 기다렸다가 입을 열었다.

"다 이해를 했나요?"

위소보가 대답했다.

"네!"

그러자 두 번째 봉투를 뜯었다.

"성지를 선독하겠습니다."

그러고는 봉투 안에서 다른 황지 한 장을 꺼내 읽어 내려갔다.

소계자, 이런 빌어먹을! 대체 어디 가 있는 거야? 이 어르신이 너를 얼마나 보고 싶어 하는지 아느냐? 이런 의리 없는 매정한 녀석, 벌써 나를 잊었단 말이냐?

위소보는 성지를 들으면서 혼잣말처럼 중얼거렸다.

"아니야, 잊지 않았어. 정말…."

중국 역사상 삼황오제三皇五帝 이래 황제의 성지 중에 '빌어먹을'이란 말을 사용한 예가 없다. 그리고 황제가 스스로를 '어르신'이라 칭하는 것도 있을 수 없는 일이었다. 강희의 이 성지는 그야말로 전무후무, 공전절후空前絶後라 아니할 수 없었다.

온유방이 다시 읽어 내려갔다.

넌 내 말을 듣지 않고 사부를 죽이지 않았으며 또한 건녕 공주를 꼬드겨 달아났다. 빌어먹을! 이는 나를 처남으로 옭아매려는 수작이 아니냐? 하지만 넌 많은 공을 세웠고, 나한테 충성을 다해왔다. 무슨 잘못을 저질렀어도 다 용서해주겠다. 난 곧 대혼大婚을 올릴 것이다. 네가 돌아와 혼례 축하주를 마셔주지 않으면 영 흥이 날 것 같지 않구나. 솔직히 말하는데, 순순히 항복을 하는 게 좋을 거야. 즉시 북경으로 돌아와라. 널 위해 이미 다른 백작부를 마련해놓았다. 앞서 그 집보다 훨씬 더 으리으리하다….

위소보는 신바람이 나서 자신도 모르게 소리를 질렀다.

"신난다! 좋아요, 좋아! 바로 돌아가서 대혼 축하주를 마실게요!"

온유방이 계속 읽었다.

우린 형제나 다름없어 허심탄회하게 말하는데, 앞으로 또 내 말을 안 듣고 네 멋대로 군다면 모가지를 베어버릴 테니, 의리가 없다고 원망하지 마라! 널 죽이기 위해 감언이설로 북경으로 불러들이는 것이 아님을 분명히 밝혀둔다. 너의 사부 진가는 이미 죽었으니 넌 이제 천지회와 아무런 상관이 없다. 그러니 힘 좀 써서 천지회를 없애쳤으면 좋겠구나. 그럼 네게 군사를 내줘 오삼계를 치게 할 것이고, 정식으로 건녕 공주를 마누라로 삼게 할 것이다. 훗날 넌 봉공봉왕封公封王은 물론이고 승관발재, 행복한 나날만 기다리고 있을 거다. 소현자는 너의 절친한 친구고, 사부이며, 요순어탕이다. 남아일언중천금, 한번 입 밖에 낸 말은 죽은 말도 따라잡지 못한다. 잔말 말고 냉큼 내 곁으로 돌아와라!

온유방은 성지를 다 읽고 나서 물었다.

"다 알아들었습니까?"

위소보가 대답했다.

"네, 확실하게 다 알아들었어요."

그러자 온유방은 성지에다 불을 붙여 태워버렸다.

위소보는 성지에 불이 붙어 활활 타올랐다가 시나브로 꺼져가는 것을 지켜보며 뇌리에 오만가지 생각이 물결쳤다. 그는 꿇어앉아 재를 만지작거리며 깊은 상념에 잠겼다.

온유방이 얼굴 가득 미소를 머금고 몸을 한 차례 깊숙이 숙인 후에 말했다.

"위 대인, 위 대인에 대한 황상의 총애는 그야말로 뭐라 표현할 수가 없습니다. 앞으로 소인을 잘 좀 이끌어주십시오."

하지만 위소보는 울적하게 고개를 내두르며 생각을 굴렸다.

'나더러 천지회를 없애달라고 했는데, 그럼 그 많은 형제와 친구들을 다 배신하라는 거잖아! 내가 그런 짓까지 저지른다면 오삼계나 풍제중과 다를 바가 뭐 있어? 똑같이 매국노에 자라새끼가 되는 거지! 소현자, 이번에 내려준 밥상은 쉽게 받아먹을 수가 없으니 어쩌지? 이번엔 날 죽이지 않겠다고 분명히 밝혔는데, 다음에는 절대 용서하지 않는다고 못을 박았어. 만약 내가 돌아가지 않겠다고 버티면 어떻게 될까?'

그는 넌지시 온유방에게 물었다.

"내가 만약 북경으로 돌아가지 않으면 황상께서 어떻게 할까요? 억지로 날 잡아오라고 했나요? 아니면 날 죽이라고 했나요?"

온유방은 몹시 놀란 표정으로 반문했다.

"그럼 성지를 거역하겠다는 겁니까? 어떻게… 어떻게 그럴 수가…? 이건… 황명을 거역하면… 글쎄요, 나도 잘 모르겠습니다."

위소보가 말했다.

"솔직히 말해주세요. 성지에 따르지 않으면 어떻게 됩니까?"

온유방은 머리를 긁적이며 난처해했다.

"황상께서는 그냥 두 가지만 분부했습니다. 첫 번째 성지를 위 대인께 전해주고, 다 보고 나면 두 번째 성지를 읽어주라고요. 성지에 적힌 글이 무슨 뜻인지 소인은 전혀 알 수 없습니다. 나머지 일은 더더욱 알 길이 없지요."

위소보는 고개를 끄덕였다. 그리고 왕진보에게 다가가 말했다.

"왕 삼형, 황상은 밀지를 보내 나더러 북경으로 돌아오라는데… 하지만… 보시다시피 공주는 거의 만삭입니다. 지금은 도저히 움직일 수가 없어요. 내가 만약 성지에 따르지 않으면 황상께서 날 어떻게 하라고 했습니까?"

그러면서 속으로 궁리를 했다.

'일단 주사위를 던져보는 거야. 만약 황상이 무조건 죽이라는 패를 내렸다고 하면 나도 무조건 투항하고, 아니면 다른 패를 제시해봐야지.'

왕진보가 말했다.

"황상께서는 단지 속하더러 모든 섬을 돌면서 위 도통을 찾아보라고 분부했습니다. 찾아내면 온 공공으로 하여금 밀지를 선독하도록 하라고… 그 외의 일은 잘 모르니 위 도통의 뜻에 따를 수밖에 없죠."

위소보는 내심 좋아했다.

"그럼 황상께서 날 무력을 써서 잡아오라거나 죽이라는 분부는 없었다는 거죠?"

왕진보가 얼른 대답했다.

"네, 없었습니다. 그럴 리가 있겠습니까? 황상은 위 도통을 아주 높이 평가해 경성으로 돌아가면 바로 다시 중용할 겁니다. 상서가 아니면 대장군에 임명하겠죠."

위소보가 말했다.

"왕 삼형, 황상은 나더러 상경해서 천지회를 없애라고 했어요. 난 천지회의 향주로서 어떻게 친구와 형제들을 배신하고 그들을 죽이는 일을 할 수 있겠습니까?"

왕진보는 의리를 아주 중시하는 사람으로, 위소보에 대해서도 잘 알고 있었다. 지금 그의 말을 들으며 연신 고개를 끄덕였다. 만약 자신의 출셋길을 위해 친구를 배신한다면 그건 개돼지만도 못한 인간이라고 생각했다. 위소보가 다시 말했다.

"저는 황상으로부터 하해와 같은 은총을 입었지만 이번 일만큼은 도저히 분부에 따를 수가 없어요. 그러니 감히 가서 황상을 알현할 수 없습니다. 그저 내세에 우마牛馬가 되어 황은에 보답할 수밖에요. 돌아가서 저의 난처한 입장을 황상께 아뢰어주십시오. 따지고 보면, 충성과 의리를 다 따를 수는 없는 법입니다. 창극에선 이런 상황이면 스스로 목숨을 끊어 주군의 은혜에 보답하더군요. 모가지를 베면 물론 아프겠지만 어쩌겠어요? 진충보국할 수밖에요."

왕진보는 그의 마음을 충분히 이해할 수 있었다. 만약 입장을 바꿔 자신이 이런 경우에 처한다면 역시 자결하는 수밖에 없을 것이었다. 그래야만 주군께 충성을 다하면서, 친구들에 대한 의리도 지킬 수 있을 것이다. 그러나 위소보가 자결하는 것은 원치 않아 얼른 말렸다.

"위 도통, 제발 그런 생각은 접으십시오. 천천히 다른 방법을 생각해봅시다. 속하가 돌아가서 위 도통의 고충을 충분히 진언하겠습니다. 장 제독, 조 총병, 손 부장과 속하는 근자에 공을 좀 세워 황상의 신임을 얻었습니다. 모두 다 함께 목숨을 걸고 황상께 무릎을 꿇고 위 도통을 위해 진언하겠습니다."

그가 당황하는 모습을 보자 위소보는 속으로 웃음이 나왔다.

'이 위소보가 자살을 하는 것은 해가 서쪽에서 뜨는 것보다 더 어려운 일이야. 자살은커녕 새끼손가락 하나 자르는 것도 어림없는 일이지! 그리고 소현자가 날 죽일 생각이면 죽일 거고, 봐줄 거면 봐주겠지. 너희들이 무릎을 꿇고 사정한다고 생각이 바뀔 것 같으냐? 천만의

말씀, 만만의 콩떡이야! 아무 소용 없어!'

어쨌든 왕진보의 의리에 감동해 그의 손을 꼭 잡으며 말했다.

"그렇다면 왕 삼형이 황상께 사정을 좀 해주십시오. 이 위소보가 이럴 수도 저럴 수도 없어, 입장이 너무 난처해서 스스로 목을 베어 자결하려는데 다행히 적시에 막아 목숨을 보존했다고 말해주세요."

왕진보는 얼른 대답했다.

"아, 네, 네!"

그러나 온유방이 바로 옆에 있어서, 모든 것을 보고 들었는데 어떻게 황제를 기만하는 대죄를 저지를 수 있단 말인가? 대답은 했지만 표정은 난감했다. 그것을 본 위소보가 깔깔 웃었다.

"왕 삼형, 걱정 말아요. 그냥 농담으로 해본 얘기예요. 황상은 누구보다도 이 위소보를 잘 알아요. 아픈 게 겁나서 절대 자결하지 못할 위인이라는 걸 벌써 꿰뚫고 있을 거예요. 그러니 돌아가서 있는 그대로 솔직히 말씀드리세요."

왕진보는 그제야 안심이 됐다.

위소보는 곰곰이 생각해보았다. 만약 이 배를 타고 중원으로 돌아갔다가 차마 천지회 형제들을 죽일 수 없어 다시 달아난다면 그때는 황제도 봐주지 않고 목을 치라고 할 것이다. 설령 자기가 통사정해 목숨을 부지한다고 해도 강희한테 큰 빚을 지게 된다. 그렇게 궁리를 다하고 나서 말했다.

"이제 결정을 내렸으니 왕 삼형이 돌아가 저 대신 황상께 사정을 할 일만 남았군요. 어쨌든 이왕 여기까지 왔으니 우리 재미있게 한판 놀아봅시다, 어때요?"

왕진보는 매우 좋아했다. 그도 위소보 못지않게 노름을 즐겼다. 노름할 상대가 없으면 자신의 오른손과 왼손을 맞붙인다고 하지 않았던가! 위소보의 제의에 그저 감지덕지할 따름이었다. 곧 병사들을 시켜 평평한 바윗돌을 옮겨오게 하고, 대여섯 명의 병사가 주위에 서서 등롱불을 높이 받쳐들었다. 으쌰으쌰, 고함이 오가는 가운데 바로 노름판이 벌어졌다.

얼마 후, 온유방과 몇몇 참장, 유격들도 끼어들어 주사위를 던졌고, 에워싼 구경꾼들이 갈수록 많아졌다. 목검병은 그 모습을 지켜보며 어리둥절해져서 슬며시 방이에게 물었다.

"사저, 저 사람들은 왜 주사위를 던지지? 누가 지면 바로… 저… 하지만 다들 남자들이잖아?"

방이는 까르르 웃을 수밖에 없었다. 그녀가 나직이 말했다.

"누가 져서 꼴찌가 되면 군주를 모실 것 같은데!"

목검병은 세상물정을 잘 모르지만 방이의 말이 사실이 아니라는 것쯤은 알고 있었다. 그녀는 주먹으로 방이의 가슴을 두드렸다. 두 사람은 함께 낄낄 웃어댔다.

노름은 날이 밝아올 무렵에야 파장이 났다. 위소보 앞에는 은자가 수북하게 쌓여 있었다. 운도 좋았지만 가끔 속임수를 썼기 때문에 군사들은 십중팔구 돈을 잃었다. 위소보는 신이 났다. 주위를 둘러보니 공주와 아가, 목검병은 이미 바위에 기대 잠들어버렸고, 소전과 방이, 쌍아, 증유도 눈이 게슴츠레한 것이 졸음을 억지로 참고 있는 것 같았다. 괜히 미안한 생각이 들었다. 그는 앞에 놓여 있는 은자를 쓱 밀며 말했다.

"왕 삼형, 이 은자는 나 대신 형제들에게 다 나눠줘요. 처음 이 섬에 왔는데 딱히 대접해드릴 것도 없고, 미안해요. 이것으로라도…."

관병들은 돈을 잃어 다들 울상이 돼 있었는데, 그의 말을 듣자 일제히 환호를 지르며 고맙다는 인사를 거듭했다. 왕진보는 군사들을 시켜 군선에 있는 쌀과 양고기, 돼지고기, 야채, 좋은 술, 약품, 젓가락, 숟가락은 물론 솥단지, 식칼, 식탁, 의자까지 다 작은 배로 실어오라고 분부했다. 관병의 수가 수백 명이라 삽시간에 일을 다 마쳤다. 통식도는 이제 살림살이가 제법 다 갖춰졌다.

그러고 나서 왕진보와 온유방은 위소보와 작별했다. 온유방은 떠나기 직전에 비로소 이 섬의 이름이 '통식도'라는 사실을 알았다. 절로 발을 구르며 탄식했다. 진작 알았다면 위소보한테 부탁해서 이곳에다 천막 몇 개를 치고 간이 도박장을 개설해 자신이 물주 노릇을 하면 '통식', 다 싹쓸이를 했을 게 아니냐고 한탄을 한 것이다.

관병들이 떠나고 10여 일이 지나자 공주가 먼저 딸을 낳았다. 그리고 며칠 후에 아가가 아들을 낳고, 나중에 소전도 아들을 낳았다.

공주는 두 사람이 다 아들을 낳고 자기만 딸을 낳자 화도 나고 시큰둥해져서 연일 울었다. 위소보는 그녀를 달래느라 정신이 없었다. 자기는 아들보다도 딸을 더 좋아한다면서 따리를 붙이자, 공주는 그제야 눈물 콧물을 닦으며 웃음을 보였다.

갓난아이는 셋인데 엄마는 일곱이었다. 비록 다들 육아 경험이 없지만 열심히, 부지런히 움직이며 부산을 떨었다. 물론 간혹 실수를 해서 웃음바다가 되기도 했지만, 세 아이는 도담도담 건강하게 무럭무럭 잘 자랐다.

달포쯤 지났을 무렵, 여인들은 위소보더러 아이들 이름을 지어달라고 했다. 그러자 위소보가 웃으며 말했다.

"나는 아는 글자가 몇 자 안 되는데, 아들과 딸의 이름을 지으라면 골이 빠개져. 이렇게 하지, 주사위를 던져 나오는 걸 이름으로 정하는 거야."

그는 곧 주사위를 집어 늘 해오던 대로 흥얼거렸다.

"도신賭神이여, 나무관세음보살, 세 아이에게 좋은 이름을 점지해주옵소서. 먼저는 아들이고, 다음은 딸이오!"

그러고는 주사위를 던지자 한 알은 6점이 나왔고, 한 알은 5점이 나왔다. 그럼 '호두虎頭'가 된다. 위소보가 웃으며 말했다.

"우아! 아들 이름이 좋네, 위호두야!"

두 번째로 주사위를 던져 1점과 6점이 나와서 '동추銅鎚' 끗발이 됐다. 그래서 둘째아들은 이름을 '위동추'로 지었다.

세 번째는 딸의 이름인데, 주사위를 던지자 한 알은 데구루루 구르더니 2점이 나왔고, 또 한 알은 계속 데굴데굴 구르다가 멈췄는데, 역시 2점이었다. 2점이 두 개면 끗발로는 '판등板凳'이다. '걸상'이라는 뜻이라서, 위소보는 처음엔 좀 멍해하다가 이내 깔깔 웃었다.

"우리 큰딸의 이름은 좀 이상하지만 '위판등'이다!"

주위에 모여 있던 여인들의 입이 딱 벌어졌다.

공주는 바로 화를 냈다.

"말도 안 돼! 여염집 규수의 이름이 '판등'이라니! 여자 이름을 어떻게 걸상이라고 할 수 있어? 다시 던져봐!"

위소보가 말했다.

"이건 도신과 관음보살이 점지한 이름이니 함부로 바꿀 수 없어."

그러고는 딸을 안아 얼굴에 쪽, 입을 맞추며 웃었다.

"위판둥, 내 귀여운 보배. 아주 예쁜 이름이네!"

공주는 더욱 화를 내며 소리쳤다.

"안 돼! 안 돼! 누가 뭐래도 걸상은 절대 안 돼! 걸상, 의자에 앉으라는 거야? 얘는 내가 낳았으니까 이런 천박한 이름은 절대 안 돼!"

위소보가 코웃음을 쳤다.

"흥! 애를 혼자서 낳았나? 나도 한몫했다고!"

공주는 주사위를 빼앗아왔다.

"내가 던질 거야. 이번에 나오는 끗발로 이름을 정할 거야!"

위소보는 그녀의 고집을 꺾을 재간이 없었다.

"그래, 좋아! 이번엔 떼를 쓰면 안 돼. 그런데 만약 호두나 동추가 나오면 어떡할 거야?"

공주가 말했다.

"그럼 동생들과 똑같이 호두나 동추로 하면 되지!"

그녀는 주사위를 계속 흔들어대더니 말했다.

"도신이여, 관음보살이여, 내 딸에게 제발 예쁜 이름을 점지해주세요. 만약 나쁜 이름이 나오면 주사위를 박살내버릴 거야!"

그녀가 던진 주사위는 몇 번 구르더니 멈췄다. 세상에, 이런 우연의 일치가 있다니! 이번에도 2점이 두 개, 역시 '판둥'이 나왔다. 공주는 눈이 휘둥그레지더니 왈칵 울음을 터뜨렸다.

다른 사람들도 놀라는 한편 우습기도 했다. 소전이 얼른 나섰다.

"동생, 걱정하지 마. 2점은 쌍이야. 그러니 2점이 두 개면 쌍쌍雙雙이지. 딸의 이름을 '쌍쌍'이라고 짓는 게 어때?"

공주는 그제야 울음을 그치고 활짝 웃었다.

"좋아요! 이름이 아주 예쁘고 재밌네. 쌍아 동생과 비슷하잖아."

쌍아도 좋아하면서 아이를 품에 안았다. 유난히 친근감이 느껴졌다. 그것을 본 목검병이 웃으며 말했다.

"쌍아 동생, 그렇게도 사랑스러우면 어서 젖을 먹여줘."

쌍아는 얼굴을 붉히며 곱게 눈을 흘겼다.

"네가 먹여줘!"

그러면서 목검병의 옷을 풀어헤치려 했다. 목검병은 기겁을 해 도망쳤다. 다들 까르르 까르르 웃으며 이내 웃음바다가 되었다.

통식도에 아이가 셋이나 생기자, 하루하루가 더욱 화기애애하고 떠들썩해졌다. 왕진보가 많은 식량과 식자재를 놓고 간 후로 먹거리가 아주 풍족해졌다. 매일 바다에 나갈 필요도 없었다. 간혹 신선한 생선이 먹고 싶을 때나 스스로 낚시를 했다.

위소보가 황명을 거역하고 상경하지 않아, 처음에는 혹시 후환이 닥칠까 봐 다들 은근히 걱정을 했다. 그러나 몇 달이 지나도록 아무런 소식이 없자 차츰 그 일을 잊고 지냈다.

계절이 바뀌어 여름이 되자, 왕진보가 다시 많은 군선을 이끌고 통식도로 와서 성지를 선독했다. 이번 성지는 문장의 격식을 제대로 갖추고 있었다. 너무 난해해서 위소보는 단 한 마디도 알아들을 수 없었다. 소전이 옆에서 해석을 해주었다.

이번에 강희는 지난 일에 대해 전혀 언급하지 않았다. 참장 한 사람으로 하여금 병사 500명을 거느리고 섬에 주둔해 공주를 보호하도록 했다. 그 외에 남자 시종 열여섯 명과 여자 하인 여덟 명, 비녀 여덟 명도 섬에 상주해 일상생활을 돌보라고 했다. 그리고 식품과 생활용품을 큰 배 세 척에 가득 실어왔다. 위소보는 은근히 걱정이 됐다.

'소현자가 이렇게 많은 것을 보내준 걸 보면 나더러 평생 이곳 통식도에서 살다가 죽으라는 게 아닌가?'

그는 원래 한시도 가만히 있지 못하는 성격이었다. 섬에서의 생활은 아무 근심 걱정이 없고 꽃처럼 아름다운 칠선녀가 늘 곁에 있어 행복하지만, 오래 살다 보니 너무 무미건조하고 지루했다. 지난날을 회상해보면, 여춘원에서 남에게 머리채가 잡혀 두들겨맞고 욕을 먹던 시절이 오히려 재미있었던 것 같았다.

이해 연말쯤 되자, 강희는 다시 조양동을 통해 성지를 내렸다. 황제는 차남 윤잉允礽을 황태자에 봉하면서 천하에 대사면령大赦免令을 내렸다. 그리고 위소보를 승진시켜 이등 통식백通食伯에 봉했다.

위소보는 연회를 베풀어 조양동을 대접했다. 그 자리에서 조양동은 오삼계 토벌에 관한 이야기를 꺼냈다. 오삼계는 그간의 준비가 철저하고 군사력이 만만치 않아 관군이 여러 곳에서 밀리고 있다고 했다.

위소보가 말했다.

"조 이형, 상경하면 황상께 아뢰어주십시오. 난 그동안 줄곧 이곳에서 섬생활을 하며 무료해 죽을 지경이니, 오삼계를 쳐부수러 가도록 좀 불러달라고 전해주세요."

조양동이 말했다.

"그렇지 않아도 황상께서 위 작야는 애국충정심이 워낙 강해 오삼계 일당이 계속 창궐한다는 이야기를 들으면 틀림없이 출진出陣을 자청할 거라고 말씀하셨습니다. 하지만 그 전에 우선 천지회를 궤멸시켜야만 그게 가능하다고 하셨어요. 그렇지 않으면 통식도에서 물고기나 자라를 잡으며 지내라고 하시더군요."

그 말에 위소보는 눈시울이 붉어지며 하마터면 울 뻔했다.

조양동이 다시 말했다.

"난 황상이 한 말을 그대로 전하는 겁니다. 옛날 한나라 광무 황제가 젊었을 때 엄자릉嚴子陵이란 친한 친구가 있었는데, 광무제가 황제가 된 후에 그 엄자릉은 벼슬자리를 마다하고 부춘강富春江에서 낚시만 했다고 합니다. 그리고 주나라 문왕 때 대신 강태공姜太公도 위수渭水에서 낚시로 세월을 보냈다고 하더군요. 주 문왕과 광무제는 모두 잘 알려진 현군賢君인데, 좋은 황제는 으레 대신이 낚시를 한다고 말씀하셨어요. 그리고 황상께서는 '요순어탕'이 되고 싶은데, 만약 위 작야가 낚시를 하지 않으면 어떻게 요순'어탕魚湯'이 될 수 있겠냐고 하시더군요. 위 작야, 난 아는 것이 별로 많지 않아 황상이 왜 위 작야를 이곳에 머물면서 물고기를 잡게 하는지 그 이유를 모르겠어요. 하지만 황상은 영명하시니 분명 그럴 만한 이유가 있겠죠."

위소보는 고개를 끄덕였다.

"아, 네, 네!"

속으로는 쓴웃음을 지을 수밖에 없었다. 강희가 자기한테 농담을 한 것을 그가 모를 리 없었다. 그러나 만약 자기가 천지회를 궤멸시키지 않으면 평생 여기서 낚시만 하도록 내버려둘지도 모른다는 생각이 들었다. 생각할수록 서글퍼져서 주연도 대충 마무리 지었다. 원래 주연이 끝나면 바로 노름으로 이어지곤 했는데, 오늘은 그것도 생략했다. 자기 방으로 돌아온 위소보는 이불에 얼굴을 묻고 흐느꼈다.

그 울음소리를 듣고 일곱 부인이 달려와 영문을 물었다. 그러자 위소보가 강희가 한 말을 들려주었다. 공주가 먼저 화를 냈다.

"어쩐지! 황상 오라버니가 당신을 승진시키려면 삼등 백작에서 이등 백작에 봉하면 되지, 그 무슨 '이등 통식백'이 대관절 뭐야? 말도 안 되잖아! 우리 대청에는 소신백昭信伯, 위의백威毅伯이 있고, 아니면 양근백襄勤伯, 승은백承恩伯이 있어. 그리고 당신은 원래 삼등 충용백忠勇伯이었지. '통식백'은 다 잡아먹어서 싹쓸이한다는 뜻인데, 생전 들어보지도 못했어. 이건 일부러 당신을 놀리려는 거야! 오라버니는 정말… 정말 나도 안중에 없는 모양이야!"

위소보가 말했다.

"통식백이면 어때? 이 통식도의 이름도 내가 지은 거니 황상을 나무랄 일이 아니지. 난 통식도의 도주島主고 이 섬을 싹쓸이했으니까 당연히 통식백이 된 거야. 다 물어주고 배상해준다는 '통배백通賠伯'보다야 훨씬 낫지!"

그는 소전에게 고개를 돌렸다.

"우린 중원으로 도망가야 하는데, 무슨 좋은 방법이 없을까? 저… 어머니도 보고 싶고…."

소전이 고개를 절레절레 흔들었다.

"이건 쉬운 문제가 아니니 천천히 기회를 기다려봐야지."

위소보는 기대가 어긋나자 옆에 있는 찻잔을 집더니 냅다 바닥에 던져 박살을 냈다.

"방법을 제시해줘야지! 좋아, 그럼 나 혼자서라도 몰래 도망칠 테니 나중에 날 원망하지 마! 난… 난… 차라리 여춘원에 가서 주전자를 들고 잔심부름이나 하면서 후레자식이 되는 게 낫지, 빌어먹을 이 통식도에선 너무 답답해 더 이상 못 살겠어!"

소전은 전혀 화를 내지 않았다.

"소보, 걱정 마. 황제가 언젠가는 북경으로 불러 일을 맡길 거야."

그 말에 위소보는 금방 얼굴에 생기가 돌았다. 입가에 미소를 띠고 얼른 일어나 몸을 숙이며 말했다.

"정말이야? 찻잔을 던져서 미안해. 빨리 말해봐, 황상이 내게 무슨 일을 맡길까? 천지회를 없애라는 것만 아니면 난… 뭐든 할 수 있어."

공주가 나섰다.

"황상이 요강이랑 똥통을 씻으라고 해도 할 거야?"

위소보는 뿔이 났다.

"그래, 할 거야! 대신 매일 널 시키면 되지!"

공주는 그가 또 성질을 부릴까 봐 더 이상 대들지 않았다.

목검병이 말했다.

"언니, 빨리 말해요. 소보가 정말 다급한가 봐요."

소전은 생각을 굴리며 말했다.

"뭘 시킬지는 아직 알 수 없지만 북경으로 다시 불러들일 것은 분명해. 지금은 항복을 받아내려는 거야. 천지회를 없애겠다고 승낙하지 않는 이상 계속 시간을 끌면서 기다리겠지. 소보, 영웅호한으로서 친구들과 의리를 지키려면 고초를 감수하는 수밖에 없어. 영웅호걸도 되고, 권력도 쥐고, 〈십팔모+八撲〉까지 즐길 수 있다면, 누군들 영웅이 못 되겠어?"

가만히 생각해보니, 소전의 말이 일리가 있었다. 그는 몸을 일으키면서 웃으며 말했다.

"그래도 난 영웅도 되고 〈십팔모〉도 부를 거야. 그래도 되지?"

이어 흥겹게 가락을 흥얼거리기 시작했다.

"한 번 만져보니 소전 누나의 얼굴이고, 얼굴은 둥글고 예뻐… 위소보는 으쌰으쌰…."

그는 소전의 얼굴을 만지며 신이 나서 가락을 이어갔다. 그러자 여인들은 깔깔 웃음을 터뜨렸다. 우울하던 분위기가 말끔히 사라졌다.

이로부터 하루 또 하루가 지나고, 해가 거듭됐다. 위소보는 통식도에 계속 눌러앉아 있었다. 아니, 칠선녀와 눌러앉아 있을 수밖에 없었다.

매년 동지섣달이 되면 강희는 사람을 보내 많은 것을 하사했다. 수정으로 된 주사위를 비롯해 비취로 만든 골패, 금은보석으로 장식된 도박용품만 해도 부지기수였다. 다행히 통식도에는 관병이 500명이나 주둔해 있었다. 그러니 노름 상대가 없어서 걱정할 필요는 없었다.

올해는 손사극이 하사품을 전해주러 왔다. 위소보는 그가 붉은 보석이 박힌 모자를 쓰고 일품 무관의 복식을 한 것을 보고 제독으로 승진했다는 것을 알았다. 당연히 축하를 해주었다.

"손 사형, 또 승진했군요. 축하합니다."

손사극은 만면에 웃음을 띠고 몸을 숙여 인사를 올렸다.

"이게 다 황상의 은전과 위 작야가 이끌어준 덕택이죠."

그가 성지를 선독했다.

알고 보니, 조정은 드디어 삼번三藩을 완전히 평정했다. 운남의 평서왕 오삼계, 광동의 평남왕 상지신尙之信, 복건의 정남왕 경정충耿精忠을 차례로 다 토벌했다.

강희는 논공행상하여, 대장을 추천한 위소보의 지대한 공로를 인정해 이등 통식백에서 일등 통식백으로 승진시켰다. 그리고 그의 장남 위호두를 운기위雲騎尉에 임명했다. 위소보는 황은에 감사한 후 하사품을 챙겼는데, 그중에는 놀랍게도 커다란 대리석 병풍이 있었다. 그것은 지난날 오삼계의 오화궁 서재에서 보았던, 오삼계가 가장 아끼던 세 가지 보물 중 하나였다. 장용과 조양동, 왕진보, 손사극도 많은 것을 하사받았다.

이날 밤, 주연 자리에서 손사극은 오삼계를 평정한 경위에 대해 들려주었다. 장용은 감숙甘肅과 영하寧夏 일대에서 오삼계의 대군을 대파하는 등 거듭 큰 공을 세워 지금은 일등후一等侯에 봉해졌고, 태자태보太子太保[5]를 겸하고 있어 작위가 이미 위소보를 능가했다.

손사극의 말에 의하면, 장용은 지난날 귀신수에게 일장을 맞은 후 완쾌되지 않아 말을 탈 수도 걸어다닐 수도 없어서, 전장에 나가면 교자轎子에 앉아 대군을 지휘했다고 한다. 그 말을 들은 위소보는 고개를 갸웃거렸다.

"그럼 교자를 드는 네 사람도 상당한 용사여야 하겠네요. 그렇지 않아서 장 대형이 앞으로 돌진하라고 명하는데 교자군이 교자를 뒤로 돌리면 큰일이잖아요?"

위소보의 농담에 손사극도 농으로 응수했다.

"그렇죠. 그래서 장 후야가 출진할 때는 교자군 뒤에 항상 큰 도끼를 어깨에 짊어진 거한巨漢이 따른답니다. 만약 전진하라는 명령에 교자를 뒤로 돌리면 바로 그 도끼로 머리통을 내리치려고 말이지요."

또 손사극의 말에 의하면, 조양동은 양평관陽平關을 취한 후 한중漢中을 손에 넣고, 곤명을 공략하는 등 큰 공을 세워 용략장군勇略將軍 겸 운귀雲貴 총독에 봉해졌고, 병부상서가 되었다고 한다. 그리고 자신과 왕진보도 제독으로 승진했다고 전했다.

위소보는 그가 침을 튀겨가며 신이 나서 자랑을 늘어놓자, 자기는 그들과 동참하지 못한 아쉬움에 다소 의기소침해졌지만, 친한 네 친구가 큰 공을 세우고 대관에 봉해졌으니 대신 만족감을 느끼며 기분이 좋기도 했다. 손사극이 말했다.

"우리 몇몇은 자주 이야기를 했는데, 그동안 신나게 싸워 공을 세울 수 있었던 것은 음수사원飮水思源이라고, 다 황상의 은덕과 위 작야가 적극 추천해준 덕분이라고들 했어요. 만약 위 작야가 평서대원수平西大元帥가 되어 우리 넷을 이끌고 오삼계를 치러 갔다면, 그야말로 십전십미十全十美, 완벽한 전과戰果를 거뒀겠죠. 그리고 조 이형과 왕 삼형은 근자에도 가끔 입씨름을 하는데, 장 대형도 그들을 말릴 수가 없어요. 결국 황상이 나서서, 자꾸 그렇게 다투면 나중에 무슨 면목으로 위 작야를 대할 수 있겠느냐고 나무라서야 비로소 화해를 하죠."

위소보가 미소를 지었다.

"그들 두 사람은 처음 만났을 때부터 티격태격했는데, 대장군이 된 지금까지도 그 불같은 성격을 고치지 못했군요."

손사극이 다시 말했다.

"글쎄 말예요. 두 사람은 따로따로 상주문을 올려 서로 상대방을 비평하기 일쑨데, 다행히 황상께서 아량이 넓어 그냥 넘기곤 해요. 그렇지 않았다면 둘 다 벌써 문책을 당했을 겁니다.”

위소보가 물었다.

“오삼계 그놈은 어찌 됐습니까? 그의 변발을 뒤에서 끌어당기면서 제기랄, 엉덩이를 걷어차지 않았나요?”

손사극이 고개를 내둘렀다.

“그놈은 정말 운이 좋더군요….”

위소보가 놀라 물었다.

“달아났나요?”

손사극이 대답했다.

“그게 아니라… 도처에서 연전연패를 거듭하자 더 이상 버티지 못하고… 그래도 죽기 전에 황제가 한번 돼보고 싶었는지 황포를 입고 보좌에 올라 형주衡州에 도읍을 정했습니다. 우린 그가 황제가 됐다는 소식을 듣고 더욱 공세의 고삐를 조였어요. 그러자 놀라고 울화통이 터져 결국 숨이 끊어지고 말았지요.”

위소보가 말했다.

“그렇게 된 거군요. 온갖 고초를 겪은 후에 죽어야 하는데, 너무 편하게 간 것 같네요.”

손사극이 말했다.

“그가 죽자 부하들이 바로 그의 손자인 오세번吳世璠을 옹립해 곤명으로 물러났습니다. 그래서 조 이형이 곤명으로 쳐들어가 역도의 대장인 하국상과 마보를 붙잡아 처형하자, 오세번은 스스로 목숨을 끊었습니다. 그렇게 해서 모든 난이 평정된 겁니다.”

위소보가 다시 말했다.

"곤명에 한 가지 국보가 있는데, 어떻게 됐는지 모르겠네요?"

손사극이 물었다.

"국보라뇨? 난 들어보지 못했는데요?"

위소보가 빙긋이 웃으며 말했다.

"살아 있는 국보죠. 바로 천하제일 미인 진원원."

손사극도 웃었다.

"그 진원원 말이군요. 행방을 아는 사람이 없습니다. 전란 중에 죽었는지 다른 데로 도망쳤는지 잘 모르겠어요."

위소보가 혀를 찼다.

"애석하군, 애석해요."

그는 속으로 생각했다.

'아가가 내 마누라니 진원원은 명실공히 나의 장모님이야. 조 이형이 그녀를 사로잡았다면 내 장모님이라는 걸 알고 통식도로 보내 아가와 모녀상봉을 하게 해줬을 텐데… 모녀상봉도 물론 좋지만 장서지간의 만남도 큰 의미가 있지. 다른 건 고사하고 장모님의 비파 연주와 노래, 〈원원곡圓圓曲〉과 〈방방가方方歌〉**⁶**만 들어도 기분이 엄청 좋아질 거야. 통식도라고 해서 장모님까지 어떻게 할 수는 없지만, 여서간장모女壻看丈母, 참연탄락두饞涎呑落肚, 사위가 장모님을 보며 침을 꿀컥꿀컥 삼킨다는 말이 있듯이, 그냥 보는 것은 상관없겠지.'

연회가 끝나자 그는 내당으로 들어가 손사극에게 들은 이야기를 일곱 부인에게 해주었다. 아가는 어머니가 행방불명됐다는 이야기를 듣고 가슴 아파했다. 비록 어렸을 때 구난이 그녀를 납치해 생모 곁에 있을 수 없었지만 모녀간 혈육의 정은 천륜이라 어쩔 수 없었다.

위소보는 아가에게 걱정 말라고 위로했다. 그녀가 세상 어디에 있든 그 '백승도왕百勝刀王' 호일지胡逸之가 곁을 지켜줄 게 틀림없었다.

"아가, 그 호 대형은 무공이 엄청 고강한 걸 직접 봐서 잘 알잖아. 어머니 곁에서 한 발짝도 떠나지 않고 지켜줄 테니 걱정할 필요 없어."

아가가 생각해보니, 그럴 수도 있을 것 같아 표정이 다소 밝아졌다.

그런데 위소보가 갑자기 탁자를 탁 하고 내리쳤다.

"아, 큰일 났어!"

아가가 놀라 물었다.

"왜 그래? 어머니한테 무슨 위험한 일이라도 있다는 거야?"

위소보가 대답했다.

"그게 아니라… 호 대형은 나랑 결의형제를 맺었는데, 만약 세상이 혼란한 틈을 타서 아가의 어머니와 이러쿵저러쿵하다가 혹시 내 장인 어른이 되는 게 아닐까? 그럼 족보가 엉망이 되잖아!"

아가는 퉤하고 눈을 흘겼다.

"그 호 백부님은 누구보다도 점잖은 분이야. 세상 남자가 다 자기처럼 여자만 보면 끌어안고 이러쿵저러쿵하는 줄 아나 보지?"

위소보가 웃으며 말했다.

"자, 자, 자! 우리도 한번 끌어안고 이러쿵저러쿵해보자!"

그러면서 팔을 벌려 아가를 끌어안았다.

위소보가 일등 통식백이 된 후로 섬에 요리사와 시종, 하녀, 비녀들이 수십 명이나 더 늘어났다. 그리고 호두는 아직 강보에 싸여 있는데도 '운기위'라는 작위를 얻었다. 비록 외딴섬에서 살고 있지만 호의호식, 부귀영화를 누렸다. 그러나 사방이 막힌 섬에서만 살다 보니 위소보는 너무 무료해 온갖 방법을 동원해 해괴망측하고 황당무계한 일을 저지르기 일쑤였다. 그러지 않고서는 천방지축인 그의 천성으로 어찌 견뎌낼 수가 있겠는가?

다행히 일곱 부인은 결코 부화뇌동하지 않았다. 심지어 공주처럼 평상시에 멋대로 굴던 사람도 그에게 동조하지 않았다. 결국 일등 통식백 혼자서 '북 치고 장구 치며' 놀다 보니 제풀에 지쳐 그저 한숨만 푹푹 나올 뿐이었다.

손사극이 들려준, 오삼계를 정벌한 이야기만 생각하면 피가 끓어올랐다. 때로는 위험천만한 경우도 있었고, 때로는 아주 통쾌한 일화도 있었는데, 자기는 그런 일에 직접 참여를 하지 못했다. 함께 전쟁터에 뛰어들어 한바탕 좌충우돌하지 못한 게 정말 한스러웠다. 자기가 만약 전쟁에 참여했다면 오삼계가 그리 쉽게 죽도록 내버려두지 않았을 터였다. 무슨 수를 써서라도 그를 사로잡아 커다란 철창에 가둬 형주에서 북경까지 끌고 가면서 구경꾼들에게 한 번 보는 데는 은자 닷 푼, 얼굴에 침을 뱉으면 은자 한 냥을 받을 것이다. 어린아이는 반값이고, 미녀는 돈을 받지 않고… 세상 사람들은 그 매국노를 다 증오하기 때문에 돈을 엄청나게 많이 벌 수 있었을 텐데… 정말 애석하다는 생각이 들었다.

이젠 후회해도 소용이 없었다. 어차피 전쟁은 끝났다. 하지만 세상에는 전쟁 말고도 재미있는 일이 수두룩하다. 재미있게 놀려면 우선 사람이 많은 곳으로 가야 한다. 그게 위소보의 지론이었다. 아무튼 일단 이 통식도에서 벗어나고 봐야 한다. 그러나 일곱 부인과 아들 둘, 딸 하나가 한시도 떨어지지 않고 온종일 그를 따라다녔다. 큰 바윗돌 열 개가 자기를 짓누르고 있는 것 같았다. 그 바윗돌들과 함께 통식도에서 달아난다는 건 도저히 불가능한 일이었다. 바윗돌들을 내려놓고, 혼자 도망칠 수밖에 없다는 결론에 도달했다. 다행히 요 몇 년 동안 일곱 부인 중 더 아이를 낳은 사람이 없었다. 그나마 부담이 좀 준 셈이다.

손사극이 떠난 후로 하루도 빠짐없이 도망칠 궁리를 했다. 어떨 때는 큰 바다거북이를 타고 파도를 가르며 유유히 중원으로 돌아가는 상상을 하기도 했다.

중추가 가까워진 어느 날, 날씨는 아직도 무더웠다. 위소보는 바닷가에서 낚시를 하다가 지루하고 괜히 짜증이 나서 바윗돌에 기대 쉬다가 그만 잠이 들었다. 곤한 잠에 빠져 있는데 누가 갑자기 불렀다.

"위 작야, 위 작야! 용왕께서 모셔오랍니다."

이상하게 생각하며 눈을 크게 뜨고 살펴보니, 바닷속에서 거대한 거북이 한 마리가 솟아올라 목을 길게 뽑고 사람의 말을 했다.

"동해 용왕 어르신이 수정용궁에서 너무 심심하고 무료해 특별히 소장을 시켜 위 작야를 모셔오라고 했습니다. 성대하게 주연을 베풀고 주연이 끝나면 신나게 도박을 한판 벌이자고 합니다. 용왕께서는 홍산호와 야명주를 내걸 텐데, 육지의 은표도 통용된다고 했습니다."

위소보는 뛸 듯이 기뻐했다.

"우아, 신난다! 이웃사촌이 초청하는데 내가 마다할 리가 없지!"

거북이가 다시 말했다.

"수정용궁에는 창극단도 있어요. 그들이 잘하는 것은 〈군영회〉, 〈정

군산定軍山〉,〈종규가매鍾馗稼妹〉,〈백수탄白水灘〉… 여러 가지가 있어요.
그리고 설화 선생이 즐겨 들려주는 얘기는《수호지》와《삼국지》,《대
명영렬전》이 있습니다. 뿐만 아니라 가희와 무희들도 많아요.〈탄오
경嘆五更〉부터〈십팔모〉,〈사계상사四季相思〉… 모르는 노래가 없답니다.
게다가 용왕의 일곱 공주는 하나같이 화용월모花容月貌인 데다가, 오래
전부터 위 작야의 풍류와 재치를 흠모해 뵙고 싶다고 했어요."

위소보는 벌써 속이 근질근질해 연신 고개를 끄덕였다.

"네, 네! 가야죠, 가야지! 지금 바로 갑시다!"

거북이가 얼른 말했다.

"그럼 저의 등에 올라타십시오. 수정용궁으로 가겠습니다!"

위소보는 냉큼 거북이 등에 올라탔다. 거북이는 거친 파도를 헤치
며 유유히 수정용궁으로 향했다. 동해 용왕이 직접 마중을 나와 위소
보의 손을 잡고 궁으로 들어갔다.

곧 잔치가 벌어지고, 초대된 손님들이 속속 들어왔다. 저팔계와 우
마왕牛魔王 두 요괴와《삼국지》의 장비,《수호지》의 이규李逵, 우고牛皋,
정교금程咬金 등 네 명의 장수도 모습을 드러냈다. 그리고 주왕紂王, 초
패왕楚覇王 항우項羽, 수양제隋煬帝, 명나라 정덕 황제 등 네 명의 제왕도
왔다. 이 사제四帝와 사장四將, 일우일저一牛一猪는 고금을 통틀어서 천상,
지하, 해저에 이르기까지 가장 유명한 '꼴통'들이다.

주연이 끝나고 드디어 노름판이 벌어졌다. 위소보가 선을 잡고 아
무렇게나 주사위를 던져 속임수를 쓰니, 던지는 패마다 지존보 아니
면 천패가 한 쌍이었다. 무조건 돈을 긁는 바람에 나머지 사람들은 소
리를 고래고래 지르며 난리가 났다. 위소보 앞에 금은보화가 잔뜩 쌓

였다. 나중에는 주왕이 가장 아끼는 달기姐己, 초패왕의 우희虞姬, 정덕황제의 이봉저, 그리고 저팔계가 늘 어깨에 메고 다니는 무기 정배釘扒, 장비가 쓰던 장팔사모까지 다 따왔다. 이번에는 이규가 늘 갖고 다니는 쌍도끼를 따오려는데, 이규는 워낙 성질이 불같아서 그렇지 않아도 시커먼 얼굴이 불그죽죽하게 변해서는 대갈일성했다.

"야! 이 쓰발놈의 새끼야! 육시랄! 이거 해도해도 너무한 것 아니야? 남의 마누라까지 다 따간 건 좋다! 그렇다고 내가 여태껏 밥 빌어먹고 살아온 쌍도끼까지 먹겠다고 혀를 날름거리냐? 이런 천하에 의리 없는 놈을 봤나!"

그는 다짜고짜 위소보의 먹살을 움켜쥐고는 커다란 주먹으로 뺨을 후려갈겼다. 귀가 윙윙거리며 눈앞에 불꽃이 일었다.

"으악!"

비명을 지르며 손을 치켜들었는데, 낚싯바늘이 뒷덜미에 꽂혀 자신을 번쩍 들어올렸다. 삽시간에 이규고 장비고 용왕이고 다 온데간데없이 사라지고, 남가일몽南柯一夢에서 깨어났다.

이때, 펑 하는 굉음이 바다 저편에서 들려왔다.

〈10권에서 계속〉

▶   **모든 주석은 옮긴이 주이다.**

1   중국 동진東晉의 화가이자 서예가로 널리 알려져 있다. 자는 무의茂猗, 호는 화남和南. 중국 최고의 명필 왕희지의 스승이기도 하다.

2   중국 남송南宋 때의 화가. 성품이 호방해 인물화와 산수화, 화조도, 불교, 도교, 귀신 그림 등 화풍이 일정한 틀에 얽매이지 않고 자유분방했다. 스스로 미치광이, 즉 '양풍자梁瘋子'라 자처하기도 했다.

3   부벽준은 도끼로 쪼갠 면과 같은 주름이라는 뜻으로 면적面的인 성격이 강하며, 북종화에서 많이 사용되었다. 피마준은 삼麻의 껍질을 벗긴 것 같은 주름이라는 뜻으로, 주로 남종화에서 사용된 선적線的인 준법이다.

4   과거 과목인 오경의 각 경 시험에 으뜸으로 뽑힌 한 명을 일컫는 말이다.

5   '태보'는 태사太師, 태부太傅와 더불어 삼사三師라 한다. 이중 가장 낮은 벼슬이지만 품계는 정일품이다.

6   〈방방가〉라는 노래는 없다. 진원원의 이름을 딴 〈원원곡〉을 위소보는 나름대로 '둥글고 둥근 노래'라 해석하고, '네모나고 네모난 노래'라는 뜻으로 〈방방가〉를 혼자서 지어낸 것이다.

작가 주

42장(160쪽)　나중에 갈이단과 상결은 각자 반란을 일으켰고, 강희에 의해 평정됐다. 갈
이단은 강희 36년에 죽고, 상결은 강희 44년에 죽었다.

鹿鼎記